Alfreda Enwy

Nos infinies insomnies

Infinite Love

Emma

Milady est un label des éditions Bragelonne

Ce roman a été précédemment publié en numérique
dans la collection Emma.

ISBN : 978-2-8112-3705-9

Bragelonne – Milady
60-62, rue d'Hauteville – 75010 Paris

E-mail : info@milady.fr
Site Internet : www.milady.fr

À Delsin et Levy,
parce que vous êtes le commencement de cette saga.
À ma pétillante Marie « Brauguy »,
ce tome est à toi, Delsin aussi.

« When I see your face
There's not a thing that I would change
'Cause you're amazing
Just the way you are

And when you smile
The whole world stops and stares for a while
'Cause girl, you're amazing
Just the way you are »

Just the Way You Are – Bruno Mars

Chapitre premier

D'aussi loin que je me souvienne, je n'ai jamais été heureuse. Je ne sais pas ce que c'est d'être heureuse.

J'ai neuf ans, c'est peut-être normal après tout. Sait-on à, cet âge-là, si on est heureux ?

Norah prend soin de moi. Elle est ma protectrice, mon bouclier, mais elle est malheureuse alors je le suis aussi.

Je survis. Je ne fais que ça.

Lorsque la porte grince, je me recroqueville. Il est rentré. Il va à la cuisine, prend quelque chose dans le frigo, puis il arrive dans le salon.

Il ne m'aime pas. Il ne m'aime pas. Il ne m'aime pas.

Il ne m'a jamais aimée.

Je ne l'aime pas. Je ne l'aime pas. Je ne l'aime pas.

Pourtant, j'ai essayé.

Il n'est pas beau. Il ressemble à un ogre. Il me fait peur.

— Dégage de là ! crache-t-il.

Je suis sur le fauteuil, il ne veut pas de moi là.

— Pardon, papa.

— Ne m'appelle pas comme ça ! Casse-toi, je ne veux pas te voir ! Norah, occupe-toi d'elle !

Un coup de pied au cul me propulse en avant. Je ne dis rien même si j'ai mal. Je pars en courant, je monte à l'étage et je me glisse sous les draps de Norah. Elle me rejoint et me câline.

— Ce n'est rien, murmure-t-elle contre mes cheveux. C'est fini…

∞

Je me réveillai en sursaut, le cœur battant et le souffle court. Je secouai la tête, regardant autour de moi, perdue.

Calme-toi! m'intimai-je. *Calme-toi! Tu es en route pour une nouvelle vie.*

Je respirai profondément, me rappelant pourquoi j'étais là. Le chauffeur s'arrêta au feu rouge au moment où je reprenais mes esprits. Je ne devais plus être très loin de ma destination. Quelle idée de s'endormir dans un taxi et surtout de ressasser le passé! J'appuyai mon visage contre la vitre. J'avais hâte d'arriver, de commencer cette vie dont j'avais tant rêvé. Je me détendais peu à peu quand l'autre portière arrière de la voiture s'ouvrit violemment. Le cœur battant, je vis un homme dont je ne distinguais pas le visage monter dans le véhicule. Je poussai un cri de stupeur. Il releva la tête et je pus voir son visage. Il était ensanglanté, tuméfié. Malgré sa barbe, je voyais sa lèvre gonflée et ouverte, et des bleus partout.

Seigneur…

Il avait dû se faire passer à tabac pour être dans un état pareil.

—Sortez de ce taxi! hurla le chauffeur. J'ai déjà une cliente et vous êtes dans un sale état!

—J'veux juste…

—Dégage!

Je fusillai le chauffeur du regard. Je ne comprenais pas du tout sa réaction agressive. Il y avait un homme blessé devant lui et tout ce qu'il voulait, c'était le jeter hors de sa voiture, en pleine nuit. Ce genre de personne me rendait malade.

—Ça ne me dérange pas de partager le taxi, lançai-je en espérant détendre l'atmosphère et le faire changer d'avis.

— J'veux juste rentrer chez moi, grogna l'inconnu. J'habite près de…

— Hors de question ! s'écria le chauffeur d'un ton menaçant. Je ne veux pas être mêlé à une sale affaire.

— J'ai…, tenta une nouvelle fois l'homme blessé.

Ignorant le feu passé au vert, le chauffeur arracha sa ceinture en grognant et bondit hors de la voiture. Je sursautai lorsqu'il attrapa l'inconnu par le col pour l'entraîner dehors. Je croisai le regard du type une brève seconde avant qu'il ne se laisse entraîner par l'arrière.

— Va te faire foutre ! siffla l'inconnu en se dégageant de la poigne du chauffeur. J'avais du fric pour la payer, ta putain de course. J'vais pas le vandaliser, ton taxi de merde.

— Je ne veux pas avoir affaire à des gars comme toi.

— Tu me connais même pas, connard.

— Non, mais je vois ta tronche, gamin. Ne cherche pas les ennuis !

Le blessé éclata de rire et se laissa tomber sur le macadam. D'ordinaire, je faisais tout pour ne pas me faire remarquer, et j'étais d'ailleurs très douée pour ça, être invisible, mais là, j'étais à bout de patience. Et puis, ma nouvelle vie impliquait sans doute une nouvelle Levy.

Je sortis de la voiture et allai à leur rencontre d'un pas décidé.

— Pourquoi faites-vous cela ? demandai-je au chauffeur avec colère.

— Je ne veux pas d'un délinquant dans mon taxi.

— La non-assistance à personne en danger, vous connaissez ? rétorquai-je.

— Je m'en contrefiche. S'il est suffisamment en forme pour gueuler, il pourra bien appeler une racaille dans son genre pour le ramener chez lui.

— Je ne suis pas en danger, grommela l'inconnu toujours au sol.

Je l'ignorai en haussant les épaules. J'ouvrais la bouche pour répliquer quand le chauffeur m'interrompit d'un ton menaçant :

— Si vous ne remontez pas dans le taxi, vous…

— Comme si j'avais la moindre envie de monter dans le taxi d'une personne telle que vous ! pestai-je. Vous ne pou…

— Dix dollars ! m'interrompit-il.

Je sortis de mon sac un billet et le lui tendis d'un geste sec. Il me l'enleva brutalement de la main, l'arrachant presque, et sortit mes trois grosses valises de son coffre. Merde, j'avais oublié ça… Il les abandonna sur la route avant de redémarrer en trombe, nous laissant seuls dans la rue. Je m'agenouillai près de l'inconnu et essayai de le relever. Il repoussa ma main en bougonnant.

— Pourquoi t'as fait ça ?

Je soupirai. Je n'avais pas de réponse à sa question. Je ne savais pas pourquoi je m'étais souciée de lui comme cela. Peut-être parce que je n'avais pas supporté la vue du sang. Peut-être parce que le chauffeur m'avait semblé injuste. Peut-être était-ce à cause du regard que nous avions échangé juste avant qu'il ne se fasse virer de la voiture. Je n'en savais rien. C'était bien la première fois que je m'affirmais comme ça.

— Je trouvais son comportement injuste, répondis-je finalement.

— C'est la réponse la plus ridicule que j'ai jamais entendue, ricana-t-il.

— C'est parce que tu as mal que t'es si désagréable ? Ou seulement parce que tu supportes pas d'être aidé par une fille ?

— Je ne t'ai pas demandé de m'aider, grogna-t-il en essayant de se redresser.

— Oui, je sais, j'estimais juste devoir le faire vu ton état. Et ça ne te donne pas le droit de me parler comme à un chien.

Il me scruta d'un drôle d'air. Mon comportement m'étonnait, je ne réagissais jamais ainsi.

— Je pourrais être un dangereux malade qui capture ses proies en faisant semblant d'être à moitié mort. Le chauffeur pourrait être mon complice.

— C'est vrai et, dans ce cas-là, dans le genre psychopathe j'applaudirais vivement ton ingéniosité. Parfois la série *Esprits criminels* manque cruellement d'inspiration, tu devrais penser à proposer des scénarios.

Il sourit, dévoilant de parfaites dents blanches avant de grimacer sous le saignement de sa lèvre. Je m'abaissai à nouveau et cette fois-ci, il accepta mon aide et prit ma main. Il se redressa et avança en boitant jusqu'au trottoir où il s'effondra à bout de souffle. Je ne savais pas ce qu'il avait fait ou subi, mais il semblait déguster. J'avais mal pour lui, ça me semblait tellement familier... Je le rejoignis en tirant tant bien que mal mes trois valises hors de la route.

— Tu devrais peut-être aller à l'hôpital.

— Pas question !

— Tu ne peux pas rester comme ça, tu as peut-être quelque chose de grave.

— Non, j'ai juste la tronche qui ressemble à un tableau de Pablo Picasso. Je me suis fait passer à tabac et ce que je voudrais par-dessus tout, c'est rentrer chez moi, boire un truc anesthésiant et dormir. Demain ça ira mieux, je n'aurai plus rien.

— Ça, c'est ce qui s'appelle faire confiance à sa capacité de régénération...

— Tout à fait ! lança-t-il en souriant à nouveau.

— Tu devrais peut-être…

Il me lança un regard noir, je n'achevai pas ma phrase. Il ne voulait pas aller à l'hôpital, il devait avoir ses raisons aussi je laissai tomber. Après tout, il n'avait pas tort, il était peut-être dangereux, mieux valait que je reste sur mes gardes.

— Désolé, lança-t-il alors. Je ne voulais pas te brusquer ou te faire peur.

— Ce n'est rien…

Je m'agenouillai alors qu'il sortait de son jean son téléphone portable. Il tapa sur l'écran quelques instants, puis annonça en râlant :

— Un taxi arrive dans trente minutes. Pas avant. On se demande ce qu'ils peuvent bien foutre pour que ça leur prenne autant de temps.

— Conduire d'autres gens à destination, peut-être ? proposai-je.

Il leva la tête vers moi et plissa les yeux. J'aurais peut-être dû garder cette pensée pour moi, j'étais perdue dans une ville que je ne connaissais pas, et si je voulais espérer que ce type partage son taxi avec moi, mieux valait ne pas l'énerver davantage. Dans tous les cas, trente minutes, c'était plus qu'il ne m'en fallait…

— Je peux peut-être te soigner en attendant, dis-je.

— Quoi ?

Sans l'écouter, je sortis de mon sac ma trousse de secours, je l'ouvris et je pris tout ce qui pouvait m'être utile pour le soulager un peu. Il me regarda d'un air bizarre. On aurait dit qu'il me prenait pour une folle.

— Quel genre de femme a ce genre de choses dans son sac ? demanda-t-il d'un ton amusé.

— Je ne sais pas… À ton avis ?

— Une psychopathe, c'est ça ? En fait, c'est toi la psychopathe, pas moi !

— Oh oui, bien sûr ! répondis-je en riant. Je vais te tuer à coups d'antiseptique et de bandages stériles. J'avais prévu de trouver un type avec une tête façon Picasso et tu es arrivé à point nommé.

Il éclata de rire, avant de grimacer à nouveau alors que la plaie de sa lèvre se remettait à saigner.

— Alors, une psychotique de la propreté ? lança-t-il comme si de rien n'était. La justicière de l'antiseptique et des pansements ? Dire que j'ai toujours cru que c'était une légende et elle est là devant moi... La protectrice des types pas fréquentables !

Je levai les yeux au ciel.

— Ah oui, j'ai oublié de mettre mon masque en sortant, au temps pour moi.

Son regard se fit plus intense et il se mit à me scruter avec ses grands yeux d'un bleu de nuit. J'en vins à me demander si c'était parce qu'il faisait sombre dehors ou s'ils étaient vraiment d'un bleu si ténébreux et profond. Il se frotta le crâne, ébouriffant au passage ses cheveux châtains.

— Quelles étaient les chances pour que je tombe sur une psychotique ?

— Dieu seul le sait !

Il secoua la tête et me regarda dans les yeux.

— Ma foi, tu ne peux pas être pire que ces types.

— Sauf si je suis une psychopathe.

— Sans vouloir te manquer de respect, je connais beaucoup de types qui accepteraient volontiers de se faire malmener par une psychopathe dans ton genre.

— Et c'est quoi mon genre ?

— Une jolie fille psychotique qui s'improvise infirmière. Les mecs adorent les folles et les jeux de rôle.

Je rougis et tentai de cacher mon malaise soudain.

— Est-ce que tu viens d'insinuer que je suis folle ?

— Et jolie, oui.

La chaleur de mes joues se propagea dans mon cou, je devais être plus rouge que jamais. On ne m'avait jamais dit que j'étais jolie. Avec mon physique à mi-chemin entre Morticia Addams et la fille de *The Ring*, ce n'était pas vraiment l'adjectif qui venait en tête.

— Ils ne t'ont pas loupé, dis-je en essayant de reprendre contenance. Tu devrais peut-être aller voir la police.

— Pas question, je vais rester coincé dans un bureau miteux des heures et tout ça pour rien.

Il n'avait pas tout à fait tort. Je m'agenouillai, je n'avais pas de mouchoir sur moi et trop peu de compresses pour éponger le sang qui avait coulé de ses blessures. J'enlevai donc mon écharpe pour en retirer le plus possible de son visage. Il s'écarta :

— Ne salis pas ton foulard pour…

— Ce n'est rien, ta santé est quand même plus importante qu'un simple bout de tissu.

— Qu'est-ce que tu en sais ? demanda-t-il, perplexe.

— Je le sais.

Je tendis à nouveau le bras pour lui montrer que j'allais le soigner malgré sa réticence. Son arcade gauche était touchée, mais elle n'avait pas besoin de points de suture. C'était une bonne chose, mais il aurait tout de même un sacré coquard à son œil. Il ne me lâcha pas des yeux alors que je passais à ses lèvres. Son regard me troublait d'autant plus qu'il était plutôt pas mal sous ses blessures. Il était même très beau. Je tamponnai sa bouche afin d'en retirer tout ce sang. Il grimaça, ses adversaires ne l'avaient vraiment pas loupé.

— Je suis désolée, dis-je en retirant ma main. Surtout, dis-moi si je te fais mal.

Je n'avais pas l'habitude de soigner les gens, c'était même la première fois que je faisais cela pour quelqu'un. D'ordinaire, je m'occupais de moi.

— Me faire mal ? répéta-t-il. Pour une psychopathe, tu es plutôt douce. Je crois que même si après tu deviens folle, t'auras été la meilleure chose qui me soit arrivée ce soir.

Je sentis le rouge me monter à nouveau aux joues alors que son regard se faisait de plus en plus insistant.

— Je vais prendre ça comme un compliment, dis-je avant de me remettre à le soigner.

Je mis un pansement sur son arcade pour empêcher le sang de couler à nouveau. Sa lèvre n'avait pas non plus besoin d'être recousue, mais elle serait gonflée encore un moment.

— Ce n'est pas grand-chose, mais je ne peux rien faire de plus, dis-je finalement avec un sourire.

Je le regardai se redresser de toute sa taille. Il était grand, si grand qu'ainsi accroupie, je me tordis le cou pour le regarder dans les yeux. Dans un effort qui lui tira une nouvelle grimace, il se baissa et ramassa tout mon bordel.

— Pas la peine de m'aider, je crois que tu dégustes assez comme ça.

— Il faut bien que j'me montre un minimum courtois après ça.

— Pas besoin, lui assurai-je.

Il sourit et lorsqu'il tendit le bras vers moi pour m'aider, je sursautai brusquement. Il fronça les sourcils d'un drôle d'air. C'était un réflexe, mais voilà que je ne savais plus où me mettre. Ce n'était pas le moment d'avoir peur.

— Désolé de t'avoir fait peur…, dit-il d'un ton hésitant.

Je secouai la tête et me redressai seule avant de m'éloigner d'un pas de lui. Et alors je le découvris enfin dans sa globalité. Il était grand et large d'épaules. Il avait un physique de sportif. De nageur, de surfeur, peut-être, ou de footballeur…

Ses cheveux châtains et ondulés encadraient son visage et basculaient sur son front, sa barbe ombrait ses joues. Sans l'accoutrement de voyou venant de s'être pris une raclée, il était vraiment très beau. Je ne savais pas s'il y avait d'autres types comme ça dans cette ville paumée, mais une chose était certaine, il plaçait la barre très haut.

— Au fait, moi c'est Del. Delsin.

« Delsin », voilà un prénom que l'on ne côtoyait pas tous les jours. C'était même la première fois que je l'entendais.

— Et sinon, la logique voudrait que tu me dises le tien, ricana-t-il face à mon silence.

Je rougis et son petit rire moqueur fit redoubler la couleur sur mes joues.

— Oh, je… Oui, pardon, je m'appelle Levy.

— Alors merci beaucoup pour les soins, Levy, lança-t-il avec un sourire charmeur cette fois-ci. Je n'oublierai pas que tu m'as évité de galérer tout seul.

Je souris, mal à l'aise. La gentillesse et les remerciements étaient des notions que je n'avais que très rarement côtoyées.

Une quinzaine de minutes plus tard, notre taxi se gara devant un petit hôtel. Je sortis et me penchai vers la vitre que le chauffeur venait d'ouvrir, j'attrapai mon portefeuille.

— Non, laisse, c'est pour moi, lança Delsin en ouvrant sa portière.

Il parla au chauffeur qui acquiesça, puis Delsin descendit de la voiture pour ouvrir le coffre.

— Tu n'es pas obligé de faire ça, je…

Il me tendit mes bagages sans m'écouter. Ses doigts effleurèrent les miens. Ce contact m'électrisa, il sembla troublé lui aussi. Il le fut plus encore quand je retirai vivement mon bras comme sous l'effet d'une brûlure.

— Non, je…

— Laisse, c'est bon, m'interrompit-il. Je te dois bien ça après ce que tu as fait pour moi ce soir.

— Je… c'est normal.

— La normalité se fait rare, lança-t-il en souriant.

Il se retourna et monta dans le taxi.

— Bonne nuit, Levy.

Je souris et lui fis un petit signe. Il sourit à son tour en disparaissant dans la nuit noire. Lorsque je me rendis vraiment compte de mon geste, je rougis, morte de honte. Secouant la tête j'attrapai les poignées de mes valises, les faisant traîner derrière moi. Je rentrai dans l'auberge. L'intérieur était coquet et très cosy. Je posai mes valises et sonnai au comptoir. Une dame d'un certain âge se présenta.

— Bonsoir, mon petit, je m'appelle Granny. Que puis-je pour toi ?

— Je voudrais une chambre au moins pour cette nuit.

— Bien sûr, lança-t-elle en souriant.

∞

Le soleil venait de se lever sur la vieille cité et j'étais allongée au milieu du grand jardin de l'auberge, les yeux levés vers le ciel. J'avais encore passé la nuit éveillée. En scrutant les nuances chaudes qui illuminaient le ciel, j'imaginai que maman était en train de me regarder de là-haut. J'imaginai quel devait être le contact de ses bras. Comment était le son de sa voix, quel était son parfum. Tant de choses que j'ignorais et que je ne connaîtrais jamais. Est-ce qu'elle m'avait au moins aimée ? Et surtout m'aurait-elle aimée si elle m'avait connue ?

Je secouai la tête, chassant ces pensées. Au loin, les cloches sonnaient. Je fermai les yeux, écoutant leurs tintements. Tant que je ne les rouvrirais pas, je pourrais continuer de croire que rien n'était arrivé…

Soudain, je sentis une main me tapoter l'épaule. Le cœur tressautant dans ma poitrine, je me redressai précipitamment. La rosée matinale qui recouvrait la pelouse avait trempé le dos de mon pyjama de fortune, et je frissonnai soudain à cause du froid.

— C'est l'heure de prendre votre petit déjeuner, mon petit.

— Je n'ai pas très faim.

La dame m'observa, le front plissé au-dessus de ses lunettes rondes.

— Manger vous fera du bien.

Je secouai la tête.

— Je ne sais pas, la nourriture a du mal à passer le matin…

— C'est parce que vous n'avez pas encore goûté à la nourriture de Granny, répondit-elle.

Elle m'adressa un sourire chaleureux qui fut contagieux. Je rougis, ça faisait tellement de bien, la gentillesse. Je me levai.

— Allez donc vous préparer, moi je pars vous concocter un petit déjeuner digne de ce nom.

J'acquiesçai et remontai dans ma chambre. Je pris une longue douche, restant un moment le visage levé vers le pommeau pour laisser l'eau effacer les stigmates de mon esprit. Une fois lavée, j'attrapai un jean et un tee-shirt décolleté dans le dos. Après un long soupir, je m'arrêtai devant le miroir de la salle de bains pour y affronter mon reflet. Mes cheveux étaient d'un noir corbeau, ce qui faisait ressortir le bleu de mes yeux. Ces yeux hérités de mon père, si clairs, si fades et froids. Je les détestais tellement. Tout était dans le contraste. Parfois ils semblaient bleu clair, parfois ils paraissaient presque translucides, me donnant une allure de fantôme.

Je mis du blush sur mes joues et un peu de rose sur mes lèvres pour paraître plus fraîche. Je passai mes mains dans mes cheveux et les laissai retomber sur mes épaules. Une fois plus ou moins satisfaite de mon apparence, je sortis de la salle de bains.

Après le délicieux petit déjeuner de Granny, je pris mon sac à bandoulière en cuir. Il était vieux et usé, mais je l'adorais. Une fois dehors, j'inspirai profondément puis je me mis en route. Il était temps de vivre maintenant.

Chapitre 2

« Friendship - Ville portuaire où il fait bon vivre ! » Voilà ce qu'indiquait un large panneau à l'entrée de la ville. C'était plus loin que je n'étais jamais allée de ma vie. J'habitais dans l'Indiana, je n'avais jamais vu la mer, alors j'avais eu envie de me rendre sur la côte ouest, du soleil, de la Californie. Tout ici m'avait semblé tellement mieux que chez moi. Je m'étais inscrite à l'université sans y croire, j'avais même été étonnée d'y être acceptée sans difficulté et de trouver une chambre sur le campus. Mais, je n'avais pas hésité une seule seconde. J'avais quitté tout ce que je connaissais pour partir à des centaines de kilomètres de chez moi. La distance, c'était ça qui me plaisait.

L'université : étape importante.

Que dis-je ? Absolument primordiale dans la vie des étudiants. L'université était un point culminant et nécessaire dans l'apprentissage d'une vie. Elle représentait le début et la fin de tout. La fin d'une vie d'ado et le début d'une vie d'adulte. L'université était la dernière bouée qui nous permettait de nous orienter. J'avais failli rater cette chance quand, finalement, j'avais pu me libérer de mes « obligations ». Quelque part, je me fichais bien d'où j'allais, du nom de la ville dans laquelle je venais de me poser, ou de celui de l'université, ce que je voulais, c'était étudier tout simplement et avoir un diplôme. M'instruire et travailler dans une structure médico-sociale, c'était un rêve tout à fait abordable. Je voulais travailler dans le milieu hospitalier, être entourée de personnes que je pourrais aider. J'aspirais à me rendre utile. Je voulais être là pour les gens.

D'après le plan envoyé avec le dossier d'inscription, je n'étais plus très loin de l'université. J'avançai doucement, profitant du temps qu'il me restait. C'était agréable de ne pas être pressée par les horaires. De ne pas avoir peur pour un rien.

Je n'eus aucun mal à repérer l'université, elle surplombait de loin tous les bâtiments de la ville, arborant une architecture de style gothique, digne des vieux châteaux anglais. Je m'arrêtai en face du campus en serrant mon sac contre moi. Il y avait pas mal de monde. Certains étudiants discutaient avec animation, d'autres s'envoyaient un ballon de football américain.

Une nouvelle vie, dans une nouvelle ville...

Ça allait le faire. *Forcément.*

— Tu dois être nouvelle ? lança une voix joyeuse derrière moi.

Je sursautai sans répondre.

— Hey ! grommela de nouveau la voix masculine. Tu m'entends, la puce ?

« La puce » ? Il y avait du monde autour de nous et je ne devais pas être la seule nouvelle ici donc ça ne devait pas être pour moi. J'avais toujours été transparente.

Je vis alors une tête bordée d'un sourire étincelant apparaître dans mon champ de vision. Je pivotai et fis face au jeune homme.

— Désolée, je pensais à autre chose..., bredouillai-je.

— Pas de mal, lança-t-il en secouant sa main en l'air.

C'était un garçon au look impeccablement soigné. Il avait les cheveux rasés sur les côtés et plus longs sur le sommet du crâne. Ils étaient peignés en arrière et maintenus en place par du gel. Tout de noir vêtu, une chemise entièrement boutonnée, rentrée dans son jean, et des chaussures impeccables. Son style me plaisait bien.

— T'es bien nouvelle, alors ?

— Est-ce que ça se voit tant que ça ? demandai-je, perplexe.

Il sourit et se rapprocha de moi.

— Ouais, ça fait plus de dix minutes que tu reluques cet endroit en te demandant si tu vas y entrer ou pas.

Je rougis.

— Ça fait donc dix minutes que tu m'observes. Est-ce que je devrais m'en inquiéter ?

— Pas de risques, je suis gay donc aussi mignonne sois-tu, je te reluque sans grand intérêt, de ce côté-là, du moins.

Je me surpris à sourire.

— Je m'appelle Rob Roberts, se présenta-t-il.

— « Rob Roberts » ? C'est…

Il rit en hochant la tête.

— Voilà, je suis d'accord. J'ai même demandé à mes parents s'ils avaient perdu un pari ou quelque chose dans le genre quand j'ai compris que mon nom amusait mes camarades et même mes profs.

— Et qu'est-ce qu'ils ont répondu pour leur défense ?

— Mon père m'a dit : « Estime-toi heureux, cette abrutie de secrétaire était sourde. Tu aurais dû t'appeler Robert Roberts. » Et ma mère est persuadée que c'est beau et que ça fait de moi un original… (Il prit une pause en soupirant.) Alors, je leur ai annoncé avant de partir à l'université que j'étais gay. Je ne sais pas pourquoi, ils n'ont pas trop apprécié mon originalité…

Il se mit à rire de plus belle.

— Et toi, tu as un prénom sympa ?

— Levy MacGrass, répondis-je.

— Je m'incline, c'est bien mieux, dit-il en joignant le geste à la parole. Tes parents sont plus sympas que les miens.

Je souris pour essayer de dissimuler la douleur qui m'assaillit tout à coup. J'avais cru comprendre que c'était ma mère qui avait choisi mon prénom avant de mourir.

— Le tien fait sourire, c'est déjà ça ! dis-je.

Il acquiesça.

— T'es en première année ? demanda-t-il.

— Oui. Toi aussi ?

— Pareil. Tu ne viens pas d'ici, non plus ?

— Non.

— Moi, je n'habite pas très loin. J'étais venu me renseigner ici l'année dernière, voir comment c'était. Avec mon mec, on avait planifié notre année et tout…

— Oh, ton copain étudie ici aussi ?

Rob pinça les lèvres, je compris alors que j'avais fait une boulette.

— Pas vraiment, non. Il m'a largué il y a trois semaines avant de se barrer en Angleterre.

— Oh, merde ! Je suis désolée…

— Ne le sois pas, c'est à lui de l'être. Et toi, t'as un mec ?

Je rougis tout en serrant la lanière de mon sac.

— Non…

— Ne déprime pas, va ! s'exclama-t-il, joyeux. On va trouver. Je suis certain que ça regorge de beaux gosses ici.

Je souris en acquiesçant. Ce n'était absolument pas mon but ni mon envie première. Je n'attirais pas tellement les garçons. Mais je ne dis rien, car Rob était sympa et je n'avais pas envie de le faire fuir. C'était bon de ne pas être transparente. Je voulais profiter de cette nouvelle moi et de ma liberté.

— Bon, tu as choisi ? s'exclama-t-il. On y va ou pas ?

Le choix était facile. J'avais trop rêvé de ça pour m'en priver maintenant.

—Allons-y! lançai-je avec détermination.

Rob acquiesça et nous avançâmes, nous mêlant aux autres étudiants.

∞

Le début de matinée se passa bien, même si le cours d'histoire de la médecine fut une torture sans nom avec un professeur si soporifique qu'il aurait fallu le présenter à tous les grands laboratoires cherchant un remède miracle contre les insomnies. Rob, à côté de moi, n'avait pas arrêté de bâiller, de marmonner, de me parler, de regarder et de pianoter sur son téléphone. Bref, il n'avait pas du tout suivi le cours. Comme nous tous d'ailleurs.

—Putain, j'ai cru que ça ne se finirait jamais, lança Rob. Il faut qu'il prenne du Red Bull ou des vitamines, le gars. Imagine s'il est lent comme ça en début d'année et que ça empire ensuite! s'exclama-t-il en faisant traîner ses mots comme dans un ralenti.

Je ris.

—Deux heures de pause, ça nous laisse le temps de manger, dit-il. Tu viens?

—Non… Enfin, je devais aller à l'administration ce soir après les cours pour avoir les clés de ma chambre, mais vu que j'ai du temps, j'aimerais y aller de suite, ça m'éviterait de galérer pour rien ce soir.

—T'as raison, il y aura sûrement du monde en plus. Je t'accompagne, alors!

—Oh, tu n'es pas obligé.

—Tu sais quoi? On y va tous les deux et ensuite on file manger.

— Je dois aller chercher mes valises à l'hôtel où j'ai dormi hier. Je n'allais pas les trimballer toute la journée, enfin tu vois, quoi. Du coup…

— Pas de souci, on ira avec ma voiture.

— Mais ton essence et…

— Du calme, lança Rob en passant un bras autour de mes épaules. Du calme. Si je le propose, c'est que ça ne m'ennuie pas.

Je sursautai, mais il ne le remarqua pas, alors je pris sur moi pour ne pas lui dire que j'étais mal à l'aise qu'il me touche. Le contact de son bras ne me faisait pas mal, pas physiquement en tout cas. C'était psychologiquement que ça se compliquait. J'inspirai profondément pour ne pas me rouler en boule dans un coin, morte de honte. Il fallait que je me calme et que je cesse de voir le mal partout. Tout le monde n'était pas violent. Et je n'avais pas envie de me mettre à dos la seule personne sympa que j'avais rencontrée sur le campus.

— Puisque je n'ai pas le choix…, soufflai-je.

— Exactement. Tu n'as pas le choix !

Il m'accompagna jusqu'au hall principal. J'avançai et je me présentai à la secrétaire.

— Bonjour, je m'appelle Levy MacGrass. Je devais venir chercher les clés de ma chambre ce soir, mais comme j'ai un peu de temps libre, je suis venue voir si je pouvais la récupérer de suite.

Elle releva la tête et sourit.

— MacGrass Levy, je vois une réservation en effet. Alors… (Elle se redressa et me tendit un stylo tandis qu'elle cherchait un document.) Bon sang ! Où sont ces fichues feuilles ? Ah ! Voilà… Alors il vous faut remplir ce petit formulaire.

Je me penchai sur le papier. Je détestais devoir remplir de la paperasse. Je griffonnai rapidement et cochai les cases appropriées.

— Voilà…, dis-je en le lui tendant.

— Très bien, c'est parfait ! Ah non… Vous n'avez pas signé la feuille.

Je la parafai tout en soupirant et elle me donna en échange un document de plusieurs pages.

— Voici le règlement intérieur ainsi que les règles de vie de l'établissement et des résidences.

— Merci.

— Vous avez la chambre 18, qui se situe au deuxième étage.

Elle me tendit une paire de clés.

— J'aurais aimé venir avec vous pour vous faire la visite des lieux, mais je ne peux pas bouger de mon poste à cette heure-ci, tant que ma collègue n'est pas revenue de sa pause.

— Ce n'est pas grave, je m'en charge, lança Rob. Je crèche là moi aussi.

Elle sourit.

— Eh bien, c'est parfait, lança-t-elle.

— Merci, dis-je. Bonne journée.

— Suivant, s'exclama-t-elle alors que nous partions.

Toujours avec moi, Rob insista de nouveau pour que l'on aille chercher mes affaires avant d'aller déjeuner. On s'arrêta dix minutes plus tard devant une vieille voiture rouge.

— Ouais, elle ne paye pas de mine… Mais elle roule ! Alors c'est quoi ton hôtel ?

— C'est l'auberge *Au Bon Temps*. C'est à l'entrée de la ville, près de la grande librairie.

— C'est parti !

Rob démarra et mit la musique. Un morceau très entraînant dont il connaissait les paroles.

— Tu aimes ça ? J'adore ce mec, je connais toutes ses chansons par cœur.

— Je ne connais pas.

— Quoi ? Tu ne connais pas Bruno Mars ? s'égosilla-t-il en pilant tout net au feu rouge.

Je voyais vaguement qui c'était, mais ça s'arrêtait là. Je n'avais pas tellement eu le temps à la maison pour ça et au lycée non plus. Je piquai un fard, morte de honte. Je savais bien que je n'étais pas une étudiante banale. Il y avait pas mal de choses que j'avais zappées bien malgré moi. Mais maintenant, je comptais bien me rattraper.

— Je suis désolée, minaudai-je.

— Tu peux faire la belle, mais ça ne va pas du tout ! Va falloir régler ça au plus vite ! Bruno Mars, c'est le top du top !

— OK, chef. Je note.

Il me lança un regard en coin.

— Je ne plaisante pas.

Je souris. Je n'avais pas eu beaucoup d'amis, pour ainsi dire quasiment pas. Il fallait dire que je n'avais jamais fait le moindre effort pour m'approcher des gens. Je n'avais le droit à rien à la maison. J'avais passé ma scolarité à m'effacer pour qu'on me laisse tranquille, alors j'étais surprise de voir que quelqu'un d'aussi solaire que Rob m'avait simplement remarquée.

Au final, le passage à l'administration et la récupération des bagages avaient pris plus de temps que prévu. Rob avait donc décidé de laisser mes valises dans le coffre de sa voiture pour que nous puissions aller manger. Comme lui aussi dormait sur le campus, il avait décrété que nous rentrerions ensemble ce soir et qu'il m'aiderait à monter mes affaires dans ma chambre.

Le campus était verdoyant et agréable à vivre. Après avoir acheté des sandwichs, on trouva un coin à l'ombre d'un arbre, près d'un groupe d'étudiants qui avait organisé une partie de football américain.

— T'as un compte Facebook au fait ? demanda Rob avant de croquer dans son sandwich.

— Non.

— Non ? répéta-t-il. Vraiment ?

Je secouai la tête pour confirmer mon propos. Aussi fou que cela puisse paraître, certaines personnes résistaient encore à l'appel des réseaux sociaux.

— Un compte Twitter ? Instagram ? Snapchat ? Skype ? Tumblr ?

— Non… Rien de tout ça, Rob. Désolée…

Il avala sa bouchée et me regarda bizarrement. Comme m'aurait regardée Scrat de *L'Âge de glace* si j'avais bouffé sa noisette.

— Putain, mais tu es quoi ? Une espèce d'extraterrestre ? Non même pas, se corrigea Rob. Même les extraterrestres ont un compte Facebook.

Je connaissais les réseaux sociaux, bien sûr, comme tout le monde, mais je ne voyais absolument pas l'intérêt d'aller y étaler sa vie, surtout dans mon cas.

— Va falloir remédier à ça quand même. C'est facile d'ouvrir un compte, ça prend quelques minutes.

— Je ne sais pas trop. Je n'ai pas grand-chose à raconter.

— Tout le monde a forcément quelque chose à raconter. C'est dans la nature humaine. Mais ne dis pas que tu ne connais pas Bruno Mars, tu ne risques pas de te faire des amis.

Je haussai les épaules. Des amis à inviter sur Facebook, je n'en avais pas. Et si cette année, Rob était le seul ami que j'avais, ça m'allait très bien.

— Non, ça ne m'intéresse pas.

Il s'esclaffa.

— Pas de compte Facebook, bougonna-t-il tout de même entre ses dents. Quelle honte ! Bon, t'as au moins un téléphone ?

J'acquiesçai.

— Sauvé ! Je vois que tout n'est pas à refaire.

Cette fois-ci, je ris.

— Je tiens tout de même à rajouter que si tu avais un Facebook, tu serais abonnée au compte du campus et tu serais au courant de tous les événements à venir. Les fêtes, les animations…

— Dans ce cas, je compte sur toi pour me tenir au courant.

— Tu ne vas pas changer d'avis ? minauda-t-il.

Je fis un « non » de la tête.

— Même si je te donne mon sandwich ?

— Surtout si tu me donnes ton sandwich. Miel et bacon, très peu pour moi.

— Et si je fais tout moi-même, tu n'auras rien à faire.

— Non !

Il bougonna encore dans ses dents. Je souris et balayai le campus des yeux afin de m'imprégner de l'endroit où j'allais vivre à partir d'aujourd'hui. J'étais bien là. Je regardai les étudiants qui jouaient au football. Ils devaient faire partie de l'équipe de l'université, car ils étaient plutôt doués, mais l'un des garçons rata son lancer qui se dirigea droit sur nous. Je rattrapai le ballon sans ciller sous le regard du joueur qui venait de manquer la réception. Rob, à côté de moi, siffla d'admiration. L'étudiant amusé me fit signe. Je me levai, positionnai mon pied d'appui devant moi, puis bougeai les hanches tout en lui envoyant le ballon. Mon lancer sembla l'amuser puisque, au lieu de repartir vers ses compagnons après avoir récupéré son ballon, il avança vers nous.

— Merci ! lança-t-il.

Il avait une belle mine bronzée, les yeux bleus et des cheveux noirs qu'il avait attachés en un chignon. Il était canon.

— Pas de quoi ! répondis-je, mal à l'aise.

— T'es vachement douée. Ton lancer est vif et précis. T'y joues ?

— J'en faisais simplement au lycée.

— T'as quand même un beau punch.

— Merci.

— Notre joueur vedette est HS aujourd'hui, il nous manque quelqu'un, tu veux te joindre à nous ? Promis, on ne sera pas des brutes.

Je secouai la tête en souriant.

— Je ne peux pas, désolée, j'ai cours bientôt.

— Dommage, lança-t-il. Mais, si tu nous vois jouer une prochaine fois et que tu as un peu de temps, n'hésite pas à venir nous voir ! OK ?

Il me fit un clin d'œil avant de partir rejoindre ses amis en courant. D'accord, j'avais apparemment perdu mon pouvoir d'invisibilité.

Étrange…

— Eh ben, mazette ! s'exclama Rob. Si ça, ça ne s'appelle pas faire une putain d'impression le premier jour, je ne m'y connais pas.

— Ne dis pas n'importe quoi, j'ai simplement renvoyé un ballon, rien de bien reluisant.

— N'empêche que le beau gosse aux cheveux longs vient de te complimenter, qu'il est en deuxième année et qu'il t'a clairement fait comprendre que si tu venais le voir ça ne le dérangerait pas. Si tu avais un Facebook, tu pourrais même l'ajouter en ami.

— Comment tu sais qu'il est en deuxième année ? demandai-je.

— C'est écrit sur le…

— C'est bon, j'ai compris d'où tu tires tes sources.

Il grommela et j'éclatai de rire.

∞

Le reste de la journée passa plutôt vite. Rob était vraiment un type génial même s'il avait tendance à être un peu trop accro à Facebook. Mais comment le détester ? Il avait été ma bénédiction de la rentrée. J'avais eu peur. Énormément même. J'étais partie de chez moi en me disant que je ne m'en sortirais jamais, que j'allais me planter, et au final tout s'était déroulé à la perfection.

Nous étions rentrés ensemble et il m'avait aidée à monter mes bagages jusqu'à ma chambre avant de repartir. Nous étions convenus que j'irais le chercher le lendemain pour aller en cours. Au soir, je reçus un message de sa part :

Mon coloc vient d'arriver. C'est une espèce d'armoire à glace qui grogne avec la tronche en instance de travaux… C'est flippant, mais excitant à la fois. A+ la puce !

Je souris, j'avais l'impression que ma vie commençait enfin.

Chapitre 3

C'est mon anniversaire. J'ai neuf ans aujourd'hui.

Je grandis, mais je n'ai pas l'impression que c'est une bonne chose. Je joue avec une poupée quand la porte de ma chambre s'ouvre, mon premier réflexe est de cacher la poupée pour ne pas qu'il me la confisque et de me cacher moi pour ne pas qu'il me voie.

— C'est moi, dit Norah d'une voix douce.

Elle sourit et ferme la porte derrière elle. Elle est grande, elle est belle dans sa jolie robe à fleurs et avec ses cheveux attachés. Je voudrais être comme Norah. Grande et belle. Il ne dit rien à Norah, il me dit des choses à moi. Je souris, je l'aime, Norah. Elle me protège et elle m'aime.

Elle s'avance vers moi, les mains cachées dans son dos.

— Je n'ai pas oublié, tu sais, ma petite fleur des champs.

Je ris et elle me montre un paquet-cadeau sur lequel repose un tout petit gâteau rose et bleu où trône une petite bougie allumée. Je tends les mains, heureuse. Elle sourit et me caresse les cheveux. Je frissonne sous sa douceur et je me pelotonne contre sa main.

Je pose le gâteau sur la table de chevet, j'arrache le papier cadeau et je m'émerveille devant un serre-tête noir décoré d'une fleur bleue. Il est tellement joli.

— Tu veux que je te le mette ? me propose-t-elle.

Je hoche la tête, elle me coiffe avec ses doigts et le met sur ma tête. Elle l'ajuste et son regard est doux.

— Comme tu es belle, ça souligne tes jolis yeux bleus. Regarde.

Je me tourne vers le miroir et je souris avant de me fondre dans ses bras aimants. Je voudrais qu'il n'y ait que Norah et moi. Juste Norah et Levy, pas lui.

— Merci, Norah.

— Joyeux anniversaire, Levy.

On souffle la bougie et on partage le gâteau. Quand Norah sera grande, on partira toutes les deux.

Ce soir-là, quand il rentre il est ivre. Il ne marche pas droit. Je me fais petite, j'essaie de devenir invisible, mais parfois ça ne marche pas.

— Qu'est-ce que tu fous là ? crache-t-il en me regardant.

Il me fait peur. Je préfère quand il ignore ma présence.

— Et ça, c'est quoi ? grogne-t-il en désignant mon serre-tête.

— Un cadeau.

— « Un cadeau » ? C'est ton anniversaire ?

— Oui.

— Tu oses dire « oui » ? éructe-t-il. Tu oses le fêter ?

Les mains dans le dos, je rentre mes ongles dans ma peau nerveusement. Il s'approche et il arrache le serre-tête de mes cheveux et je crie en essayant de l'attraper, mais il le casse en deux et le balance à travers la pièce avant de me pousser pour prendre une bière.

— T'as pas le droit de le fêter, t'as pas le droit de fêter le jour où tu as tué ta mère. Tu m'as compris ? Maintenant dégage, je veux pas voir ta sale tronche !

Je monte les marches en courant et je m'enferme dans ma chambre en pleurant. De sous ma taie d'oreiller, je sors la photo de maman. Norah me l'a donnée. Elle est belle, maman, tellement belle. On dirait un ange. Je caresse son visage et je l'embrasse avant de la ranger et je me roule en boule dans mon lit.

Maman, elle, elle m'aime.

∞

Achluophobie. Un mot que je trouvais bien trop barbare pour une peur aussi futile que celle-ci. Mais j'en souffrais depuis des années. Je détestais être dans le noir. Ça me terrifiait. Dans une pièce totalement hermétique et plongée dans la plus totale des pénombres, je me sentais faible, j'avais l'impression d'être une proie facile et vulnérable.

Inspirer. Expirer. Inspirer. Expirer…

L'air me manquait. Je suffoquais. J'avais l'impression familière de me faire étrangler. Je me redressai, j'étais en nage, le drap me collait à la peau. Il était 3 heures du matin, ça faisait plus de deux heures que je scrutais l'affreux réveil qui réfléchissait l'heure avec une grosse écriture rouge. Je n'en pouvais plus. Lorsque le réveil afficha une minute supplémentaire, je me levai et allumai la lumière de la chambre avant de me laisser glisser au sol. La fraîcheur du lino était agréable, si agréable que je posai mes mains à plat dessus avant de les poser sur mon visage pour faire descendre ma température. Mon front et mes joues étaient tellement bouillants que j'avais l'impression d'avoir de la fièvre. Il fallait que je sorte d'ici pour respirer l'air pur.

Inspire. Expire. Inspire. Expire. Inspire…

Non.

J'avais cru être assez forte après cette première journée réussie. J'avais cru pouvoir passer le cap, mais il était évident que je n'étais pas prête et que je n'allais pas me débarrasser si facilement de mes phobies ni de mon passé. Je n'allais donc pas laisser Lumi, ma veilleuse, au placard. Du moins, pas tout de suite.

Je me relevai, je sautai dans mon jean puis j'enfilai un gros gilet par-dessus mon tee-shirt et chaussai mes baskets.

Une fois dans le couloir, l'air frais me fit du bien même si ça n'était pas encore suffisant. Tout était calme. Tout le monde dormait. J'aurais aimé dormir moi aussi. Mais j'étais insomniaque.

Je sortis de l'immeuble sans faire de bruit. Je ne connaissais pas encore très bien les environs, mais qu'à cela ne tienne, je me mis à trottiner en dehors du campus. Et après plus de quinze minutes, je pilai net devant la devanture d'un *diner* ouvert vingt-quatre heures sur vingt-quatre.

J'entrai. L'endroit était presque désert. Il n'y avait personne dans la salle hormis un homme assis au bar. C'était un *diner* typique des années 1950.

— Bonsoir, lança la serveuse.

Elle me sourit quand je la saluai.

— Installez-vous où vous le souhaitez, ce n'est pas la place qui manque.

— Merci.

Elle avait un costume de serveuse des fifties assorti au décor, et de beaux cheveux roux, elle était sacrément jolie. Je m'avançais pour m'installer au bar quand l'homme fit pivoter son siège vers moi.

— Levy, dit-il, comme amusé.

Je déglutis, sa barbe avait disparu, mais je n'eus aucun mal à le reconnaître. Delsin, casquette vissée sur la tête et le visage encore sacrément amoché, me lança un sourire qui aurait pu faire fondre la calotte glaciaire. J'en frissonnai.

— Sacrée longue nuit, me lança-t-il tandis qu'il m'invitait à m'asseoir à côté de lui.

Je le regardai fixement. Ne sachant quoi lui dire ni quoi faire, d'ailleurs. Pourquoi était-il là ? Mon invisibilité ne marchait vraiment plus.

— Elles le sont toutes, non ? répondis-je finalement. Du moins les miennes…

Il acquiesça en souriant et je m'assis à côté de lui alors qu'il ne cessait de me regarder.

—Insomniaque ?

—Malheureusement ouais, dis-je.

Il soupira comme s'il compatissait et jeta un coup d'œil à la télé qui était allumée derrière le comptoir. C'était une de ces émissions culturelles que seuls les insomniaques connaissaient. Il semblait souffrir du même mal que moi. Je ne pus m'empêcher de penser que si c'était le cas, alors il était sans doute hanté par certaines choses. Mes phobies, mes démons, mon monstre m'avaient toujours empêchée de dormir.

—Cela dit, tu ne me battras pas, reprit-il. Je suis le chef des insomniaques.

—Je ne crois pas, non, lançai-je d'une voix amusée.

—Je te parie que tu dors avant moi !

—Tu en fais vraiment une compétition ? Dans tes rêves, Delsin.

Il éclata de rire en secouant la tête.

—Au moins, tu te souviens de mon nom. C'est une bonne chose.

Je rougis. Je n'avais pas pour habitude de répondre ou de tacler les gens, surtout la nuit, mais Delsin dégageait quelque chose d'éminemment intense qui rendait mes pensées muettes de bon sens.

—Je vous sers quoi ? me demanda la serveuse.

—Euh…

—Tarte aux pommes et chocolat, chuchota Delsin. C'est orgasme des papilles assuré.

Je sursautai, il s'était approché si brusquement de mon oreille que je ne l'avais pas vu se pencher. Je sentis tout le sang présent dans mon corps affluer vers mes joues pour les rosir.

— Tarte aux pommes et chocolat, répétai-je machinalement comme s'il avait pris possession de mon esprit.

— Très bon choix, lança-t-il. Très judicieux.

— Merci, ma conscience m'a donné un conseil qui semblait avisé. Enfin, j'espère.

— Qui sait ?

Je souris et rougis, encore, j'allais finir par inventer un nouveau rouge. Si j'avais su qu'à cette heure-ci j'allais croiser quelqu'un dans cette petite ville, si j'avais su que j'allais le croiser lui, je ne serais jamais sortie. J'avais un accoutrement affreux, mes cheveux commençaient à être gras, j'avais la mine de la fille sur le retour de soirée. Pourtant, ça n'avait pas l'air de le déranger. Du moins ça ne l'empêchait pas de me parler ni de me faire une place à ses côtés.

— Voilà, lança la serveuse en posant devant moi une part de tarte aux pommes qui dégageait une odeur incroyable.

Sans attendre et sous le regard de Delsin qui me scrutait sous la visière de sa casquette, je pris une bouchée.

— Bordel de merde, ce truc est divin…, soufflai-je.

La serveuse gloussa.

— Ah, tu vois ! s'esclaffa Delsin. Un vrai conseil avisé.

J'acquiesçai en continuant de manger. Bon sang, cette part de tarte était délicieuse. Je pris mon temps et n'en perdis pas une miette. Delsin restait silencieux à côté de moi. Je me demandai s'il était comme moi un insomniaque chronique et s'il venait souvent ici la nuit.

— Est-ce que ça va mieux, les blessures ? demandai-je après avoir fini mon chocolat chaud.

— Impeccable. Demain, il n'y aura plus rien.

— Je crois que tu m'as dit la même chose hier… Pourtant il me semble que tu es encore sacrément amoché. Enfin je dis ça, mais c'est sûrement l'éclairage.

Il se mit à rire et fit glisser sa casquette de sorte que sa visière soit à l'arrière de son crâne et que son visage me soit parfaitement visible. Puis, il me regarda, un sourire charmeur aux lèvres, ce qui creusa légèrement deux fossettes que je n'avais pas vues la dernière fois sous sa barbe. Effectivement, son visage était moins tuméfié, il avait meilleure mine. Sa lèvre était moins gonflée bien que toujours rouge. Il était vraiment beau. Même ainsi. Je remarquai que son sourcil droit était coupé par une petite cicatrice. Une légère imperfection qui venait pimenter son charme.

— Tu vois, je suis à peine amoché. Dis-toi que c'était pour me rendre plus beau encore.

— Ah, tu t'es fait refaire le portrait pour la bonne cause, alors ?

— Exactement.

— Plus de barbe non plus ?

— Non plus. D'ailleurs, puisque tu en parles, tu en penses quoi ?

Je rougis tandis qu'il arquait un sourcil en attendant ma réponse. Je l'avais trouvé sexy avec, je le trouvais sexy sans. Mais hors de question de le lui dire.

— Bah c'est moins poilu d'un coup.

Il éclata de rire. Son regard avait quelque chose d'incandescent.

— T'es nouvelle dans le coin, alors ?

— Est-ce que ça se voit tant que ça ? demandai-je en ayant une impression de déjà-vu.

— Ce n'est pas une grande ville. Tout se sait ! Surtout quand la justicière au bandage arrive en ville. Qu'est-ce qui t'amène par ici ?

Je souris à l'évocation de mon prétendu statut de super-héroïne.

— Les études, répondis-je. Je vais à l'université.

— En voilà, une chose intéressante ! lança-t-il avec une étrange lueur dans le regard.

Ah, oui ? Comment ça ? Il sourit et replaça correctement sa casquette. Je laissai alors filer un immonde bâillement.

— Je crois que pour ce soir le point sera pour moi, dit-il en sautant de son tabouret.

Je secouai la tête, mais je bâillai de nouveau.

— Tu ferais mieux d'aller te coucher, c'est sans doute plus prudent que de traîner dehors toute seule. Bonne nuit, Levy.

Je le regardai partir jusqu'à ce qu'il franchisse la porte puis je reportai mon attention sur ma tasse vide. Je rentrai dans ma chambre un peu plus tard, j'avais fait la route du retour bien plus vite que lorsque j'étais partie plus tôt dans la nuit.

Ça me faisait tout drôle d'avoir un chez-moi, d'avoir une si grande pièce rien que pour moi et sans craindre d'y être châtiée. Je n'en revenais pas d'être si chanceuse, d'avoir atteint ce premier objectif. Sous bien des égards, se réjouir pour des choses si normales pourrait sembler désespérément niais, mais c'était incroyable pour moi. J'avais une soif inespérée de vivre. Je comptais bien profiter de tous les privilèges de ma vie d'étudiante tant que cela me serait permis.

∞

Au petit matin, les couloirs de l'immeuble se mirent en effervescence. Il y avait des cris de joie, des éclats de voix, des étudiants mal réveillés qui râlaient et d'autres qui étaient déjà au taquet.

Je me dirigeai dans mon petit coin de salle de bains. Une douche, un évier, une armoire à pharmacie avec un miroir, des W.-C. et une petite étagère, le strict nécessaire, rien de plus. C'était petit, froid, terne, mais bon sang je l'adorais, parce qu'elle n'était qu'à moi. Je regardai rapidement mon reflet dans le miroir sans y trouver la moindre satisfaction. Seul le petit sourire que j'arborais contrastait par rapport à d'habitude.

Je finis par me déshabiller et je me glissai sous la douche. Je passai une main savonneuse sur mon ventre et grimaçai en touchant ma cicatrice.

Si j'avais pu éviter de regarder mon corps, je l'aurais fait bien volontiers. Malheureusement, même si j'étais loin et libérée de mes entraves, j'avais des marques qui me rappelaient sans cesse le calvaire que j'avais vécu. Des marques qui me donnaient envie de vomir tant je les haïssais. Des marques qui infligeraient le même sentiment de dégoût à quiconque poserait les yeux dessus. Je secouai la tête, chassant les pensées morbides qui engourdissaient mon cerveau. J'ouvris la porte de douche et attrapai une serviette. Puis je me préparai.

Une fois prête, je contemplai, impuissante, la masse humide de mes cheveux noirs sans savoir quoi en faire. Je décidai finalement de les laisser ainsi puis, après avoir préparé mon sac, je sortis de ma chambre. Je fermai la porte à double tour et me retrouvai subitement dans un brouillard de vie et de joie. La musique qui émanait d'un vieux poste de radio des années 1980 résonnait dans tout le couloir. Des étudiants dansaient, d'autres s'embrassaient contre les murs. Je passai sans attirer l'attention et m'engouffrai dans la cage d'escalier afin d'aller chercher Rob. Je tapai à la porte, mais ce ne fut pas lui qui m'ouvrit. Non, c'était un type qui, vu sa carrure, aurait pu bouffer Rob au petit déj'.

— Quoi ? Hé… !

Je levai les yeux. Delsin. Encore. Dans toute sa splendeur. Toute sa semi-nudité.

Oh. Mon. Dieu.

Delsin était torse nu, une serviette autour du cou. Les pointes humides de ses cheveux déposaient des gouttes d'eau sur son cou et ses épaules. L'une d'elles glissa sur son torse...

Oh là là...

Il ne manquait ni de pectoraux ni d'abdos.

Je cillai. Lui aussi, avant qu'une étincelle naisse dans son regard. Je me tortillai, mal à l'aise. Bon sang, mais pourquoi était-il ici ? Delsin était étudiant, lui aussi ?

Il appuya sa hanche contre l'entrebâillement de la porte et, bordel, jamais un entrebâillement de porte ne m'avait paru si sexy et si intéressant à regarder.

— Tiens donc, Levy.

Mon prénom sur ses lèvres fit monter le rouge à mes joues.

— Est-ce que tu me surveilles ? demanda-t-il, le sourire aux lèvres.

— Non, répondis-je bêtement. Bien sûr que non.

— Tu viens voir si j'ai guéri, alors ? Tu prends ton rôle très à cœur.

Je secouai la tête, morte de honte et les joues tellement écarlates que j'avais l'horrible impression que j'allais bientôt la créer, cette nouvelle nuance de rouge.

— Je te manquais déjà, c'est ça ? continua-t-il en riant.

— Je... Pas du tout ! Je... J'ai dû me tromper de chambre ! piaillai-je comme une cruche.

— Ça dépend de ce que tu cherches, me lança-t-il, l'air taquin.

Voilà que je rougissais encore.

Merde, merde, merde !

— Non, la puce ! lança une voix familière derrière Delsin. J'arrive. Désolé, le réveil a été dur. J'en ai pour deux minutes, cinq tout au plus.

Le texto que Rob m'avait envoyé la veille me revint alors en mémoire. *« Une armoire à glace qui grogne avec la tronche en instance de travaux… »* Merde, j'aurais dû comprendre !

Je secouai la tête et souris.

Seigneur, « cinq minutes », vraiment ?

Si Delsin restait ici, l'attente allait être une véritable torture… D'autant plus qu'il ne me quittait pas des yeux.

— Hey ! Del ! s'écria une voix dans mon dos. Grouille-toi, qu'on aille s'entraîner un peu avant d'aller en cours.

— Du calme, Zack, du calme, trop d'enthousiasme de si bon matin, grommela Delsin.

— Allez, bouge-toi, si tu évitais de jouer les justiciers la nuit, tu serais plus en forme. Dis-lui au revoir, à ta belette, et hop !

— « Belette » ? murmurai-je.

Delsin dut m'entendre, car il sembla s'énerver un peu. Je me retournai alors pour voir le Zack en question. Il était du même gabarit que Delsin, mais un peu plus grand. Il m'adressa un sourire ravageur et moqueur à la fois.

— Ce n'est pas contre toi, ma jolie, mais ne compte pas sur le fait qu'il te rappelle. Alors oui, c'est un connard, oui, il baise probablement comme un dieu, oui, il a la plus grande collection de porno du campus sous son lit, mais ce n'est pas grave, un de perdu dix de retrouvés…

— Oh, mais ferme ta grande gueule, lança Delsin.

— Ou quoi ? s'amusa Zack.

— Ou c'est moi qui vais te la fermer ! rétorqua-t-il.

— Oh, mais viens, Elephant Man, je t'attends !

Delsin se pencha alors vers moi, mon corps réagit instinctivement, je sursautai et m'écartai précipitamment, me cognant violemment contre le mur.

— Hé, doucement, trésor ! s'alarma Delsin en me jetant un regard étrange. Ce n'est pas toi que je vais corriger. Tu me tiens ça, s'il te plaît ? demanda-t-il en me tendant la serviette qu'il avait autour du cou. Cet abruti veut se prendre une raclée en public, il serait cruel de ne pas la lui donner.

Zack éclata de rire :

— Mais oui, mais oui, inquiète-toi plutôt pour toi. T'es complètement HS.

Delsin esquissa un sourire en coin avant de bondir vers son copain. Étant aux premières loges, je ne perdis pas une miette du spectacle. Zack esquiva le premier assaut de Delsin, mais il ne s'attendit pas à ce qu'il revienne si vite à la charge et avant qu'il ne réalise ce qui lui arrivait, il se fit plaquer contre le mur. Je serrai dans ma main la serviette chaude de Delsin, elle dégageait un parfum frais et masculin qui me donnait envie de fourrer mon nez dedans.

Bon sang, mais ça ne va pas ! Je deviens barge !

— Alors mon pote, tu t'excuses auprès de ma copine Levy ? demanda Delsin, ce qui me fit encore plus rougir que mes pensées ridicules.

Delsin avança vers moi, la tête désormais écarlate de son copain coincée dans sa clé de bras.

— Je suis désolé, Levy la copine de Delsin. Tu sais, c'est un connard, mais en fait, il rend service aux gars moches en dégoûtant les jolies filles des beaux garçons. C'est un sale type. Il n'y peut rien.

Delsin resserra son bras et Zack grimaça :

— Putain de merde ! Je suis désolé, ce mec est un gars en or. Il va te rendre heureuse.

J'éclatai de rire. Delsin affichait un sourire galvanisant et ensoleillé.

— Je suis prêt, la puce ! annonça soudain Rob en apparaissant à mes côtés.

Il s'immobilisa face à Delsin et Zack qui lui retournèrent son regard surpris. Il y avait beaucoup de monde à présent dans le couloir qui assistait à la scène.

— Bon, on va être en retard si on n'y va pas là, déclarai-je.

Rob n'avait pas l'air de vouloir bouger.

— Ouais, finit-il par dire.

Nous passâmes devant Delsin et Zack. Je savais qu'ils nous regardaient, mais j'ignorais pourquoi.

— Levy ?

Mon cœur se mit à cogner fort dans ma poitrine.

— Le beau gosse vient de t'appeler, je crois, chuchota Rob.

Je le savais, mais je n'avais pas envie de me retourner. Je ne voulais pas qu'il voie la teinte de mes joues rouges en cet instant.

— Levy !

Je finis par me retourner à contrecœur.

— Oui ?

Delsin était encore et toujours torse nu, mais Zack n'était plus là, il avait dû partir s'entraîner.

— Ma serviette.

Hein ? Je baissai les yeux et remarquai que je l'avais toujours dans les mains. Était-il possible de rougir davantage ? Je me mordis la lèvre et lui tendis son bien.

— Merci, passe une bonne journée, dit-il sans se départir de son sourire ravageur.

— Euh… Merci, toi aussi.

— On fera ce qu'on peut, répondit-il tandis que je faisais volte-face.

Rob arborait une expression bizarre lorsque je le rejoignis, un truc qui voulait dire : « Toi et moi, faut qu'on parle. »

Chapitre 4

À peine avions-nous quitté le bâtiment que Rob attaqua tout de go :

— Alors comme ça, tu connais Delsin White ?

C'était donc « White » son nom de famille…

— Non, pas vraiment, répondis-je.

Il ricana.

— Vous aviez l'air de plutôt bien vous connaître pourtant !

— On s'est juste croisés deux ou trois fois. Pas de quoi en faire toute une histoire.

— Tu crois ? s'insurgea-t-il.

— Mais qu'est-ce que ça peut bien faire ? soupirai-je.

— Ce type est vraiment canon.

Un point pour Rob.

— Je pensais que c'était une armoire à glace qui grogne…, répliquai-je malgré tout.

— L'un n'empêche pas l'autre.

Autre point pour Rob. Il ricana encore. Il n'arrêterait pas tant qu'il n'aurait pas obtenu une information croustillante. Je n'en avais pas à lui donner.

— Il a passé la nuit dehors, dit-il. Quand il est arrivé la première fois dans la chambre, il s'insurgeait au téléphone d'avoir un colocataire alors qu'il devait avoir une chambre individuelle. Il a posé son sac, il est resté cinq minutes et il a disparu toute la nuit. À part ça, il était sympa ce matin, il parlait tranquillement.

— Ah…

— J'ai cherché des infos sur lui. Il est en deuxième année, mais c'est surtout l'un des joueurs vedettes de l'équipe de foot de l'université. Je crois qu'il est quarterback.

D'où le physique sportif, l'aplomb du tonnerre et son assurance. Il n'était pas nouveau et il ne devait pas être célibataire non plus.

— Il est vachement populaire, renchérit Rob.

— Sûrement…

Ça, je n'en doutais pas. Enfin, jusqu'à maintenant, j'ignorais tout à fait qu'il était étudiant, mais après la petite scène de ce matin, il n'y avait pas vraiment de doute quant au fait que Delsin devait être populaire. Ce qui m'étonnait finalement, c'était qu'il n'avait pas l'air d'être ce genre de mec.

Enfin, j'étais bien placée pour savoir que les apparences pouvaient être trompeuses.

— Tu vas me faire croire qu'il te laisse de marbre ? insista Rob.

Non, non, non et non…

— Oui.

— Seigneur, tu ne sais pas mentir ! En même temps, je te comprends, il ne me laisse pas de marbre non plus. Dire que j'ai dormi avec lui.

— Il n'avait pas passé la nuit dehors ? le taquinai-je.

— Hé ! Ne gâche pas mon fantasme, rabat-joie !

Je gloussai.

— Enfin, de toute façon, vu la manière dont il se comportait avec toi, je crois que je me fais du mal tout seul.

— La manière… ?

— Il était carrément sous le charme, le bad boy.

— Le charme de quoi ?

— Le tien ! s'exclama-t-il. Attends, ce mec te bouffait des yeux !

— N'importe quoi…

— « Je te manquais déjà », « ça dépend de ce que tu cherches », « trésor », minauda Rob en imitant pitoyablement la voix grave de Delsin. Débouche-toi les oreilles quand il te parle.

— Il est simplement gentil.

— Chérie, les mecs, et j'en sais quelque chose, ne sont jamais gentils pour rien. Tu lui as tapé dans l'œil.

Je secouai la tête, peu convaincue :

— Mouais, si tu le dis.

Delsin avait été gentil, certes, mais je ne voyais absolument pas pourquoi un type comme lui pourrait s'intéresser à moi. On ne s'était croisés que quelques fois, rien de plus, pas de quoi tirer des plans sur la comète.

— Je sais ce que je dis, ma puce, dit-il en riant. Crois-moi, je vais suivre ça de près.

— Si ça t'amuse…

Il me laissa passer devant lui alors que nous arrivions dans l'immense amphithéâtre qui était déjà quasiment plein. Ce matin, l'emploi du temps indiquait deux heures de biologie et pour les deux heures restantes, nous serions séparés.

— Il y a des places là-bas, lança Rob.

J'acquiesçai tout en le suivant. J'espérais que s'il y avait autant de monde c'était parce que le prof était super. Rob s'installa et je fis de même. Je sortis mon bloc-notes et ma trousse.

— Au fait, j'ai quelque chose pour toi, me dit-il.

Je me tournai vers lui. Il était penché sur son sac, il le fouilla et en sortit un petit objet rectangulaire.

— Pour toi, lança-t-il en me le tendant.

— Qu'est-ce que c'est ?

— Tu en as plus besoin que moi, n'oublie pas que j'ai promis de refaire ton éducation musicale.

C'était un iPod noir. Je le regardai, les yeux ronds. Rob, lui, affichait un super sourire XXL.

— Je ne peux pas accepter ça…

— Bien sûr que si ! Il y a tous les succès de Bruno Mars et plein d'autres titres que tu dois absolument connaître. Des trucs indispensables.

— Mais…

— C'est un cadeau de mon ex, en fait, et crois-moi, je n'ai pas envie de le garder. Je me suis dit qu'il valait mieux que tu l'aies plutôt que le bazarder.

Je souris. Je ne savais pas quoi dire. C'était une manière étrange d'offrir un cadeau, mais j'avais rarement reçu des cadeaux.

— Oui, mais…

— Mais ça me fait plaisir, ma puce, sinon je ne le ferais pas.

— Merci…, dis-je avec un sourire timide, alors que je refermais ma paume sur le petit objet et le rangeais dans mon sac.

— Mon Dieu, regarde le type en bas ! chuchota précipitamment Rob, qui avait déjà reporté son attention sur l'amphi.

J'étais désormais certaine à cent pour cent que s'il y avait autant de monde, c'était à cause du professeur. D'où un professeur pouvait-il être si… canon ? Rob ne le lâchait plus des yeux. Et il n'était pas le seul à être hypnotisé. Voilà un professeur qui n'avait jamais dû se plaindre du manque de concentration de ses élèves.

∞

J'enfilai un gros gilet et décoinçai mes cheveux pris dedans. Puis j'allumai l'iPod de Rob. Il était tard, je n'arrivais pas à dormir. Comme toujours. Avant je passais mes nuits à avoir peur, à guetter le moindre bruit et à me perdre dans la contemplation des étoiles pour fuir mon cauchemar. J'étais loin de tout ça à présent, mais certaines habitudes avaient la vie dure. Cette nuit, j'avais l'impression que je pourrais rattraper tout ce temps qu'on m'avait volé, comme connaître les musiques à la mode, lire des tonnes de livres, regarder les étoiles sans avoir peur de mon ombre.

Je sortis de ma chambre puis de la résidence. Je ne savais pas bien où j'allais. Je voulais profiter de cette liberté et faire de ces nouvelles insomnies quelque chose de bien moins morose qu'avant. Ici, je pouvais respirer.

— Tiens donc…

Cette voix m'était familière. Je tournai la tête, sachant très bien qui j'allais découvrir, et je croisai le regard de Delsin. Il plissa les yeux avant de me sourire. Il était assis dans l'herbe contre un arbre. Il avait un ballon ovale dans les mains.

— Si tu ne veux pas alimenter la ville de toutes sortes de rumeurs, va falloir que tu arrêtes de me suivre, trésor.

Je piquai un fard, qui ne se vit sans doute pas dans la nuit. La ville semblait apparemment trop petite pour deux insomniaques.

— C'est peut-être toi qui me suis…

Il se mit à rire. D'étranges frissons vinrent accompagner une douleur lancinante dans mon bas-ventre.

— Insomniaque encore ? demanda-t-il.

— Insomniaque toujours !

— Tu comptais faire quoi ce soir pour tuer le temps que perdent ces pauvres mortels qui dorment la nuit ?

— Je ne sais pas… Écouter un peu de musique.

D'accord, c'était épatant comme programme. De quoi l'impressionner.

— Tu écoutes quoi ? dit-il en s'approchant de moi.

— Ça t'intéresse vraiment ?

Il arqua un sourcil.

— Pourquoi pas, je n'ai que ça à foutre de toute manière.

Il se pencha vers moi et me retira un écouteur pour le mettre à son oreille. Son visage était tout près du mien.

— Ah, c'est plutôt sympa, commenta-t-il.

Je ne répondis rien. Je ne pouvais pas. Il me coupait le souffle. Pourquoi me faisait-il un tel effet ? Je l'ignorais. Je n'étais pas particulièrement terrifiée par le sexe opposé en règle générale. Enfin, Delsin n'avait rien de terrifiant en soi, hormis peut-être cette forte attraction qu'il exerçait sur moi. Lorsque nos regards se rencontrèrent, ses yeux s'assombrirent.

— Parce que tu es nouvelle et jolie, je vais te donner un conseil : tu ne devrais pas te balader dehors toute seule la nuit.

— Et pourquoi ça ?

Il sembla bourru, tout à coup. Comme s'il n'était plus lui-même.

— Parce que t'es une fille et qu'une fille ne se balade pas toute seule dans la rue à cette heure-ci.

J'arquai un sourcil. En quoi ça le regardait ? Il me toisa comme pour me défier de lui répondre.

— C'est ridicule.

— Ça le sera moins quand il te sera arrivé quelque chose, grommela-t-il.

Je ne comprenais pas son comportement. Il n'avait rien trouvé à redire lorsque nous nous étions croisés au *diner*, l'autre nuit.

— Que veux-tu qu'il m'arrive à part tomber sur un type à la tronche défoncée qui me fait la morale ? répliquai-je. Tu es dehors toi aussi, je ne te dis pas d'aller te coucher, pourtant vu ton humeur, tu devrais.

Il retira brusquement l'écouteur de son oreille. Je remarquai qu'il y avait une bouteille par terre. Il suivit mon regard. Il avait bu. On était loin du chocolat chaud et de la tarte aux pommes. Et ça me sembla horriblement familier.

— Je suis un mec. Je sais me défendre. Une fille comme toi ne peut pas en dire autant.

Pour qui il se prenait ? Il n'avait aucune idée de ce que j'avais vécu. Je pouvais supporter bien plus qu'il ne pouvait l'imaginer.

— Va te faire foutre, Delsin, dis-je alors qu'une colère froide montait en moi.

— C'est plutôt toi qui finiras par te faire baiser par le premier type venu si tu continues à traîner dehors. (J'écarquillai les yeux.) Parce que, à moins que tu sois une boxeuse dans l'âme, je ne vois pas comment tu pourrais te défendre. Tu saisis ?

J'étais choquée par la violence de ses paroles. Delsin était ivre et me parlait comme à un chien… Ça me rappelait un peu trop ce que j'avais subi pendant des années.

— Ce que je saisis surtout, c'est que t'es bourré et que tu te comportes comme un sale connard, répliquai-je, les dents serrées.

— Et alors, j'ai jamais prétendu être autre chose.

— Effectivement, mais tu n'as aucun droit de me dire ce que je devrais faire ou ne pas faire. Tu ne sais rien de moi, tu ne me connais pas. Et t'es mal placé pour me faire la morale quand on voit dans quel état tu es.

Il s'approcha de moi et m'attrapa le poignet. Mon sang se glaça dans mes veines.

— Je te donne juste un conseil, grogna-t-il en se penchant.

Ne pas avoir peur, ne pas penser à lui…

Mais Delsin était en colère, comme *lui*. Ses yeux étaient sombres et il me faisait mal. La peur viscérale qu'il me frappe l'emporta sur ma colère.

— Lâche-moi ! hurlai-je.

Je m'écartai vivement, le souffle saccadé. Ma réaction sembla le troubler. Delsin s'immobilisa et resta interdit quelques secondes. J'étais pétrifiée. Morte de honte. Mais j'avais vécu ça trop souvent.

— Levy, tu n'as…

Trop tard, je m'enfuyais déjà vers l'immeuble.

— Attends ! l'entendis-je crier.

Je courus à en perdre haleine et ne m'arrêtai qu'une fois dans ma chambre.

Chapitre 5

Le lendemain, je m'enfermai dans ma chambre sans en sortir. Prétextant à Rob que j'avais été malade toute la nuit et que de ce fait, j'allais rester me reposer pour la journée. Ce mensonge m'avait semblé crédible, mais j'avais la boule au ventre. Je repensais sans cesse à la rudesse des mots de Delsin et à ce qui avait suivi. Je n'arrivais pas non plus à oublier ma réaction de panique. Je savais qu'il avait forcément compris que quelque chose clochait, c'était certain. Une fille normale n'aurait pas agi ainsi.

Comment avais-je pu croire que j'allais pouvoir laisser mon passé de côté sans que cela me retombe dessus si brusquement ? On ne pouvait pas effacer de lourdes années d'un passé pourri, seulement en le voulant très fort. Ça prenait du temps.

Je me réveillai en sursaut, j'avais la tête en vrac. Je me sentais nauséeuse et encore plus fatiguée qu'avant que je ne m'effondre. Ça m'apprendrait à dire des conneries, j'en subissais les conséquences. Des coups retentirent contre ma porte et je compris que c'était ça qui venait de me réveiller. Je me redressai et allai ouvrir sans me soucier de mon apparence.

— Hey ! lança Rob.

Je souris et le fis entrer. C'était un peu le bordel, mais tant pis. Les cheveux parfaitement coiffés et son look toujours impeccablement soigné, Rob ne manquait pas de charme.

— Je t'apporte les cours que tu as ratés aujourd'hui, dit-il en déposant une pochette de papier sur mon lit.

Le voir tout sourires et, encore une fois, si gentil avec moi, fit monter ma culpabilité en flèche. Je le remerciai et il souffla en se laissant tomber sur mon lit.

— Est-ce que tu vas mieux ? demanda-t-il.

— Oui, je devrais pouvoir retourner en cours demain, dis-je, penaude.

Il acquiesça :

— Il y a intérêt, parce que les cours sans toi c'est d'un ennui mortel et si j'abandonne, ça sera uniquement ta faute.

Je souris, tandis que la culpabilité montait encore d'un cran.

— T'as écouté les musiques ? demanda Rob en voyant son ancien iPod sur le lit.

J'en avais écouté un peu… Jusqu'à ce que je m'écarte brusquement de Delsin et que je prenne la fuite. J'avais perdu les écouteurs à ce moment-là.

Quelle idiote !

J'étais bonne pour en racheter…

— Oui, c'est vrai que Bruno Mars est sympa ! répondis-je néanmoins. J'adore autant quand il groove à la Michael Jackson que lorsqu'il chante des ballades.

— Carrément, c'est pour ça que j'aime bien !

J'acquiesçai.

— Est-ce que tu veux boire quelque chose ? proposai-je.

— Nan, ne t'embête pas. Je dois rejoindre ma mère, elle est venue me faire un petit coucou. Après que j'ai dit à mes parents que j'étais gay, on ne s'est pas revus. Mon père a un peu de mal, mais elle, ça va. Elle m'a appelé hier soir.

Voilà, la culpabilité me donna un violent crochet du droit en pleine poire. Rob était un type extra, un gars gentil, généreux et adorable, et moi, je l'avais laissé seul toute la journée alors qu'il aurait sans doute aimé parler de ça.

— C'est super ! Tu manges avec elle ?

— Ouais, je pense. Je suis content que tu ailles mieux en tout cas. Delsin n'est pas venu te soigner ?

Il avait un sourire en coin.

— Delsin ? Pourquoi ?

— J'en sais rien. Quitte à se faire soigner par quelqu'un, autant que ça soit par lui, non ? Puis, il m'a demandé de tes nouvelles, alors…

Quoi ? Vraiment ? Qu'est-ce qu'il a demandé ? Et qu'est-ce qu'il a dit ?

J'étais assaillie de sentiments paradoxaux, mais il était hors de question de le montrer à Rob.

— Ah bon ? me contentai-je alors de dire en haussant les épaules.

— Ouais, il m'a demandé comment tu allais. Je lui ai dit que tu étais un peu souffrante. Et tout ce qu'il a trouvé à répondre, c'est que si tu avais besoin de quelqu'un pour te soigner, il était là…

Je piquai un fard. *Après m'avoir parlé comme il l'a fait… Mais pour qui il se prend ?*

— C'est… gentil, parvins-je à dire sans trahir mon agacement.

— « Gentil » ? C'est tout ce que tu trouves à dire ? Seigneur, ce type est… Je n'ai pas de mot. Et tu vas me faire croire qu'il te laisse indifférente, hein ?

— Il est sympa, admis-je dans un soupir.

Je n'avais pas envie d'en parler. Je repensais au comportement de Delsin la veille au soir, ses mots, l'alcool, sa poigne…

— Ouais, à d'autres ! lança Rob. On s'en fout qu'il soit sympa. Ce serait un gros con que son physique le ferait pardonner aisément.

Je n'étais pas d'accord avec ça, mais je devais bien admettre que Delsin avait un certain charme.

— OK, il est sympa et canon, reconnus-je.

Rob esquissa un sourire tellement large qu'il me fit rire.

— Et bien sûr qu'il ne me laisse pas indifférente, ajoutai-je en repensant à l'effet que Delsin avait sur moi, à son regard, son sourire et son visage tout près du mien. Faudrait être asexué pour être indifférent face à lui. Il devrait même figurer sur les recommandations des petites culottes avec une note : « Attention, risque de zones humides, votre culotte ne survivra pas. »

Rob me regarda avec un drôle d'air puis éclata de rire.

— Putain, quel changement radical !

Je l'imitai de bon cœur et me rendis compte que ça me faisait un bien fou. J'avais ruminé toute la journée avant de m'endormir en pleurant alors que dix minutes avec Rob avaient suffi à me redonner le sourire.

— Ce n'est pas humain des types comme ça, reprit-il. Et le pire, c'est que ce n'est même pas pour moi !

— Ce n'est pas grave, le rassurai-je. Toi, tu réalises le fantasme des trois quarts du campus : tu dors avec lui.

— Oh que oui ! siffla-t-il. Même s'il n'est pas souvent là la nuit. Je me demande bien où il va, d'ailleurs… Il doit se trouver des plans cul, j'imagine.

Je ne savais pas tout sur ce que Delsin faisait de ses nuits, mais à l'instant, j'avais l'impression de partager un secret que bon nombre de personnes voulaient certainement connaître.

∞

Vers 1 heure du matin, je m'arrêtai devant la devanture du *diner*. Il n'y avait aucun client. Donc potentiellement pas de Delsin. J'ignorais si cela me chagrinait ou pas. Sans doute un peu. Je me sentais affreusement paradoxale. J'avais envie de le voir, mais peur aussi. Ce n'était pas la terreur que m'inspirait mon père et qui était gravée en moi, ça ressemblait plutôt à de la crainte. Je ne connaissais pas Delsin, il n'était pas mon père, ça, c'était certain, mais il n'en demeurait pas moins dangereux. Après tout, lors de notre première rencontre, il était dans un état des plus déplorables, et la nuit précédente il m'avait semblé tellement rude… Bien sûr, ce n'était rien comparé à mon père, mais c'était bien assez pour me le rappeler et me faire paniquer.

Alors pourquoi étais-je là ? Pourquoi est-ce que j'espérais secrètement qu'il y soit ? Pourquoi avais-je besoin de me faire un avis sur lui ?

Je secouai la tête et je fis volte-face pour rentrer chez moi. C'était ridicule, j'étais ridicule.

Je retournai sur mes pas, j'entrai dans le *diner* et je commandai à la même serveuse que l'autre soir un chocolat chaud.

— Pas de tartes aux pommes aujourd'hui ? me demanda-t-elle.

— Non, répondis-je en souriant.

— Tu as raison, elle se déguste en compagnie d'une belle gueule cassée.

Je rougis.

— À emporter ?

— Oui.

Elle s'activa derrière le comptoir.

— Est-ce que… ? commençai-je avant de m'interrompre.

J'étais ridicule. Et indiscrète. Je virai au cramoisi sous son regard.

— Non rien, désolée, bredouillai-je.

— Si je connais Delsin ?

Je hochai la tête et elle esquissa un petit sourire.

— Un peu, oui. Il vient ici régulièrement. Il est très silencieux. Il passe quasiment tous les jours pour manger une part de tarte et boire un chocolat, ce qui contraste avec son apparence de bad boy à la gueule cassée, tu ne crois pas ?

Je hochai de nouveau la tête.

— Tu l'as raté de peu en tout cas, il est parti quelques minutes avant que tu arrives.

Elle posa mon chocolat chaud sur le comptoir. Je payai, la remerciai et quittai l'établissement. J'allais rentrer tranquillement, et si on se croisait, on verrait ce qu'on aurait à se dire. J'étais presque arrivée sur le campus quand j'entendis des voix s'élever et je reconnus un nom.

— Je suis désolée, Delsin…

Je tiquai et m'approchai discrètement. Je vis alors une jeune femme en pleurs, et Delsin qui faisait les cent pas à côté d'elle. Il avait l'air furieux.

— Tu fais chier, putain de merde !

Ils avaient l'air de bien se connaître, c'était peut-être sa petite amie.

— J'ai dit que j'étais désolée, lâche-moi maintenant, grogna la fille.

— J'en peux plus de tes conneries ! éructa Delsin, visiblement à bout de patience.

— Va te faire foutre ! Si tu ne…

Il la saisit brusquement par les épaules.

— Ne me dis pas d'aller me faire foutre, t'as compris. T'as pas à me parler comme ça.

Les yeux écarquillés, je tentai de comprendre cette scène.

— Je fais ce que je veux.

— Non, justement, tu ne fais pas ce que tu veux. T'es de plus en plus conne, ma parole.

Elle le gifla et il eut un rictus de colère. La jeune femme eut alors un mouvement de recul. J'étais pétrifiée. Voir Delsin se comporter ainsi, l'entendre parler comme ça, me rappelait notre rencontre de la nuit précédente, et bien d'autres choses que j'aurais préféré oublier.

— Je rends coup pour coup, généralement, siffla-t-il.

— Bah qu'est-ce que tu attends, alors ?

— Va chier, Rynne.

— T'oseras jamais, cracha-t-elle en le repoussant violemment.

Il recula à peine et la gifla. Elle se figea en se touchant la joue avant d'être secouée par de nouveaux sanglots. Alors il se détourna et déblatéra une succession de mots que je ne parvins pas à entendre. J'étais toujours prostrée dans mon coin, incapable de bouger. Delsin finit par balancer son poing contre le mur, ce qui redoubla les larmes de la jeune femme qui se laissa tomber au sol.

— Allez ! gueula-t-il. Relève-toi, on bouge d'ici.

Je me décidai alors à partir de crainte qu'ils me voient.

J'ignorais qui était Delsin, mais ce que j'avais vu ces deux derniers soirs m'avait suffi.

Chapitre 6

Je n'allai pas chercher Rob le lendemain. Je l'attendis sur le campus. Je n'avais pas envie de croiser Delsin, encore moins de lui faire face. Je ne me sentais pas capable de lui parler. J'ignorais si j'avais la force d'affronter un homme comme ça. J'avais passé toute ma vie sous le joug d'un homme violent qui ne supportait pas ma présence, qui me haïssait, je ne voulais plus risquer de vivre à nouveau cette situation. Aujourd'hui, je voulais juste vivre. J'étais une nouvelle Levy. C'était moi désormais qui décidais de ma vie.

Les blessures que j'avais soignées sur Delsin lors de notre première rencontre ne m'avaient jamais dérangée. Elles m'avaient seulement fait mal mentalement, car elles m'avaient rappelé les miennes. Mais après ce que j'avais vu de lui, la veille au soir, il était clair que je n'avais aucune envie de fréquenter un type comme ça.

Alors pourquoi ? Pourquoi est-ce que je n'avais pas arrêté de penser à la scène à laquelle j'avais assisté ? Je me demandais qui était cette Rynne pour lui, ce qui s'était passé entre eux après ça.

— J'ai une de ces envies de pisser, siffla Rob en sortant de l'amphi.

Je souris. Je n'avais rien écouté pendant le cours et même à l'instant j'avais l'esprit à mille lieues de là. Il fallait que je me ressaisisse si je ne voulais pas me renfermer et redevenir la Levy d'avant.

— J'en peux plus, je ne pourrais pas tenir une minute de plus, reprit Rob.

Je gloussai. C'était sur lui et sur les cours que je devais me concentrer. Je devais penser à mon futur. J'étais là pour fuir les démons de mon passé, alors il me fallait penser à tout ce que j'avais souhaité pendant des années, tout ce dont j'avais rêvé et qui aujourd'hui était à ma portée. Hors de question de s'enfermer à nouveau dans le passé.

Nous nous arrêtâmes devant les toilettes et Rob s'y précipita. Je souris, et m'appuyai contre le mur quand la porte s'ouvrit.

— Hey !

Je me retrouvai nez à nez avec Delsin. Je déglutis. Il avait toujours le visage amoché, il avait peut-être même un bleu en plus sur une joue. Tandis que je l'inspectais, je me sentis troublée. Mon cœur battait fort dans ma poitrine. Je ressentais comme un mélange de crainte et d'excitation. Mais la peur prédominait et elle me lapait la peau.

Je ne savais pas comment me comporter. Je ne savais pas quoi dire.

Mon instinct, lui, me disait de fuir.

— T'es pas venue frapper à ma porte, ce matin, dit-il avec un sourire charmeur.

Je rougis, décontenancée.

Alors il agissait comme si de rien n'était ? Comme s'il ne m'avait pas mal parlé. Comme s'il n'avait pas malmené une fille dans une ruelle la veille.

Qui était ce mec ?

J'agrippai la lanière de mon sac, comme pour m'accrocher à quelque chose, comme pour me protéger et m'empêcher de trembler, ce qu'il remarqua.

— Effectivement, dis-je avec froideur, j'avais pas vraiment envie de voir si t'étais bourré ou de risquer de me prendre une baffe.

Son sourire s'effrita, il me regarda avec des yeux ronds et s'approcha. J'eus un mouvement de recul, la peur prenant à nouveau possession de mon corps. Et avant même qu'il ne parle ou ne fasse quoi que ce soit, j'étais partie.

∞

Après avoir révisé un peu, je m'installai dans mon lit, un livre à la main. Je n'avais pas envie de sortir, surtout à cause de Delsin, et je n'avais pas sommeil non plus. Je cogitais trop. Je ne comprenais pas pourquoi, d'ailleurs. C'était pourtant simple, j'avais enfin la vie dont j'avais rêvé.

Quand mon téléphone portable vibra sur la table de chevet, je l'attrapai. C'était un message de Rob :

Salut la puce ! Tu fais quoi de beau ?

Rien de bien croustillant, je lis. Et toi ?

Je m'ennuie. T'es dans ta chambre ?! Je peux passer ?!

Je me surpris à sourire tout à coup. J'étais vraiment heureuse d'avoir rencontré Rob. Il était toujours de bonne humeur et apportait une joie de vivre qui contrastait complètement avec ma vie passée. Je me demandais comment un type comme lui, qui aurait plus tendance à faire partie des étudiants populaires, avait décidé d'être ami avec quelqu'un comme moi.

Si tu veux, oui.

Je lâchai mon livre quand j'entendis quelques coups contre la porte. J'ouvris et lorsque la silhouette de mon invité se dessina, j'eus un sursaut.

— Bonsoir, Levy.

Je rougis et croisai le regard sombre de Delsin.

Pourquoi était-il là ? Comment connaissait-il le numéro de ma chambre ? C'était...

Bon sang, Rob !

J'allais le tuer, ce salaud. Dire que quelques minutes auparavant, je me réjouissais d'être son amie.

Je me rembrunis et je tentai de cacher ma vulnérabilité soudaine et la tempête de sentiments qui s'affolait dans mon esprit. Je n'étais pas rassurée de voir Delsin sur le pas de ma porte, encore moins lorsque son regard était si noir.

— Qu'est-ce que tu fais là ? demandai-je sur la défensive.

— Il faut qu'on cause.

J'arquai un sourcil. Ma respiration se faisait plus erratique.

— Ah, bon ?

— Ouais, je crois. Tu me fais entrer deux minutes ?

Je dévisageai son beau visage amoché et les lignes viriles de sa mâchoire. Le tout représentait un savant mélange de danger et d'aventures. Il ne me semblait pas menaçant mais, en même temps, il ne me semblait pas non plus très rassurant. J'étais loin de me sentir à l'aise. Je déglutis. J'avais les mains moites. Bon sang, pourquoi je me mettais dans des états pareils ?

— Non, répondis-je, la gorge sèche.

Il écarquilla légèrement les yeux et je sortis en fermant la porte derrière moi. Nous étions seuls dans le couloir. J'étais sans doute la seule fille de cet immeuble, et probablement même de cette université, à avoir rembarré Delsin White, mais après son comportement, après ce que j'avais vu, je n'avais absolument pas l'intention de le laisser entrer chez moi. J'avais assez donné avec les hommes dangereux.

— Toi, tu as peut-être quelque chose à dire, mais pas moi, ajoutai-je.

— Je pensais justement le contraire, grommela-t-il.

— Je ne vois pas de quoi tu parles.

Il eut un rictus et se passa la main dans les cheveux. Ce geste nerveux accentua mon malaise.

— Commence par me dire ce qui te prend, ensuite on avisera, gronda-t-il.

— « Ce qui me prend » ? répétai-je, interloquée. Non, mais franchement, t'es gonflé. Tu te pointes ici dans une humeur de chien, et c'est moi qui dois m'expliquer ?

— C'était quoi ton plan tout à l'heure dans le couloir ? demanda-t-il en ignorant ma réplique.

— Je ne vois pas de quoi tu parles, répétai-je.

— Ne joue pas à ça, Levy. On est assez grands, toi et moi, pour se dire les choses.

Je le dévisageai, hors de moi. Comment osait-il se comporter comme un tel connard ? Non seulement il me foutait les jetons, mais il me faisait aussi perdre patience. Il avait certainement mieux à faire que d'être ici. Et moi aussi.

— Il n'y a rien, Delsin, répondis-je. Laisse-moi tranquille.

— Certainement pas. C'est quoi le problème, bordel ?

Le ton de sa voix était plus sévère et la chair de poule couvrit mes bras.

— Et le tien ? répliquai-je. C'est toi qui viens, qui me montes un plan, c'est toi qui m'agresses. Alors, fous-moi la paix. Je suis occupée.

— Écoute, si c'est pour l'autre soir je suis désolé ! J'étais pas dans un bon jour, j'étais bourré et je ne me souviens pas de ce que j'ai pu te dire. Faut pas faire attention, c'était un mauvais jour, OK ?

— Non, pas « OK », soufflai-je.

Il plissa les yeux. Tout mon corps était crispé, mes poings étaient serrés sur mes mains moites, ma gorge était toujours sèche, mais je m'étais défendue une fois pour ne plus subir, ce n'était pas pour me laisser faire à nouveau.

— C'est pas une excuse, ajoutai-je. Il faudrait t'excuser de t'être comporté comme un connard juste parce que tu étais dans un mauvais jour ? Désolée, je ne suis pas comme ces filles qui adorent probablement que tu viennes t'excuser comme ça après avoir merdé.

Il s'approcha et je reculai, mais ma porte fermée m'empêcha d'aller plus loin.

— Qu'est-ce que tu as avec moi ? s'emporta-t-il. Il est où, ton foutu problème ? On dirait que je t'ai fait du mal.

— Rien, dis-je en détournant le regard.

— Levy, bon sang ! gronda-t-il. Tu…

Il m'attrapa le poignet comme ce soir-là, et je pris sur moi pour ne pas céder à la panique.

— Lâche-moi.

Ma voix était tremblante. Il obéit.

Je ne comprenais pas pourquoi il était encore là. Pourquoi ça lui importait, de savoir ce que j'avais ? Son comportement était tellement paradoxal. Comme ses yeux qui avaient perdu toute leur noirceur à présent. Ils exprimaient un tout autre sentiment que je ne parvenais pas à déchiffrer.

— Dis-moi ce que tu as, putain ! s'exclama-t-il.

J'étais à bout de nerfs.

— Qu'est-ce que ça peut te faire ? répliquai-je.

Il grommela :

— Ça peut me faire que je suis là et que je ne comprends pas pourquoi tu as l'air…

Avant qu'il ne dise quoi que ce soit, j'explosai :

— Je t'ai vu gifler cette fille dans une ruelle. Et, tu me fais peur, Delsin. Voilà, tu sais, maintenant. Bonne soirée.

Il me fixa, bouche bée, alors que je le plantais une nouvelle fois et que je rentrais dans ma chambre.

Je fermai la porte derrière moi et me laissai glisser le long du battant. J'entendis alors un bruit sourd et sentis le mur vibrer. Je frissonnai. Il venait sans doute de frapper dans le mur et, tout à coup, je ne me sentais pas plus rassurée de lui avoir craché ça en pleine figure...

∞

La bibliothèque étant ouverte vingt-quatre heures sur vingt-quatre, je m'y étais réfugiée. Quelle meilleure façon de passer ses insomnies ? J'attrapais mon gobelet de chocolat quand je me rappelai que je l'avais fini.

Zut !

Lorsqu'un gobelet se posa à côté du mien, je sursautai. Je relevai la tête, décontenancée.

— J'ai bien fait de t'en prendre un.

Delsin, casquette vissée sur la tête, tira la chaise à côté de la mienne et s'y installa de sorte que le dossier se trouve devant lui. Ses yeux rencontrèrent les miens et ces fichus sentiments paradoxaux me serrèrent le ventre.

— C'est à ton tour de m'écouter, maintenant, déclara-t-il.

— Je...

— Puisque tu te permets de me juger, de te faire des films et d'imaginer toutes sortes de conneries sur moi, je me permets de te dire ce que j'en pense. Et tu vas écouter ce que j'ai à dire.

Mes yeux étaient comme prisonniers des siens.

— Je suis désolé pour l'autre soir. J'étais bourré, mais t'as raison, je n'aurais pas dû te parler comme je l'ai fait ni t'agripper le poignet pour essayer de faire passer le message encore moins subtilement. Je ne sais pas ce qui m'a pris, tu étais là-dehors, toute seule, et je me suis dit qu'un connard dans mon genre pourrait t'emmerder et j'ai pas aimé ça. C'était ridicule de ma part de réagir de cette manière.

Je déglutis.

—Autre chose, j'en reviens pas que tu aies pu être aussi conne.

Je me rembrunis, comme touchée en plein cœur.

—Je ne pensais pas que tu étais le genre de personne qui se faisait un avis sur les gens sans même chercher à les connaître. Tu n'es pas mieux que tous ces gens qui lancent des rumeurs en se fondant sur des préjugés ou des amalgames.

Le ton de sa voix était dur, tout comme ses mots. Il était sincère et je me sentais mal.

—Je…

—Tu n'as rien vu, Levy. Rien du tout. Tu ne sais rien de ce qui s'est passé avec Rynne.

Je me souvenais de ce prénom.

—Je peux être un connard avec les filles, c'est vrai. Un queutard qui se tape plein de nanas, mais j'ai pas besoin de les forcer ni de les frapper, OK? J'ai sans doute pas la gueule du type bien sous tous rapports, mais je ne suis pas un connard violent avec les femmes. Alors ôte-toi cette putain d'idée de la tête.

Je baissai les yeux.

—Regarde-moi, aboya-t-il.

Ce que je fis sans discuter. Son regard était ardent et ses traits étaient tirés.

—La fille que tu as vue avec moi, Rynne, c'est la sœur de mon meilleur pote.

Je voulais me soustraire à son regard, mais je ne pouvais pas et maintenant qu'il était en train de jouer cartes sur table, je ne pouvais pas me dérober.

— J'étais au café. Elle m'a appelé parce qu'un connard l'emmerdait. Il se serait passé quoi si je n'étais pas venu dégager ce type selon toi, hein ?

Alors il s'était encore battu. Je secouai la tête.

— Si tu m'as vu mettre une claque à Rynne et la brusquer, c'était amplement mérité. Je ne vais pas m'excuser pour ça et si je dois le faire, ce n'est certainement pas auprès de toi. Si elle avait appelé son frère, crois-moi, ça aurait été pire. Parce qu'il aurait pu lui arriver pire encore que ce que voulait lui faire ce connard. Cette idiote avait bu, elle était ivre, alors qu'elle est malade. Elle est atteinte de diabète, c'est invasif. Elle doit suivre un régime spécial, faire très attention. Elle aurait pu faire une putain de crise dans la rue ! Elle aurait pu mourir !

Je déglutis. J'étais sonnée par ses révélations. Je me sentais stupide et je l'étais dans le regard qu'il me lançait.

— Alors oui, je l'ai giflée, oui, je l'ai secouée et je lui ai gueulé dessus, mais c'était uniquement en tant que presque grand frère, pour son bien. Et si tu veux tout savoir, je l'ai amenée à l'hôtel pour qu'elle dessoûle et se repose avant de la ramener chez elle le lendemain.

Je me sentais affreusement mal. Il se redressa et rangea la chaise sous la table sans jamais lâcher mon regard.

— Maintenant que tu es au courant, libre à toi de me juger, de penser tout ce que tu veux, mais au moins tu le feras en connaissant la putain de vérité. Bonne insomnie, Levy.

Sur ces mots, il fit volte-face et me laissa seule, comme je l'avais fait en le jugeant. Le poids de la culpabilité me coupait le souffle, je n'avais pas pu dire un mot et je me sentais plus honteuse que je ne l'avais jamais été.

Mon passé m'avait aveuglée, la peur m'avait poussée à le juger, à l'insulter, moi, la fille battue, moi qui savais pourtant qu'on ne pouvait pas se fier aux apparences…

Chapitre 7

Cela ne faisait pas encore une semaine que j'avais débarqué à Friendship, et déjà venir prendre un chocolat dans ce *diner* semblait être devenu une habitude. Tout comme mes insomnies.

Je ne cessais de penser à tout ce qui s'était passé ces trois derniers jours et je me sentais affreusement honteuse. Je n'avais pas croisé Delsin depuis ses révélations de la nuit précédente et j'ignorais si ça me soulageait ou pas. J'entrai dans le *diner*. La serveuse leva les yeux d'un livre de Jane Austen et me sourit.

— Bonsoir ! lança-t-elle gaiement.

— Bonsoir. Je voudrais un chocolat à emporter et une part de tarte aux pommes.

— Pas de souci. Je prépare ça.

J'acquiesçai et posai mes coudes sur le comptoir. Je n'avais pas dormi depuis trois jours. Je ne savais pas si j'allais retourner dans ma chambre ou rester dehors encore un peu. J'étais loin de tout, loin de mon ancienne vie. Je pouvais vivre et respirer normalement désormais, il fallait que j'arrête d'être autant stressée. Je n'avais plus besoin d'être méfiante en permanence. Je laissais ma tête aller sur le côté quand la sonnette de la porte du *diner* annonça l'arrivée d'un client.

— Je crois qu'il va quand même falloir qu'on arrête de tomber l'un sur l'autre comme ça, ou alors qu'on décide carrément de passer nos insomnies ensemble.

Je frissonnai. Rien à voir avec le froid. Cette voix rauque, c'était la sienne. Après ce qui s'était passé la veille, et les autres jours, j'ignorais comment me comporter. Je retins ma respiration avant de me tourner pour lui faire face.

— Je n'ai pas envie d'alimenter les rumeurs, répliquai-je. D'ailleurs cette fois-ci, ça sera ta faute.

— Non, c'est mon endroit. C'est mon havre de paix.

— Il ne semble pas qu'il y ait écrit Delsin quelque part…

Il se mit à rire. La chaleur qui se dégageait de ce son me donna de nouveaux frissons.

Beau et en meilleure forme, pensai-je en le voyant.

Il esquissa un sourire. Ses yeux semblaient me scruter. Peut-être s'attendait-il à me voir m'enfuir en courant. J'en avais envie, terriblement. Mais Delsin n'était pas *lui*. Le monde n'était pas *lui*. Je devais me détendre et vivre.

— Salut, lança-t-il alors d'une voix douce et profonde.

— Bonsoir, répondis-je avec un sourire timide.

— Est-ce que tu vas bien ? demanda-t-il.

Je m'étonnai de sa question.

— Oui, et toi ?

Il hocha la tête.

— Tu ne vas pas t'enfuir ?

— Non, dis-je en secouant la tête.

Ses yeux bleus lancèrent des étincelles, je soutins son regard. Et un sourire se dessina sur ses lèvres. Alors c'était oublié ? Cette histoire semblait derrière nous. Il n'avait pas l'air de vouloir en reparler et il était tellement solaire en cet instant, que j'en oubliai presque toute cette obscurité qui traînait derrière lui.

— Voilà pour toi, lança la serveuse en déposant un sac en papier sur le comptoir.

Sauvée ! J'allais pouvoir filer. Je pivotai et me dépêchai de sortir mon portefeuille afin de payer et de m'éclipser.

— Laisse, c'est pour moi, lança Delsin à mon égard. Je vais prendre la même chose que d'habitude, à emporter aussi.

— Sans souci, approuva la serveuse en repartant vers les cuisines. Je reviens.

— Tu… Tu n'es pas obligé de faire ça, marmonnai-je.

— Faire quoi ?

— Payer ça, je peux très bien le faire moi-même.

— Je n'ai pas dit que tu ne pouvais pas. Je le fais parce que j'en ai envie, trésor.

Le rouge teinta de nouveau mes joues. Mal à l'aise, je me dandinai d'une jambe à l'autre. Une part de moi avait envie de s'enfuir en courant vers la sortie et de lui dire de laisser tomber sa gentillesse. Et l'autre partie était tellement ravie qu'elle m'en donnait des crampes d'estomac et me nouait la gorge.

— Voilà, Delsin, fit la serveuse en lui tendant un sac identique au mien. Est-ce qu'il te faut autre chose ?

— Non. Je te dois combien ? Pour le tout.

— Douze dollars.

Il tendit un billet de vingt et attrapa mon sac en même temps que le sien, me forçant ainsi à le suivre dehors.

— Tu comptais aller où ? me demanda-t-il. Puisque tu n'écoutes pas mes recommandations.

— Pourquoi j'écouterais les conseils d'un type bourré ? Tu l'écouterais toi ?

Il tiqua, je détournai les yeux. J'ignorais pourquoi je le piquais de la sorte.

— Absolument pas, grommela-t-il. Alors, tu comptais faire quoi ce soir ?

— Je ne sais pas, à vrai dire.

— Je connais un endroit sympa. Ça te dit de venir ?

— Je ne sais pas trop, je…

— Ce n'est pas très loin d'ici, et puis c'est plus agréable de passer le temps entre insomniaques. Depuis le temps que j'attendais que vienne la fille qui partagerait mes insomnies, tu ne vas pas me laisser en plan ?

Le connard. Je ne pus m'empêcher d'esquisser un sourire. Je me demandai s'il avait conscience de ce que pouvaient laisser entendre ses mots. Il me fit un clin d'œil, et je me mordis la lèvre avant d'éclater de rire. Oui, il en avait parfaitement conscience. Mais que répondre ?

J'étais certes un peu plus rassurée sur son compte, je savais qu'il n'était pas violent gratuitement, mais je le connaissais à peine, finalement. Pourtant ce danger, ce soleil et cette obscurité qu'il portait comme bagages m'attiraient comme un aimant. J'avais envie de fuir et de rester à ses côtés. Je voulais comprendre pourquoi un type aussi populaire avait décidé de passer du temps avec moi.

— Je ne vais pas te manger, insista-t-il. J'ai une part de tarte, et si j'ai encore faim…

Il ne termina pas sa phrase et se rapprocha de moi. Il avait un sourire aux lèvres et son regard était chaud et gourmand. Je déglutis lorsqu'il ouvrit la bouche :

— Alors, je mangerai ta part de tarte.

Et il se mit à courir, mon sachet toujours à la main. Une part de moi s'indigna tandis qu'une autre fut follement amusée, et je me mis à courir après lui. Il s'arrêta devant une voiture noire et agita mon sac devant lui.

— Alors, un rendez-vous nocturne avec un maître en insomnie, ça te dit ? lança-t-il.

— On dirait que je n'ai pas le choix, rétorquai-je.

— On a toujours le choix, trésor. Reste à savoir si traîner avec moi en est un bon ou si c'est mieux de me fuir…

Son sourire s'élargit de plus belle. J'avais l'impression qu'il lisait en moi. Le fuir ou rester avec lui, tel était mon tourment.

— D'accord, mais rends-moi ma part de tarte, je ne te fais pas confiance, finis-je par dire en tendant la main.

— Hors de question, s'exclama-t-il en tirant mon sachet à lui. Je te la confisque jusqu'au lieu-dit, quelque chose me dit que tu es fourbe et que tu pourrais partir en courant une fois que tu l'auras récupérée.

Je grimaçai alors qu'il m'ouvrait la portière du siège passager et je m'installai à bord. Il prit place au volant après avoir mis les sacs à l'arrière.

— On sort en boîte avec quelques potes après-demain pour fêter la fin de la première semaine de cours, dit-il en démarrant. Zack sera là, tu l'as déjà vu une fois, tu pourrais venir, il y aura pas mal de monde.

— Je ne sais pas trop…

— Tu es méfiante avec tout le monde ou c'est juste moi ?

Avec le monde entier. Mais ce n'était pas ma faute.

— C'est juste que…, commençai-je mal à l'aise.

— Que ?

— Je ne suis jamais sortie en boîte et je ne crois pas que ce soit mon truc.

— Comment ça tu n'es « jamais sortie en boîte » ? répéta Delsin alors qu'il garait déjà sa voiture.

— C'est si difficile à comprendre ? lançai-je sur la défensive. Je ne suis jamais sortie en boîte pour me prendre une cuite. C'est pas mon truc, c'est tout.

— On n'est pas toujours bourrés, on n'est pas des sauvages non plus. On s'amuse. D'ailleurs tu ne peux pas dire que ce n'est pas ton truc si tu n'y as jamais foutu les pieds.

Je haussai les épaules alors il me poussa doucement, sans doute pour me taquiner, mais je m'écartai vivement, le cœur battant à vive allure. Être touchée était difficile, très difficile pour moi. À part Norah qui me protégeait et me câlinait tout le temps, je n'avais connu que la rudesse et les coups.

Le moindre geste brusque et le moindre contact ravivaient mes instincts. Je savais que le monde n'était pas *lui*, j'en prenais un peu plus conscience chaque jour, mais comment pouvais-je guérir de mes blessures si vite ? Une cicatrice restait une cicatrice.

— Tu n'aimes pas que l'on te touche ou quoi ? bougonna-t-il, vexé.

— Non ! Alors, évite de le faire !

— Ça va, j'ai compris. T'es vraiment bizarre comme fille…

— Oh, parce que je n'ai pas encore écarté les cuisses pour tes beaux yeux, je suis bizarre ? rétorquai-je.

— Ouais, entre autres…

Il n'ajouta rien et ça me vexa un peu. Mais comment aurais-je pu lui en vouloir ? Je venais encore de me comporter comme une femme battue. Je m'en voulais d'avoir laissé mes instincts passés prendre le dessus une fois de plus.

J'étais comme un ciel d'orage ; parfois un rayon de soleil venait percer la grisaille, mais je restais instable. Et si Delsin pouvait être totalement solaire, il ne me semblait pas moins écorché pour autant.

Delsin descendit de la voiture et vint ouvrir ma portière. Il me fit descendre avant d'aller chercher les sachets. Puis sans un mot, il se dirigea vers la baie et la plage. Je n'avais même pas remarqué qu'il m'avait emmenée là. Je le suivis en silence, honteuse de mon comportement. Je n'étais jamais allée à la plage, je n'avais jamais senti le sable sous mes pieds, ni même vu l'océan. Je finis par le dépasser, hypnotisée par la beauté des lieux, par cette sensation grisante de voir la baie pour la première fois de ma vie. Je retirai mes chaussures et j'enfonçai mes pieds dans le sable en souriant comme une gamine quand les grains par milliers s'insinuèrent entre mes orteils. J'en oubliai tout et me mis à tourner sur moi-même.

Les vagues se jetaient sur les rochers, se retiraient, puis revenaient à nouveau. C'était magnifique, même en pleine nuit. Je m'avançai jusqu'à l'eau sans plus me soucier de Delsin et je trempai mes pieds. Elle était froide, mais de toutes les douches froides que j'avais eues, c'était la meilleure de ma vie. Lorsque la lune dessina l'ombre de Delsin, je levai les yeux vers lui :

— Je... Je n'avais jamais vu l'océan, dis-je, le souffle court.

— Jamais ?

— Non, dis-je en souriant.

Il me scruta un instant avant de s'asseoir sur le sable sec, je le suivis du regard. Il fallait que je trouve une explication plausible pour qu'il ne me prenne pas pour une folle. Mais il était hors de question de lui dire la vérité. Je n'étais pas prête à en parler. Encore moins à un type que je connaissais à peine.

— En fait, j'ai des parents très stricts qui laissaient passer peu de choses, dis-je en baissant les yeux. Du coup, je me suis renfermée sur moi-même et je me suis complètement désocialisée. Alors, j'ai zappé pas mal de choses... Comme sortir en boîte.

— Si tu veux mon avis, tu n'as pas manqué grand-chose, dit-il d'une voix douce. Il y a pas mal de trucs nuls au collège et au lycée.

— C'est la réponse typique du gars populaire, ça ! dis-je en pouffant de rire.

Delsin haussa les épaules en ricanant et tapota le sol pour me faire signe de m'asseoir. Il retira les gobelets de chocolat des sachets et me tendit le mien avant de sortir les parts de tarte aux pommes. Dans la petite boîte, la serveuse avait glissé des fourchettes en plastique. J'enfonçai mes pieds mouillés dans le sable en soupirant d'aise.

— Tu ne peux pas commencer ta première année à l'université sans faire ce que tu n'as jamais fait, décréta Delsin.

— C'est-à-dire ?

— T'es jamais sortie en boîte, faut absolument remédier à ça ! Tu dois venir avec moi.

J'avais l'impression d'entendre Rob. J'étais certaine qu'il m'aurait dit la même chose si je le lui avais avoué. Je grimaçai à l'idée de me ridiculiser, mais je devais me faire une raison, j'allais souvent être ridicule dans cette nouvelle vie dont je ne connaissais rien. Je n'avais jamais rien expérimenté, hormis la violence et les ténèbres.

Je soupirai, dubitative.

À côté de moi, Delsin but une gorgée de chocolat avant de se tourner vers moi avec un large sourire.

— Il faudra aussi que tu fasses une liste de tout ce que tu n'as jamais fait et que tu dois réaliser avant la fin de l'année ! lança-t-il, visiblement fier de son idée.

— Quoi !? C'est stupide ! m'exclamai-je.

— Et pourquoi ça le serait ?

— Je n'en sais rien. Je ne vois pas en quoi ça changerait quelque chose sur le long terme.

— Qui te dit qu'une virée en boîte ne changerait pas ta vie ? répliqua-t-il.

— C'est trop tard pour rattraper ce que j'aurais dû faire en dix-neuf ans, dis-je en le fixant dans les yeux. Les trucs comme faire le mur le week-end pour rejoindre secrètement mon petit copain ou alors aller à une fête, les soirées pyjama, toutes ces choses-là, je ne les ai jamais faites, et c'est trop tard.

Delsin se pencha vers moi et j'eus un mouvement de recul. Il fronça les sourcils. *Bon sang !* Pourquoi ne pouvais-je pas me contrôler deux secondes ?

— Tu n'es pas du genre à faire confiance ou est-ce moi qui te fais peur comme ça ? demanda-t-il.

— Non, ce n'est pas toi, je suis désolée…

Delsin se pencha encore, si bien que je pus admirer le ciel étoilé dans ses iris. Il tendit la main et je pris sur moi pour ne pas reculer.

— Il y a une mèche rebelle dans tes cheveux…, souffla-t-il comme pour m'avertir qu'il allait me toucher.

Il attrapa la mèche entre ses doigts et la replaça correctement, caressant dans un même temps mon oreille du bout de ses doigts étonnamment chauds. Tous les muscles de mon corps se contractèrent. J'avais du mal à respirer. Il m'avait prévenue et il avait agi d'une manière si douce. Je ne connaissais pas la douceur, je l'avais oubliée depuis tellement longtemps. Et cette caresse, à peine perceptible, était comme un salut. J'aurais voulu qu'il continue encore un peu plus, histoire de goûter encore quelques secondes à cette sensation merveilleuse, pourtant la simple idée d'être touchée à nouveau me pétrifiait déjà. Tellement de contradictions…

— Voilà, c'est bien mieux comme ça ! dit-il en s'écartant. En tout cas, je ne suis pas d'accord avec toi, il n'est jamais trop tard. Fais une liste de toutes ces choses que tu n'as jamais faites et que tu aimerais faire et nous allons les réaliser.

— Comment ça « nous » ?

— Il te faut un guide, t'es qu'un bébé ! lança-t-il en riant.

— Parce que toi, tu es tellement plus mature peut-être ?

— Mais carrément ! Je suis en deuxième année, je te signale, et je suis déjà sorti en boîte, j'ai déjà fait le mur, et tout.

— Waouh, félicitations ! Apprendre à tacler un type qui se la raconte, je peux le mettre sur ma liste ?

Il éclata de rire à nouveau.

— Tu peux toujours, je ne te garantis pas que tu vas y arriver ! rétorqua-t-il, encore hilare.

Je souris. Une liste de choses à faire avant la fin de l'année ? Une liste de toutes ces choses dont j'avais immensément rêvé lorsque j'étais enfermée. Elle serait si longue…

— Quand tu auras fait ta liste, viens me la montrer, je t'aiderai du mieux que je peux !

— Je ne suis pas certaine… C'est ridicule. On ne fait pas à dix-neuf ans ce que l'on aurait dû faire à quinze ans, surtout pas avec un mec que l'on ne connaît pas.

— Tu me connais !

— Non ! Mis à part ton prénom, le fait que tu ne guéris pas aussi vite que tu le dis et que tu aimes te battre torse nu avec tes copains… (Ce dernier exemple le fit grimacer.) Je ne te connais pas du tout.

— Tu as oublié que j'étais insomniaque. Tu vois ? Ça fait quelques trucs quand même. Plus que la plupart des gens.

Je secouai la tête en esquissant un sourire.

— Super, quelle chance j'ai !

— Et comment ! Je suis un type super sympa ! Et généreux puisque je t'ai payé une part de gâteau et deux chocolats.

Je pouffai de rire devant ses tentatives désespérées de se vendre.

— Et à part traîner dehors, tu fais quoi de tes insomnies ? demanda-t-il.

— Je lis beaucoup.

— Moi aussi, de temps en temps.

— Et quoi donc ? raillai-je. Des pornos ?

Son sourire s'évanouit et il reprit très sérieusement :

— J'avais une collection de pornos sous mon lit du temps du lycée…

— Oh, bah oui, elle n'est plus sous ton lit maintenant, tout est stocké dans ton ordi ! l'interrompis-je.

Il feignit d'être offusqué.

— Même pas ! J'ai tout donné à un lycéen en manque d'amour. Elle me manque parfois, ma collection de *Playboy*. J'y vouais un véritable culte.

Effarée, j'ouvris la bouche avant qu'il n'éclate de rire. Je rougis d'avoir été offusquée pour si peu.

— Je plaisante ! s'esclaffa-t-il. Mais l'un dans l'autre faut assumer ses conneries et être réaliste, ça sert plutôt pas mal d'avoir une collection de pornos.

Je sentis certaines parties de mon corps prendre feu. Bien sûr que ça devait lui servir. Je n'en doutais pas le moins du monde. Delsin White ne devait pas être dénué de connaissances, tout comme il ne devait pas manquer de partenaires pour s'entraîner.

— Et je découvre donc une nouvelle chose de toi : tu es aussi un pervers, déclarai-je.

— Hé, ne dis pas ça d'un ton si dédaigneux ! C'est ma plus grande qualité !

— Parce qu'en plus tu t'assumes ?

— Carrément ! lança-t-il en me faisant un clin d'œil.

Je gloussai.

— C'est la première fois que je rencontre un pervers qui s'assume avec autant de fierté.

— Ravi d'être ton premier pervers qui s'assume. Ce sont les plus sympas.

Je me mis à rire à nouveau. Il se pencha vers moi et me tendit ma part de tarte. Le silence s'installa alors que nous mangions et seul le clapotis de l'eau se faisait entendre. C'était agréable et apaisant. L'épaule de Delsin touchait la mienne tant nous étions proches l'un de l'autre. Ce rapprochement s'était fait si naturellement que je n'avais pas eu le moindre sursaut d'angoisse.

J'avais grandi avec un homme qui avait instauré en moi la crainte de tout contact humain, pourtant, depuis mon arrivée dans cette ville, je ne rencontrais que des exceptions. Rob était le premier ami que j'avais eu depuis longtemps et le fait qu'il m'ait vue alors que j'avais toujours été transparente avait changé quelque chose en moi. Ça m'avait boostée et réchauffée. Mais Delsin, lui, c'était différent. Il n'était pas gay et il faisait naître en moi d'étranges sensations. Certes, j'avais encore peur qu'il me touche, mais ce n'était en aucun cas parce qu'il m'inspirait la peur ou du danger. Non, Delsin m'inspirait des choses intimes auxquelles je n'avais jamais pensé et il me faisait rire. Être ici à côté de lui, en sa compagnie, sans que personne le sache, me donnait l'impression que nous partagions un secret précieux. Je regrettai d'avoir pensé qu'il était violent et de l'avoir assimilé à mon passé. Je sentis les larmes me monter aux yeux alors que la chaleur corporelle de Delsin enveloppait presque mon corps. C'était une sensation rassurante et agréable. Comme le soleil.

Je souris, me moquant de moi-même de penser à de telles choses alors qu'il était à côté de moi. J'ignorais l'heure qu'il était, mais un bâillement m'échappa, ce qui amusa Delsin.

— Je crois qu'il est peut-être temps que l'on rentre.

J'acquiesçai.

Quelques instants plus tard, il garait sa voiture près de la résidence.

— Voilà, trésor. Tu es arrivée à bon port.

Comme il ne semblait pas vouloir descendre, je me surpris à me retourner avant d'ouvrir la portière.

— Tu ne vas pas te coucher ? demandai-je bêtement.

— Si, si… plus tard…

— J'ai encore perdu si je comprends bien ?

Il sourit et acquiesça.

— Ce n'est qu'à charge de revanche. Repose-toi bien, trésor de mes nuits.

Il me fit un clin d'œil et lorsque je sortis, j'avais les joues plus brûlantes que jamais. Quant à son petit surnom, il me poursuivit dans le couloir, continua de hanter mon esprit quand je me changeai et fit des ravages dans mon ventre quand je me couchai.

« Trésor de mes nuits… »

Chapitre 8

Parfois je ne mange pas, parce que je sais qu'il est là et que le simple fait de poser ses yeux sur moi le fait sortir de ses gonds. Mon ventre gargouille, je n'ai pas mangé depuis hier midi, mais je préfère avoir faim que subir son courroux.

Norah n'est pas rentrée après son travail au cinéma hier soir. Je suis tellement inquiète pour elle et j'ai tellement peur de lui que je me force à ne pas fermer l'œil. Il est plus de minuit et elle n'est toujours pas là.

Elle a déjà eu des petits copains, mais elle n'a jamais découché. Elle a toujours été là pour moi, elle me protège constamment.

Et elle n'a jamais manqué un seul de mes anniversaires.

Aujourd'hui, j'ai quatorze ans.

Son absence ce soir me glace le sang.

Je me sens plus mal et plus seule que jamais.

Il est plus de 2 heures du matin lorsque je quitte ma chambre pour aller dans celle de Norah. Elle est propre, bien rangée. Elle est beaucoup plus joyeuse que la mienne parce que Norah a le droit d'avoir des choses. Mais je ne suis pas jalouse, car elle partage avec moi.

Je reste au milieu de la pièce et je regarde les murs ternis par le temps, la moisissure à certains endroits est cachée par des posters et des affiches de magazines. Je touche son lit, et je ne me rappelle plus le nombre de fois où je me suis pelotonnée ou même cachée dedans.

Je me vois assise ici, à cette même place, la regardant tandis qu'elle grandissait et devenait femme. Et je priai pour grandir aussi vite qu'elle. Norah a eu ses dix-huit ans et elle est…

Je me fige tout à coup, le cœur tressautant dans ma poitrine.

Une pensée morbide assombrit le peu de lumière et de stabilité que j'ai.

Je me précipite vers son armoire, je regarde dedans, il reste des habits, mais il en manque. Ses plus beaux ont disparu, je regarde dans son bureau, son journal intime n'est plus là et sa photo de chevet, celle de ma mère, n'est plus là non plus.

Mon cœur se contracte douloureusement, et je comprends.

Elle est partie, elle m'a abandonnée.

∞

Levy, ma chérie, je viens d'apprendre que tu es partie. Où es-tu ? Que s'est-il passé ? Pourquoi tu ne m'as rien dit ? Réponds-moi, s'il te plaît.

Comment avait-elle réussi à avoir mon numéro de téléphone ? Les yeux grands ouverts, je scrutais le plafond quelque peu éclairé par Lumi, ma veilleuse. J'avais horreur d'être comme cela. D'aussi loin que je me souvenais, mes insomnies avaient commencé le jour où Norah avait disparu, emportant avec elle le peu de sécurité que j'avais à l'époque. Du jour au lendemain, elle s'était enfuie de la maison sans jamais plus donner signe de vie. Elle avait dû apprendre la nouvelle par le journal ou autre… Sans compter que la date anniversaire de son départ approchait.

Norah me manquait beaucoup, mais je lui en voulais énormément. Je n'avais jamais compris pourquoi elle était partie sans moi. J'avais longtemps cru qu'elle reviendrait me chercher. Je l'avais rêvé des nuits durant. Puis, voyant défiler les mois, j'avais fini par comprendre qu'elle ne viendrait pas pour moi. Et cela avait achevé de me briser. J'avais été de nouveau abandonnée.

Elle avait pris soin de moi, elle m'avait protégée et elle m'avait laissée seule avec lui. Je savais que pour elle non plus la vie n'avait pas été facile. Mais avait-elle pensé au cauchemar que je vivrais après son départ ?

Levy, je suis si désolée… Je t'aime, ma petite fleur des champs.

Elle venait de m'envoyer un autre SMS. Incapable de dormir et de penser à autre chose qu'à toutes ces merdes, je me redressai et commençai à faire les cent pas. Je détestais penser à tout ça et je haïssais que l'on m'y force. Si j'avais pu subir un lavage de cerveau pour m'ôter de la tête cet abandon et toutes les autres horreurs que j'avais subies, je l'aurais fait sans hésiter. Mais ça restait là, dans mon esprit. C'était présent et bien présent, comme un parasite. Ça ne partirait pas.

Mais pourquoi m'envoyait-elle des textos puisque tout ça ne la concernait plus ?

Je ne lui répondis pas. Je n'en avais pas la moindre envie. Je m'étais assez excusée d'être née. Tout cela était derrière moi désormais.

J'aurais pu aller faire un tour dehors, comme tous les soirs de la semaine, mais je n'étais pas d'humeur. Les souvenirs étaient trop forts et balayaient tout le reste. Je savais que Delsin était dehors quelque part et qu'à ses côtés, j'oublierais le passé le temps de quelques minutes, mais j'avais peur qu'il lise en moi et je n'aurais pas la force de le supporter. Je m'installai alors à califourchon dans mon lit après avoir allumé ma lampe de chevet. J'ouvris mon livre pour poursuivre ma lecture, mais mon esprit tourbillonnait à toute allure, perdu entre mon passé et...

Delsin.

Il m'intriguait tellement. Je secouai la tête.

Concentre-toi sur ta lecture, Levy.

Il faisait naître des sensations nouvelles en moi.

Ne pense pas à lui.

Ses mots me touchaient toujours droit au cœur. Comme le surnom qu'il m'avait donné et qui me restait en mémoire.

« Trésor de mes nuits... »

Impossible de me le sortir de la tête. Je jurai à haute voix. Je n'arrivais pas à me concentrer sur mon livre. J'attrapai alors mon portable et j'ouvris Facebook que j'avais fini par installer sous l'insistance de Rob. Je n'avais en revanche ni photo de profil ni rien et Rob devait être mon seul ami. Je tapai le nom de notre université dans la barre de recherche et trouvai vite la page qu'il devait probablement avoir dans ses favoris et qu'il aimait tant regarder sur son téléphone en cours. Il y avait des photos du campus, des articles tous les jours sur les événements qui s'y déroulaient, mais la page était surtout alimentée par une espèce de Gossip Girl qui prenait tout le monde en photo avec en légende une sorte de question suivie parfois par des phrases foireuses sur la vie.

Je trouvai alors une photo de Delsin et... moi ? *Bon sang!* C'était moi de dos sur la photo. *Merde!* Nous étions devant sa voiture avant qu'il ne m'ait convaincue de le suivre jusqu'à la plage. On ne voyait pas mon visage, mais on reconnaissait bien Delsin qui souriait. *Me* souriait. Je rougis bêtement. Puis je lus la légende :

Aperçu : Le beau Delsin White en compagnie d'une inconnue flirtant sur le parking du fast-food. Coup de cœur ou coup d'un soir ? On dirait que le bel apollon n'a rien perdu de ses habitudes… mais la question que tout le monde se pose est : qui est cette fille ?!

Les yeux écarquillés, je scrutai un moment encore la photo tout en relisant le texte. Je me demandai si Delsin était au courant que cette chose circulait sur le Net. Bon sang, il ne plaisantait pas quand il parlait d'alimenter une quelconque rumeur. *Merde, alors !*

Le mot « flirtant » me titillait quand même un peu, nous ne flirtions pas… enfin pas que je sache.

∞

Rob m'avait envoyé un texto me demandant de venir le chercher, car il avait eu une panne de réveil. Je me doutais bien que ce n'était pas la seule raison pour qu'il me demande cela et je ne fus pas étonnée de tomber sur Delsin quand je frappai à la porte. Il portait un jean et un tee-shirt cette fois-ci, mais il n'en était pas moins sexy. D'autant plus que je savais comment il était sous le tee-shirt et que chaque fois qu'il roulait malicieusement des muscles ça me le rappelait. Pas besoin d'avoir une imagination très fertile.

— Salut, mon trésor.

« Mon trésor » ?

— Salut, lançai-je avec autant d'assurance que possible. Rob est prêt ?

— Si être sous la douche veut dire être prêt, je crois, oui. Ce mec a un vrai problème avec le réveil.

Merde ! J'en étais sûre… J'étais certaine que c'était un coup monté pour que je me retrouve avec Delsin.

— Dis-moi que tu viendras aussi taper chez moi quand j'aurai ma propre chambre ?

— Ah, tu pars ? dis-je en feignant l'indifférence.

— Ouais, bientôt. Ça va te manquer, n'est-ce pas ?

— Je ne crois pas, non.

Il porta sa main sur sa poitrine faisant mine d'être blessé.

— Moi énormément…

Je levai les yeux au ciel face à son cinéma et il se mit à rire.

— Sinon, comment vas-tu, Levy ?

Sa question me prit au dépourvu. Je rougis alors qu'il s'appuyait contre la porte tout en me fixant. Est-ce que ça se voyait sur mon visage que j'avais passé une nuit blanche horrible ? Peut-être qu'il le voyait, lui, comme il dormait peu aussi… Ou peut-être était-ce juste de la politesse et rien d'autre.

— Je vais bien, merci. Et toi ?

— Mal, j'ai passé une nuit très longue, figure-toi…

Je baissai les yeux. Le rouge empourprait maintenant mes joues de cette nouvelle couleur primaire que j'avais arborée plusieurs fois en la présence de Delsin.

— Et je dois être désolée ? demandai-je.

— Tu peux oui, gronda-t-il. J'ai passé la soirée à attendre que la fille de mes nuits vienne et elle ne s'est pas montrée… Tu te rends compte que si j'avais un tant soit peu de cœur, tu l'aurais achevé.

Alerte ! Mayday ! Mayday ! Un seau d'eau froide est demandé au premier étage ! Mayday ! Mayday ! Nous allons la perdre. Je répète. Nous allons la perdre.

— Mais non, mais non, tu aurais survécu… jusqu'à la prochaine.

— Comment peux-tu te moquer si facilement de moi ? demanda-t-il en feignant une nouvelle fois d'être touché. Je suis un homme à terre, profondément blessé, je t'ouvre mon cœur, et toi, tu…

— Moi… je ne suis pas la fille de tes nuits, et heureusement, tu n'as pas de cœur.

Delsin se rembrunit. Je me demandai alors si j'avais été trop dure dans ma réplique. Il fit un pas en avant et tendit le bras. Je pris sur moi pour ne pas bouger, il le remarqua sans doute, mais il ne dit rien. Il replaça une de mes mèches qui, quoi que je fasse, tombait toujours devant mes yeux, dans un même temps il effleura du bout des doigts mon oreille, m'infligeant une lente caresse qui m'affola. Cette fois-ci, j'étais certaine qu'il l'avait fait exprès. Je me sentis rougir, faiblir sur mes jambes, et mon cœur se mit à battre à tout rompre. Pourtant ce contact était à peine perceptible, mais c'était si doux que je ne voulais pas qu'il s'arrête. Ça me donnait l'impression d'être vivante et désirable. Ça faisait naître en moi une chaleur déroutante et salvatrice.

— Bien sûr que si, tu es la fille de mes nuits !

Mayday ! Mayday ! Laissez tomber, nous l'avons perdue… Je répète. Laissez tomber, nous l'avons perdue…

— Voilà, juste une brindille dans tes cheveux, dit-il en l'enfermant dans sa main.

J'aurais voulu lui dire de regarder de nouveau s'il n'y en avait pas d'autre. J'eus l'impression qu'il venait de lire dans mes pensées quand il se mit à sourire à nouveau. Je remarquai alors que son visage était moins marqué. Sa lèvre n'était plus gonflée et son coquard perdait de sa couleur.

— J'étais fatiguée hier, je me suis couchée tôt, dis-je en détournant le regard.

Pourquoi me justifiais-je par de stupides mensonges ? Il n'avait pas besoin de savoir quoi que ce soit, après tout…

— C'est pour ça que tu as une tête à faire peur ce matin ? C'est cela que l'on appelle un teint frais et reposé ?

— Mais quel connard !

Il se mit à sourire de toutes ses dents et ce fut contagieux, malgré moi.

— Sinon, ton pote est bien homo ?

— Hein ?

Delsin se rapprocha davantage. Il y avait pas mal de monde dans le couloir. Après ce que j'avais vu sur Facebook, ça me gênait qu'il soit si familier en public. Delsin semblait être sujet à attirer l'attention, car en regardant un peu plus la page du campus, j'avais pu le voir à plusieurs reprises.

— Tu ferais mieux de te reculer un peu, dis-je en m'écartant. Tu sais, les rumeurs et tout ça…

Il se mit à rire en haussant les épaules.

— Je m'en contrefiche, ça m'amuse, et puis c'est toi qui les alimentes en venant frapper chez moi.

Je jurai entre mes dents et ça l'amusa. Apparemment, il avait vu la photo et ne semblait pas s'en soucier le moins du monde. Peut-être aurais-je dû faire la même chose, je n'avais rien à me reprocher, après tout.

— Mais plus important, reprit Delsin me sortant ainsi de mes pensées. Je veux savoir si le mec qui chante sous ma douche et qui est toujours collé à toi est gay ? répéta-t-il en articulant chaque mot pour que je sois bien certaine de comprendre.

Je restai bouche bée. Rob n'avait pas l'air de faire un secret de son orientation sexuelle, mais je n'étais pas sûre de pouvoir le révéler à sa place. Pourquoi Delsin me demandait-il ça ? Était-il homophobe ? J'essayai de trouver la réponse dans son regard, mais ses yeux bleu sombre étaient indéchiffrables.

— Pourquoi tu me demandes ça ? demandai-je sans répondre à sa question initiale.

— Comme ça, répondit-il avec nonchalance. Je voulais juste en être certain, j'aime connaître mes adversaires.

— « Adversaires » ?

Il se mit à rire et Rob choisit ce moment pour faire son apparition.

— Hello, ma puce, me lança-t-il en m'embrassant sur le front avant de passer son bras autour de mes épaules.

Je me rendis compte que je m'étais habituée aux manières familières de Rob, qui ne me faisait plus peur. Je levai les yeux vers Delsin, surprenant son regard plissé. Il n'avait rien raté de notre échange.

— Je suis prêt ! s'exclama Rob. Tout pile dans les temps.

— Super ! m'exclamai-je. On y va alors !

Il acquiesça.

— Bonne journée, Del, lança-t-il.

Delsin répondit sans me lâcher des yeux. Qu'est-ce qui venait de se passer au juste ?

∞

Le vendredi était une journée que j'affectionnais tout particulièrement, car nous n'avions que trois heures de cours dans la matinée et puis nous étions en week-end. Et aujourd'hui à 11 h 45, je prenais officiellement mon premier week-end. Un premier, un vrai de vrai sans peur ni tension. Et pour ne rien gâcher, le temps était incroyable.

Après avoir acheté des sandwichs, nous avions décidé avec Rob de nous installer sous le même arbre que la dernière fois. Le coin était agréable et je soupçonnais Rob d'avoir des vues sur certains joueurs de football qui venaient ici. En même temps, je ne pouvais pas lui en vouloir, mais Rob semblait avoir des vues sur tout ce qui était notablement… potable.

— J'ai envie d'aller danser ! déclara-t-il une fois assis.

Il avait dans les mains un prospectus qui annonçait une soirée étudiante dans une boîte qui s'appelait « La Boîte ». Vachement original comme nom. Je ne savais pas si c'était de celle-là que m'avait parlé Delsin, mais Rob avait l'air ultra partant pour y aller.

— Ça ne me dit trop rien..., soupirai-je.

Il fit la moue.

— Comment ça ?

— Je ne suis pas certaine d'avoir trop envie de sortir.

— Oh, allez viens ! minauda-t-il. Ça va être sympa.

Je secouai la tête. Je préférais franchement rester chez moi et puis je dansais comme une quiche. Mais surtout, je n'étais jamais sortie en boîte et je ne savais pas comment on faisait.

— Je ne sais pas trop, Rob...

— Tu ne vas quand même pas rester enfermée ici un samedi soir ?

Il faisait une tête de bambin auquel il était franchement difficile de dire « non ». Je grommelai entre mes dents. Au même moment une ombre fila au-dessus de nous. Je levai les yeux et attrapai un ballon ovale avant de me le prendre en pleine tronche. Rob siffla.

— Non, mais ça va pas ! s'exclama-t-il en cherchant à qui appartenait le ballon.

Il calma néanmoins ses ardeurs en voyant le même joueur que l'autre jour courir vers nous en me faisant signe de lui renvoyer le ballon. Il l'avait fait exprès ou quoi ? Je lui renvoyai la balle avec force, mais au lieu de repartir sur le terrain avec ses potes, il trottina vers nous comme l'autre fois.

— Je suis désolé, ma belle ! Je voulais juste vérifier si la dernière fois n'était pas un coup de bol.

— Ton manque de foi en mon talent naturel me blesse, répliquai-je.

Il courba légèrement l'échine tout en riant. Il était charmant, lui aussi. Seigneur, comment une ville aussi paumée pouvait-elle regorger de si beaux garçons ?

— Désolé...

Il était évident qu'il ne le pensait pas du tout et ça me fit rire. Une silhouette se dessina derrière lui.

— Axel, ramène tes fesses par ici au lieu de draguer…

Cette voix familière était de plus en plus proche et lorsque l'autre joueur arriva devant nous, je hoquetai de surprise. Il plissa les yeux et me scruta.

— … de draguer ma Levy.

— Ta ? dis-je alors que Rob me faisait écho. Il ne me semble pas que l'on soit convenus à aucun moment que je t'appartenais. Ou alors j'ai loupé un truc.

Comme toujours, quand je lui répondais, Delsin se mit à sourire.

— Tu ne vois donc pas que j'essaie de te sauver de ce type dangereux ?

— Ouais, enfin tu dis ça, mais ce n'est pas moi qui me balade avec la tête d'un évadé de prison, rétorqua le Axel en question. Faut pas faire gaffe, tu sais, quand Del n'est pas cleptomane, il se prend pour un Khan. Femmes, terres, nourritures, enfants… Il croit que tout lui appartient.

Delsin plissa soudain les narines et se mit à renifler l'air environnant.

— Tu sens ça, mon pote ? Ça pue la jalousie à trois kilomètres à la ronde.

Axel éclata de rire. C'était certainement Delsin le joueur manquant de la fois précédente qui n'était pas trop en état de jouer. Bien sûr ! Rob m'avait aussi dit qu'il faisait partie de l'équipe de l'université.

— Axel, je te présente Rob mon-bientôt-futur-ex-coloc et Levy.

Alors c'était lui le fameux meilleur ami.

— Enchanté, lança Axel en serrant la main de Rob qui était aux anges, puis en me lançant un regard amusé.

— Moi… aussi, soufflai-je.

— Oh, mais non ! s'exclama-t-il. Regarde ce que tu as fait avec ta sale tronche, elle a peur maintenant.

— Ou peut-être qu'elle se dit que la prochaine fois que tu enverras un ballon exprès dans sa direction elle t'allongera une droite, répliqua Delsin.

Je gloussai comme une idiote.

— Au fait, ce joueur manquant, tu l'as retrouvé ? demandai-je à Axel.

— Ouaip, lança-t-il en prenant Delsin par les épaules. Ce mec est un sale con, mais c'est un crack alors on le supporte juste parce qu'il joue bien. On peut toujours te trouver une place quand tu veux pour faire une partie bien sûr !

Delsin plissa les yeux, découvrant sans doute que ce n'était pas la première fois que je parlais à son pote.

— Oh, merci, mais très peu pour moi ! dis-je en levant les mains devant moi. Je ne crois pas être maso à ce point. Une bande de mecs bodybuildés et accros aux protéines contre une pauvre fille, ça ira.

— On n'est pas des brutes, mais des vrais gentils et pas accros aux protéines, ma belle, s'exclama Axel. Tout ça, c'est du cent pour cent naturel.

Delsin fit un signe dans le dos de son pote censé nous faire comprendre à moi et à Rob qu'Axel était fou. J'éclatai de rire et Axel se jeta sur Delsin qui atterrit au sol. On aurait pu croire que ça allait le calmer, mais pas du tout, ce fut le début une bataille d'hormones. Delsin attira son pote au sol et l'autre éclata de rire. Puis, trois autres de l'équipe vinrent les rejoindre et se jetèrent sur eux. Nous avions à présent devant nous cinq gars qui se chamaillaient comme des gamins. Rob était aux anges. Moi, j'étais étonnamment amusée.

— On devrait peut-être intervenir, lança Rob, les yeux brillants.

— Fais-toi plaisir, je passe mon tour, lançai-je.

Je me rassis à ma place. Rob se posa à côté de moi et, bientôt, Delsin se plaça en face de moi, si bien que je ne voyais plus que lui.

— Vous faites partie de l'équipe de football de l'université ? demanda Rob, qui connaissait très bien la réponse.

— Ouaip, répondit un type que je ne connaissais pas. Moi, c'est Sawyer.

— Adam, lança un autre type en levant la main.

Quand tous posèrent les yeux sur moi, je compris que je devais me présenter aussi à ceux que je ne connaissais pas. Exercice sans doute très simple pour tout le monde, mais qui me terrifiait.

— Levy, dis-je d'une petite voix.

— Rob ! s'exclama ce dernier.

— Vous faites quoi de beau ? demanda Axel.

— On profite de notre week-end, répondit Rob.

— Eh bien, ils n'essaient même plus de traumatiser les petits nouveaux de première année de nos jours ? s'étonna Sawyer en riant.

— On n'est pas trop à plaindre non plus, lança Axel.

— C'est clair, approuva Delsin. Même si la compagnie est nettement plus agréable ici.

— Moi, j'ai fait assez pour ma semaine, soupira Zack.

— Adam !

L'Adam en question redressa la tête et son visage changea du tout au tout. La joie éclaira ses traits et ses yeux se mirent à pétiller. Il se leva et l'instant d'après une jeune femme se jeta dans ses bras. Sans se soucier de nous, ils se mirent à s'embrasser passionnément. Tout le monde sans exception regardait leur baiser torride. Je baissai les yeux et regardai mes genoux avant que l'envie d'épier ne soit trop forte. Mais mon regard croisa celui de Delsin et encore une fois je m'empourprai.

— Salut les gars, lança la jeune fille après quelques minutes de baisers torrides.

— Hello !

Elle nous scruta, Rob et moi, et nous lança un sourire radieux. Elle était très jolie avec son teint bronzé et ses longs cheveux noirs.

— Salut, moi, c'est Anna, se présenta-t-elle.

— Rob. Et elle, c'est Levy.

Je lui fis un petit signe.

— Bon les gars, déclara Adam qui n'avait pas lâché sa copine des bras, je vais aider Anna à s'installer.

— On va t'aider, lança Sawyer d'un air narquois.

Ils se mirent tous à rire.

— Non, non, c'est bon, je devrais pouvoir m'en sortir ! On s'appelle…

— Ouais, c'est ça, se moqua Axel. « On s'appelle »…

Je regardai les amoureux partir avant de reporter mon attention sur mes genoux.

— Vous faites quoi ce week-end ? demanda Zack.

— Ah merci, j'avais failli oublier ! s'exclama Rob.

Je relevai la tête. *Oh, merde !*

— J'étais en train de convaincre la demoiselle d'aller en boîte demain soir. Hors de question qu'elle reste seule pour son premier week-end ici.

— Il a raison, ma belle, appuya Axel.

— Je dois…

— On s'en fout, m'interrompit Zack. Rester seule chez soi un samedi soir, c'est interdit !

Delsin ne disait rien, mais tout le monde parlait de mon cas. Chacun apportait sa plaidoirie. Rob y allait au chantage affectif en me disant que si je n'y allais pas, lui non plus. Axel disait que c'était un rite de passage obligé pour tous les étudiants de la fac. Zack avait hurlé que nous allions nous marrer comme des malades. Je secouai la tête, restant silencieuse, attendant qu'ils finissent tous de parler. Je n'avais pas le choix. J'étais seule contre tous. Et puis, c'était sûrement le cours normal des choses. Se faire des amis, sortir, s'amuser. Peut-être que Delsin avait raison. Peut-être que ça changerait ma vie.

— OK…

Chapitre 9

Sans savoir comment c'était arrivé, je me retrouvai seule avec lui. Rob s'éclatait sur la piste de danse, Adam et Anna semblaient seuls au monde, et les autres, j'ignorais où ils étaient passés. Et Delsin n'avait pas l'air d'avoir envie de bouger de là. Il ne semblait pas du genre à se défouler sur la piste, il ressemblait plutôt à un type qu'il ne fallait pas faire chier. J'avais l'impression de voir deux personnes en lui et ça me perturbait. Il y avait comme une bête qui sommeillait au fond de lui mais qui pouvait bondir à tout moment.

J'avais mes démons et je me demandais quels étaient les siens. Parfois il était là, parfois il me semblait loin, et c'était un sentiment qui m'était tellement familier. Peut-être avait-il connu la violence lui aussi, ou quelque chose dans le genre.

On ne connaît pas vraiment les gens.

J'avais le sentiment que ce que j'avais subi pendant toute mon enfance ne me permettrait jamais d'avoir une vie normale. J'étais terrifiée de tout, je vivais dans le noir, et le moindre geste brusque me faisait paniquer. Personne ne pouvait comprendre sans avoir soi-même quelques démons à son actif.

Delsin termina son verre de bière. Lui qui m'avait vanté les mérites des soirées en boîte avait l'air de s'ennuyer comme jamais.

— J'ai l'impression qu'il ne reste que nous, déclarai-je.

— Un guet-apens, je pense.

— Ça m'en a tout l'air…

— Est-ce que tu veux quelque chose à boire ?

— Un Coca ou quelque chose dans le genre, je veux bien. Je vais aux toilettes.

Il se leva et se dirigea vers le bar tandis que je me rendais aux sanitaires. Je n'avais pas tellement envie de me soulager, je voulais surtout m'isoler pour souffler un peu. Je passai mes mains sous le jet d'eau et la fraîcheur me fit un bien fou. J'essayai de me détendre un peu, mais rien ne me semblait évident. Pourtant tout se passait très bien et les potes de Delsin étaient vraiment sympas. Il fallait que je mette de côté mes démons et que j'apprenne à profiter de ma nouvelle vie.

Une nouvelle vie dans laquelle je pourrais entreprendre n'importe quoi. Désormais, plus question de regarder en arrière, jamais je ne pourrais changer mon passé, il s'agissait seulement de faire en sorte que le présent soit comme j'en avais envie.

Je regardai mon reflet dans le miroir. Il n'y avait pas grand-chose que je trouvais intéressant chez moi et malgré mon léger maquillage, je ne me sentais pas particulièrement jolie. Ça aussi je l'associais au passé. Je me demandais si je me serais trouvée différente si mon enfance avait été normale. Je secouai la tête, ce n'était pas le moment de se poser ce genre de questions. Deux filles entrèrent dans les toilettes.

— Delsin, ce mec est torride.

Je me rembrunis.

— Moi, je préfère son pote avec ses longs cheveux. Une copine m'a dit qu'il savait clairement y faire si tu vois ce que je veux dire…

Je me demandai comment on pouvait avoir envie de coucher avec un mec qu'une amie s'était déjà tapé juste parce qu'elle prétendait que c'était un bon coup. Qu'y avait-il d'excitant à passer les unes après les autres ?

— Puis, il paraît que Delsin a une meuf.

Je tiquai. *Delsin, une meuf?*

— Ah bon?

— T'as pas vu les photos sur Facebook?

— Si, mais ça ne veut pas dire grand-chose avec lui...

Je m'essuyai les mains.

— Ouais, t'as raison. C'est sans doute une pauvre fille qui ne sait pas encore qu'elle n'est qu'un vagin.

Je sortis avant d'en entendre davantage.

Il y avait toujours autant de monde, la musique était assourdissante. Ce n'était définitivement pas pour moi, ce genre de soirée. Je préférais les ambiances plus intimes. Je me frayais tant bien que mal un chemin à travers la foule pour retourner à ma place quand on m'attrapa le poignet.

— Hé, toi!

Je fis volte-face en me dégageant brusquement.

— Excuse-moi, je ne voulais pas te faire peur, dit l'homme qui venait de m'accoster.

— Pas de problème, marmonnai-je.

Je fis demi-tour, mais il m'attrapa à nouveau le poignet, cette fois-ci avec plus de force. Je tentai de me dégager, en vain. Et je paniquai, toute ma confiance récemment accumulée s'envola et même si cet homme n'était pas *lui*, sa poigne demeurait la même. Un homme normal ne brusquait personne de la sorte. Mon poignet me faisait mal.

— Hé, sois sympa! lança-t-il. Ne me fous pas un vent alors que depuis que t'es arrivée ici j'attends que tu sois seule pour t'aborder.

— Lâche-moi! Je...

La panique me faisait perdre mes mots. Il était bien moins impressionnant que mon bourreau, pourtant je ne me sentais pas plus capable de l'affronter.

— Je veux juste te proposer un verre.

Je secouai la tête pour refuser :

— Non merci.

— Tu es toute seule, là. On peut faire connaissance.

J'essayai une nouvelle fois de libérer mon bras.

— Lâche-moi.

Son visage se crispa, il semblait à bout de patience. Je connaissais cette sensation. Je ne l'aimais pas du tout. J'espérais ne plus jamais y être confrontée. Pourquoi était-il venu me voir, moi ? Et pourquoi n'étais-je pas capable de m'en débarrasser ?

— Excuse-moi, mais je vais devoir insister parce que tu me sembles seule et pas tellement occupée, dit-il d'une voix dure.

— Lâche-moi ! m'écriai-je tout en tirant de toutes mes forces sur sa prise.

Il m'attira violemment contre lui.

— Pourquoi, on s'amuserait tous les deux ? souffla-t-il à mon oreille.

— Non…

Tout se mit à tourner autour de moi et je me sentis happée dans un puits sans fond, une terreur familière me foudroya et je poussai un hurlement. L'homme me plaqua contre un mur. Je sombrais totalement dans la panique lorsqu'un bras vint s'interposer entre moi et mon agresseur et le repoussa violemment.

— Il me semble qu'elle t'a dit « non » à plusieurs reprises, alors je te conseille de la laisser et de te barrer ! gronda Delsin en se plaçant devant moi tout en faisant face à l'homme.

— On ne t'a pas sonné, connard ! cracha-t-il en le repoussant.

Je m'écartai de justesse pour ne pas risquer de me faire écraser entre Delsin et le mur. Alors je les aperçus, cette étincelle et cette bête. Le visage de Delsin était crispé par la colère.

— T'emmerdes une fille, et c'est moi le connard ?

Il saisit l'homme par le col et le plaqua contre le mur avec une force inouïe, si bien que le type se cogna la tête.

Je recouvrais peu à peu mes esprits, à présent que Delsin était là. Et je pris conscience que la foule s'était écartée et que nous étions devenus le centre de l'attention.

— Delsin, tu n'es pas…, soufflai-je en me rapprochant de lui.

Je ne voulais pas qu'il s'attire des ennuis par ma faute, j'espérais le calmer. Il me scruta par-dessus son épaule. Je sentais que mon souffle était saccadé, mes joues et mes yeux étaient rouges. Je savais qu'il voyait de la peur sur mon visage et il n'avait pas l'air d'aimer ça. J'étais incapable de parler pour lui exprimer la gratitude que j'avais à son égard à cet instant.

— Bon sang ! Que se passe-t-il ici ? s'écria Axel.

— Il se passe que celui-là était en train d'emmerder Levy, grogna Delsin.

Rob arriva et vint passer un bras autour de mes épaules. Je ne sursautai pas, je réagis à peine. Je posai ma tête contre lui, à bout de forces.

— Tu vas bien ? me demanda-t-il.

— Oui, répondis-je mécaniquement sans quitter Delsin des yeux.

— Lâche-le, Del ! ordonna Axel. Lâche-le, ça ne vaut pas le coup que tu te mettes dans un état pareil.

— Mais il…

— Mais elle va bien.

Il obéit avec difficulté.

— On va le foutre dehors, ajouta Axel en saisissant le type par le bras dans l'intention de le guider vers la sortie.

— Va te faire foutre, Ducon ! hurla l'homme en se débattant.

Il s'arracha à la prise d'Axel et enfonça son poing dans le visage de Delsin. Je poussai un cri. La violence faisait ressurgir ma panique. Même si je n'en étais pas la cible. Rob resserra un peu plus mes épaules. Bien qu'un peu sonné, Delsin réagit tout de suite et envoya son crochet droit en plein visage du type. Puis un deuxième. Et encore un autre. Elle était encore là, cette rage indomptée et incontrôlée. Je déglutis. Je n'aimais pas non plus les coups lorsque c'était lui qui les donnait. Et je me surpris à trembler.

— Del…

Ma voix n'était qu'un souffle, mais il l'entendit. Le type s'effondra au sol. Lorsque Delsin bougea, tout le monde était sur ses gardes. Il se pencha vers moi et attrapa mon poignet. Je me laissai faire, sans peur.

— Tu vas bien ? me demanda-t-il.

Il caressa mon poignet, là où j'avais une petite marque rouge. Je regardai les jointures de ses mains, elles étaient rouges et sa lèvre aussi. Une fois encore. Décidément, il était toujours amoché.

— Oui…

Le monde présent dans la boîte et autour de notre petit groupe avait cessé toute activité et tout le monde regardait ce qui se passait avec curiosité. Des videurs arrivèrent. Plusieurs personnes vinrent dire à Delsin quelques mots que je ne comprenais pas, mais apparemment assez positifs puisque les videurs ne semblaient pas vouloir le faire sortir.

— Tout va bien ? me demanda l'un d'eux. Tu as besoin de quelque chose ?

— Non… ça va aller.

Ils attrapèrent mon agresseur et l'emmenèrent. La musique remise en route, je me rendis alors compte que je n'avais pas eu conscience du moment où elle s'était arrêtée. Les gens se remirent à danser.

Delsin tremblait et, malgré les larmes qui me troublaient à présent la vue, je voyais qu'Axel et Zack prenaient soin de rester près de lui et qu'ils essayaient de le calmer ou de le contenir. J'ignorais pourquoi ils faisaient ça, mais ils avaient l'air de tenir à leur rôle, comme s'ils y étaient habitués.

— Tout va bien, Del ? demanda Axel alors que nous rejoignions nos places.

— Ouais, grogna-t-il en s'asseyant sur la banquette.

Il devait avoir mal à la lèvre, mais il semblait s'en foutre. Ses mains tremblaient et son visage était toujours crispé par la colère. Il me scruta soudainement puis il se leva et partit en direction de la sortie.

— Delsin ? l'appelai-je.

Il m'ignora et fila en zigzaguant à travers les étudiants qui avaient oublié ce qui venait de se passer. Était-il en colère contre moi ?

— Laisse, ma belle, lança Axel. Il a juste besoin de prendre l'air pour se calmer, c'est tout.

— Vaut mieux le laisser se détendre, ensuite la fête reprendra son cours, ajouta Zack.

« La fête reprendra son cours » ? *Non*… Pour moi la fête était finie. Le type avait emporté toute ma bonne humeur lorsqu'il m'avait acculée. Peut-être était-ce l'alcool qui l'avait rendu comme ça, ou peut-être était-il simplement mauvais, dans tous les cas, je n'avais plus envie de jouer ni de m'amuser. Je me levai à mon tour. Je ne voulais pas laisser Delsin seul. Je savais ce qu'un homme en colère pouvait faire. Delsin était en colère, mais il avait volé à mon secours. Il n'était pas du genre violent sans raison, je le savais, mais ce n'était pas bon de le laisser partir comme ça.

— Levy ?

C'était Rob, mais je ne répondis pas et je filai en vitesse hors de la boîte. L'air frais me fit du bien. Je le repérai tout de suite. Il était adossé contre le mur, la tête tournée vers le ciel, les yeux fermés. Je craignais de le déranger et d'éveiller sa colère, mais je me sentais aussi redevable et inexplicablement attirée.

— Delsin ? soufflai-je.

Après quelques secondes, il baissa la tête et me fit face. Si j'avais vu dans son regard la moindre étincelle malveillante, je me serais enfuie en courant, mais il n'y avait rien de tout cela dans ses yeux. Brusquement il m'attira contre lui, mon souffle se coupa littéralement quand il agrippa ma nuque et qu'il me lova contre son torse. Les yeux écarquillés, je tentai de comprendre sans opposer de résistance. Il resserra ses bras autour de moi et mes yeux me piquèrent soudain. Pour la première fois depuis tellement longtemps, je soufflai enfin. Dans cette étreinte j'avais l'impression non seulement qu'il essayait de me rassurer sur ce qui venait de se passer mais aussi qu'il voyait bien plus loin, qu'il savait ce que j'avais subi et qu'il voulait chasser tout cela de mon esprit et me protéger.

— Est-ce que tu es en colère ? demandai-je d'une petite voix.

— Oui.

Le ton de sa voix n'avait rien de complaisant. Je frissonnai. J'avais peur des hommes en colère mais j'avais le sentiment que la colère de Delsin n'était pas comme celle qui résonnait dans mon passé…

— Mais pas contre toi, trésor. Je suis toujours en colère, mais ce n'est pas toi. Ce fils de pute, j'avais envie de le fracasser !

Ses mains qui me retenaient contre lui tremblaient à nouveau. Je m'écartai de lui et reculai de quelques pas. Le regard qu'il me lança m'affola pour diverses raisons.

Peur et désir se mêlaient dans mon esprit. Il était sorti pour ne pas faire de conneries, il se maîtrisait à l'instant. J'ignorais pourquoi il se mettait dans un tel état, mais je n'aimais pas le voir comme ça.

— Il n'en vaut pas la peine, dis-je.

— Ils n'en valent jamais la peine, cracha-t-il. Et ils s'en sortent toujours de la même manière parce que quelqu'un dit ça. Parfois, un petit exemple, ça remet certaines pendules à l'heure.

Il sortit quelque chose de la poche de son jean. Un paquet de cigarettes.

— Pourquoi tu le défends, qu'est-ce que tu crois qu'il t'aurait fait ? me lança-t-il.

— Je…

Du mal, sans doute.

Mais ma réponse resta coincée dans ma gorge. Sans réfléchir, je m'approchai à nouveau et attrapai son visage entre mes mains. Il se laissa faire et n'opposa aucune résistance. J'eus alors le sentiment que sa colère s'évaporait un peu. Soulagée, je retirai la clope qu'il avait dans la bouche avant de la jeter à terre et plongeai mon regard dans le sien.

— Levy…

Son murmure sonnait comme une prière. Je tenais toujours son visage en coupe dans mes mains. J'aurais pu avoir une peur viscérale de ses réactions, mais ce n'était pas le cas. Il était différent, il n'était pas méchant. Ces choses-là, j'avais appris à les lire dans les yeux des gens au fil des années. Et Delsin n'était rien de tout ça. Je voulais le remercier de ce qu'il avait fait pour moi, mais j'ignorais comment m'y prendre.

— Mon Dieu, je suis désolée…, soupirai-je.

— De quoi ? D'avoir gâché ma dernière clope ?

— Non, pas ça, dis-je en secouant la tête. C'est juste que… c'est ma faute, tout ça.

— Non ! Putain, pourquoi serait-ce ta faute ? C'est lui le détraqué.

C'était juste… une vieille habitude que de me penser responsable.

— Ce genre de mec qui se considère comme meilleur que toi et qui pense n'avoir rien fait de mal, ça me dégoûte ! J'aurais dû être plus prudent et le dégager dès que je l'ai vu te parler.

— Tout va bien, ne t'en fais pas.

J'esquissai un faible sourire. Je n'en avais peut-être pas l'air, mais j'allais bien et c'était grâce à lui. Je scrutai son visage que je tenais toujours dans mes mains et que je n'avais aucune envie de lâcher. J'avais senti qu'à mon contact ses tremblements s'étaient calmés. Enfin, c'était probablement juste mon imagination…

— Merci de m'avoir défendue, Delsin.

Personne ne l'avait plus fait depuis des années et je me sentais heureuse.

— Pas de quoi.

— Je… je vais soigner ta lèvre, ça va empirer, sinon…

— Ne t'embête pas avec ça. C'est juste une égratignure.

Sans l'écouter, je sortis de mon sac ma petite trousse d'urgence. Je l'ouvris et en sortis une lingette désinfectante. Comme lors de notre première rencontre, il me regarda d'un air bizarre.

— C'est hallucinant ces trucs que tu as dans ton sac. J'ai vraiment bloqué dessus la première fois.

Je souris à ce souvenir.

— On dirait que je vais de nouveau t'être redevable.

— Chut, dis-je en secouant la tête. Ne parle pas et, non, c'est normal. Tu aurais fait la même chose pour moi.

— Non.

Je le regardai bizarrement, tout en stoppant ses soins. Il sourit cette fois-ci, heureux de l'effet qu'il venait d'avoir sur moi.

— Je ne laisserai jamais le temps à quelqu'un de te faire du mal, grogna-t-il. D'accord ?

Mon cœur se mit à cogner d'une manière si virulente que je crus qu'il allait jaillir de ma poitrine. La seule personne à m'avoir dit ce genre de choses, c'était Norah… Et elle m'avait abandonnée. Pourtant dans la bouche de Delsin, j'avais envie d'y croire, ça sonnait comme une promesse de liberté, et d'éternité aussi.

— Voilà qui est digne d'un gentleman, soupirai-je, les joues cramoisies.

Je ne savais pas quoi penser. Tout était fouillis dans ma tête. Je me concentrai alors un peu plus sur sa bouche. Elle était un peu rouge et gonflée.

— Il n'y avait pas grand-chose au final, déclarai-je. Ta lèvre est juste un peu enflée.

— Des recommandations ? demanda-t-il, amusé.

— Je crois que tu ferais mieux de ne pas trop solliciter ta bouche pour…

Il plissa ses yeux amusés et leva une main, je sursautai quand il la passa dans mes cheveux afin de les placer derrière mon oreille.

— « Pour » ?

Je soupirai malgré moi et ses yeux se voilèrent. Nos regards se mêlèrent et la colère quitta totalement son visage pour laisser place à un sentiment nouveau. Mon ventre fut parcouru de spasmes, se propageant toujours plus intimement.

J'étais perdue. Il était… Ce garçon au visage amoché, aux yeux de fou. Cet homme habité par une colère muette m'intriguait et m'attirait plus que jamais.

— « Pour » ? répéta-t-il.

— Quoi ? Pardon, je…

Il éclata d'un petit rire moqueur.

— Ma bouche, je crois que tu en étais là.

— Ah, oui… Vas-y simplement mollo si tu ne veux pas que ça enfle, dis-je précipitamment.

— Genre ?

Seigneur…

Je pris soudain conscience des degrés qui avaient augmenté, de sa main qui caressait toujours mes cheveux et de la proximité de nos corps quasiment l'un contre l'autre. Et moi qui ne prenais plus peur…

— C'était presque guéri, alors laisse reposer au moins une nuit. Sans trop parler, trop manger ni… Enfin, tu vois quoi.

Je bégayais et cet imbécile ne faisait rien pour m'aider. Il avait même l'air de trouver ça divertissant. Je grommelai un juron en gonflant mes joues comme une enfant. Ce qui le fit rire.

— Promis, j'essaierai, trésor.

Je frissonnai quand il toucha mon oreille en retirant sa main de mes cheveux. Il la caressa ouvertement cette fois-ci. Je ne savais pas ce qui le fascinait à ce point avec cette oreille. Peut-être était-ce la petite cicatrice de forme arrondie qui commençait sous mon lobe pour remonter derrière qui l'intriguait.

— Ça te fait mal ? me demanda-t-il.

— Quoi donc ?

— Cette cicatrice ?

Je déglutis. Alors c'était bien ça… Pourquoi fallait-il qu'il l'ait remarquée ? Elle était moche, tout comme son histoire d'ailleurs.

— Non.

— Elle te correspond…

Mon cœur flancha. *Comment ça ?*

— Elle ressemble à un croissant de lune et tu es insomniaque. Je trouve ça très cohérent.

Je souris. Pourtant, j'avais envie de pleurer. J'aurais voulu l'embrasser. Juste d'une simple pression pour le guérir, pour le goûter et pour me guérir peut-être aussi. Ce tiraillement était si intense qu'il s'étendait de mon ventre à mon intimité.

— Arrête, Levy…

Je sursautai et levai les yeux vers lui. Il semblait vouloir la même chose que moi, enfin c'était l'impression que j'avais.

— Hey ! Del, tu…

Je m'écartai brusquement de Delsin qui lâcha un grognement de frustration.

— Désolé, lança Zack en riant. Désolé, j'ignorais que…

— Qu'est-ce que tu veux, abruti ? gronda Delsin.

— Tout le monde se demande ce que vous faites. Je vais leur dire de ne pas compter sur vous à moins que… ?

— Est-ce que tu veux y retourner ? me demanda Delsin.

Je secouai la tête. Je préférais largement errer dehors jusqu'à tomber de fatigue.

— Je vais te ramener, alors.

— Non, j'ai faim.

Il comprit tout de suite et un sourire taquin naquit sur ses lèvres.

— Je connais un endroit parfait pour ça.

Chapitre 10

Levy, pourquoi ne me réponds-tu pas ? Je sais que tu m'en veux, mais je pense être la personne la plus à même de comprendre… Levy, je regrette, tu sais ! Il ne se passe pas un jour sans que je pense à toi. Je m'inquiète pour toi. Où es-tu ? Enfin pourquoi ne m'as-tu pas appelée ? Tu ne t'en sortiras pas toute seule.

Qu'est-ce qu'elle pensait savoir ? Elle ignorait tout de ce que j'avais subi après son départ. Tout s'était amplifié après cela.

Bien sûr, elle me manquait malgré tout. J'aurais voulu qu'elle voie la jeune femme que j'étais devenue. Mais ma colère était trop profonde, je n'arrivais pas à m'en défaire et à lui pardonner. Quand elle m'avait quittée, elle m'avait trahie, alors qu'elle m'avait promis de toujours être à mes côtés. Lors de son départ et les jours qui avaient suivi, elle *lui* avait donné raison et il ne s'était pas gêné pour me le faire comprendre.

Je supprimai le message sans y répondre, mais ses derniers mots me restaient en travers de la gorge.

« Tu ne t'en sortiras pas toute seule. »

Cela me blessait. Je secouai la tête. Comment osait-elle me dire ça ? Comment osait-elle après m'avoir abandonnée ?

Deux semaines s'étaient écoulées depuis la soirée en boîte, mon presque baiser avec Delsin et le dernier message de

Norah. Il fut un temps où c'était moi qui lui en envoyais des dizaines par mois, espérant qu'elle me répondrait, voilà que c'était à son tour d'attendre. Norah avait beau dire, je m'en sortais bien. Je m'étais fait des amis. Plus en moins d'un mois passé ici qu'en dix-huit ans là-bas. Et puis, même si j'étais encore sujette aux insomnies, j'avais un coéquipier pour me tenir compagnie.

En ce moment, je pensais beaucoup à lui. Et si toutefois j'essayais de ne pas le faire, Rob était là pour me le rappeler et le Facebook de l'université avait publié deux photos qui m'avaient plus que perturbée.

Sous une légende où l'auteur de l'article expliquait qu'une bagarre avait éclaté et que le torride Delsin avait joué le sauveur de ces dames, une première photo montrait Delsin en train de se battre avec l'autre type, et la seconde, c'était nous. J'étais dans les bras de Delsin. Carrément enlacée, recroquevillée contre lui. Ma tête était contre son torse, et ses bras étaient solidement attachés dans mon dos. Autant dire que Rob en avait fait toute une histoire... Mais ce qui m'avait étonnée lorsque j'avais vu la photo, c'était de voir que Delsin avait alors enfoui son visage dans mes cheveux. Je ne l'avais pas senti sur le moment. Nous voir ainsi sur la photo m'avait profondément émue.

Delsin me faisait de l'effet. Beaucoup. Énormément même. Il m'intimidait aussi. Mais je n'étais pas vraiment prête pour tout cela. Pour la simple et bonne raison que je n'avais jamais eu de petit copain. Je n'avais pas la moindre expérience, pas même celle du premier baiser. Alors le reste... c'était le désert de Gobi ! Je préférais ne même pas y penser. Je devais probablement être une sorte d'exception. J'avais vécu en paria toute ma vie, je n'étais pas prête à franchir ces étapes. Encore moins avec Delsin... Grand Dieu, je préférais encore mourir plutôt que le voir rire s'il apprenait que j'étais une pauvre vierge effarouchée.

∞

Je m'installai pour la première fois sur une des tables vides de notre *diner*. Pas de Delsin en vue. Je sortis mes cours et relus vite fait la dissertation que je devais rendre sur les droits de la famille. Mais la dernière phrase de Norah était toujours présente dans mes pensées. Me prendre en main était bien, mais peut-être que Delsin avait raison après tout ; faire une liste n'était pas une mauvaise idée. Je sortis une feuille blanche et me lançai dans la rédaction de cette fameuse liste des choses que je n'avais encore jamais faites. Le constat serait triste et effarant pour une fille de mon âge, mais après tout, je n'avais rien à perdre et tout à y gagner.

— Salut, trésor !

Je sursautai et relevai les yeux. J'étais tellement concentrée que je n'avais pas remarqué l'arrivée de Delsin. Scrutant l'heure sur l'horloge au-dessus du comptoir, je me rendis compte que ça faisait une vingtaine de minutes que je grattais des mots sur cette liste. Depuis combien de temps était-il là à me regarder ?

— Salut…, répondis-je.

J'avais l'impression de lui avoir volé cet endroit, mais il ne semblait pas y voir d'inconvénients. Ce soir encore, il portait sa casquette.

— Tu fais quoi de beau ? demanda-t-il.

— Rien, dis-je en me rendant compte qu'il avait peut-être vu ma liste.

— Ça ne m'a pas l'air d'être rien, lança-t-il en souriant. Tu étais très concentrée, j'ai attendu quelques secondes avant de te déranger. Je suis à deux doigts d'être vexé que tu ne m'aies pas remarqué…

— Peut-être que tu as mal vu.

— Tu as mangé du sarcasme ce soir ? demanda-t-il en riant.

Je lui tirai la langue, mais il souriait tellement qu'il était difficile de faire mine de lui en vouloir.

— Oh, trésor, on ne pointe pas ce genre de choses vers un homme si on ne compte pas s'en servir… Et puis, depuis quand as-tu des secrets pour moi ?

Mon Dieu, s'il savait…

Il s'installa en face de moi et commanda la même chose que d'habitude pour lui, mais aussi pour moi sans se soucier de savoir si j'avais déjà mangé quelque chose. Puis, il posa paresseusement ses coudes sur la table, tout aussi lentement, il posa sa tête dans ses paumes et il me scruta sans rien dire. Il voulait savoir, mais ne demandait rien. Il se contentait d'attendre et je savais qu'il ne me forcerait pas à lui dire. C'était ce qui me donnait envie de partager ça avec lui, car après tout c'était son idée.

— J'étais en train de commencer une liste, avouai-je finalement.

— De courses ? railla-t-il.

— T'es con, pouffai-je. C'est une liste de toutes ces choses que j'aimerais faire…

Un sourire s'étira sur ses lèvres et il se redressa au-dessus de la table pour essayer de lire.

— Génial ! Tu me montres ?

Subitement le rouge me monta aux joues. Je n'avais pas envie de me ridiculiser. Encore moins devant lui. Mais ça… Ça, c'était sans doute déjà trop tard.

— Je…, bredouillais-je.

— Tu ?

— Je ne sais pas trop…

— Tu veux me briser le cœur, c'est ça ?

— Je croyais que tu n'en avais pas, répliquai-je. Et puis, cette liste est ridicule de toute façon…

— Rien n'est ridicule quand ça compte pour quelqu'un !

— Tu le penses, vraiment ? demandai-je en scrutant son regard.

— Bien sûr !

— Tu dis ça, et tu vas te foutre de moi, quand tu vas lire tout ça.

Il se redressa alors et porta une main à son cœur.

— Moi, Delsin White, jure solennellement de ne pas me moquer de toi. Je le jure sur cette part de tarte qui arrive et qui m'a fait fantasmer toute cette putain de journée.

Je souris. Une part de tarte, hein ? Ça me semblait absurde et tellement loin de lui. Comment pouvait-il être aussi complexe et s'extasier pour une part de tarte à la pomme ?

Et puis merde, après tout…

Je lui tendis ma feuille et il se rassit. Mon premier réflexe fut de baisser la tête pour ne pas voir sa réaction, mais je fus incapable de détacher mes yeux de lui. Son visage était extrêmement concentré sur sa lecture, mais il n'y avait aucune trace de moquerie. L'attente était longue…

— Tu n'as vraiment jamais fait ces choses ?

Je secouai la tête, les joues écarlates. Évidemment qu'il aurait du mal à le croire.

— Vraiment ? insista-t-il.

— Oui.

— Tes parents étaient stricts à ce point ?

Tu n'as pas idée…

J'acquiesçai en silence et il n'en demanda pas davantage. Notre serveuse habituelle nous apporta notre commande. Delsin ne disait toujours rien. Il était très calme et concentré.

Je me demandais à quoi il pouvait bien penser. Est-ce qu'il se disait que j'étais pitoyable? Ou pire... Je n'arrivais pas à déchiffrer ce à quoi il pouvait bien penser et ça me rendait nerveuse.

— C'est super! déclara-t-il finalement.

Je relevai la tête sans comprendre.

— Il y a pas mal de choses que je n'ai jamais faites! On les fera ensemble, si tu veux. Pour ce qui est du reste, je vais m'occuper de toi et de cette liste.

— Tu...

Il souriait à présent et, moi, j'étais au bord des larmes. Ce mec était une espèce d'extraterrestre et il était tombé sur moi... ou moi sur lui.

— Bon, on va pouvoir se débarrasser d'un truc plutôt vite. Le sex-shop...

Il me regarda alors avec un air taquin. Et mon bas-ventre s'embrasa.

— Oh, je...

J'avais vraiment noté ça, moi?

— N'aie pas honte, trésor. Si j'avais une liste, j'aurais noté: « emmener Levy dans un sex-shop ». C'est un grand classique! Très romantique.

— Parce qu'on en est à faire des trucs romantiques?

— Bah, pas là, c'est sûr!

J'inclinai alors la tête en riant.

— D'ailleurs pour ça, la chambre de Zack fera l'affaire. C'est du pareil au même. Tu y trouveras tout ce que tu pourrais trouver dans un sex-shop.

— Ça, plus tes pornos, c'est ça?

— Je pensais qu'on en avait fini avec cette histoire.

— Si on veut...

J'éclatai de rire.

— Au fait, je déménage enfin ce week-end.

Pauvre Rob… Son fantasme allait partir. J'allais en entendre parler.

— Tu restes sur le campus ?

— Absolument, trésor. Dans le même immeuble. Tu pourras toujours me voir, ne t'en fais pas.

— T'es pas croyable.

— Je sais. Je vais avoir un appartement bien plus grand que celui que je partage avec Rob, et surtout, je serai seul.

— Plus tranquille pour lire tes pornos ?

— Les pornos ne se lisent pas, et puis c'est surtout pour être plus tranquille avec toi.

Oh. Mon. Dieu. Qu'est-ce qu'il venait de dire au juste ? Je relevai la tête. Mon cœur manqua un battement et certaines parties de mon corps s'éveillèrent brutalement à l'écoute de ses derniers mots. « Pour être plus tranquille avec toi », hein ? Je n'avais jamais rien entendu de si sexy ni de si envoûtant et j'ignorais quoi répondre.

Il sourit face à mon silence et son regard fut soudain happé par la tarte aux pommes. Ses yeux étaient pétillants. Ce soir, il n'y avait aucune colère. Il retira sa casquette et se jeta sur sa part sans attendre.

Je l'observai alors et constatai que son visage avait enfin guéri. Il était beau. De la forme de ses yeux avec leur couleur si particulière à son sourcil coupé qui le rendait imparfaitement parfait, en passant par la forme de son nez et celle de sa bouche… Delsin était à couper le souffle. Il restait pourtant le même, mais je comprenais qu'il attire autant les filles. J'étais attirée aussi après tout.

— Un problème ? demanda-t-il.

— Hein ?

Ne pas rougir… Rester naturelle…

— En fait, je me disais qu'aujourd'hui c'est la première fois que je vois ton vrai visage sans tous tes bleus. J'ai l'impression de voir un autre mec.

— Alors t'en penses quoi, trésor ? Je ne t'avais pas dit que c'était pour me rendre encore plus sexy ?

Je me contentai de boire une gorgée de chocolat.

— Ton silence est éloquent, c'est parce que je suis magnifique.

— « Magnifique », sérieusement ? Si j'ai bouffé du sarcasme, toi t'as dévoré de la confiance en soi !

— Non, je suis réaliste.

— Fais attention à tes chevilles, hein ! Tu risquerais de ne plus pouvoir jouer au football au rythme où elles gonflent.

— Tu veux que je te dise, s'il y a bien quelque chose qui enfle chez moi, ce ne sont pas mes chevilles.

J'avais les joues en feu rien qu'à penser à ce qu'il avait en tête.

— Mange, ordonnai-je en levant les yeux au ciel. Ça t'évitera de dire des conneries plus grosses que toi.

— Si on en arrive là, c'est parce que tu ne veux pas avouer que je suis beau ! railla-t-il. C'est ta faute.

— Mais oui, tu es très beau ! Mais ce n'est pas un scoop, tout le monde le sait ! Alors, mange et tais-toi !

Bien sûr, un nouveau sourire étira ses lèvres, et mes joues s'empourprèrent de plus belle.

— Pour en revenir à ta liste.

— Oui ?

— Tu as un ordre de priorité ou d'envie ?

— Non. Mais, tu n'es pas obligé de…

Il fronça les sourcils et tendit son bras. Deux de ses doigts atterrirent sur mon front qu'il tapota.

— Je t'ai déjà dit que si je le faisais, c'est parce que j'en avais envie sans quoi je serais ailleurs, d'accord ?

En disant cela, il déplaça ses doigts le long de mon front et replaça mes cheveux derrière mon oreille.

— OK, soufflai-je.

— Et tu es la fille de mes nuits. Ça, tu le sais aussi, n'est-ce pas ? demanda-t-il sans cesser de me toucher ni de me regarder.

— Mouais, grommelai-je, le souffle court.

— N'empêche, tu as vu ! s'exclama-t-il, radieux.

Je le regardai sans comprendre.

— Quoi ?

— Tu n'as pas sursauté…

Je rougis et subitement il me sembla trop près, la température quant à elle était trop chaude et la tension trop intense. C'était vrai, je n'avais pas sursauté à l'approche de sa main.

— Avec tes habitudes déplacées et bien trop familières de me toucher sans arrêt, il semblerait que je m'y sois habituée…

Il retira sa main et reporta son attention sur sa tarte.

— Va falloir qu'on voie alors pour la liste, reprit-il. N'hésite pas à la compléter de tout ce que tu as envie de faire.

Je hochai la tête en silence et rangeai ma feuille dans mon classeur. J'avais le sourire et du baume au cœur. Cette sensation était étrange, salvatrice et réconfortante. Je me sentais bien. Vraiment bien.

— En revanche, il y a quelque chose que tu peux déjà rayer, rajouta-t-il.

— Comment ça ?

Son regard me semblait ardent tout à coup, ce qui piqua ma curiosité.

— « Flirter », tu peux le rayer de ta liste. On a déjà flirté, toi et moi. On flirte de temps en temps, moi la plupart du temps.

Mon cœur se mit à battre fort. Je ne savais pas quoi dire, je ne savais pas quoi penser… Quand avions-nous flirté ? Et il avouait ça normalement sans se soucier de l'impact de ses mots ni d'à quel point ils me chamboulaient.

— Non, je… je ne flirte pas. On…

— Je t'assure que si. Encore ce soir, même maintenant, mais il n'y a pas de mal, trésor. Je t'ai déjà dit que je serais ton homme pour cette liste.

Je ne m'en étais jamais rendu compte… J'avais l'air d'une idiote.

— Je suis super efficace, elle est à peine écrite que je te fais déjà rayer quelque chose.

— D'accord, alors rayer « flirter », je le ferai en rentrant.

Il hocha la tête, amusé, et termina sa part de tarte aux pommes.

— Delsin ?

Il releva la tête.

— Merci…

Je me redressai, me penchai vers lui et l'embrassai sur la joue. Il leva les yeux et me sourit. Je me rassis en silence, encore un peu rouge de ma ridicule audace. Ce type se tapait des tonnes de filles et, moi, je l'embrassais sur la joue. J'étais parfaitement stupide.

Nous nous remîmes à parler de ma liste tandis que je posais mes mains autour de ma tasse pour me réchauffer.

Je me disais que le matin serait là bien assez vite, sans qu'on s'en aperçoive, et qu'en attendant, nous avions toute la nuit devant nous et nous étions ensemble. Alors je fermai les yeux et je me mis à profiter de l'instant présent.

Liste des choses à faire :

Jeter une bouteille à la mer

Avoir un chien

Prendre un bain de minuit

Faire un piercing
Faire un tatouage
Aller à un festival
Manger tout et n'importe quoi
Faire une nuit d'insomnie et rester pour admirer l'aurore
S'essayer au karaoké
Faire un road trip
Assister à un concert
Faire du bénévolat
Faire du yoga
Faire du vrai camping sauvage
Participer à une course de voitures
Voir plein de films cultes
Me colorer les cheveux en rose
Flirter
Dormir une journée complète
Organiser un marathon de films
Faire de la plongée
M'écrire une lettre à ouvrir le jour de mes trente ans
Apprendre quelque chose de nouveau, une langue, ou un truc artistique
Donner mon sang
Monter sur des montagnes russes
Aller à Disney World
Faire du saut à l'élastique
S'aventurer à l'arrière-scène d'un concert
Faire une collection de choses inutiles
Inventer un mot à ajouter dans le dictionnaire
Faire une bataille d'eau
Faire une pyjama party
Faire une partie de bowling
Rentrer dans un sex-shop
Regarder un film d'horreur

Passer le permis
Faire du parachute ascensionnel
Faire du surf
Lâcher une pastèque du haut d'un toit
Surmonter ma plus grande peur
Avoir mon premier baiser
Pleurer de joie
...

Chapitre 11

Levy, ma douce, je te souhaite un joyeux anniversaire. J'espère que tu t'amuses. Je ne sais pas où tu es ni ce que tu fais et ça me ronge, mais… je ne suis personne pour t'empêcher de faire ce que tu veux. Tu le mérites tellement, tu en as tous les droits… je voudrais juste que l'on se voie…
Je t'aime. ♥

Depuis que Delsin avait déménagé dans sa propre chambre, Rob était toujours à l'heure, mais aussi extrêmement bougon. Selon lui, voir un bel étalon en boxer ou en jogging le matin au réveil, ça mettait un homme de bonne humeur. Le pauvre, je compatissais…

J'avais rendez-vous avec lui ce soir. On s'entendait vraiment bien, à ses côtés j'apprenais le sens du mot « amitié » et je me libérais.

Si nous mangions ensemble ce soir, Rob et moi, c'était parce qu'il était tombé par hasard sur ma carte d'identité en cherchant un mouchoir dans mon sac et qu'il avait découvert ma date de naissance. Je ne l'avais dit à personne, parce que ce n'était pas un événement important pour moi, je détestais cette date.

Je l'avais supplié de ne rien dire aux autres, encore moins à Delsin. Je n'avais pas envie de le fêter. À l'époque, Norah achetait un petit cupcake et nous le fêtions rien que toutes les deux. *Lui* ne me l'avait jamais souhaité parce que ce jour célébrait ma naissance, mais aussi la mort de ma mère.

Je n'avais pas expliqué tout cela à Rob, évidemment, je lui avais juste fait comprendre que je ne voulais pas le fêter. Il avait cependant insisté pour m'inviter au fast-food puis aller au cinéma. J'avais fini par accepter. C'était déjà beaucoup trop pour moi.

Je terminai de me brosser les cheveux avant d'enfiler mes bottes par-dessus mon jean. Quelques coups à la porte m'annoncèrent l'arrivée de Rob. Je lui ouvris et l'enlaçai.

— Comment va ma puce ? demanda-t-il en souriant.

Lui aussi était solaire. Difficile de rester d'humeur maussade à ses côtés. Ça me changeait tellement.

— Bien, répondis-je joyeusement.

Et c'était la vérité.

— Tu es prête ?

J'enfilai une veste et j'acquiesçai. Il sourit et m'entraîna vers la sortie. Comme toujours, les couloirs étaient en effervescence.

— Tu m'emmènes où, alors ? demandai-je. On va toujours au ciné ?

— Bien sûr !

Le petit sourire qu'il abordait ne me disait rien qui vaille. On s'installa au volant de sa voiture. Je prenais vraiment sur moi, c'était tellement nouveau. Encore une fois je me sentis nulle de ne pas connaître une expérience aussi simple que de célébrer mon anniversaire avec un ami, mais je n'avais rien connu de beau dans ma vie et tout ce que ces gens rencontrés ici m'apportaient était comme un onguent sur mes blessures. Rob démarra et je regardai la ville à travers la vitre. La nuit commençait à tomber et les réverbères éclairaient les rues de leurs lumières orangées.

Quelque chose me perturbait tout de même. Rob était beaucoup trop silencieux.

— Qu'est-ce que tu me caches ? demandai-je, méfiante.

— Euh… rien. Pourquoi ?

— Tu es bien trop calme.

— N'importe quoi !

— Et c'est moi la piètre menteuse ? Dis-moi ce que tu me caches ?

On approcha de la baie, ce qui me rappela l'une de ces premières nuits où Delsin et moi étions venus ici. Je n'y étais pas allée depuis. Rob ralentit et je restai méfiante. Il gara sa voiture sur le parking de la plage et coupa le moteur.

— On est arrivés.

— Tu m'emmènes où ?

Il ne répondit rien et sortit de la voiture. Seigneur, soit je devenais parano soit cet idiot m'avait trahie. Et quelque chose me disait que je n'étais pas parano. Je sortis de la voiture à mon tour et j'eus alors une de ces idées lumineuses qui ne valent pas un clou mais qui peuvent parfois s'avérer très efficaces : m'enfuir. Ça leur apprendrait à me faire un coup pareil. Surtout à Rob. Je m'élançai en courant le plus vite possible sur l'esplanade.

— Elle s'enfuit ! cria Rob.

J'accélérai mon allure, mais j'entendais déjà des pas derrière moi. *Je le savais !* Je ne me retournai pas pour ne pas ralentir. Je n'étais pas franchement rapide et face aux joueurs de l'équipe de football américain de l'université je ne valais certainement pas grand-chose, mais je n'avais pas l'intention de me laisser faire pour autant. Une paire de bras puissants m'enlaça et je poussai un cri aigu tandis que le goujat qui me retenait se mettait à rire.

— Pas si vite, mon trésor.

Bien sûr, il fallait que ce soit lui !

— Mais…

— Pas de « mais » !

Il resserra un peu plus sa prise sur ma taille tandis que j'essayais en vain de me dégager. Delsin se pencha et je sentis son visage tout près de mon cou.

— Si tu coopères, il ne te sera fait aucun mal.

Son souffle me chatouilla la peau. Il était si près, tout contre moi, que j'en avais du mal à respirer.

— Je te propose un deal…, dis-je, les dents serrées.

Il éclata de rire et il me fit soudainement passer par-dessus son épaule, me coupant littéralement le souffle. Je me retrouvai alors la tête en bas et les fesses en l'air.

— Repose-moi par terre, Delsin White. C'est un ordre.

— Tu peux toujours courir, trésor.

Je battis des pieds, en vain.

— Je te jure que tu vas me le payer, grondai-je.

— Pourquoi t'es-tu enfuie ?

Je jurai, ce qui ne fit qu'augmenter son hilarité. Le salaud.

— On peut encore trouver un arrangement, lançai-je tandis qu'il revenait vers la baie.

Les passants nous regardaient et pouffaient sur notre passage. *La honte !* Si j'avais su que j'allais me retrouver ainsi sur l'épaule de Delsin, j'y aurais peut-être réfléchi à deux fois avant de tenter de m'enfuir.

— Repose-moi, espèce de…

— Attention ! lança-t-il avec un absolu sérieux. Si tu deviens vulgaire, je te fesse.

— Tu n'oserais pas, grommelai-je en gigotant.

— Tu veux parier ? me défia-t-il.

Je secouai la tête. Il ralentit dans les escaliers qui menaient à la plage et souffla.

— N'empêche, on ne dirait pas comme ça, mais tu n'es pas toute mince, hein !

— Connard.

Il éclata de rire et je compris alors toute la perfidie que ce mec était capable d'employer pour arriver à ses fins.

— N'essaie même pas de… !

Trop tard, je sentis sa main s'abattre légèrement sur mes fesses.

— Connard ! couinai-je.

J'étais à présent rouge comme une pivoine et je savais que ça n'avait rien à voir avec le fait d'avoir la tête à l'envers.

— Non, non, pas connard. Je suis juste un homme qui sait tirer parti d'une situation tout à fait délicieuse.

Je le frappai dans le dos. Il m'ignora et franchit la dernière marche.

— J'ai la demoiselle du jour, les mecs ! Préparez la corde, qu'on la bâillonne !

Ils répondirent par des cris de Spartiates. J'avais le cœur qui battait à cent à l'heure. Je n'en voulais pas à Rob d'avoir cafté, je n'étais simplement pas habituée à tout ça. Je ne réalisais pas encore bien tout ce que je vivais ni à quel point j'avais rencontré des personnes extraordinaires.

Lorsque Delsin me reposa au sol, j'aperçus alors Rob en compagnie d'Axel, Zack, Sawyer, Anna et Adam. Ils se tenaient tous autour d'un feu. J'inspirai un grand coup. Un feu sur la plage, c'était magnifique ! De grosses branches maintenaient les flammes en hauteur, qui dansaient en s'étirant vers le ciel nocturne.

— Ça va aller, maintenant ? demanda Delsin contre mon oreille.

Je hochai la tête et il sourit. Nous rejoignîmes les autres.

— Joyeux anniversaire ! crièrent-ils en chœur.

Bouche bée, les joues si rouges que cette fois-ci j'étais certaine de la créer, cette fichue nouvelle couleur primaire, je regardai mes amis alors qu'ils me fixaient tous, amusés.

— Tu n'as pas pu t'empêcher, râlai-je en frappant l'épaule de Rob.

— Il l'a fait ! s'écria Zack. Si tu veux, on peut toujours lui donner une correction…

— C'est tentant, avouai-je.

— Désolé, ma puce, mais tu pensais sérieusement que je n'allais rien dire ? Putain de merde, dix-neuf ans, ça se fête, quoi !

— Il n'a pas tort, lança Delsin.

— Toi, n'en rajoute pas, Monsieur le Connard !

— Oh, j'ai peut-être mes chances finalement, lança Axel en me faisant un clin d'œil.

— Elle dit ça pour rire, grogna Delsin. Ne te fais pas trop de films.

Je souris et laissai Rob m'enlacer.

— Joyeux anniversaire, ma puce.

— Merci, Rob.

— Bon, on va se débarrasser du plus chiant tout de suite, s'écria Zack.

Je tournai la tête vers lui.

— Les cadeaux !

— Vous n'avez pas…, commençai-je.

— Mais si, ma belle, lança Axel en passant un bras autour de mes épaules. Qui dit anniversaire avec ses potes dit fête, rigolade et cadeaux.

Ils m'entraînèrent de l'autre côté du feu où plusieurs paquets-cadeaux étaient rassemblés. *Seigneur…* Étais-je en train de rêver ? Tout ça était vraiment pour moi ? C'était beaucoup trop, plus que je n'avais jamais reçu. Et ce n'était pas juste les cadeaux, c'était leur présence, et le fait que depuis cinq ans c'était la première fois que j'étais entourée pour mon anniversaire. Je ne réalisais pas et je tentai de leur cacher combien ça me touchait et me perturbait. Pour eux c'était normal, pour moi c'était beaucoup d'émotions. Impossible de résister au flot de sensations qui s'emparait de mon cœur tout à coup, et les larmes me piquèrent les yeux. Je levai la tête et croisai le regard de Delsin. Il sourit et me fit signe de commencer à ouvrir les paquets. Ils s'étaient tous démenés pour m'offrir tout ça, ils étaient géniaux. J'attrapai une enveloppe et l'ouvris pour découvrir ce qu'elle contenait. Mon cœur palpita. Ce cadeau…

— Une place pour aller à Disney World…

Je savais de qui ça venait et j'avais juste envie de pleurer et de me jeter dans ses bras. Je croisai son regard sans savoir quoi lui dire tant les émotions explosaient en moi.

— Je me suis dit que ça te plairait.

— Oui, mais…

Delsin sortit alors un autre billet de sa poche. *Mon Dieu…* Il irait avec moi ? Il ne se contentait pas de faire des promesses, il les tenait aussi.

— Toi aussi ? dis-je, émerveillée.

Son fichu sourire s'afficha sur son visage. En même temps, je l'avais bien cherché.

— Pourquoi pas, répondit-il.

Je hochai vivement la tête. J'avais hâte d'y être.

Je me tournai vers les autres cadeaux. Le deuxième était une robe fleurie accompagnée d'un petit cardigan. C'était super joli. Dans un autre, il y avait un épais peignoir blanc d'une douceur infinie qui me donnait envie de me blottir dedans, et des pantoufles licorne avec des cornes violettes.

Les cadeaux suivants venaient de Rob. Il s'agissait d'un mélange de produits de beauté ainsi que d'un autre paquet contenant deux livres. Ceux sur lesquels j'avais lorgné quand nous étions allés faire un tour à la librairie pour nos cours.

— Ce n'est pas grand-chose, je n'avais pas le porte-monnaie adéquat.

— Tu rigoles ? m'exclamai-je. C'est génial !

Dans le dernier paquet, il y avait un mélange de barres chocolatées et de friandises en tout genre. Je n'avais jamais été autant gâtée de toute ma vie. J'étais estomaquée. Je n'avais pas de mots pour exprimer ce que je ressentais en cet instant. Tout était absolument parfait, au-delà de ce que j'aurais pu imaginer. Une fois de plus, j'avais le sentiment d'être une extraterrestre.

— Vous n'auriez pas dû acheter tout ça. C'est…

— Ça te plaît ? demanda Delsin.

— Bien sûr ! J'adore tout !

— Eh ben, c'est tout ce qui compte ! s'exclama Zack. Et maintenant qu'on est débarrassés des cadeaux, on va pouvoir faire la fête.

Il frappa dans ses mains et mit la musique sur un vieux poste radio des années 1990. Tout le monde se mit à danser.

— Je vais mettre tes cadeaux dans le coffre de ma voiture, proposa Rob. Ils seront plus en sécurité.

J'acquiesçai.

— Tu as besoin d'aide ?

— Non, me répondit-il. Éclate-toi !

— Tu danses ? me demanda Delsin.

Je secouai la tête.

— Je ne…

Trop tard, ses mains avaient saisi les miennes et ses doigts étaient déjà entrelacés aux miens. Je dansais comme une quiche. Je n'avais aucun sens du rythme ou de la coordination. Delsin, lui, bougeait les hanches tranquillement en cadence. J'oscillais entre des mouvements saccadés et des tentatives pathétiques pour onduler comme Shakira, c'était… horrible.

— Je crois que je pourrais sérieusement tomber amoureux de ta façon de danser, lança Delsin. C'est tellement… unique.

Je ne sais pas si c'est de l'art ou si c'est ton corps qui s'exprime. On dirait que tu fais une crise d'épilepsie.

Les joues rouges, je levai les yeux vers lui en souriant de toutes mes dents. Les autres pouvaient bien nous regarder, je m'en fichais royalement, c'était *ma* soirée et je comptais bien en profiter. J'avais l'impression d'être désinhibée, que rien ne pouvait m'atteindre. Ce moment n'effacerait en rien ce que j'avais vécu, mais c'était assez parfait pour panser mes blessures.

— Méfie-toi, j'essaie peut-être de te séduire…, répliquai-je.

— Je suis déjà séduit, répondit-il en me faisant virevolter. Je suis absolument réceptif.

J'éclatai de rire. Il m'attira alors un peu plus à lui et ce fut le moment que choisit Zack pour crier à tous de venir boire un verre. Delsin ne me lâcha pas de suite, il me fit tourner sur moi-même une nouvelle fois avant de m'entraîner vers les autres.

— À Levy ! lança Rob.

Ils répondirent tous d'une même voix, leurs verres levés vers le ciel.

∞

— Tu ferais mieux d'y aller doucement, me lança Delsin plus tard dans la soirée alors que je me servais à manger. Rappelle-toi que tu n'es pas toute légère…

Je gloussai. J'étais tellement bien ce soir-là que mon geste fut instinctif. Ce ne fut que quand la poignée que je venais de prendre dans le plat de salade de pommes de terre atterrit en pleine tête de Delsin que le reste du groupe réalisa ce que j'avais fait. Je l'avais balancée sans hésiter une seconde. Zack cria comme un Spartiate alors que les autres retenaient leur souffle. Moi, je ne fixais que Delsin, qui clignait des yeux.

— Oh, merde, gronda-t-il. Tu vas voir ce que tu vas voir !

Là-dessus, il s'empara du premier plat qui était à sa portée et avant que j'aie eu le temps de réagir, il me le renversa sur la tête dans un rire machiavélique. C'était tiède et gluant, ça coulait le long de mon visage. *Beurk*… Cependant, ça ne m'empêcha pas de m'emparer d'une assiette remplie de tomates afin de le mitrailler. Il éclata de rire et ce fut le déclenchement d'une guerre féroce.

— Bataille de bouffe ! s'exclama Axel, qui s'arma de munitions lui aussi.

De mon côté ou pas, il se mit à bombarder Delsin. J'en fis autant, essayant de l'acculer le plus possible pour essayer de gagner du temps, des munitions et du terrain.

— Tu vas voir, trésor. Je n'en ai certainement pas fini avec toi.

Je n'entendis pas la fin noyée dans les cris de guerre des autres qui se bombardaient. Je baissai la tête, couverte de haricots rouges, et j'essayai en vain de m'éloigner un peu sans me prendre de bouffe, mais c'était peine perdue. C'était chacun pour sa peau et tout le monde s'en prenait plein la tête.

Adam et Anna se bombardaient l'un l'autre, Axel et Rob faisaient face à Zack et Sawyer. Tout le monde rigolait. J'étais terriblement désolée pour le sort de toute cette nourriture, mais on était tous tellement joyeux.

Delsin, quant à lui… *Merde !* Perdue dans la contemplation des autres, j'en avais oublié ma propre bataille. Delsin m'avait rattrapée et, à présent en face de moi, il dégaina une canette de Coca qu'il avait certainement bien secouée avant de me rejoindre, et l'ouvrit devant mon visage. Je poussai un cri perçant quand le liquide glacé m'aspergea la figure. Je courus plus loin, Delsin à mes trousses m'arrosait toujours. Exténuée par ma course dans le sable, je m'appuyai sur mes genoux et tentai de reprendre mon souffle.

— Attends…

Je levai les mains en signe de reddition.

— Trésor, il n'y a pas de pause dans les batailles de bouffe ! ricana Delsin tandis qu'il me jetait un morceau gluant de je ne sais pas quoi.

— Alors, comment ça se passe ?

— Tu t'avoues vaincue.

Je regardai mes mains, couvertes de morceaux de haricots rouges et de chips, mais vides.

— Je n'ai pas envie de perdre, mais je me rends, soufflai-je. Je suis crevée.

— Tu reconnais ta défaite ?

J'éclatai de rire.

On n'était pas très ragoûtants, tous les deux, avec nos cheveux et nos vêtements couverts de nourriture.

— C'était absolument parfait, soufflai-je.

Immobile, les yeux rivés sur moi, un sourire s'étira sur ses lèvres.

— Tu m'étonnes, répondit-il.

J'entendais les autres hurler et la pauvre Anna seule contre tous qui n'avait plus de munitions suppliait désespérément Adam de venir de son côté. La bataille faisait encore rage, mais sous la lumière de la lune, j'avais le sentiment que nous étions seuls au monde, Delsin et moi. C'était comme nos nuits d'insomnies, et pourtant c'était différent.

On se regardait l'un l'autre et brusquement, j'imaginai ma main caresser son visage pour le libérer. C'était si réel dans ma tête que j'avais déjà la sensation de ma main sur sa joue, de ses cheveux entre mes doigts et aussi de ses mains sur ma taille. On était immobiles, mais je ne m'étais jamais sentie aussi vivante. Ce moment était plus réel que tout ce que j'avais vécu. Il ne s'agissait pas que d'un moment, maintenant, je le comprenais.

— Hé, vous deux ! s'écria Zack.

Je me tournai en direction de sa voix et lentement Delsin m'imita avant de passer un bras autour de ma taille.

— Vous êtes parfaits ! s'exclama Zack derrière l'objectif de son appareil photo.

Cette photo ne montrerait probablement qu'un centième de ce que j'avais ressenti à cet instant précis. Et si un jour je pouvais la récupérer, je savais que je la chérirais avec force, me souvenant de ce bonheur intense qui m'habitait. Delsin, encore près de moi, avait les yeux rieurs, il se pencha vers moi et effleura ma joue du bout de ses doigts, retirant un morceau de tomate mélangé à je ne sais quoi.

— C'est encore ton anniversaire, tu peux demander ce que tu veux, me souffla-t-il.

Qu'il m'enlace et qu'il m'offre mon premier baiser. C'était ça dont je rêvais à ce moment-là. La soirée aurait été alors d'une perfection absolue. Pourtant je fus incapable d'exprimer mon souhait.

Je ne savais pas comment m'y prendre, j'aurais voulu qu'il le fasse sans que j'aie à le lui demander. Et puis non, cette soirée avait déjà atteint son paroxysme. Je n'avais pas besoin de plus.

— Je veux simplement que cette journée ne s'arrête jamais, dis-je sans quitter son regard.

— Il y en aura, d'autres journées comme celle-là.

Je n'étais pas certaine de la véracité de ses mots, mais je comptais vivre chaque moment avec autant de fougue que celui-là. Des larmes se mirent à couler sur mes joues, je m'en rendis compte lorsque Delsin m'attira à lui et qu'il me lova dans ses bras. Le menton tremblant, j'enfouis mon visage contre son tee-shirt gluant. Il posa un baiser sur mon front et je me noyai dans une euphorie des plus intenses.

— Joyeux anniversaire, trésor.

Chapitre 12

— Je ne suis plus certaine d'en avoir envie, soupirai-je en voyant ma boule filer droit dans la gouttière.

— On joue au bowling, on ne passe pas un exam, trésor. Détends-toi.

Je lui fis une grimace.

— Tu le regretterais, si tu ne savais pas jouer au bowling, me dit-il en me tendant une boule. Et tu le sais maintenant. Go !

Je la pris, je plaçai mes doigts dans les trous, comme il me l'avait montré. Puis il me fit signe de le suivre devant la piste. Ça faisait déjà trois fois qu'il me montrait. J'étais persuadée la première fois en le voyant faire que j'allais faire un strike. Quelques essais plus tard, j'en étais carrément loin.

— Quand j'étais petit, je jouais en m'accroupissant et je poussais la boule des deux mains. Tu veux commencer comme ça ?

Il se fiche de moi ou quoi ? J'avais envie de lui lancer la boule dans la tronche. Je jetai un œil alentour. La salle était pleine, mais personne ne prêtait attention à nous.

— M'accroupir ? Et puis quoi encore ? grommelai-je.

— Dans ce cas, tu vas devoir apprendre à lancer correctement la boule.

Il leva la main pour me montrer, fit un pas sur le côté, se baissa, puis lança le bras vers l'avant et ouvrit la main.

— Comme ça. C'est bon ?

— C'est bon.

Je levai la boule devant moi. Comme il restait à côté de moi, je lui jetai un regard cinglant. Il comprit le message, haussa les épaules, recula pour se poser sur le banc en ricanant. La boule fila directement dans la gouttière.

— Ce n'est pas tout de lancer, faut aussi penser à viser, se moqua-t-il.

Je lui tirai la langue.

— Ce n'est pas grave, madame, tu feras mieux la prochaine fois, m'encouragea un gamin qui jouait sur la piste voisine à la nôtre.

Une corde, donnez-moi une corde, qu'on en finisse! Je me faisais ridiculiser par un gamin de cinq ans…

En face de moi, les lumières clignotaient au-dessus des quilles. La piste s'étirait avec ses lattes en bois polies et usées. Aux yeux d'un enfant, ça devait ressembler à une immense autoroute.

Delsin cria derrière moi :

— Ne te prends pas la tête ! Lance, maintenant !

Je reculai, en essayant de me souvenir des gestes qu'il m'avait montrés, et je lançai. Ma boule fit un superbe vol plané pour atterrir sur la piste dans un bruit monstrueux. Enfin quand je dis « la piste », je ne parle pas de la nôtre mais de la piste voisine. Puis, ma boule termina sa course dans une lenteur humiliante vers la gouttière.

— Hé ! hurla une voix qui venait de la section fumeurs. Fais gaffe !

J'étais rouge de honte. Delsin surgit derrière moi et me tendit une autre boule.

— Euh… j'arrête là. Je suis nulle en bowling.

— Tu n'es pas nulle, ton jeu est… intriguant, se moqua-t-il.

— Tu te moques et la prochaine tu te la prendras en pleine tête, on verra alors qui rigolera, grommelai-je.

— Oh, du calme ! Enfin, tu viens à peine de commencer ! Tu pensais faire un strike du premier coup ?

— L'idée m'avait peut-être traversé l'esprit, oui… Mais visiblement, le bowling, ça n'est pas pour moi.

Il me colla la boule dans les mains, ignorant ma remarque.

— Nouvel essai. Et cette fois, lâche ta boule plus tôt. Ne réfléchis pas, on est là pour rayer le bowling de ta liste et s'amuser.

J'inspirai, fermai les yeux pour me calmer et fixai les quilles en imaginant sa tête sur chacune d'elles, puis sans réfléchir, je lançai. La boule fila à toute vitesse sur la piste sans changer de trajectoire et percuta les quilles centrales, les faisant toutes tomber sur le coup.

— Youhou ! hurlai-je.

Delsin cria comme un malade derrière moi, attirant les regards de toute la salle.

∞

Plus tard dans la soirée, vers minuit, un déluge digne d'un film catastrophe s'abattit sur la ville. Le trajet du bowling à la voiture dura à peine quelques secondes, pourtant nous étions complètement trempés. J'étais glacée jusqu'aux os, l'eau avait traversé mon jean, mes tennis et même ma veste. Delsin aussi était dans un sale état. Il alluma le contact et fit ronronner le moteur de la voiture. Je tremblais de froid. Il mit le chauffage à fond. Quand un éclair zébra le ciel accompagné d'un bruit sourd, je sursautai. Delsin alluma la radio et chercha la station locale pour se tenir informé. L'orage était apparemment si violent que la sirène de la caserne des pompiers annonçait un couvre-feu. Nous étions à bout de souffle d'avoir tapé un sprint improvisé jusqu'à la voiture, une vapeur blanche s'échappait de nos bouches en un nuage qui m'hypnotisait. Je tournai légèrement la tête vers Delsin. Ses cheveux étaient trempés et plaqués en arrière, il avait passé une main dedans pour ne plus qu'ils lui tombent dans les yeux, mais l'eau était en train de goutter dans son cou. Son tee-shirt était collé à sa peau, il était tellement…

— Tout est fermé, lança Delsin. On ferait mieux de…

Il me faisait penser à ces types canon et musclés qu'il y avait dans les boys bands à une époque. Il aurait pu en faire partie, juste pour ouvrir sa chemise et se trémousser, on lui aurait largement pardonné de ne pas savoir chanter. Bon, la plupart de ces types étaient gays, je n'étais donc pas certaine qu'il apprécierait la comparaison…

— Levy ?

— Hein ?

— Tu étais où, trésor ? demanda-t-il d'un ton moqueur.

— Nulle part…

— Tu m'écoutes ?

— Oui.

Il se moquait de moi, mais je n'y pouvais rien, j'avais une chanson ringarde en tête et mon imagination se révélait bien trop fertile. Mon Dieu, je n'arrivais pas à détourner le regard. La vapeur qui s'échappait de ses lèvres me fascinait. L'eau le rendait luisant et ses vêtements qui le moulaient étaient bien plus excitants que tout ce que j'avais pu voir.

— Pas le choix, va falloir rentrer ce soir.

J'acquiesçai en silence. Il sortit du parking avec une extrême vigilance. La pluie frappait violemment les vitres de la voiture dans un bruit sourd qui me faisait presque flipper. On aurait dit la fin du monde. Les essuie-glaces de Delsin avaient beau être mis au maximum, il était difficile d'y voir clair. Un autre grondement se fit entendre et je frissonnai à nouveau. Le ciel noir, combiné à l'habitacle tout aussi sombre de la voiture, me faisait peur.

Il fallut à Delsin plus de trente minutes pour effectuer le chemin qui en prenait quinze en temps normal. Il se gara sur le parking de la résidence.

— Prête ?

— Pas vraiment, répondis-je en voyant la grande flaque qu'il y avait sous ma portière.

Le sol était inondé.

— On va mourir de froid si on reste là.

— Je sais.

— Quand tu es prête.

— Tu comptes jusqu'à cinq ? demandai-je.

Je mis ma main sur la portière. Delsin décompta et lorsqu'il arriva à cinq nous sortîmes en même temps. C'était pire que le déluge, dehors. L'eau était glacée. Les gouttes étaient aussi puissantes que de la grêle. Nous avions beau courir, mes pieds étaient plongés dans l'eau. Lorsque nous arrivâmes au pied de l'immeuble, Delsin sortit ses clés pour ouvrir la porte. Je me dandinai et ne vis pas la bordure du trottoir dans la nuit noire. Je me vautrai sur le macadam inondé.

— Merde, Levy !

Delsin s'agenouilla et enroula un bras autour de ma taille. Je tremblais, refoulant un rire nerveux. Bon sang, je venais de me taper la pire honte de ma vie, et j'avais super mal en plus. J'avais essayé de me rattraper avec mes mains, mais j'avais l'impression que ça n'avait pas été un bon réflexe.

— Ça va, trésor ?

Il secoua la tête quand je relevai la mienne.

— Viens, tu vas choper la mort, si tu restes ici.

Il me releva et m'attira doucement contre lui puis nous rentrâmes dans l'immeuble. Au moins ici il ne pleuvait plus, mais… *Oh merde!*

—J'ai oublié mon sac dans ta voiture! m'exclamai-je, alarmée. Je…

J'étais en train de paniquer, mon cœur battait la chamade. Je claquais des dents. Delsin se pencha et replaça mes cheveux derrière mon oreille, m'arrachant un frisson et, au même moment, un éclair s'abattit sur un des arbres du parking. Je poussai un cri.

—Je crois que ça va attendre plus tard, d'accord?

Je levai les yeux vers lui. J'allais dormir où, moi?

—Je…

—Tu n'iras pas dehors par ce temps. Ni moi non plus d'ailleurs. Tu as vu, ça? Ça attendra demain.

—Mais je vais…

—Viens, dit-il en plaçant une main dans mon dos pour me faire avancer. Tu vas te sécher chez moi, te réchauffer, et on va aussi soigner tes genoux…

Je baissai les yeux. Mon jean était troué et il y avait des traces de sang. *Oh…*

—Ensuite, seulement, on avisera. D'accord?

—Oui…

Je le suivis jusque chez lui. Aucun de nous ne parlait. Seul le son spongieux de nos chaussures imbibées d'eau résonnait dans les couloirs. J'avais aussi l'impression que les battements de mon cœur faisaient un boucan d'enfer, mais ça, c'était juste dans ma tête. Lorsque Delsin s'arrêta devant la porte de son appartement, j'avais le cœur au bord des lèvres. Il alluma la lumière et me fit entrer. L'odeur de son chez-lui avait quelque chose d'agréable. C'était son parfum, celui que j'aimais sentir près de moi. J'avançai de quelques pas.

— Retire tes chaussures, tes chaussettes et tes fringues, je vais monter le chauffage et te donner une serviette.

Figée, je ne fis rien. « Retirer mes fringues » ? Je n'en avais pas de rechange, et puis… Quand il refit surface, j'étais toujours figée à la même place. Il s'avança vers moi, les sourcils froncés.

— Levy ?

Je relevai le visage. Au moins, je n'avais plus froid aux joues. Lui, il était pieds nus à présent. Il avait même retiré son pull et était torse nu. Son jean était trempé aussi, mais il le portait encore. Heureusement. Je tremblais, je ne savais pas quoi faire ni comment me comporter. Lorsqu'il s'agenouilla et qu'il commença à défaire les lacets de mes baskets, je frissonnai de peur, de froid et de désir aussi. Hypnotisée, je ne pouvais rien faire d'autre que le fixer. Il retira ensuite ma chaussette et fit la même chose à mon autre pied. Je n'avais jamais rien vu d'aussi sensuel. Quand il se redressa et croisa mon regard, je vis ses yeux voilés par un sentiment inconnu.

— Le pull, on l'enlève aussi, dit-il. D'accord ?

Je n'eus qu'à lever les bras et le tissu tomba au sol avec mes autres affaires. Je ne portais plus qu'un fin débardeur blanc, tellement mouillé lui aussi qu'il était devenu transparent et qu'on pouvait voir mon soutien-gorge. Il le remarqua et son regard déjà sombre se voila davantage. Il me regardait comme s'il voulait immortaliser cette image de moi, trempée sur le pas de sa porte, son regard était comme fasciné. *Mon Dieu…* Il s'approcha davantage et posa une serviette sur mes cheveux et une sur mes épaules.

— Va te déshabiller dans la salle de bains. N'hésite pas à prendre une douche chaude, si tu en as besoin. Je vais te trouver des vêtements, tu ne peux pas rester comme ça.

— Et toi ? dis-je d'une voix mal assurée.

— Moi ? Tu veux que je t'accompagne, trésor ? demanda-t-il en souriant.

Mon cœur fit une cabriole difficile à supporter.

— Tu veux que l'on prenne une douche ensemble ? Je ne te pensais pas si entreprenante…

Je sentis le rouge me monter aux joues et une violente tension se logea dans mon bas-ventre. Je secouai la tête.

— Non, mais…

J'étais vraiment sonnée.

— Mais ?

— C'est ton appartement et tu es aussi trempé que moi…

Il sourit davantage. Sa peau était couverte de chair de poule, mais il ne semblait pas s'en soucier, tout comme les gouttes qui perlaient du bout de ses cheveux n'avaient pas l'air de le déranger.

— Sache, trésor, que la galanterie est une chose qui s'applique uniquement aux hommes, dit-il d'une voix rauque. D'autant que tu en as plus besoin que moi. Et il faut aussi soigner tes genoux, alors vas-y.

J'acquiesçai et rejoignis la salle de bains pour m'y enfermer. Le chauffage était allumé, mais Delsin avait aussi mis en route un chauffage d'appoint en supplément. Il était prévenant… Je me déshabillai en vitesse, posai mes vêtements dans le lavabo et les essorai du mieux possible avant de les pendre sur un petit étendoir à linge qui se trouvait là. J'ouvris l'eau de la douche et entrai dans la cabine. Je laissai échapper un râle de plaisir quand l'eau chaude se mit à caresser ma peau. Je fermai les yeux et commençai à me détendre tout en fredonnant un air de Bruno Mars. J'avais mal aux genoux, je m'étais sacrément arrangée d'ailleurs. Chacun d'eux arborait de belles écorchures. Mais je me fichais bien de ça, ma tête était imbibée de Delsin.

Levy…

Waouh, il fallait que je me calme, car je l'entendais presque clairement prononcer mon nom dans ma tête.

— Levy ?

Je sursautai. Est-ce qu'il était vraiment là ? Alors que j'étais sous la douche, nue et derrière une vitre transparente ?

— Je pose des affaires pour toi sur le rebord du lavabo, et des serviettes propres.

Je couinai. Je ne l'avais pas entendu entrer. Est-ce qu'il m'avait entendue chanter ? J'aurais pu pester, mais je n'en fis rien. Je levai mon visage de sorte que le jet d'eau coule directement sur mes joues.

Calme-toi, m'intimai-je.

— Merci, dis-je simplement.

— Pas de quoi. Est-ce que tout va bien ?

— Oui.

— Tu…

— Sors d'ici, espèce de pervers !

Il ricana et sortit en chantant la chanson de Bruno Mars que j'étais en train de fredonner. Je poussai un juron. *Le connard.* Je terminai de me laver rapidement. Je trouvai sur le lavabo une grande serviette dans laquelle je me lovai. Puis une autre, plus petite, pour mes cheveux. Delsin avait posé pour moi un tee-shirt, un short et une paire de grosses chaussettes. La vue de toutes ces attentions me donnait envie de pleurer. Jamais personne n'avait pris le temps de faire ça pour moi. J'avais oublié ce que ça faisait d'être choyée. Je secouai la tête et attrapai le tee-shirt. Mes sous-vêtements étaient toujours trempés, il était hors de question de les remettre. J'avais les joues rouges à la simple idée que j'allais être nue sous son tee-shirt et son short. Le tee-shirt était doux et il dégageait une odeur de lessive et de Delsin… Je l'enfilai et laissai glisser mon nez sur le col. Mon Dieu, il sentait divinement bon. Par contre, lorsqu'il se déplia sur mon corps, je ne pus que constater qu'il était si grand qu'il m'arrivait à mi-cuisse. J'enfilai ensuite le short. Oh, là là, j'allais avoir une de ces allures comme ça… Je passai rapidement les chaussettes et mes genoux râpèrent désagréablement sur le tissu du short, me rappelant la stupide gamelle que je m'étais payée dehors.

— Je peux ?

Je poussai un petit cri aigu.

— Tu ne sais donc pas laisser les gens seuls dans ta salle de bains ? grommelai-je avec beaucoup moins de colère que je l'aurai voulu.

— Pas les jolies filles, non.

Je rougis, encore. Et il ricana, encore. Delsin s'était changé, il portait un bas de jogging noir qui n'enlevait rien à son charme. Une veste noire à capuche complétait l'ensemble, fermée à moitié elle révélait une partie de son torse nu, laissant bien sûr entrevoir les formes arrondies de ses pectoraux. Était-ce comme cela qu'il s'habillait quand il était chez lui ? J'adorais, moi, en tout cas…

— Tu te sens mieux ? demanda-t-il.

— Oui. Même si je ne ressemble à rien…

Il sourit en secouant la tête.

— Je ne dirais pas ça, soupira-t-il en me scrutant de son regard encore voilé.

— Ah…, merci.

Il avança vers moi tandis que j'étais en train de mourir à petit feu. C'était la première fois que je rentrais chez lui et la situation était calamiteuse… comme moi en général. Delsin s'agenouilla à mes pieds et ouvrit le placard sous l'évier. Il en sortit une petite boîte de secours.

— Ça va, je n'ai rien…, assurai-je.

— Il y avait du sang, je ne dirais pas que ce n'est rien.

— Mais ça va…

Il ne m'écouta pas et lorsqu'il se redressa, il enlaça mes hanches, me souleva de terre et me posa sur le côté du lavabo. Il s'installa entre mes jambes légèrement écartées pour m'empêcher de bouger. Mon Dieu, ce qu'il était sexy ! Une situation calamiteuse pouvait-elle devenir soudain sensuelle et érotique ? Oui, Delsin rendait les situations calamiteuses sexy à souhait.

— Del… qu'est-ce que tu fais ?

— Je vais te soigner avant que ça s'infecte.

— Mais ça va, je t'assure…

— Chacun son tour, trésor.

J'ouvris la bouche, puis la refermai, ne sachant quoi dire. Il s'en trouva satisfait et il fredonna encore cette même chanson que j'avais chantonnée sous la douche. Toujours silencieuse, le cœur battant à cent à l'heure, je le regardai sortir une lingette désinfectante, du Mercurochrome et des pansements. Je ne savais pas quoi dire ni quoi penser. Je n'arrivais pas à démêler les nœuds que j'avais dans la tête. Tout était fouillis, mon cerveau ressemblait à ces fameuses guirlandes de Noël que l'on sortait une fois l'an et qui étaient toujours emmêlées au possible. Personne n'avait pris soin de moi comme cela. Personne depuis Norah. C'était si étrange, et si bon aussi.

Delsin attrapa ma cuisse et la cala contre sa hanche. Je fis une grimace lorsqu'il tendit ma jambe.

— Tu vois que ce n'est pas rien. Ça risque de piquer un peu.

J'acquiesçai. Je n'étais pas à une douleur près. Surtout une si petite. Delsin essuya le sang qui venait de couler sur les côtés puis taponna la plaie avec sa lingette. Ça piquait, mais j'avais l'habitude. Tandis qu'il s'appliquait à me soigner, moi, je ne faisais que le regarder. Je ne voyais que lui, penché au-dessus de moi et sa main sur ma peau, et j'en avais des palpitations dans mon bas-ventre. Et ça empira lorsqu'il commença à bouger légèrement son pouce sur ma cuisse, déplaçant ainsi les palpitations plus bas, dans un endroit bien plus intime. *Mon Dieu…*

— Ça va ? demanda-t-il. N'oublie pas de respirer, trésor.

— Oui.

Faisait-il exprès de me perturber de la sorte ? Je frissonnai, toujours concentrée sur le mouvement circulaire de son pouce à l'endroit où sa main tenait ma cuisse. Le rouge aux joues, j'imaginai ce même mouvement circulaire ailleurs… Quand le tonnerre gronda et que l'ampoule de salle de bains grésilla, je sursautai, sortant immédiatement de mes pensées.

Seigneur, faites que l'électricité tienne, je vous en prie. Si je me retrouvais dans le noir, j'allais paniquer à mort. Et c'était bien la dernière chose dont j'avais envie à l'instant.

— C'est bien la première fois en deux ans que je suis ici qu'il y a un tel déluge dehors, commenta Delsin. J'allumerai quelques bougies après, histoire qu'on ne se retrouve pas dans le noir. Enfin, si j'en ai…

L'idée de me retrouver dans le noir me terrifiait déjà.

— Tu as froid ? demanda-t-il.

— Non.

Il fronça les sourcils. Si j'avais des frissons, c'était à cause de ma phobie ou de ses doigts sur ma peau, mais pas à cause du froid, ça j'en étais sûre. Il posa un pansement sur mon genou et infligea un traitement tout aussi particulier au second, son pouce décrivant toujours des petits cercles qui me rendaient nerveuse.

— Tu vas bien ?

— Oui, répondis-je en souriant.

Il sembla surpris. Mon ton était peut-être trop enjoué, mais grâce à ses soins et sa gentillesse, j'étais bien.

— Je vais voir si j'ai des bougies et préparer quelque chose de chaud. Tu n'as qu'à terminer de te préparer si tu veux. Utilise ce dont tu as besoin et si tu veux te laver les dents, il doit y avoir un paquet de brosses neuves dans le tiroir.

J'acquiesçai alors qu'il me reposait au sol. C'était fou comme il me semblait plus grand à présent. Ainsi face et contre moi, ses mains sur mes hanches, j'avais l'impression de n'être qu'une petite chose fragile. C'était peut-être le cas après tout, alors que lui donnait l'impression d'être un géant. Il me scruta de toute sa taille et son regard s'assombrit d'une teinte supplémentaire en voyant la manche de son tee-shirt glisser sur mon bras, dévoilant mon épaule. J'aurais donné n'importe quoi à cet instant pour connaître ses pensées.

— Je… vais te laisser finir, trésor.

Il se recula comme s'il venait d'être piqué par quelque chose. Le rouge aux joues, je le regardai partir puis fermer la porte derrière lui. Quelques secondes plus tard, j'entendis comme un bruit sourd qui n'avait rien à voir avec le tonnerre. Avait-il cogné dans quelque chose ? Je frissonnai. Je pris la petite serviette et entrepris de sécher au mieux mes cheveux, puis je trouvai un peigne et me coiffai tant bien que mal, prenant soin de jeter les cheveux que j'avais laissés dessus avant de le ranger et de sortir de la salle de bains.

La chambre de Delsin était bien plus grande que la mienne. Elle était bien rangée, étonnamment. Je souris en voyant son bureau, au-dessus trônaient un poster dédicacé de Peyton Manning et des fanions de l'université. Je regardai ensuite l'étagère pleine à craquer de livres et de CD ; certains livres étaient de biais, d'autres étaient couchés pour faire plus de place, mais tout semblait avoir un ordre précis. Mon regard s'arrêta sur une photo. Il y avait une petite fille sur les épaules d'un Delsin bien plus jeune. Ils étaient accompagnés d'un homme assez grand et d'une femme charmante. Leur famille était aussi belle que le cadre dans lequel ils avaient posé et qui derrière eux offrait une belle vue sur un coucher de soleil se reflétant sur l'eau d'un lac ou de la mer. Je pivotai sur moi-même et découvris trois bougies encore éteintes disposées sur la table basse.

— Installe-toi, trésor. J'en ai pour deux minutes.

Delsin refit surface quelques minutes plus tard, les mains prises par deux tasses fumantes. Il les déposa sur la table et retourna en cuisine. Là, le tonnerre gronda à nouveau et l'appartement fut plongé dans le noir. J'eus soudain le souffle coupé tandis que la panique me tétanisait, c'est alors qu'une lueur apparut derrière moi, me permettant de respirer à nouveau.

— On dirait que j'ai préparé ça à temps, dit Delsin, qui arrivait avec une bougie allumée à la main.

— On dirait, oui..., dis-je dans un souffle.

Il posa sur la table un paquet de gâteaux et alluma les trois autres bougies à l'aide de la dernière avant de venir près de moi.

— Tu as vu, ce n'était pas un mensonge, je lis...

— De la fantasy et de l'horreur ?

— Pas mal de science-fiction et de romans noirs aussi. Je suis sûr que tu es impressionnée.

— Dans tes rêves !

— Ah, c'est sûr que dans mes rêves, tu es toujours très impressionnée.

Je ris et me rendis compte que je tenais quelque chose dans mes mains. Je reposai le cadre photo à sa place et levai les yeux vers Delsin. Je vis alors ce léger changement dans son regard, comme le calme avant la tempête.

— C'est ta famille ? demandai-je d'une voix douce.

— Oui, c'est Ellie, ma petite sœur, lança-t-il. Et là, ce sont mes parents.

— Elle est très belle.

— Ouais, répondit-il, la voix rauque. Viens ici, trésor.

Mon cœur battait encore la chamade. Je le suivis et m'assis quand il me désigna le canapé.

— Mon ordinateur a suffisamment de batterie pour un film ou deux, je pense. Ça te va ?

— Pas le choix…

Il fronça les sourcils.

— On a toujours le choix, trésor. Si tu ne veux pas regarder de film, dis-moi ce que tu veux faire, je suis ton homme.

Ce n'était pas le programme qui me posait un problème, mais cette coupure de courant qui m'angoissait. Je ne pouvais tout de même pas lui dire que j'avais peur du noir, je m'étais déjà bien assez ridiculisée pour ce soir.

— Non, un film, ça ira très bien. On met quoi ?

— Au vu des conditions météorologiques, de l'heure plus que tardive et en prenant ta liste en considération, il me semble qu'un film d'horreur s'impose.

— Tu es sûr ?

— Certain !

— OK, tu proposes quoi, alors ?

— C'est ton premier, alors il faut un film culte. Le plus cultissime d'entre tous, c'est évidemment *L'Exorciste* avec l'inoubliable réplique tout aussi culte que le film : « Ta mère suce des queues en enfer[1] ! »

— Très classe…

Il éclata de rire.

— Et encore, tu n'as pas vu la fille qui le dit. Ensuite, deuxième film culte : *Shining*. On ne peut pas oublier si facilement un Jack Nicholson fou à lier. Ce mec est un génie.

---

1. Extrait de *L'Exorciste* de William Friedkin, © Warner Bros., 1973

Sinon dans le genre culte, j'ai aussi *Halloween, La Nuit des masques* ou *Massacre à la tronçonneuse.*

— Je ne sais pas… ils ont tous l'air assez flippants…

— C'est un peu le but des films d'horreur.

Tous les films que Delsin était en train de m'énoncer ne me disaient rien qui vaille. L'un dans l'autre, que l'horreur soit clairement montrée ou suggérée, je savais que j'allais me faire pipi dessus. Mais c'était l'occasion parfaite de rayer une nouvelle chose sur ma liste.

— Allez, va pour *L'Exorciste,* décidai-je finalement.

— Bon choix, trésor.

Delsin se pencha pour prendre son ordinateur portable à terre, me donnant une vue imprenable sur ses fesses moulées dans son jogging. *Seigneur…* Il bidouilla quelques minutes puis posa son ordinateur sur la table. Il me donna ensuite l'une des tasses. Ça sentait bon le chocolat et… les amandes.

— Merci, dis-je en serrant la tasse dans mes mains.

— Tu es prête ?

Non, pas du tout, mais je répondis néanmoins par un petit « oui ».

Chapitre 13

Les yeux rivés sur le tableau blanc et mon prof, j'essayais de me concentrer, en vain. J'avais mal partout. J'avais des courbatures atroces et ma tête était sur le point d'exploser. J'avais bien senti en me réveillant ce matin que je n'étais pas en forme, je pensais que c'était à cause de ma courte nuit, mais au fil des minutes, ça ne faisait qu'empirer. J'étais probablement malade.

— Ça va ? demanda Rob.

— Mm…

— T'as pas l'air bien…

Je hochai la tête et essayai de comprendre le charabia du prof, il parlait de structures et de… *Mon Dieu !* Dans un élan de force, je rassemblai mes affaires et me levai. Tout le monde se tourna vers moi, et le prof s'interrompit. Je descendis les marches en titubant. Il me fallait à tout prix aller aux toilettes.

— Un problème, mademoiselle MacGrass ?

Je relevai la tête.

— Je crois que je suis malade, monsieur… Il faut vraiment que j'y aille.

— Bon sang, s'il la retient encore elle va lui vomir dessus, entendis-je au loin.

Le professeur hocha la tête après m'avoir scrutée un instant. Je devais vraiment avoir l'air mal en point.

— Allez-y…

Je sortis en trombe et courus tant bien que mal dans le couloir, mais très vite je me cognai contre quelqu'un. La violence du choc me sonna quelques secondes et je titubai en essayant de recouvrer l'équilibre. C'était une silhouette familière.

— C'est dangereux de courir comme ça dans les couloirs.

— Del…

— Non, ma belle.

Je levai la tête, ce qui me causa une violente douleur.

— Oh, dis-je sans pouvoir masquer ma déception en voyant Axel.

— Désolé que ça ne soit que moi, dit-il en souriant. Est-ce que tu… ?

Je secouai la tête. Je sentais que j'avais les larmes aux yeux.

— Tu as besoin de quelque chose ?

— Toilettes !

Axel réagit si vite que ma tête se mit à tourner un peu plus. Il glissa ses mains sous mes jambes et se mit à courir à travers le couloir. Lorsqu'il s'arrêta devant les toilettes pour femmes, j'eus à peine le temps de les atteindre que je me mis à vomir. Ça dura un long moment, si long que mes genoux encore couverts de plaies me firent mal.

— Hé, est-ce que tu te sens mieux ? demanda Axel quelques instants plus tard.

Je fis « non » de la tête, me rendant compte alors qu'il était agenouillé derrière moi et qu'il avait tenu mes cheveux pendant tout ce temps. Il me sourit et ce fut déroutant, d'une certaine manière. Pas autant qu'avec Delsin, mais d'une façon différente. J'avais honte qu'il m'ait vue ainsi.

— Axel, tu…

— Crois-moi, ma belle, j'ai vu bien pire.

— Ah…

— J'ai des potes qui ne sont pas toujours sobres et une petite sœur souvent malade. Est-ce que tu veux te relever ?

— Oui.

Il glissa ses bras autour de ma taille et m'attira contre lui pour me relever. Axel était doux et drôlement beau, lui aussi. Je ne ressentais pourtant aucun frisson ni aucun désir pour lui. Il n'était pas Delsin. Il m'amena jusqu'aux lavabos, il fit couler de l'eau et passa ses mains sous le liquide froid avant de les poser sur mes joues.

— Tu ferais mieux d'aller te reposer.

— Non, je vais…

— Pas question que tu ailles en cours dans cet état, m'interrompit-il. De toute manière, je ne te laisserai pas faire, je risquerais encore de me prendre une beigne…

— Hein ?

— Laisse tomber, lança-t-il en souriant. Je te ramène chez toi…

∞

Je me réveillai en sursaut dans la pénombre. Cauchemars et fièvre ne faisaient pas bon ménage. Heureusement, le lampadaire dans la rue éclairait la pièce d'un faible halo de lumière, ce qui m'empêcha de paniquer complètement. Je me redressai en gémissant, je m'étais effondrée dans mon lit vêtue du tee-shirt de Delsin et d'un pantalon de jogging. J'avais la gorge sèche et le nez bouché. Deux jours étaient passés depuis le déluge et c'était en train de me retomber dessus. Je me levais pour allumer la lumière quand je captai une ombre se dessinant derrière moi, je sursautai et pivotai.

— Delsin ?

Il s'avança, se pencha et embrassa mon front.

— Salut, trésor.

— Tu m'as foutu la trouille.

— Désolé.

J'étais heureuse qu'il soit là.

— Axel m'a prévenu, je suis venu dès que j'ai pu. Et puis, je n'aurais raté pour rien au monde le remake de *L'Exorciste* !

Le connard... J'attrapai un cousin et le lançai dans sa direction, espérant qu'il se le prendrait en pleine figure. Il se pencha sur le côté et esquiva sans la moindre difficulté.

— Tu pensais m'atteindre avec ton lancer tout pourri ?

— Si tu étais un gars bien, vu les horribles commentaires que tu viens de me faire alors que je suis souffrante, tu te le serais pris pour t'excuser.

— J'ai autre chose pour ça, lança-t-il en souriant.

Mon ventre papillonna.

— J'ai mis de la soupe dans ton frigo et des parts de tarte aussi, annonça-t-il fièrement.

— De la soupe ? Tu m'as fait de la soupe ?

Il sourit et sortit le contenu d'un petit plastique sur ma table basse. Il y avait des sirops, des cachets et des chocolats.

— Non, je suis allé en chercher chez Granny.

Granny ? La petite dame de l'auberge ?

— Tu la connais ?

— Granny est une guérisseuse. C'est une infirmière à la retraite, elle soigne les gens avec des plantes. Elle m'a donné de la soupe pour toi et j'ai aussi eu droit à deux parts de tarte directement sorties du four.

— C'est elle qui fait les tartes du *diner* ?

Il acquiesça.

— Comment tu te sens ?

— Ça va, répondis-je.

Il s'avança vers moi, leva la main pour la poser sur mon front et fronça les sourcils.

— Bon sang ! Tu es bouillante.

— Ça va, je te dis…

— Recouche-toi !

Je m'exécutai en silence. Il s'agenouilla et remonta la couverture sur moi.

— Je suis désolée, j'ai mis ton tee-shirt…

— Tu es bien dedans ?

Oh que oui. Il portait encore son odeur. Je hochai la tête.

— Alors c'est parfait. Pas besoin de t'excuser.

Je souris, mais très vite la nausée monta. Je sautai du lit, courus jusqu'aux toilettes et arrivai juste à temps. Je vomis de suite malgré le fait que mon estomac me semblait vide. Ça faisait longtemps que je ne m'étais pas sentie si mal. Lorsque je relevai la tête, je me cognai contre quelque chose. Je regardai au-dessus de mon épaule.

— Delsin… ne reste pas là…

Comme Axel plus tôt dans la journée, il était agenouillé près de moi, ses mains plongées dans mes cheveux pour les retenir. Je frissonnai.

— Ça va mieux ? demanda-t-il sans tenir compte de ce que je venais de dire.

— Super bien. Je pète la forme…

— Au moins, tu as encore de l'humour.

Je me relevai en partie grâce à Delsin et il me ramena jusqu'à mon lit.

— Tu n'es pas obligé de rester, tu sais.

— Je sais, mais je vais te le répéter une énième fois en espérant que cette fois-ci, ça restera gravé dans ton crâne : si je suis ici, avec toi c'est parce que j'en ai envie. Tu as pris soin de moi à deux reprises, comme ça, on sera quittes.

Vu la manière dont il s'était occupé de moi lors du déluge, nous n'étions pas quittes du tout. J'avais l'impression que c'était moi qui lui étais redevable.

— Le coup de la dernière fois compte pour deux, je pense, lançai-je.

— Absolument pas, trésor. Ce que tu as fait la première fois compte largement pour dix, voire plus.

Il sourit et toucha mon front puis il se redressa et partit en direction de la salle de bains. Il revint quelques instants plus tard, un gant de toilette humide à la main. Il le passa sur mon front puis sur mes joues.

— En parlant de ça, tu ne m'as jamais dit pourquoi tu étais aussi amoché ce soir-là, dis-je.

— Tu ne m'as jamais demandé.

Je souris. Sa réponse lui ressemblait tellement. Il avait raison, je n'avais jamais poussé la curiosité à ce point.

— Pourquoi alors ? demandai-je.

— Cet été, j'ai bossé pour Granny. Elle paie bien et elle a toujours des histoires incroyables à raconter, et ses tartes sont à tomber.

Je gloussai, il embrassa mon front.

— Elle s'est foulé la cheville cet été et elle a eu besoin de quelqu'un parce que sa fille qui l'aide en général passait ses vacances avec sa petite-fille. J'avais besoin… J'ai postulé, elle m'a pris de suite. Le jour où on s'est rencontrés, toi et moi, elle m'avait appelé le matin pour me dire de ne pas venir au boulot, qu'elle s'était fait cambrioler. Je suis quand même allé la voir. Elle n'était pas particulièrement inquiète, elle restait calme comme à son habitude, digne. Moi, j'étais fou de colère. Je trouve ça minable de s'en prendre à une vieille dame seule. Ces sales types n'avaient pas de couilles ! Je suis tombé sur eux en sortant de boîte le soir même. Ils se pavanaient sur le parking en se vantant à un autre gars de ce qu'ils avaient fait. J'avais la rage. Je les ai insultés direct sans me soucier de leur nombre et j'ai frappé. À trois contre un, t'as beau être vif, tu t'en prends pas mal dans la tronche.

Granny ne voulait pas porter plainte ni être embêtée. Tomber sur ces types, c'était ma petite vengeance.

Alors qu'il parlait, la colère était vive dans ses yeux. Plus je la contemplais et plus je me demandais quelle en était la source et qu'est-ce qui pouvait le troubler à ce point.

— Et c'est là que l'on s'est rencontrés…, soufflai-je.

Son regard s'adoucit, pourtant une ombre perdurait au fond de ses yeux.

— Quand je t'ai dit que tu étais ma bénédiction de la journée, je ne plaisantais pas.

Je souris.

— Tu es un type bien, Delsin White.

— Pas vraiment.

Il tamponna mon front avec douceur et je fermai les yeux, profitant de ses soins.

— Tu fais ça bien, dis-je dans un souffle.

— Tu me facilites grandement la tâche, répondit-il.

Je souris. Il caressa mes cheveux puis mon oreille.

— On dirait que tu as fait ça souvent…

Sa main se figea, et j'ouvris les yeux pour voir un voile d'ombre assombrir son regard.

— Excuse-moi, Del…

Il baissa la tête un instant, puis revint à moi comme si de rien n'était.

— De quoi, trésor ?

— Je ne sais pas, j'ai l'impression que tu es triste ou en colère.

— Absolument pas, je suis heureux que mes soins te plaisent. Je ne…

Il se tut, comme perdu dans ses pensées. Comment sa gentillesse et sa prévenance auraient-elles pu ne pas me plaire ? Cependant, je savais que je lui avais sans doute rappelé de mauvais souvenirs et sa manière d'éviter la question signifiait qu'il ne voulait pas en parler. Je ne pouvais pas le lui reprocher après tout, j'étais comme ça moi aussi. Peut-être n'étions-nous pas si différents finalement.

— Tu ? demandai-je néanmoins.

— Je ne suis pas du genre à soigner les gens d'habitude.

— Mais tu prends soin d'eux.

— Parfois.

Il se redressa, je le suivis du regard.

— Tu te sens assez bien pour manger ? demanda-t-il.

— Je crois, oui. Mais il est quelle heure ?

— Vingt heures. Tu es restée endormie un long moment après mon arrivée.

Il était resté tout ce temps, pour moi ?

— Je vais réchauffer la soupe, ajouta-t-il.

— Je vais le faire, ne...

— Toi, tu ne bouges pas.

— Tu as beau prétendre le contraire, tu es un gentil en fait.

Il se retourna pour me faire face, il arborait un air profondément choqué, ce qui m'amusa.

— Qu'on soit bien clairs, ce mot ne doit plus jamais sortir de ta bouche.

Il me fixa avec insistance, attendant ma confirmation. Je souris :

— Pourtant tu me sembles quand même gentil.

— Absolument pas, grommela-t-il. Je suis un connard.

— Alors pourquoi est-ce que tu fais tout ça pour moi ?

Ses épaules s'affaissèrent et il lâcha un soupir.

— Va savoir, lança-t-il avant de repartir dans la cuisine.

∞

J'aime le calme de la maison quand il n'est pas là, même si ce n'est qu'un prélude à son retour. Ça me laisse un peu de répit, même si je n'en ai pas vraiment, mon esprit fourmille bien trop. Il a toujours bu, mais ces derniers temps c'est encore pire. Il ne travaille plus, car il a perdu son job, alors il est toujours à la maison. Et mes jours ne cessent de s'assombrir.

Je regarde le frigo. Il est vide, hormis des bières qui semblent éclore à foison.

J'ai seize ans aujourd'hui. Comme chaque année depuis le départ de Norah, mon anniversaire n'est qu'amertume. Il ne se passe jamais rien de bien ce jour-là. J'ignore si j'ai encore envie d'affronter les prochaines années. Est-ce qu'il ne vaudrait pas mieux en finir ? Je me pose souvent la question. À quoi bon persévérer dans cette vie… ? Et puis, je m'accroche à une photo, à un visage, à ma mère, et je me dis que si elle était là, elle m'aimerait. Qu'elle a donné sa vie pour me mettre au monde et que je ne peux pas gâcher ça.

Seize ans. Seize ans que je subis.

Je n'ai plus jamais eu de nouvelles de Norah. Elle s'est évaporée, elle m'a oubliée et m'a laissée seule ici. Je la déteste, je la hais… Et je survis depuis deux ans sans elle. Je n'ai plus que moi et je n'ai aucune défense. Il me terrifie, me paralyse, il a un tel pouvoir sur moi qu'il me rend impuissante.

Je ne dors plus. Depuis deux ans, je n'ai pas passé une nuit complète. J'ai peur, constamment. Parfois, je l'entends faire les cent pas devant ma porte, et je prie pour qu'il n'entre pas pour me faire du mal…

Je ferme la porte du frigo et me sers un verre d'eau. La porte d'entrée claque brusquement. J'en ai si peur que j'en lâche mon verre qui se brise au sol. Je blêmis. Il est rentré. J'aurais dû rester en haut ! Je prie pour être invisible. Je prie pour qu'il m'oublie, rien qu'une fois. Qu'il m'ignore. J'ai toujours le secret espoir qu'il fasse comme Norah et qu'un soir il ne rentre pas…

Mais il revient toujours et il ne m'oublie jamais. Parce que je suis la raison de sa déchéance, parce que tout est ma faute. J'ai tué ma mère.

Il entre dans la cuisine, alors que je suis en train de ramasser le verre au sol. Je sens son regard, son mépris et sa colère qui vont bientôt fuser en insulte. Il est ivre.

— T'as fait quoi, connasse ?!

— J'ai cassé un verre, je suis désolée…, dis-je d'une toute petite voix.

— T'es vraiment bonne à rien.

Je tremble, il me fait tellement peur que je me coupe avec du verre. Il se prend une bière, titube et glisse à cause de l'eau. Il lâche sa bière pour se rattraper à la table et elle explose au sol. Il rugit de rage.

L'instant d'après, une douleur inouïe explose dans mes côtes et je crie sous l'impact en m'écroulant au sol parmi les morceaux de verre. Puis un autre coup survient, suivi d'un autre et encore… Tandis qu'il me matraque le ventre à coups de pied, il m'insulte. C'est la première fois qu'il me bat, jusqu'à maintenant il se contentait de me maltraiter moralement ou de me bousculer. Ma vision s'assombrit et je perds peu à peu connaissance.

Joyeux anniversaire, Levy.

∞

Une douleur dans les côtes me réveilla brutalement. J'ouvris les yeux et soudain ce fut la panique. J'étais plongée dans le noir le plus complet. Mon rythme cardiaque s'affola. Je fermai aussitôt les paupières, ce qui était ridicule, car ça n'allait pas me ramener la lumière. Alors, j'inspirai longuement à plusieurs reprises, je tentai de me calmer et d'appliquer les conseils que j'avais déjà lus pour vaincre ce genre de phobies. Mais c'était peine perdue. Je sentis la panique enfler en moi, j'allais hurler si la lumière ne revenait pas. Je devais bouger, la rallumer, mais mon corps était comme paralysé.

Inspire. Expire. Inspire. Expire. Tu l'as déjà fait!

Un frisson désagréable glissa le long de mon échine. Mes vêtements et la couverture étaient soudain beaucoup trop lourds, je ne les supportais plus, cependant mes jambes refusaient de bouger et de m'obéir.

Expire. Inspire. Ex… Non!

Je déglutis, la transpiration coulait sur mes tempes. Je n'en pouvais plus, ma respiration était de plus en plus saccadée et mon cœur se contractait chaque seconde un peu plus fort. Je gémis, je voulais sortir, je devais sortir. Je bougeai les jambes mais quelque chose me bloquait. Je gémis à nouveau en gigotant plus fort, il y avait quelque chose qui me retenait prisonnière et me maintenait ici, dans ces ténèbres et…

—Mmh… pourquoi tu gigotes comme ça, trésor? grommela une voix endormie.

Je sursautai et je me rendis alors compte de sa présence. Nous nous étions endormis ensemble. Les bras de Delsin me tenaient fermement contre lui, sa jambe retenait la mienne et je compris pourquoi je n'arrivais pas à bouger. On aurait dit qu'il s'accrochait à moi comme s'il refusait de me lâcher. Il me câlina en caressant mes cheveux. Je n'allais pas y arriver. J'allais paniquer à mort si ça continuait. J'avais besoin de lumière, de respirer, j'étais déjà en train de perdre pied. Il fallait à tout prix que la pièce s'éclaircisse. Ma respiration était saccadée, je me sentais mal. Je bougeai encore malgré moi et Delsin s'ajusta à mon corps.

—Le noir… il fait noir.

—C'est la nuit.

—Delsin… j'ai peur dans le noir.

Il resserra ses bras autour de ma taille et je sentis une main se poser sur ma joue.

— Je suis là, rien ne t'arrivera tant que je serai là, dit-il.

Il lâcha ma joue, et se mit à caresser paresseusement mon dos. La douceur combinée de tous ses petits gestes eut l'effet escompté et je recouvrai peu à peu une respiration normale.

— *T'es qu'une souillon, personne ne t'aimera jamais*, me souffla une voix.

La panique me submergea alors et je me recroquevillai sur moi. La peur au ventre, je sentis chaque centimètre de ma peau réagir à cette attaque.

— *Comment peux-tu être heureuse de vivre après ce que tu as fait ?* cracha la voix.

Le choc fut si violent que j'en gémis de douleur. C'était cinglant. Contre moi, Delsin se figea avant de se redresser brusquement. Je plaquai mes mains contre mes oreilles pour ne plus entendre ce son, cette voix, ce tyran, mon cauchemar.

— Arrête, soufflai-je. Arrête… Arrête de parler !

— Je n'ai rien dit, trésor, murmura Delsin.

Je secouai la tête. J'étais dans le noir. J'étais la proie. Ça n'allait jamais s'arrêter. Toute ma vie, j'allais devoir payer le prix de ma naissance. Je n'avais jamais voulu ça.

— *Tu ne devrais même pas respirer !* éructa de nouveau la voix.

Je me sentis aspirée vers le bas, jusqu'à ce qu'une lumière aveuglante chasse les ténèbres.

— Je suis là, murmura Delsin en entortillant ses doigts aux miens. Levy ? Putain de merde, Levy !

Quand je refis surface, je m'aperçus que j'étais assise dans la douche et que j'étais trempée. De l'eau tiède coulait le long de mon visage et sur ma peau. Une paire de bras musclés m'enlaçait. Je tournai la tête. Delsin aussi était trempé, il était assis derrière moi, me tenant contre lui. J'ouvris la bouche pour parler, mais je n'y parvins pas.

— Ça va mieux ? demanda-t-il, anxieux.

Je hochai la tête.

— Merci, dis-je, à bout de souffle.

Je me recroquevillai sur moi-même. Il raffermit sa prise, me serrant contre lui et caressant mes cheveux.

— Ne me remercie pas pour ça, trésor.

Je laissai ma tête aller contre lui tout en refoulant mes larmes.

— Levy ?

Je ne répondis pas, redoutant ce qu'il allait me demander. Je comprenais parfaitement qu'il se pose des questions. Je venais de faire une crise de panique comme jamais et il en avait été témoin du début à la fin, il était tout à fait légitime qu'il me demande des explications.

— Qu'est-ce qu'il s'est passé, Levy ?

J'inspirai profondément.

— Je ne sais pas… J'ai peur du noir depuis toujours.

— À ce point ?

Je hochai la tête sans lui révéler l'origine de cette peur. Un tremblement incontrôlé m'assaillit.

— La fièvre et ma peur ne font pas bon ménage, on dirait, ajoutai-je. Ça m'a fait délirer.

Delsin resta silencieux. Mon explication était lamentable, pourtant il n'insista pas. Il se redressa un peu et noua davantage ses bras autour de ma poitrine.

— Ne me fais plus peur comme ça, Levy. D'accord ?

— D'accord.

— Putain, j'ai cru que tu ne reviendrais pas. C'était flippant.

— Je suis désolée…

— Tout va bien, maintenant ?

Je hochai la tête, alors il éteignit l'eau et m'entraîna avec lui. Quand il trouva une serviette sur le portique, il la posa sur mes épaules. C'est là que je remarquai qu'il ne portait plus qu'un boxer et que moi, je n'avais plus que mes sous-vêtements. Mon réflexe premier fut de me cacher, de masquer ma cicatrice, mais je me rendis compte que c'était ridicule. Il sourit et toucha mon front de sa paume.

—Au moins la fièvre est pas mal redescendue. C'est une bonne chose.

Je hochai la tête. Delsin avait ce même regard chaud qu'il avait eu chez lui à plusieurs reprises lors de la tempête. Je savais qu'il n'oublierait pas si facilement la grosse crise que je venais de faire. Même s'il avait choisi de gober mon mensonge sans rien dire, je savais que je ne pourrais pas effacer tout ce qu'il avait fait pour moi. J'espérais simplement que ça ne changerait rien entre nous.

—Il est quelle heure ? demandai-je subitement.

—Plus de 5 heures du matin, je pense.

—Ça fait tard…

Il frictionna mes bras et me sécha les cheveux, se montrant aussi prévenant que lorsque nous étions chez lui.

—Je vais te laisser te rhabiller et je vais y aller.

Je hochai la tête et le regardai prendre ses vêtements et une serviette avant de disparaître derrière la porte. Je retirai mes sous-vêtements trempés et j'enfilai son tee-shirt ainsi que mon bas de jogging avant de le rejoindre. Il était en train d'enfiler son tee-shirt.

—On dirait qu'on se retrouve souvent mouillés en ce moment…

Mon Dieu, mais quelle cruche ! Détaille-lui ce qui se passe dans le fond de ta culotte tant qu'à faire.

—C'est là tout mon charme, trésor.

Je ricanai nerveusement.

— Bon, je vais rentrer, je passerai demain pour voir comment tu vas.

Je scrutai mon lit, dans lequel nous nous étions endormis dans les bras l'un de l'autre. Je ne me rappelais pas la manière dont ça s'était passé, je me souvenais juste que j'avais senti mes paupières devenir lourdes et qu'à un moment donné, j'avais été incapable de les ouvrir. Je ne voulais pas qu'il parte. Je ne voulais pas qu'il me laisse seule. Je me sentais bien quand il était là. Mais, j'avais honte qu'il m'ait vue dans un tel moment de faiblesse. Alors qu'il se dirigeait vers la porte, je ne pus me contenir davantage, je me précipitai sur lui et me jetai dans ses bras. Surpris, il me rattrapa un peu maladroitement avant de me lover contre lui.

— Merci, Delsin.

Chapitre 14

Emmitouflée dans mon manteau et le nez plongé dans mon écharpe, je frappai à la chambre de Rob. Quelques personnes me saluèrent dans le couloir et deux filles arrêtèrent leur conversation pour me regarder passer. Peut-être étaient-elles dans ma classe et se foutaient-elles de moi parce que j'étais sortie de cours de manière magistrale la veille… Ça m'importait peu, j'avais autre chose à penser.

Ce matin je me sentais beaucoup mieux, je n'avais plus de fièvre ni de courbatures. Il ne me restait plus qu'un vilain rhume. J'étais fatiguée, en revanche, je n'avais pas réussi à m'endormir après le départ de Delsin. J'étais encore horrifiée par ce qu'il avait vu de moi…

— Salut, toi ! lança joyeusement Rob en m'ouvrant la porte.

Je souris en sortant de mes pensées. De toute façon, ça ne servait pas à grand-chose de ressasser tout ça.

— Je suis content de voir que tu vas mieux, parce que les cours sans toi, c'est vraiment long.

— Si je comprends bien, je ne suis là que pour faire passer le temps plus vite ? répliquai-je.

Il esquissa un sourire, mit sa veste et attrapa son sac.

— Je me suis inquiété pour toi, puis je me suis dit que tu devais être en très bonne compagnie. Ça explique sans doute pourquoi tu vas bien aujourd'hui.

— Oui, ça va mieux. Merci de t'en soucier à ce point.

Rob ferma la porte de sa chambre et nous nous engageâmes dans le couloir.

— Levy, Levy, Levy…

— Oui ?

— Raconte-moi ! Je veux tout savoir !

Je souris. À vrai dire, je n'avais pas tellement envie d'en parler et de me remémorer ma crise de panique monumentale.

Tandis que nous marchions, j'avais l'impression que les gens me regardaient avec insistance. Je devais vraiment devenir parano…

— Je ne vois pas de quoi tu parles, dis-je, évasive.

— C'est ça, ouais. Parle !

Je soupirai, amusée malgré tout par son enthousiasme.

— Il a pris soin de moi, dis-je.

— Comment ?

— Rien d'affriolant, il m'a apporté à manger, il s'est occupé de moi quand je me suis sentie mal, et comme il avait apporté son ordinateur, on a regardé un film. Après on…

Je m'interrompis pour ouvrir la porte de l'immeuble.

— « On » ? insista Rob. Ne t'arrête pas au meilleur moment !

— On s'est juste endormis. Je me suis réveillée en pleine nuit parce que j'étais malade, il m'a soignée et quand il a vu l'heure, il est parti.

Je déformais quelque peu la vérité, mais je ne voulais pas m'étendre sur le sujet.

— T'endormir avec lui, c'était déjà un bon début. La prochaine fois, faut passer au stade supérieur.

Je secouai la tête. Delsin ne me voyait probablement pas comme ça. Il ne m'avait encore jamais embrassée.

— Je ne pense pas être ce genre de fille pour lui.

Il ricana.

— Non, c'est vrai, tu as raison, tu n'es sûrement pas « ce genre de fille ». Sinon, il t'aurait déjà sauté dessus. Dans ton cas, c'est différent parce que le mec prend soin de toi quand t'es malade, t'apporte à manger, est super sympa avec toi. Toi, il ne te baise pas, c'est sûr, il ne faut pas avoir fait des études supérieures, Levy, pour comprendre qu'effectivement, il ne te voit pas comme ce genre de fille. Et je crois que dans son cas, c'est plutôt une bonne chose puisque ce n'est pas ce que tu es. Ce mec est sanguin, parfois on dirait qu'un rien peut le rendre complètement fou et, va savoir pourquoi, il se comporte différemment avec toi. Peut-être que tu l'apaises…

— Je l'ai rencontré la veille de la rentrée, en fait.

— Qui ça ? Delsin ?

J'acquiesçai.

— Petite cachottière ! s'exclama-t-il. Tu te rends compte que maintenant tu vas devoir tout me dire ?

Je pouffai et lui racontai comment un mec à la gueule cassée avait fait irruption dans mon taxi et ce qui avait suivi.

— Alors t'as pris soin de la brute épaisse ! s'extasia Rob. Tu m'étonnes qu'il était tout heureux de te voir frapper à la porte de sa chambre, je comprends même certaines de ses remarques.

— C'était rien, il était couvert de sang et de bleus, je n'allais pas le laisser comme ça. Il fallait bien l'aider.

— Oh non, ce n'est pas rien ! La plupart des gens auraient évité son regard, comme ceux qui détournent la tête quand un gay se fait insulter devant eux dans la rue. Toi, tu l'as soigné, alors que n'importe quelle autre fille l'aurait fui. C'est pour ça qu'il te traite différemment, parce que tu n'es pas comme les autres.

— Je ne sais pas trop…

— Crois-moi, il est loin d'être indifférent. Autant pour ce que tu as fait pour lui que pour ton physique.

Je tournai la tête vers lui.

— « Mon physique » ?

— Tu es belle, Levy. Tu l'ignores, mais tu es vraiment belle, bon sang ! Et, oui, même si je préfère les mecs, je sais reconnaître les belles femmes quand je pose les yeux dessus. Tu es sexy sans…

— Non, l'interrompis-je en secouant la tête. Je ne suis pas une fille sexy, je…

— Tu es sexy sans chercher à l'être, Levy ! Ce qui te rend encore plus désirable. Rien n'est plus sensuel aux yeux d'un mec hétéro qu'une fille naturelle qui n'a pas conscience de sa beauté. Et je suis certain que Delsin serait heureux d'être celui qui te le fera comprendre.

— Je ne me vois pas comme ça.

— Je sais, mais t'en fais pas, je suis là maintenant, je vais m'occuper de toi. Et tu finiras bien par te le rentrer dans le crâne.

Je ne répondis rien, me contentant de regarder les bâtiments de l'université et les étudiants qui, comme nous, se dirigeaient vers les amphis.

— Et puis, tu sais, un garçon n'est pas aussi attentionné avec une jolie fille comme toi sans avoir une idée derrière la tête, renchérit Rob. Le Delsin, il t'a dans la peau.

— Et c'est quoi son idée d'après vous, Monsieur l'Expert ?

— Bah, autant le lui demander la prochaine fois que tu le vois, comme ça, tu seras fixée. Genre : Delsin, dis-moi, quelles sont tes intentions envers moi ? mima-t-il en battant exagérément des paupières.

— Certainement pas !

Il éclata de rire, je gloussai. Nous approchions du bâtiment où nous avions cours.

— Et toi ? lançai-je. On parle de moi, mais toi, tu n'as rien de croustillant à me raconter ?

— Rien de plus croustillant qu'un Delsin. Me faudrait un extraterrestre pour ça, mais si j'en trouve un, je ne manquerai pas de te le dire.

Je ris. Il glissa son bras sous le mien et nous entrâmes dans le bâtiment. J'eus de nouveau la désagréable impression que les autres étudiants me regardaient avec insistance. Ça ne pouvait pas être dans ma tête, il se passait quelque chose. Ce n'était quand même pas ma sortie théâtrale de la veille qui intéressait autant les gens.

— Oh regarde, je crois que c'est elle ! entendis-je.

— Ouais, mais elle n'est pas si belle en fait…

Je rougis malgré moi et une boule se forma dans ma gorge. Est-ce qu'on parlait de moi ?

— Rob, je…

— Ne t'occupe pas d'eux.

Donc, il y avait bien quelque chose.

— C'est de moi qu'elles parlent ? lui demandai-je.

— Peut-être…

— Mais qu'est-ce qui se passe ?

— Rien.

— Comment ça « rien » ? m'exclamai-je. On parle de moi et je…

— C'est sur Facebook, lança-t-il. Une photo a été publiée ce matin, mais Levy ne te prend…

Je ne l'écoutais déjà plus, fouillant dans mon sac à la recherche de mon téléphone. J'ouvris l'application et ne tardai pas à trouver la photo en question. C'était Axel et moi, dans les toilettes, quand il m'avait aidée. Sur le cliché, j'apparaissais dans ses bras, et évidemment on ne voyait absolument pas que j'étais mal en point. La légende disait :

Aperçue dans les toilettes de l'université, la petite nouvelle en charmante compagnie. Après Delsin, elle jette son dévolu sur Axel, son meilleur ami et également quarterback de l'équipe de football. Qui sera sa prochaine conquête ?

Mon Dieu, c'était tellement dégradant. Un tissu de mensonges que visiblement tous les imbéciles du campus avaient choisi de croire.

— Levy, ce n'est rien…, commença Rob.

— Ah, tu crois ? Pourquoi tu ne m'as rien dit ?

— Parce que ce sont des conneries, tout le monde aura oublié ça dans quelques jours. Il ne s'est rien passé, pas vrai ?

— Non, bien sûr que non ! J'étais malade comme un chien. Il m'a juste aidée !

— Je sais. Ne te prends pas la tête avec ça.

— Mais on me regarde comme si j'étais une salope. On insinue même que…

Ça me foutait hors de moi, je rangeai mon téléphone et fis volte-face.

— Où tu vas ? s'exclama Rob.

— J'ai besoin d'air.

— Ne manque pas les cours, tu leur donnerais raison.

— J'ai quand même besoin d'air ! pestai-je.

Rob décida de me suivre. J'avais une envie furieuse de crier, mais je prenais sur moi pour paraître calme. Tous ces regards, toutes ces messes basses… Tout ça fondé sur une rumeur mensongère. Un mec siffla quand je passai près de lui.

— Va te faire foutre, connard, grommelai-je.

J'accélérai le pas, Rob toujours sur mes talons. Je ne comprenais pas comment on en était arrivés là ni pourquoi tout à coup on s'acharnait sur moi. Arrivée devant l'entrée principale, je ralentis, j'étais essoufflée. J'avais envie de me barrer d'ici.

— Je ne comprends pas, dis-je en reprenant mon souffle.

— Il n'y a rien à comprendre, dit Rob. Ce n'est que de la jalousie et un besoin de créer du buzz pour rien.

— Mais je suis invisible, Rob. Je suis toujours invisible.

— Ah non, plus maintenant. Dès que tu as soigné ce type, tu ne l'as plus été. La popularité de Delsin et celle d'Axel leur collent à la peau.

Je soufflai, il glissa un bras autour de mes épaules.

— Ça craint, soupirai-je.

— Ça va s'estomper, tu verras. Le temps qu'ils trouvent autre chose à raconter. Je pourrais danser à moitié nu dans le réfectoire, si tu veux.

J'esquissai un faible sourire.

— C'est ça, c'est mieux quand tu souris, ma puce.

— Merci d'être là, Rob.

— À ton service. Tu veux retourner en cours ou tu veux qu'on le zappe et qu'on aille se boire un café ?

L'idée du café me plaisait bien.

— Je peux te payer aussi un café, dit une voix derrière nous.

Nous nous retournâmes. C'était un étudiant. Plutôt grand.

— Pardon ? dis-je.

— Je te propose un café, répéta-t-il avec un sourire. En revanche, je ne fais pas partie de l'équipe de football américain. Je suis dans l'équipe de basket. Mais ça n'entache pas mes talents, ajouta-t-il en m'adressant un clin d'œil.

— T'insinue quoi, là ?

Je sentais la colère monter à nouveau en moi.

— Que si t'es partante pour un petit café et plus si affinités, je suis ton homme.

— Va te faire foutre ! pestai-je.

Il s'avança comme pour me saisir l'épaule, mais Rob dégagea sa main.

— Lâche-la ! lança Rob.

— Toi, le PD, on t'a pas sonné. C'est pas toi que je veux sauter, c'est ta copine.

Cette fois-ci, ma colère explosa et je lui balançai une baffe tellement forte que ma paume me lança douloureusement. La claque résonna dans un bruit sourd. Tous les regards se tournèrent vers nous.

— Va te faire foutre, crachai-je. Je ne suis pas une pute, ni lui un PD. Toi, en revanche, t'es un sacré connard !

— Si tu crois que tu vas t'en tirer comme ça, sale pute !

Il leva la main vers moi, comme pour me retourner mon geste, et je me sentis comme paralysée. Je le fixai, les yeux écarquillés, incapable de bouger. Tous mes vieux démons ressurgirent mais, avant que Rob ne puisse intervenir, le type bascula sur le côté comme s'il venait d'être bousculé.

— Tu crois faire quoi là ? Tu frappes les filles, maintenant, Chris ?

Cette voix… C'était Delsin. Il me scruta quelques brèves secondes à travers ses yeux voilés, Rob s'éloigna d'un pas et m'entraîna avec lui. Axel, non loin, se contentait de surveiller la scène.

— Te mêle pas de ça, Delsin, répliqua le Chris en question.

— Ouais, ça te rendrait bien service. Lève la main sur elle et je te brise les os, t'as compris ?

Son ton était glaçant.

— Va te faire foutre ! Elle m'a…

Le visage de Delsin n'était qu'un masque de colère. Je n'aimais pas le voir dans cet état, surtout pas quand c'était à cause de moi.

— Quoi ? gronda Delsin. Elle a titillé ta virilité en te mettant une claque et tu te dis en gros connard que tu es que tu vas lui rendre la pareille ?

Chris bomba le torse, mais Delsin ne semblait pas impressionné.

— Elle m'a frappé.

— C'est ça ta putain de raison ? À mon avis, c'était mérité. Et il y a une nuance entre se faire frapper et se prendre une claque. Je peux te la montrer si tu veux.

— Elle est aussi givrée que toi, cette pute, de toute manière. Vous pouvez vous la partager tous les deux, ajouta-t-il en désignant Axel. Je passe mon tour.

Les traits de Delsin se durcirent un peu plus et je poussai un cri étouffé dans mon écharpe quand son poing atterrit en pleine face de Chris avec une brutalité qui ne me semblait que trop familière. Le basketteur tituba en tenant son nez en sang.

— Fils de pute, siffla-t-il.

De rage, il se jeta sur Delsin. Ils tombèrent à la renverse tous les deux, mais Delsin prit rapidement le dessus et le plaqua au sol avant de multiplier les coups de poing.

— Alors, tu la sens la putain de différence ou pas ? rugit-il.

Axel tenta de s'avancer, mais Delsin semblait hors de contrôle. Tous les étudiants alentour observaient la scène. Personne n'osait intervenir. Je voulais l'empêcher de succomber à cette colère, mais je demeurais encore et toujours paralysée par cette violence.

— Del, arrête, ne…

Axel ne termina pas sa phrase, mais Delsin releva la tête pour le regarder, sans rien dire. Il ne semblait pas calmé pour autant.

— La prochaine fois que tu l'insultes, je te fais bouffer mon poing, siffla-t-il à Chris.

— Arrête, grogna le basketteur. C'est qu'une meuf.

— T'as essayé de la frapper, tu l'as insultée et tu penses que je vais laisser passer ça ? T'es vraiment qu'un pauvre type.

— Je suis désolé, ça te va ?

Chris ne cherchait même plus à se défendre. Il tentait seulement d'en finir. Mais Delsin…

— Non, c'est pas assez, gronda-t-il. Si je n'avais pas été là, tu l'aurais…

Cette fois-ci, je m'avançai. Je devais arrêter ça. Je ne voulais pas qu'il se mette dans cet état. Je posai ma main sur son poing ensanglanté et il trembla.

— Moi, ça me va, dis-je. C'est de moi qu'il s'agit et ça me va, Delsin. Arrête.

Il leva la tête et plongea son regard dans le mien, il avait l'air tellement perdu qu'il m'en donnait des frissons.

— Mais, il…

— Tout va bien, assurai-je. Vous allez avoir des problèmes.

— Elle a raison, Del, renchérit Axel.

Alors Delsin se releva et entraîna Chris avec lui par le col.

— Un conseil, siffla-t-il au basketteur en le fusillant du regard. Je te vois ne serait-ce que la regarder, t'approcher d'elle, être dans le même couloir qu'elle, respirer le même air qu'elle, n'importe quoi… Je te pète vraiment les deux mains.

Il le lâcha en le repoussant brusquement.

— Putain de malade, cracha Chris.

Il s'en alla en titubant et, bien que le spectacle soit fini, les gens restèrent autour de nous. Je voulais fuir ce monde.

— Qu'est-ce qu'il te voulait ? me demanda Delsin.

— Me sauter, voyons ! La rumeur sur Facebook dit que je suis une belle salope, alors il s'est dit : « Pourquoi ne pas tenter d'en profiter ? » Si je me sentais un peu seule, il aurait pu me divertir.

Les yeux de Delsin s'enflammèrent. J'aurais aimé me blottir contre lui, mais il n'avait pas l'air d'humeur câline.

— Je suis désolé, Levy, dit Axel. C'est des conneries tout ça.

Je secouai la tête et je lui souris. De quoi était-il désolé, celui-là ? De m'avoir aidée et soutenue quand j'étais mal en point ? De m'avoir ramenée chez moi et d'avoir prévenu Rob et Delsin ?

— C'est ta faute, tout ça, de toute manière, grommela Delsin en bousculant Axel qui, bras toujours croisés, ne broncha pas. Tu aurais dû faire attention, putain !

— Arrête, grommelai-je en repoussant Delsin à mon tour.

Nous devions donner un spectacle grandiose à tous ces connards autour de nous. Adieu l'invisibilité.

— Il m'a aidée ! m'exclamai-je. Arrête de t'emporter pour rien, et surtout pas contre lui. C'est de moi qu'il s'agit, Delsin White ! De moi ! C'est une putain de fausse rumeur sur moi ! Ne leur donne pas satisfaction. Putain de merde, ton meilleur pote m'a aidée. Sans lui, je me serais effondrée dans le couloir. Bon sang, j'en ai ma claque pour aujourd'hui. Salut !

Je tournai les talons et les plantai tous là.

∞

J'enviais ces gens capables de poser la tête sur l'oreiller et de s'endormir en deux secondes. Moi, il me fallait une intégrale de *Game of Thrones* pour enfin me sentir fatiguée. Avant, j'avais tellement peur le soir que je me forçais à guetter s'il venait dans ma chambre ou pas. Au fil du temps, avec l'anxiété et la peur viscérale de mon monstre, j'étais devenue insomniaque. Je gardais une photo de ma mère sous mon oreiller et je passais souvent mes insomnies à la regarder en me demandant quelle vie j'aurais eue si je ne l'avais pas tuée.

Seule dans mon lit, je regardais cette même photo. Avant, elle m'aidait à me calmer ou à me guérir. Maintenant, je la regardais, car elle me manquait. Elle était usée, mais c'était comme un talisman. Je caressai ses cheveux avant de la glisser entre les pages de mon livre. Il était plus de minuit, je n'arriverais pas à dormir avant un moment.

Je n'étais pas retournée en cours de la journée, Rob était resté avec moi. On n'avait fait que papoter, rire et ç'avait été extra. Lorsque j'arrivai au *diner*, je le repérai tout de suite à une table. Sa casquette vissée sur la tête, un tee-shirt noir et sa belle gueule. Je m'arrêtai au comptoir.

— Je vais prendre la même chose que d'habitude. En double.

La serveuse me sourit avant de pincer les lèvres.

— Je suis désolée, me dit-elle, mais il ne reste plus qu'une part de tarte aux pommes de Granny. En revanche, elle a fait une tarte aux pêches. C'est un pur délice aussi.

— Alors je prends ça. Tu peux nous les apporter ?

— Pas de problème.

Je me dirigeai alors vers Delsin et m'arrêtai debout à sa table. Il leva la tête. Qu'est-ce qu'il était craquant…

— T'es trop silencieux, Delsin White.

— Salut trésor.

— Ce n'est pas ton heure non plus.

— Je voulais être sûr de te voir.

J'esquissai un sourire. La course des battements de mon cœur s'accéléra.

— Je suis là.

— Et tu n'imagines pas combien ça me fait plaisir.

— Ah bon ?

Il se leva et posa un genou à terre. J'éclatai de rire.

— Qu'est-ce que tu fais ? demandai-je.

— Levy, excuse-moi pour ce matin, dit-il d'un ton penaud et sincère.

— Franchement, tu devrais consulter.

— Je me prosterne à tes pieds et tu me balances qu'il faut que j'aille voir un psy ? s'exclama-t-il, faussement outré. Les femmes n'aiment-elles pas ce genre de chose ?

— Redresse-toi, espèce d'abruti. Moi, je n'aime pas les types qui se prosternent.

— Ah ouais ? Et quel genre de types tu aimes, alors ?

— Le genre qui chante la sérénade sous ma fenêtre. Ça te va ?

Il plissa les yeux. Je ris. Je n'allais tout de même pas lui répondre que mon type de mec, c'était lui tout simplement.

— Maintenant que tu es au courant, assieds-toi ! dis-je en prenant place à sa table.

Il s'exécuta.

— C'est vrai, tu sais, je suis désolé.

— Je n'aime pas que tu te battes, soupirai-je. Je ne supporte pas la violence. Et puis, j'aime ton visage comme il est, je vais finir par croire que tu fais exprès de l'abîmer pour que je te soigne.

Son regard me coupa le souffle.

— Désolé, quand j'ai vu cette merde sur Facebook, ça m'a foutu en rogne et quand j'ai vu ce connard essayer de te frapper, j'ai explosé.

— Merci de m'avoir défendue.

— Ne me remercie pas, Levy. Je ne le mérite clairement pas. Je ne me sens pas héroïque du tout. Ça bouillonne encore en moi, je ne supporte pas l'idée qu'il aurait pu te frapper ni que tu sois insultée. Je te l'ai déjà dit, je ne laisserai personne te faire du mal. Et c'est en partie à cause de moi, ces rumeurs, aussi, et je ne peux rien faire pour t'en protéger.

— Lâche prise, s'il te plaît. Ne te mets pas en colère pour si peu. En plus, je vais bien et je suis là.

— Tu es là, c'est vrai.

J'aimais la manière dont il avait dit ça. Il était tellement sincère et ça me réchauffait le cœur. Je n'aimais pas la violence, je ne comprenais pas pourquoi il était si en colère contre le monde, mais j'aimais qu'il me défende, qu'il prenne soin de moi. C'étaient des choses que j'avais presque oubliées. Il n'y avait aucune rancœur ce soir. Je ne voulais pas rester fâchée contre lui.

— Comment va Axel ? demandai-je.

— Bien.

— Et entre vous ?

— C'est toujours nickel entre Axel et moi. On se prend la tête, mais jamais bien longtemps.

Je souris.

— On était même tous les deux à la une de la nouvelle photo parue sur Facebook.

— Encore ? Un truc du genre « Ils en viennent aux mains pour elle » ?

— Ouais, quelque chose comme ça. Mais c'est ridicule, c'est moi qui gagnerais de toute façon.

La serveuse vint nous apporter notre commande.

— Je vais prendre celle aux pêches, dit Delsin.

— Non, elle est pour moi, décrétai-je.

— Attends, j'ai mieux.

Il coupa les parts en deux.

— Voilà comme ça, pas de jaloux.

— Bonne idée.

Après ça, nous restâmes un peu au *diner* avant de rentrer. Lorsque je me mis à bâiller un peu trop souvent, tout en tremblant, Delsin enlaça mes épaules. Je sursautai et frissonnai, avant de me rendre compte que j'étais bien ainsi lovée contre lui. Nous étions à pied, il n'était pas venu en voiture pour une fois.

— Il est l'heure pour toi, dit-il.

— Mmh, probablement.

Il rit et retira sa veste avant de la poser sur mes épaules. Je soupirai alors que la chaleur divine et encore présente de son corps m'enveloppait dans un cocon. Nous arrivions à la résidence.

— Tu…

— Garde-la, tu vas choper la mort et ça ne m'arrangerait pas…, dit-il.

Trop fatiguée, je ne cherchai pas à comprendre où il voulait en venir. Je plongeai les mains dans ses poches.

— Merci pour la veste, mais on est arrivés.

— Pas de souci, trésor.

— Tu ne rentres pas ?

— Non, je vais courir un peu. Je vais me faire un stade. Je dois garder la forme.

— « Te faire un stade » ?

— C'est monter et descendre toutes les marches d'un stade en courant.

— C'est affreusement barbare ! Qui s'inflige ça ?

— Un insomniaque masochiste.

— Tu me laisseras gagner un jour au jeu des insomniaques chroniques ?

— Peut-être.

Il sourit, de ce sourire lumineux qui effaçait toute la colère en lui. Je rougis.

— Bonne nuit, trésor.

— Bonne nuit.

Je fis volte-face afin d'entrer dans l'immeuble.

— Levy ? m'appela-t-il.

— Oui ?

Je tournai la tête pour le regarder et comme il n'enchaînait pas, je m'arrêtai.

— Ça te dirait qu'on sorte ensemble un de ces soirs ? demanda-t-il finalement.

— Ce n'est pas ce qu'on fait quasiment tous les soirs ?

Il se mit à rire et je me sentis subitement minuscule. Qu'est-ce que je n'avais pas compris là-dedans ?

— Non, trésor, je te parle de sortir ensemble. Aller au resto, au ciné, je n'en sais rien, encore. Un rencard exposé, quoi. À une heure normale et pas à 3 heures du matin comme tous les soirs.

— Oh, je…

Il plissa les yeux et son regard se fit tellement intense qu'il fit naître une tension dans mon ventre. Je rougis de plus belle et attrapai une mèche de cheveux pour jouer nerveusement avec. Delsin s'avança en souriant.

— Tu ne veux pas ?

— Si.

Mon cœur battait la chamade. C'était Delsin, le même homme avec qui je partageais mes insomnies depuis des semaines, mais je sentais que ce genre de rendez-vous ne serait pas du tout pareil que partager un bout de tarte et des problèmes d'insomniaques.

— Samedi, ça te va ?

— Oui.

Un sourire que je ne lui avais jamais vu illumina les traits de son visage.

— À 19 heures ? Tu seras réveillée ? insista-t-il.

— Oui !

— Génial. Je passerai te prendre.

Un sourire plus grand encore s'étira sur ses lèvres et sur les miennes aussi. Je souriais tellement alors que je me tournais à nouveau vers l'entrée de l'immeuble, que ça me faisait mal aux joues. Ça en devenait ridicule. Je devais avoir l'air d'une désespérée.

— Levy ?

Je me retournai encore.

— Oui ?

— J'ai hâte…

Il ne me laissa pas le temps de répondre et fila en courant. Je rentrai dans ma chambre et une fois la porte fermée, je me laissai glisser au sol. La tête en friche, je lovai mon nez dans la veste de Delsin afin de me noyer dans son odeur. Rob avait raison, je n'étais probablement plus invisible, mais à l'instant, ça me rendait heureuse.

Chapitre 15

Installée en tailleur sur mon lit, je scrutais bouche bée le spectacle que j'avais devant les yeux. Je n'avais pas mon mot à dire, je devais simplement rester assise sans bouger. J'avais bien songé à m'enfuir mais c'était peine perdue.

Ma chambre s'était transformée en moins de cinq minutes en une salle de conférences. Rob avait déposé plein de trucs à grignoter sur mon lit ; des bonbons, des gâteaux et du café. Il avait aussi installé un paperboard au centre de la pièce. Sur la première page était noté en rouge et en majuscule : « LEÇON N° 1 »

J'avais peur. J'étais même terrifiée. Je n'avais qu'une envie : m'enfuir, mais il semblait possédé.

— Alors ! s'exclama-t-il. Leçon numéro un : quels vêtements porter pour un premier rencard ?

Je secouai la tête. J'étais franchement partagée entre la panique et l'hilarité.

Bon sang, c'est un grand malade !

— C'est très simple, pour s'habiller, il faut juste analyser du mieux possible la sortie en question. Pour un pique-nique, un joli jean ou un pantalon en toile avec une tunique ou autre fera l'affaire, un rencard dans un parc d'attractions, pareil, il faut obligatoirement mettre un pantalon, la jupe ce n'est pas pratique sauf si tu veux être mal à l'aise ou que tout le monde voie les sous-vêtements que tu portes. Mais ça, ce sera pour plus tard.

Il fit une petite pause. Même si je le trouvais parfaitement dingue, j'étais contente qu'il ne me laisse pas affronter seule cette nouvelle expérience. C'était mon premier véritable ami. Et je me sentais à l'aise avec lui, je pouvais lui parler sans gêne. J'étais ravie qu'il soit venu sans que j'aie eu à le lui demander. Faut dire qu'il prenait aussi très à cœur cette histoire avec Delsin, même s'il n'y avait pas vraiment d'histoire.

— Premier rendez-vous équivaut à mystère, continua-t-il. Il ne te dira jamais où il va t'emmener, car il veut te faire une surprise, et toi, tu ne commettras pas l'erreur de le lui demander. S'il y a d'autres rencards à l'avenir, tu pourras, mais le premier c'est lui qui gère. En général, le premier rendez-vous c'est au restaurant. C'est un classique. C'est assez intime pour se parler et apprendre à se connaître et à la fois assez court pour en déduire rapidement si tu veux un deuxième rendez-vous ou pas. Alors, la tenue idéale pour ça, c'est une jupe. C'est aussi ce qu'attend ton partenaire quand il t'y emmène. Mais attention, pas n'importe quelle jupe, pas celle qui dit : je suis une salope.

— Ah, parce que les jupes te parlent, à toi ?

Rob esquissa un sourire avant de faire claquer sa baguette sur le tableau. Il était tellement drôle.

— On reste concentrée, jeune fille.

Je hochai la tête en gloussant.

— Donc, il te faut soit une combinaison jupe chemise avec deux boutons ouverts tout au plus, pas de décolleté plongeant ni de couleur trop flashy d'ailleurs, soit une petite robe noire qui descend jusqu'aux genoux. Ça dévoile un peu la silhouette, sans trop en montrer. Avec ça, il faut porter des petites chaussures ou des talons si tu te sens capable de les supporter. Mais il faut faire attention, parce que, si le rendez-vous se passe bien et s'éternise, ça peut se finir en balade et là, les talons, ce n'est pas top. Compris ?

Ces petits détails n'avaient pas d'importance pour moi, ce qui m'importait c'était Delsin. Il me troublait déjà en temps normal mais là…

—Oui, mais…

—Pas de « mais », on écoute ! m'interrompit Rob. Les sous-vêtements sont importants aussi, poursuivit-il. Car même s'il ne les voit pas, c'est important pour ton moral de fourrer tes fesses dans des sous-vêtements sexy. Les culottes de grands-mères, on les laisse à Bridget Jones et si ça excite le beau Hugh Grant dans le film, pas sûr que les prostituées qu'il se tape dans la vie réelle portent ce genre de trucs. Les sous-vêtements idéaux sont souvent ceux en dentelles, assortis. Le tanga, c'est parfait, car tu mixtes shorty et string. Des questions ?

Des tas… Mais celle que je voulais éclaircir, c'était pour quelle raison Delsin m'avait demandé de sortir avec lui… Bon sang, je n'avais rien à me mettre ! Il allait falloir que je fasse les boutiques.

—Je dois porter une robe noire avec des sous-vêtements sexy et des petites chaussures, c'est ça ?

—Pour un premier rendez-vous, c'est la tenue parfaite, acquiesça Rob. Après si tu es plus à l'aise dans un jean, je pense…

—Non, l'interrompis-je. Une robe, c'est bien, mais il faudrait que je fasse les magasins. Je n'ai rien de tout ça.

Il éclata de rire. Je voulais être jolie, je ne voulais pas être la Levy ordinaire. Enfin, ce serait peut-être le Delsin de d'habitude alors peut-être qu'il vaudrait mieux que je reste comme j'étais… *Merde, merde, merde !* Pourquoi je devenais aussi nerveuse, moi ?

—Tu es stressée ?

—Je crois.

Rob sourit et vint à côté de moi.

— Levy, c'est absolument normal. Tout le monde est stressé avant un rencard. Mais il fallait t'y attendre aussi.

— C'est censé me rassurer ? demandai-je.

— Non, c'est censé te faire comprendre que tu lui plais. Il a réagi comme une bête en boîte quand ce type t'emmerdait, et il a fait la même chose avec l'autre connard qui t'a insultée. Ouvre les yeux, Levy, t'es pas la fille insignifiante que tu crois être. Ça c'est dans ta tête. On ira faire les magasins demain, si tu veux.

J'acquiesçai en silence. Tout en resserrant mes bras autour de mes genoux, je pensai au fait que c'était vraiment bon d'avoir un ami à qui parler. Un ami et peut-être même un mentor.

— Bien, lança-t-il. Maintenant que nous sommes OK au niveau des fringues, passons à la leçon numéro deux.

— T'en as beaucoup des comme ça ? demandai-je en riant.

Rob révéla la feuille suivante et je lus, les yeux écarquillés, les mots suivants : « Les différents types d'épilation ».

— Quoi ? m'écriai-je. Mais je…

— C'est important. On prône les jambes douces plutôt que les râpes à fromage ou le mode Chewbacca.

— T'es cinglé. Oh, bon sang…

Mon rire explosa de lui-même et fut communicatif.

— J'en reviens pas d'être tombée sur toi, t'es complètement barge, lançai-je.

— J'adore rendre service.

— C'est ça que tu veux faire plus tard, te lancer dans les causes désespérées ?

— La fille désespérée en question n'est pas si désespérée que ça vu qu'elle a un putain de rencard avec le beau gosse du campus.

— Alors lui aussi rejoint ta cause !

Il ricana.

— Si tu permets, je vais m'occuper de la partie épilation et débroussaillement seule, dis-je.

— OK, je te fais confiance ! Alors on passe à la leçon numéro trois…

Il se redressa et souleva la feuille.

— Les baisers.

— C'est obligé ? piaillai-je.

— Carrément, je dirais même obligatoire !

∞

Très honnêtement, le fait de sortir avec Delsin ce soir me mettait dans des états pas possibles. Ça paraissait ridicule étant donné que nous avions déjà fait pas mal de choses ensemble, mais cette fois-ci, c'était différent. Il y avait une nuance entre faire un truc sur un coup de tête et organiser quelque chose à l'avance. Je ne cessais de ressasser des pensées inutiles qui ne faisaient que me stresser.

Je pris une longue douche et constatai que mes genoux étaient entièrement guéris. Il n'y avait plus le moindre bleu sur ma peau. Ce qui me troublait un peu. Avant dès qu'un commençait à s'effacer il y en avait toujours un autre qui apparaissait. Aujourd'hui, il ne me restait plus que cette cicatrice sur le ventre. Je la connaissais par cœur, elle n'aurait jamais dû arriver là, mais après tout ce que j'avais supporté je devais m'estimer heureuse de n'avoir que ça. Signe distinctif de mon cauchemar mais aussi de ma liberté. Elle n'était plus douloureuse, ce qui l'était surtout c'était le souvenir que j'en avais. Ce jour-là, j'avais vraiment cru qu'il allait me détruire pour de bon. Rien que d'y repenser j'en avais la chair de poule.

Je secouai la tête et enfilai un body noir au décolleté en dentelle que j'avais acheté sur les conseils de Rob. Je me séchai les cheveux et les laissai pendre naturellement. Je maquillai très légèrement mes yeux, et je fis glisser un tube sur mes lèvres pour les roser. Une fois que ce fut fait, je fixai mon reflet dans le miroir. Peut-être que pour la première fois depuis très longtemps je me trouvais jolie.

Satisfaite, je retournai dans la chambre pour finir de m'habiller. Je poussai mon ordinateur portable qui diffusait encore la playlist de Bruno Mars et je posai ma robe sur le lit. C'était une petite robe patineuse noire, j'aimais beaucoup la façon dont elle épousait mon corps et sa coupe fluide. Je me sentais vraiment bien dedans. Je l'attrapais quand la chanson suivante me fit remuer les hanches. Je montai le volume de mon ordinateur et me laissai transporter, bougeant sur le rythme de la mélodie et des paroles. Pour une fois, il n'y avait que moi qui importais, moi et mon bonheur. Je continuai de danser, serrant la robe contre moi comme si c'était un cavalier qui menait la danse, et je tournai sur moi-même en riant.

— Vraiment, il n'y a pas à dire, je suis amoureux de ta façon de danser.

Je poussai un cri de surprise en plaquant mes mains sur ma bouche, lentement je pivotai et découvris, horrifiée, Delsin appuyé contre le mur. Il était tout sourires.

— Qu'est-ce que tu fous ici ? m'exclamai-je.

— On avait rendez-vous, tu te souviens ?

— Et alors ?

— Alors, j'ai attendu devant la porte plus de cinq minutes et, comme tu ne répondais pas et qu'il y avait de la musique, je me suis dit que peut-être tu n'entendais pas. La porte était ouverte, je suis entré et…

Il me désigna de la main, comme s'il n'avait pas de mots pour décrire le spectacle que je venais de lui montrer.

Oh, Seigneur, la honte...

— Ça fait combien de temps que tu es là ?

— Je sais plus, ricana-t-il. J'ai oublié quand...

Je levai une main en l'air pour l'interrompre. Deux options s'offraient à moi : me cacher dans un trou ou assumer la tête haute.

— Huhu, on reste poli, espèce de voyeur, lançai-je en le pointant du doigt.

Il éclata de rire.

— Moi, un voyeur ? s'offusqua-t-il.

Je hochai la tête. Il secoua la sienne.

— Je te signale qu'il n'y a pas de voyeur s'il n'y a pas d'aguicheuse...

Je plissai les yeux. Non seulement il me matait mais il rejetait la faute sur moi.

— Tu te rends compte que maintenant que tu as vu ça, je vais être dans l'obligation de te tuer, répliquai-je.

— Ouais, concéda-t-il en hochant la tête. Après avoir vu ton dernier pas de danse, je veux bien. Remontre-moi comment tu remontes...

— Sors d'ici, Delsin !

Il ricana et ne bougea pas d'un pouce.

— Soit tu restes comme ça et tous les mecs diront que je suis le type le plus chanceux ce soir, soit tu t'habilles et...

Il fit une pause et ce blanc me parut durer une éternité.

— Et ils diront que je suis le type le plus chanceux ce soir.

J'éclatai de rire et il se décida enfin à bouger. Il sortit de ma chambre en fredonnant. J'enfilai ma robe et mes chaussures, et je me regardai dans le miroir. C'était pas trop mal. Je me souris à moi-même. Je rassemblai mon sac et mon manteau sur le lit avant d'aller ouvrir la porte à Delsin.

Il était adossé au mur, les bras croisés. Son visage me semblait très sérieux, comme s'il était perdu dans de sombres pensées. Son attention se porta immédiatement sur moi et ses yeux me transpercèrent. Il avait ce même regard qu'il avait eu lorsque nous étions chez lui et que nous étions tous deux trempés. Je me sentis frissonner.

— Tu es divine.

Je rougis et sentis le désir remuer dans mon ventre. J'ouvris la bouche, mais j'eus besoin d'un moment pour récupérer ma capacité à formuler un mot.

— Merci…, soufflai-je.

Je ne me sentais pas capable de lui retourner le compliment, et puis, je savais qu'il n'en avait pas besoin. Il était plus que craquant. Il portait un jean brut ajusté, une chemise cintrée bleu marine qui rappelait malicieusement la couleur de ses yeux et qui mettait divinement en valeur ses larges épaules. Il se redressa, et entra à nouveau chez moi, il attrapa mon trench posé sur le lit et m'aida à l'enfiler, je le boutonnai, il attrapa la ceinture et m'attira à lui en tirant doucement. Je m'arrêtai à quelques centimètres à peine de lui. Il la noua et sourit.

— Tu me sembles prête.

J'attrapai mon sac et je hochai la tête. Il nous fit sortir en posant une main dans mon dos et me laissa fermer à clé. Puis, Delsin glissa sa main juste entre mes reins et me conduisit jusqu'à la sortie. J'avais l'impression qu'un incendie venait de se déclencher sur ma peau et dans mon ventre.

J'étais silencieuse et, quand Delsin s'assit derrière le volant de sa voiture, j'étais déjà écarlate. Ce soir, c'était différent. Tellement différent. Je n'arrivais pas à m'enlever cette idée de la tête.

— Levy ?

Je relevai la tête et croisai son regard tantôt amusé tantôt voilé.

— Levy, arrête ça…

— Hein ?

Il se pencha et vint lentement poser son pouce sur ma bouche. Je ne sursautai pas, je ne bougeai pas. Je ressentis juste la chaleur de sa peau contre la mienne. Ses yeux se posèrent sur mes jambes, ce qui me fit baisser la tête.

— Arrête de te mordre la lèvre et de te dandiner comme ça…

Je grimaçai. Il éclata de rire et alluma le contact.

Me détendre. Respirer et me détendre.

J'inspirai profondément. Lorsque Delsin s'engagea sur la route principale, il se pencha à nouveau et attrapa un paquet de cigarettes. Il en sortit une et l'alluma. Je ne l'avais pas vu fumer très souvent, la dernière fois ç'avait été en boîte quand j'avais gâché sa clope.

— Tu ne fumes pas souvent, si ?

— Est-ce que ça te dérange ?

— Pas vraiment, non, mais c'est rare de te voir fumer.

— Ça fait un mois que j'ai acheté ce paquet, ça m'aide à me détendre.

— Est-ce que c'est moi qui te rends nerveux ? lançai-je avec un aplomb du tonnerre qui me venait de je ne sais où.

— Dans cette robe et avec ce que je sais qu'il y a dessous, oui.

∞

Le restaurant était charmant et on s'installa dans un petit coin assez intime. La salle était pleine, ce qui somme toute me semblait normal pour un samedi soir. Une douce musique d'ambiance retentissait entre les chuchotements des nombreux couples qui se tenaient la main sur leur table. Delsin, face à moi, me scrutait, ce qui avait le don d'embraser mes joues et mon corps tout entier. Je baissai les yeux et me mis à scruter la flamme de la bougie qui vacillait légèrement.

— Tu es bien installée ? me demanda-t-il.

Je relevai la tête. Delsin m'avait toujours semblé impressionnant, mais là, il l'était encore plus. Je lui souris en acquiesçant.

— Oui. Et toi ?

Bravo Levy, ça c'est de la conversation !

Son petit sourire moqueur me donna envie de me foutre des claques.

— Bien. Maintenant, parle-moi de toi.

— De… moi ? Mais…

Il hocha la tête et plongea son regard dans le mien.

— Tu connais déjà pas mal de trucs…, dis-je, évasive.

— Non. J'ignore si tu as des frères et sœurs, par exemple.

— Non, répondis-je. Enfin, si…

— Oui ou non ? demanda-t-il en riant.

— Oui, j'ai une sœur.

— Elle ne va pas forcément être contente que tu l'oublies.

J'eus un sourire froid. Le serveur arriva au même moment pour nous apporter une carafe d'eau.

— Ma sœur est partie de chez moi assez tôt, quand elle a eu dix-huit ans et depuis je n'ai pas vraiment de nouvelles d'elle, en fait.

Delsin fronça les sourcils.

— Pourquoi elle est partie ? Les études ?

— Ouais… Elle voulait être indépendante.

— Tu lui en veux ?

Je relevai les yeux. J'avais envie de pleurer.

— Un peu, oui. C'est sans doute stupide.

— Aucune douleur n'est stupide, lança-t-il en se redressant légèrement.

— Tu as sûrement raison.

— Un peu que j'ai raison.

— Et toi, tu as d'autres frères et sœurs ?

— Non, juste une.

Notre serveur revint encore une fois et nous tendit deux menus. Delsin le remercia et je pinçai les lèvres. Les prix montaient assez haut.

— Prends ce qui te fait envie.

— D'accord…

Je replongeai dans mon menu et m'arrêtai sur ce qui était sans doute ce que j'aimais le plus et que j'aurais pu manger tous les jours de la semaine à m'en faire péter le ventre.

— Tu sais ce que tu vas prendre ? demanda Delsin.

— Oui, répondis-je en souriant de toutes mes dents.

Quelque chose dans ses yeux s'anima, puis il ricana.

— J'ai pensé à la prochaine chose sur ma liste que j'ai envie de faire, dis-je en haussant les épaules.

Je vis une autre étincelle dans son regard, et je me sentis toute bizarre de faire naître ce genre de choses chez lui. Il lâcha son menu et me lança un grand sourire.

— Tu as toute mon attention, trésor.

— Je voudrais faire un marathon *Star Wars*.

— Vraiment ?

— Ouais. J'ai jamais vu ces films. Je me suis dit qu'un marathon, ce serait plus drôle.

— C'est un marathon d'environ quatorze heures. Non-stop.

— Je sais, acquiesçai-je.

— Mmh, je ne sais pas si tu es prête pour ça.

J'éclatai de rire si fort que les clients de la table la plus proche se retournèrent et me lancèrent un regard bizarre qui me déstabilisa.

— Je…

— Je suis là, dit Delsin en attrapant ma main. Les vieux cons frustrés, on s'en fout.

Je reportai mon attention sur lui. Il sourit.

— D'accord ? insista-t-il.

J'acquiesçai silencieusement.

— Donc, tu en étais à *Star Wars*…

— Oui, j'aimerais bien voir si je penche plus du côté obscur de la Force ou pas. Du coup, je me suis dit que peut-être tu connaîtrais quelqu'un, fan de science-fiction, qui pourrait initier une jeune padawan à l'univers *Star Wars*.

— Est-ce une façon détournée de me dire que tu veux qu'on fasse le marathon tous les deux ?

— Oui. Si tu veux bien être mon Maître Jedi…

— Et tu t'es dit que me flatter de la sorte en m'appelant « Maître » ça allait faire pencher la balance en ta faveur ?

Je me contentai de répondre par un large sourire. Le serveur arriva pour prendre nos commandes.

— Désolé pour l'attente, nous avons du monde ce soir. Est-ce que vous avez choisi ?

— Tu prends quoi ? me demanda Delsin.

— Le saumon avec des pommes de terre, répondis-je avec entrain.

— Un steak saignant pour moi. Avec des frites.

— Bien, j'envoie ça.

Le serveur partit, je le suivis du regard et quand je reportai mon attention sur Delsin, celui-ci me scrutait intensivement.

— C'est quand tu veux pour le marathon.

— Vraiment ?

— À condition que tu m'appelles « Maître » tout du long, lança-t-il d'un air triomphant.

— T'es sérieux là ?

— Estime-toi heureuse que je ne te demande pas de venir avec la tenue de la princesse Leia dans *Le Retour du Jedi*.

— Hein ?

Il éclata de rire, son regard pétillait de malice.

— Laisse tomber, tu comprendras plus tard. Tu veux faire ça quand ?

— Je ne sais pas, le week-end prochain par exemple, tu… ?

— Non, dit-il brusquement.

Je relevai les yeux, un peu perdue par sa rudesse.

— Je ne peux pas le week-end prochain, poursuivit-il d'une voix rauque. Je pars vendredi jusqu'à dimanche soir. J'ai prévu ça depuis longtemps. Je ne peux pas décommander.

— Oh… Quand tu veux alors.

Mon cœur battait fort. J'ignorais pourquoi. La déception sans doute.

— Levy, excuse-moi, dit-il d'un ton beaucoup plus doux. Je ne peux vraiment pas annuler.

— Ce n'est pas grave. Dis-moi juste quand tu es libre, ce sera plus simple.

— J'ai toujours du temps pour toi, lança-t-il en souriant. Le week-end d'après, ça te va ?

— Oui.

∞

Après un repas copieux, et un dessert au chocolat absolument délicieux, Delsin m'emmena vers la baie. Je gardais des souvenirs tellement précieux de cette plage… Nous marchions en silence quand Delsin se figea tout à coup. Je levai les yeux et regardai aux alentours sans comprendre.

— Tu dois absolument voir ça, dit-il.

— Quoi ?

Il entortilla ses doigts aux miens et m'entraîna dans une ruelle à côté du vieux cinéma où il m'avait dit qu'Axel bossait le soir. Quand j'aperçus ce dont il parlait, la réalité effaça toutes mes pensées pour m'offrir un instant des plus magiques. Bouche bée, les yeux ébahis, je regardai la scène, émerveillée.

La bouche d'aération d'une petite boulangerie laissait s'échapper des nuages de sucre telle une tempête de neige délicieuse. Je m'avançai et lâchai la main de Delsin pour recueillir du sucre qui se déposa dans ma paume. C'était d'une beauté à couper le souffle. Je tournai sur moi-même et m'arrêtai quand je vis que Delsin m'observait. Son regard était empreint d'un sentiment que je n'avais encore jamais vu. Ses yeux sombres semblaient déterminés, et un frisson me parcourut. Il s'avança vers moi, à pas lents. Lorsqu'il me fit face, je sentis son parfum. Je mourais d'envie de le toucher, mais je n'osais pas. Je mourais d'envie qu'il me touche, mais je redoutais les réactions de mon corps. Sans jamais lâcher mon regard, il s'approcha encore jusqu'à ce que le bout de ses chaussures touche les miennes et que sa carrure me surplombe totalement. J'avais le souffle court lorsqu'il parla enfin :

— Tu te rends bien compte que je ne peux pas te laisser traverser une tempête de sucre sans t'embrasser ?

Mon cœur eut un raté, mes jambes menacèrent de me lâcher et mon cerveau était en train de court-circuiter. La peur et l'excitation se mêlaient dans mon bas-ventre et les battements de mon cœur s'affolèrent. Je hochai la tête sans rien dire. Delsin sourit, se pencha et posa sa bouche juste sous mon oreille, provoquant mille délices dans tout mon corps. Je sentis un manque irrépressible de sa chaleur quand il s'écarta. Ma peau brûlante était en manque de lui, pourtant il m'avait à peine touchée. Posant son front contre le mien, il me fit basculer en arrière et bientôt un mur me retint. Je déglutis alors qu'il posait un bras juste au-dessus de ma tête. Puis il se mit à caresser mes lèvres du bout de son pouce.

Il sourit en me montrant le dépôt de sucre sur son doigt avant de le faire disparaître dans sa bouche.

Oh mon Dieu…

—Delsin, tu…

—C'est ce que j'aurais dû faire en premier en voyant ta liste.

Je fondais littéralement.

—M'emmener voir une tempête de sucre ou m'embrasser ?

—Les deux. Levy ?

Je rivai mon regard au sien.

—Est-ce que tu veux que je te donne ton premier baiser ?

Je déglutis et répondis la chose la plus intelligente de toute ma vie :

—Oui.

La chaleur et la puissance de Delsin me submergèrent quand sa large main se glissa avec douceur sur ma nuque et que sa bouche se posa contre mes lèvres avec volupté… Et tout le désir me submergea. Je m'agrippai à sa chemise, froissant le tissu, et il s'écarta sans que je comprenne pourquoi, ce qui m'arracha un frisson qu'il s'empressa d'apaiser en posant, un puis deux, puis trois petits baisers sur ma bouche.

—Delsin…, me plaignis-je.

—Je voulais m'assurer que tu étais toujours d'accord.

—Connard…

—Tu aurais pu te contenter d'un simple « oui ».

—Oui, connard.

Il sourit et obéit à ma supplique en faisant remonter sa bouche de mon menton vers mes lèvres. Sa bouche ouvrit alors la mienne en douceur et je frissonnai de la tête aux pieds. Ses mains coururent le long de mes reins, puis il m'attira contre lui, me faisant quitter le mur pour me lover contre lui. Ses bras saillants se contractèrent davantage quand je fis glisser mes mains sur ses pectoraux. Et il m'offrit le plus beau des premiers baisers, au cœur d'une tempête de sucre.

Je déraillai complètement lorsque sa langue vint caresser la mienne et je hoquetai quand elle s'immisça plus profondément en moi. Je m'abandonnai entièrement à son baiser, à tel point que mes jambes me lâchèrent. Delsin resserra son étreinte, me rapprochant si fort de lui qu'il m'en fit presque mal. Mais j'étais enivrée et le plaisir ne ravageait plus seulement mon ventre.

Prise par une soudaine envie de lui retourner la faveur, je me redressai alors sur la pointe des pieds, fermai les paupières, et je mordis légèrement sa lèvre avant de tirer dessus puis je glissai ma langue à l'endroit de ma morsure pour l'apaiser. C'était étrange de toucher sa bouche autrement qu'en la soignant. Il se laissa faire. Sa respiration était saccadée et sa main plongée dans mes cheveux se crispa légèrement.

J'étais certainement très maladroite, par rapport à lui, mais Delsin grogna et sa poitrine se gonfla brusquement tandis qu'un gémissement franchissait ses lèvres. Puis un sourire suivi d'un rire profond sorti de sa bouche, ce qui me fit sourire.

— Putain, Levy…

Il avait un goût viril et puissant qui me faisait perdre la tête. Il releva la tête pour sucer délicatement ma lèvre inférieure, m'arrachant un gémissement de plaisir. Nous avions tous les deux le souffle court et j'en étais émerveillée.

— Mon souffle, murmurai-je. Je…

— Je suis désolé, trésor, je crois que j'adore ta bouche, gronda-t-il en aspirant ma lèvre inférieure.

L'intensité de cette étreinte me faisait trembler de toute part.

— « Désolé », hein ? soufflai-je en riant doucement. Tu n'en penses pas un mot.

— Effectivement, reconnut-il en embrassant mon menton pour me laisser quelques secondes de répit. Mais je crois que ça ne t'ennuie pas tant que ça.

Sa bouche descendit dans mon cou et lorsqu'il me mordilla sous l'oreille, je me cambrai en soupirant.

— Tu n'es pas fair-play, je ne peux pas reprendre mon souffle comme ça…

— Je ne veux pas que tu le retrouves, j'adore tes halètements.

Oh, là là là…

Et sans plus attendre, sa bouche retrouva la mienne avec passion.

— Maintenant, je vais devoir écourter la soirée et te ramener chez toi…, soupira-t-il.

Hein ? Mais pourquoi ? Il n'était pas si tard, et puis, tout se passait divinement bien. Je le regardai sans comprendre.

— C'est bien ça le problème avec les rencards organisés quand tu rencontres une insomniaque…, poursuivit-il sans vraiment s'expliquer.

Il disait vouloir me ramener, mais sa bouche revenait constamment sur la mienne comme s'il était incapable de la quitter.

— Pourquoi ? demandai-je dans un souffle.

Il rit contre ma bouche et mordit doucement ma lèvre.

— Parce que c'est un rendez-vous, ce n'est pas comme d'habitude.

— D'accord, dis-je finalement en pressant doucement mes lèvres sur les siennes.

— Levy, ne dis pas « d'accord » comme ça, soupira-t-il.

— D'accord.

Delsin souffla contre moi et m'embrassa encore, d'une manière si sensuelle que je ressentis tout son désir se répercuter dans mon corps. C'était redoutable, presque palpable, quasiment destructeur. Je gémis entre ses bras et il redoubla l'intensité de son baiser, si tant est que cela soit possible.

— Putain, grommela-t-il. Fichu rencard.

Chapitre 16

Retrouver mon calme et une certaine sérénité après la soirée que je venais de passer était impossible. C'était la première fois de ma vie que je ressentais ça. Je ne me sentais pas plus différente que la veille mais au moins plus heureuse et plus épanouie. J'étais tellement heureuse d'avoir partagé mon premier baiser avec Delsin. Toute cette douceur, toute cette sensualité, tout ce mélange partagé avec lui.

Lui. Mon parfait opposé et pourtant insomniaque comme moi.

D'ailleurs, il aurait pu se contenter de faire comme ces autres nuits quand il me déposait au pied de l'immeuble, avant de poursuivre son insomnie je ne sais où, mais pas ce soir. Ce soir, il m'avait raccompagnée jusqu'à la porte de ma chambre et m'avait embrassée tout son soûl dans le couloir. Il m'avait plaquée contre la porte et, Seigneur, il m'avait embrassée comme s'il me disait adieu pour des semaines… J'en avais encore les lèvres gonflées et cette espèce de sourire niais ne voulait pas quitter mon visage. *Merde alors !*

Tout avait été parfait. Que se passerait-il maintenant ? Oh, je m'en fichais. Je ne voulais pas penser à demain. Je voulais saisir jusqu'au bout l'intensité de cette soirée. Je souris et mon téléphone vibra dans mon sac.

Je sais que tu es rentrée. C'était comment ?

J'éclatai de rire tandis que je retirais mes chaussures. C'était Rob.

Laisse-moi rêver encore un peu, tu veux.

Il me répondit tout de suite.

OH MON DIEU !! Ça, ça veut dire qu'il t'a embrassée, hein ?!

Je rangeai mes chaussures et retirai enfin ma veste. Je marchai jusqu'à ma fenêtre et tirai les rideaux. Je me sentais légère, vivante. Mon téléphone vibra à nouveau dans ma main.

Alors ?

Je répondis tout en sortant une canette de soda du frigo. Je me dirigeai vers mon lit et me laissai tomber dessus.

Chut, je rêve…

Maiiiiiiiis !! Dis-moi. Je vais mourir…

Je souris et j'ouvris la canette. Quand je la portai à ma bouche, le contact glacé me fit sursauter. Seigneur, ma bouche était en feu. Ce que j'avais vécu dépassait de loin tout ce dont j'aurais pu rêver. Je voulais recommencer. Et découvrir de nouvelles choses encore.

Levy !

Oui ?

Je me demandais ce que Delsin faisait. S'il était rentré ou s'il était allé se « faire un stade ». Pensait-il à ces baisers lui aussi ?

Alors ?

Oui.

Oui, quoi ?

Il me fit rire.

Oui, il m'a embrassée…

Yeeeeees !! Je le savais ! C'était comment ?

Je souris. Je n'avais pas de mots pour le décrire. C'était une expérience délicieuse et incroyable. J'étais probablement la fille la plus idiote du monde de m'extasier comme ça, à plus de dix-neuf ans, d'avoir enfin eu mon premier baiser, mais l'instant avait été des plus parfaits, à des années-lumière de tout ce que j'avais connu dans mon passé. C'était libérateur, réconfortant et un peu triste aussi, mais c'était de loin la plus belle sensation que j'avais connue depuis toujours. Je bus une gorgée de soda puis je répondis à Rob qui devait mourir d'impatience.

Merveilleux.

Aaaaah ! Je le savais ! Je le savais ! Je le savais !

J'en ai encore tellement envie.

Pauvre de toi, te voilà sur le marché maintenant, et complètement accro. Une fois que tu y goûtes, tu ne peux plus t'en passer.

J'ignore ce qu'il va se passer maintenant.

Laisse les choses se faire. De toute manière, si c'était génial à ce point, il y en aura encore.

Je souris. J'ignorais la manière dont j'allais devoir me comporter face à Delsin quand je le reverrais. Mais qu'importe, je verrais bien sur le moment.

∞

Le début de semaine passa très vite. Les cours avaient doublé d'intensité et le rythme de travail que nous devions fournir était maintenant plus important. Accaparée par une dissertation, je n'étais pas sortie le dimanche ni le lundi soir. En revanche, je m'étais rendue au *diner* le mardi et le mercredi soir et n'y avais pas trouvé Delsin. Il ne m'avait pas contactée depuis notre rendez-vous. Je l'avais aperçu plusieurs fois sur le campus sans qu'il vienne me parler. Je me sentais étrangement délaissée. La désillusion était violente, en totale contradiction avec la soirée que nous avions partagée. Tout le monde savait que nous nous étions embrassés. Une belle photo de moi dans ses bras alors que nous nous embrassions avait été postée sur le Facebook de l'université. Et j'imaginais sans mal les commentaires qui l'accompagnaient.

— Tout va bien ? demanda Rob.

— Bof, je ne sais pas ce que je fous ici, en fait.

Il se rembrunit et passa un bras autour de mes épaules. Malgré mon envie de partir, j'avais les fesses vissées sur le siège gelé des tribunes du stade du campus et je ne parvenais pas à regarder un autre joueur que Delsin. Il s'était d'ailleurs fait engueuler plusieurs fois par le coach. Il semblait sur les nerfs, il faisait des erreurs et son jeu était agressif.

— C'est à cause du baiser ? demanda Rob.

— Entre autres... Il m'ignore, et je ne sais pas quoi penser.

— Ce n'est peut-être pas fait exprès.

Je ricanai.

— Je ne suis pas débile. Si ça ne lui...

— Si tu te demandes si ça ne lui a pas plu, regarde encore une fois cette putain de photo, ma puce. Je donnerais n'importe quoi pour qu'on m'embrasse comme ça. C'est un véritable gâchis que ce mec soit hétéro. Je te jure que s'il existe la même version en homo je vais m'acharner à le trouver et le rendre heureux.

Je secouai la tête en riant. Au moins avec Rob, je décompressais un peu. Je n'avais pas besoin de voir cette stupide photo. Bon sang, qui ça pouvait intéresser ? Les gens n'avaient pas de vie, ou quoi ?

En voyant Delsin plaquer un de ses équipiers au sol, je me rappelai cette frustration que je ressentais et je me demandai ce qu'il avait. Peut-être pensait-il juste à ma liste lorsqu'il m'avait embrassée. Peut-être que j'avais mal interprété son comportement ce soir-là...

— Qu'est-ce qu'il a alors ? demandai-je à Rob en espérant que son point de vue masculin m'éclairerait.

— Je ne sais pas, avoua-t-il. Il a l'air sur les nerfs...

— Oui, je trouve aussi.

— Axel aussi est sur les nerfs. C'est Sawyer qui me l'a dit.

Je souris.

— Sawyer ?

— Bah quoi ? se défendit-il d'un haussement d'épaules.

— Tu lui parles souvent ?

Il secoua la tête.

— Est-ce qu'il te plaît ? insistai-je.

— À qui ne plairait-il pas ?

Je devais bien reconnaître que Sawyer avait du charme lui aussi.

— Je crois qu'il l'est, tu sais…, chuchota Rob.

— Quoi ?

— Gay, espèce d'idiote. L'autre jour, on a discuté un peu et…

Il s'interrompit. Pour la première fois, je vis Rob mal à l'aise. Il semblait troublé. Ça me soulageait dans un sens de voir que malgré mon manque de connaissances, être perturbé par quelqu'un pouvait arriver à tout le monde.

— Et ? demandai-je.

— Et… je n'en sais rien. J'ai une drôle d'impression quand il me regarde, je n'arrive pas à lire en lui. Parfois, on dirait qu'il ne peut pas m'encadrer…

— Et les autres fois ?

— Qu'il veut me baiser, sans pouvoir m'encadrer.

Mon sourire s'étira en le voyant rougir.

— Vous êtes là, vous deux ! lança une voix féminine derrière nous.

— Hey ! l'accueillit Rob en reprenant une certaine contenance.

Anna nous enlaça avant de s'asseoir entre nous.

— Qu'est-ce que j'ai loupé ?

— Un Delsin agressif sur le terrain, lança Rob.

Je ne dis rien, comprenant qu'il n'avait pas forcément envie de s'étendre sur le sujet de Sawyer. Anna scruta le terrain, son regard s'adoucit pendant quelques secondes alors qu'elle trouvait son mec.

— Delsin est toujours impulsif et sanguin, déclara-t-elle. Il adore chercher la petite bête et être du genre cash quand quelqu'un ou quelque chose ne lui revient pas. Il ne me semble pas différent de d'habitude.

Nous restâmes silencieux, Rob et moi. Je scrutai Delsin, même si je ne pouvais pas distinguer ses yeux ni son visage à cause de son casque. J'avais l'impression de ressentir sa rage indomptée et l'impulsivité incontrôlée qui pouvaient le rendre si sombre parfois. J'enfonçai un peu plus mon visage dans mon écharpe. Je me sentais perdue et désabusée. Après notre soirée, je m'étais peut-être fait des films. Peut-être qu'il attendait plus et qu'il s'était senti vexé que je ne l'aie pas fait entrer chez moi. Bon sang, je n'y connaissais rien, à tout ça !

— Putain de merde, qu'est-ce qui se passe ? lança Rob.

Je sortis de mes pensées et mon regard fut immédiatement happé par la scène qui se déroulait sur la pelouse. Une bagarre avait éclaté sur le terrain entre Delsin et un autre joueur de l'équipe. Le joueur le poussa et Delsin bondit comme une bête.

— Mon Dieu, sifflai-je en me redressant.

Je ne fus pas la seule à avoir cette idée, mais je fus la première à atteindre les barrières de délimitation du stade. Rob saisit mon bras, j'étais incapable de détourner le regard du terrain.

Delsin frappa son coéquipier qui ne portait plus de casque, celui-ci tenta de riposter, mais Axel et Zack venaient d'arriver et ils attrapèrent Delsin par l'arrière pour l'emmener à l'écart.

— Putain de merde, Del ! cria Zack. T'exagères !

Delsin tenta de se dégager d'un mouvement brusque, mais ses deux amis étaient assez forts pour le contenir.

— Lâchez-moi, putain !

— T'es pas franchement en état, là ! gueula Axel.

— On peut savoir ce qui te prend, White ? s'exclama le coach en approchant avec les autres joueurs.

Delsin se redressa de toute sa taille. Il ne semblait pas impressionné le moins du monde.

— Rien…, gronda-t-il.

— Alors toi, tu décides de cogner tes coéquipiers pour rien ? lança le coach d'un ton cassant.

— J'aime pas qu'on m'insulte, surtout quand on joue comme une merde.

Le joueur en question ne dit rien.

— Et moi je n'ai pas envie de voir ta tronche sur le terrain puisque, apparemment, tu n'as pas envie de jouer non plus, répliqua le coach.

— Tu me vires, là ?

— Carrément, White. T'es un bon élément, je te l'accorde, très bon même. Mais tes petites pulsions me prennent la tête et comme j'ai une putain de migraine à cause de ma femme, je n'ai pas envie qu'on m'emmerde au boulot aussi, alors tu te casses. Je ne veux pas te voir avant le prochain entraînement. Et je te préviens, gamin, t'as intérêt à jouer comme un dieu sinon il se pourrait qu'on se passe de tes services pour le match de sélection.

Delsin ricana.

— C'est ça, coach, passe-toi de moi pour tes sélections et on verra bien si tu es sélectionné, justement.

Le coach lui fit signe de quitter le terrain sans ajouter un mot. Je sentais bien qu'il voulait simplement l'aider malgré la rudesse de son ton. Comme ses camarades d'ailleurs. Pourtant, en parfait connard, Delsin bouscula le joueur sonné pour se diriger vers les vestiaires…

— Eh ben, eh ben…, souffla Anna.

— Ouais, ça, c'est… Levy ?

J'étais déjà en train de partir quand la voix de Rob s'éleva dans les airs pour me demander ce que je faisais. Je l'ignorais. Je courais derrière Delsin. Pourquoi ? Sans doute parce que je voulais savoir ce qu'il avait. Il me semblait si en colère, et si triste aussi. Lorsque j'arrivai devant la porte des vestiaires, je tendis la main, puis j'hésitai…

Et si… Non. Je secouai la tête, je voulais savoir ce qu'il avait, et pourquoi il m'ignorait, tant qu'à faire.

— Delsin ?

Comme il ne répondit pas, je poussai la porte. Il avait déjà retiré son casque, ses épaulières et son haut de maillot. Il était en train de défaire les lacets de son pantalon. Il me toisa bizarrement et mes joues prirent feu. Il était rouge, essoufflé, couvert de sueur. Il était aussi beau que redoutable. En temps normal, s'il avait été de bonne humeur, il m'aurait dit un truc salace et taquin. Sauf que son regard et l'expression sur son visage n'avaient rien d'amical. C'était la première fois qu'il avait un visage si dur envers moi.

— Qu'est-ce que tu veux, Levy ?

— Est-ce que tu vas bien ? demandai-je.

Il grogna et me lança un regard en coin. Je me dandinai, mal à l'aise.

— Ouais, ça va, et je suis en train de me déshabiller, là, donc si tu pouvais disposer… T'as rien à foutre ici.

Je fronçai les sourcils. Dans d'autres situations pourtant similaires à celle-ci, il n'avait jamais réagi comme ça. Il m'avait ouvert la porte de la chambre qu'il partageait avec Rob maintes et maintes fois torse nu, le regard taquin. Chez lui, il m'avait déshabillée sur son paillasson torse nu aussi. Et là, il y trouvait à redire.

— Delsin, est-ce… ?

— Je n'ai pas le temps pour toi, Levy. Je ne peux pas toujours jouer les nounous. Tu peux comprendre ça et me foutre la paix ?

« Jouer les nounous », hein ? Ça faisait mal, il me touchait en plein cœur. J'avais l'impression de m'être pris un coup dans le ventre. Merde, il ne m'avait jamais parlé comme ça. J'étais complètement déstabilisée. Pourtant, il devait bien y avoir une raison pour qu'il soit autant en colère. Qu'est-ce qu'il avait ?

— Je voulais juste… juste savoir comment tu allais… depuis… enfin tu as l'air sur les nerfs.

Je me sentais honteuse, je perdais mes mots, j'étais ridicule. Il me regarda bizarrement, puis passa sa main dans ses cheveux. Il avait l'air dubitatif tout à coup.

— Je t'ai déjà dit que j'allais bien, qu'est-ce que tu ne comprends pas là-dedans ?

Il me rendait nerveuse. Le ton de sa voix n'était pas celui d'un gars qui allait bien.

— Tu m'évites comme la peste, insistai-je. Tu te bats encore et…

— Ça ne te regarde pas, putain ! C'est pas parce qu'on s'est embrassés que je te dois des explications. Je n'ai pas envie de parler, là. Ce n'est quand même pas bien compliqué à comprendre, si ?

Je me sentais humiliée. Il avait raison, sur toute la ligne. J'avais les mains moites et mon cœur battait douloureusement dans ma poitrine. Je parvins malgré tout à répondre :

— C'est très clair…

Pour une raison ou pour une autre, Delsin était en colère et il n'était pas enclin à partager ses problèmes. Dans un sens, j'étais très mal placée pour lui en vouloir, mais même si j'étais une idiote de m'être fait des films après notre rendez-vous, j'avais parfaitement le droit de me sentir blessée.

— … T'es qu'un parfait connard.

— Bien, si tu as terminé, la porte est derrière toi. J'ai envie de me doucher et de me barrer d'ici.

Il avait fini de dénouer les lanières et ça me perturbait un peu. Comme je ne bougeais pas, Delsin fit glisser son pantalon le long de ses jambes. Je pivotai brusquement et me dirigeai vers la porte. J'eus l'impression de sentir son regard sur moi jusqu'à ce que j'atteigne la sortie. Pourtant lorsque je posai ma main sur la poignée de la porte et que je l'entendis bouger, ce n'était pas pour me rejoindre, car le bruit de la douche se fit entendre quelques secondes plus tard. Je sortis, les larmes aux yeux. Et tandis que je m'éloignais, j'entendis une exclamation inintelligible depuis les vestiaires. Je frissonnai et me dépêchai de rentrer chez moi.

Chapitre 17

— Levy, tu veux poursuivre la lecture ?

Mon sang se glace et mon cœur tressaute dans ma poitrine. Je fais pourtant tout pour que personne ne me remarque. Je me rends le plus invisible possible, ici comme ailleurs. Et je n'ouvre jamais la bouche. Je n'ai pas d'amis et je n'ai rien à dire. Je me lève aussi naturellement que possible en ignorant la douleur que j'ai dans le ventre et prends mon livre d'anglais dans mes mains tremblantes.

— Boooh, voilà Devil MacGrass ! chuchote un de mes camarades. Elle sort de sa léthargie.

— Elle va peut-être se mettre à vomir ou cracher du sang…

Bien qu'affectée par la manière dont les gens m'appellent et me voient, ça ne fait pas si mal que ça. Je connais la vraie douleur. Rien de ce qu'ils diront ou feront ne sera jamais pire que lui et ses mains, lui et ses coups de pied, lui et ses insultes…

— Vise-moi la dégaine ! Bon sang, elle a des trous dans ses fringues.

Je sais très bien de quoi j'ai l'air. Je ressemble à un de ces fantômes de film d'horreur, ces filles squelettiques avec des habits sales et de longs cheveux noirs qui leur cachent le visage. Je n'ai rien à la maison, je prends ce que je trouve.

Je commence ma lecture pendant que les gens parlent et je finis par me rasseoir pour me cacher derrière mes cheveux. À la fin du cours, je me précipite aux toilettes et m'enferme dans une des cabines. Je m'adosse à la paroi et j'inspire douloureusement.

Chaque bouffée d'air est plus dure que la précédente. J'ai mal de respirer, mal de vivre, mal d'être dans ma peau et dans ce corps étroit. Je redoute la suite, j'ai tellement peur de ce qui va arriver.

Je rêve de partir et j'ignore si c'est fuir ou mourir que je souhaite. Parfois, je me dis que je vais faire comme Norah et parfois j'ai envie de me jeter sous un train. Les deux idées se font écho dans mon esprit. Je voudrais pourtant tellement connaître la vie. Je voudrais faire des choses que je n'ai jamais faites, être libre, ne plus avoir peur… La douleur dans mes côtes me coupe toute pensée. Je soulève mon gros pull et déglutis face à l'hématome qui se forme sur ma peau blanche.

Hier, il m'a frappée. Il a cogné comme une brute. J'étais consciente quand il s'est lassé et je me suis traînée jusqu'à ma chambre.

Je ne sais même plus la raison qui l'a mis en colère, mais c'est forcément ma faute, je respire…

∞

Je me retournais sans cesse dans mon lit, les draps me collaient à la peau. Je suffoquais presque. C'était fou, cette obsession. Mes insomnies n'avaient pour une fois absolument rien à voir avec mon passé. Cette fois-ci, c'était à cause de Delsin.

Je voulais savoir. Je voulais l'aider. Je me sentais toujours affreusement stupide et humiliée après la façon dont il m'avait parlé, mais en même temps, je ne pouvais pas l'abandonner. Et j'ignorais pourquoi. C'était ridicule.

Je n'arrivais pas à décrire ce que j'éprouvais.

Je me redressai dans la pénombre.

Je ne savais pas ce qui m'arrivait, c'était juste plus fort que moi. J'enfilai un gilet, sortis de chez moi et montai à son étage. Je m'en fichais, d'avoir la tête de la fille qui sortait du lit. Dans la cage d'escalier, je croisai un couple en train de se bécoter sur les marches. Ils ne me calculèrent même pas. Arrivée au dernier étage. Je soufflai et, une fois devant chez lui, je n'hésitai pas, je frappai. J'attendis quelques secondes, puis lorsqu'elles s'égrenèrent un peu trop longtemps, je commençai à me dire qu'à 2 heures du matin il y avait peu de chance qu'il soit chez lui. J'allais rebrousser chemin lorsque la porte s'ouvrit.

— Levy ?

Je levai le visage pour lui faire face. J'eus le temps d'apercevoir la surprise dans ses yeux avant qu'ils ne s'assombrissent. Il portait un bas de jogging et un tee-shirt. Pourquoi un bas de jogging me semblait-il aussi sexy ? Je secouai la tête, vu la tronche qu'il faisait ce n'était pas le moment de s'encombrer l'esprit avec ça.

— Qu'est-ce que tu fiches ici ?

J'étais venue pleine de résolution, bien décidée à le faire parler, mais lorsque je vis la bière dans sa main, je perdis un peu contenance alors que me revenait un souvenir plus que douloureux... Et les mots refusèrent de franchir mes lèvres.

— J'ai pas que ça à foutre, Levy, je pars au matin, je dois dormir.

Ses mots m'assommèrent à nouveau. Je ne savais pas à quoi je m'étais attendue, probablement pas à ça, car la déception me noua la gorge. Je pensais stupidement à notre relation alors qu'il était apparemment à des kilomètres de ça. J'aurais dû l'être aussi, surtout après sa façon de me traiter. Mais j'étais là...

— D'accord, je...

— Delsin ?

Je sursautai et ne terminai pas ma phrase. Une voix féminine déchirait le calme de la résidence et hurla son nom à nouveau. Ça venait de la cage d'escalier.

— Qu'est-ce que… ?

— Delsin ? Delsin ? Delsin ?

Elle criait sans cesse désespérément. Ce genre de chose devait forcément arriver, avec le nombre de filles qui rêvaient d'être son prochain coup. Je regardai Delsin et mon cœur s'affola, ça ne semblait pas être une de ses conquêtes. Il était blanc comme un cadavre, ses yeux étaient écarquillés, sa mâchoire crispée au possible et sa main rétractée serrait sa canette de bière si fort qu'il l'avait percée.

— Delsin, ta bière…

Il baissa les yeux et grimaça en découvrant l'état de la canette.

— Putain de merde ! siffla-t-il.

Je remarquai alors qu'il avait entaillé sa peau.

— Levy, rentre chez toi.

— Non !

— Levy…

Il leva les yeux sur moi alors que la porte de la cage d'escalier s'ouvrait. J'avais l'impression qu'il redoutait son pire cauchemar. La voix hystérique résonna à nouveau. N'y avait-il personne pour surveiller l'immeuble, empêcher des inconnus de rentrer ? Bon sang, mais qui était cette femme ? Elle allait réveiller tout le monde à cette heure-ci.

— Levy, ne reste pas ici, rentre chez toi !

Je secouai la tête. Il fronça les sourcils, tendit la main pour replacer une mèche de mes cheveux derrière mon oreille, la caressant au passage, et m'infligea malgré ma colère des frissons délicieux.

— Levy, s'il te plaît, je ne veux pas que tu me voies comme ça.

— Comment ça ?

Je me retournai pour voir une femme d'un certain âge se mettre à cogner contre la première porte qu'elle trouvait.

Elle attendit que la personne lui ouvre et partit quand elle se rendit compte qu'elle n'était pas devant la bonne porte ou la bonne personne.

— Tu la connais ? demandai-je.

Il ne répondit pas. La femme avait cessé de frapper aux portes et venait de nous voir. Un sourire incroyable illumina son visage.

— Delsin ! s'exclama-t-elle. Mon Delsin !

Celui-ci grimaça et me fit passer derrière lui. *Qu'est-ce que… ?* Elle s'avança vers lui en souriant, les larmes aux yeux. Elle tendit les bras, mais il la repoussa violemment.

— Ne me touche pas, grogna-t-il.

Je frissonnai. Le ton de sa voix n'était qu'un souffle. Un souffle qui m'effrayait. Il souffrait. Mais comment pouvait-il être aussi brutal ? Qui était-elle ? La femme recula de quelques pas, mais elle ne se démonta pas. Elle souriait toujours.

— Mon chéri, comment vas-tu ? demanda-t-elle.

— Comment es-tu venue jusqu'ici ? Tu n'as pas le droit d'être là ! T'as une putain d'interdiction !

— J'ai bien le droit de venir te voir, non ?

— Non ! cracha-t-il. Justement non, t'as pas le droit. Comment tu t'es débrouillée pour… ? Oh putain, laisse tomber, espèce de malade. Dégage d'ici !

— Tu n'es pas content de me voir ?

— Content ? Content ? (Sa voix était méconnaissable, hystérique.) Je serai content le jour où tu croupiras en taule, je serai heureux le jour où on m'appellera pour me prévenir que tu es morte.

Il était à bout de souffle et… agité. Je reculai de quelques pas. Les mots de Delsin étaient terribles, et la femme riait, ce qui était autant voire plus perturbant encore. Les éclats de voix commencèrent à attirer les étudiants des chambres voisines. Dans le couloir du monde affluait pour savoir ce qui se passait. Delsin me barrait la vue, mais lorsque je fis un pas en arrière sous le coup de la violence de ses propos, la femme me remarqua.

— Oh, mais tu as une petite amie, lança-t-elle. Laisse-moi lui dire bonjour, laisse-moi lui…

Son regard me donna des frissons, Delsin grogna et se mit encore plus en colère. Je regrettais de ne pas l'avoir écouté, de ne pas être partie quand il m'en avait donné l'ordre. Elle tenta de passer, mais Delsin l'attrapa par le cou et la plaqua contre le mur du couloir en murmurant :

— Non, tu ne la touches pas.

Mon cœur se mit à cogner vigoureusement contre ma cage thoracique. J'avais la nausée. Voir Delsin ainsi alors que quelques jours auparavant, il m'avait embrassée en me plaquant contre un mur, ça mettait mes émotions sens dessus dessous. Je savais qu'il était impulsif et sanguin, mais pas envers les femmes… J'essayais de ne pas y penser mais je m'étais retrouvée trop souvent à la place de cette femme pour faire abstraction de ce que j'avais sous les yeux. Et voir Delsin en bourreau me bousillait le cœur. Tous ses accès de colère et de rage que j'avais vus jusqu'ici n'étaient rien en comparaison de celui-ci. Je n'avais pas partagé tant de choses que cela avec Delsin, mais le peu de fois où il m'avait touchée il n'y avait eu que de la douceur. Avait-il deux visages ?

Non… non ! C'était forcément autre chose, mais quoi que cela soit, c'était terrifiant. La femme n'émit aucune plainte quand elle heurta le mur, elle se contenta de regarder Delsin dans les yeux sans se départir de son sourire. Lorsqu'il attrapa son téléphone et pianota dessus de sa main libre, je me demandai l'espace d'une seconde s'il appelait la police.

— Tu ne l'approches pas, gronda-t-il. Tu ne la regardes pas. Tu n'y penses même pas.

— Elle est jolie, mais est-ce qu'elle te rend heureux au moins ? dit-elle sans l'écouter.

— Ferme-la ! Ferme ta putain de gueule ! Je ne veux pas t'entendre.

Zack arriva en courant, simplement vêtu d'un jean. Il affichait une mine déconfite. Il me regarda avant de reporter son attention sur l'horrible scène qui se jouait devant lui, devant nous.

— Putain de merde, siffla-t-il. Je fais quoi ?

— La police, grogna Delsin d'une voix rauque. Appelle la police.

— Mais pourquoi tu fais ça, Delsin ? minauda la femme. Non, ne…

Trop tard, Zack entrait déjà dans l'appartement de Delsin en portant son téléphone à son oreille. La femme tenta de s'extirper de l'étreinte de Delsin, mais il maintint fermement sa prise. Zack, quant à lui, était en train de parler en faisant les cent pas.

— Les flics arrivent, Del, annonça-t-il quelques secondes plus tard. Ils seront là d'ici cinq minutes.

La poitrine de Delsin se souleva, il sembla se calmer un peu.

— Emmène Levy chez toi et fais dégager tout ce putain de monde.

Zack s'approcha de moi.

— Viens, Levy, dit-il doucement.

Il m'attira contre lui, me lova contre son torse tout en serrant ses bras autour de moi. Puis, il jeta un regard circulaire aux spectateurs de la scène.

— Le spectacle est fini, les gars, rentrez chez vous maintenant, lança-t-il d'une voix forte.

Lentement, le couloir se vida et chacun rejoignit sa chambre. Je le retins quand il tenta de m'emmener dans son propre appartement. J'étais soulagée qu'il m'éloigne de là, mais je ne parvenais pas à arracher mon regard de cette scène. J'aurais voulu aider Delsin mais je n'avais aucun moyen à ma disposition, je ne comprenais rien de ce qu'il se passait.

— Levy…, souffla Zack.

J'étais incapable de regarder ailleurs, mes yeux restaient figés sur Delsin qui semblait prêt à… tuer. Vraiment. Il avait une expression résignée sur le visage. Il semblait souffrir, et j'avais l'impression qu'il se disait que pour se libérer de ce mal, il devait se débarrasser de cette femme.

— Tu ne m'as pas dit comment tu allais ni comment se passent tes cours…, dit-elle.

— Qu'est-ce que ça peut te foutre ? éructa-t-il, la gorge nouée.

— Je me préoccupe beaucoup de toi, tu sais, répondit-elle d'une voix douce.

— La ferme, espèce de détraquée !

— Levy, viens, insista Zack. Ce n'est pas un beau spectacle.

Je n'arrivais pas à bouger. J'étais simplement figée. Je voulais seulement comprendre ce que j'étais la seule à ne pas comprendre. Qui était-elle ? Pourquoi est-ce qu'elle mettait Delsin dans un tel état ?

— D'accord, tu es un peu ronchon, reprit-elle, mais je te signale, jeune homme, que tu pourrais venir me voir aussi. Tu ne rentres qu'une fois par an et tu ne daignes même pas venir me dire bonjour…

Je sentis les mains de Zack se contracter sur moi. Je ne dis rien malgré la douleur, car il ne le faisait pas exprès. Il se faisait du souci pour son ami.

— Du coup cette année, j'ai décidé de venir te chercher pour qu'on y aille tous les deux, lança-t-elle avec un large sourire.

— Merde, murmura Zack dans ses dents. Merde, ça va mal finir…

Il me lâcha pour rejoindre Delsin, mais c'était trop tard, celui-ci était transformé. Les traits de son visage étaient tellement crispés qu'on aurait dit un mannequin de cire. Sa main libre s'était refermée en un poing qu'il leva brusquement en l'air pour frapper. Je poussai un cri d'effroi.

Delsin s'immobilisa et me jeta un regard par-dessus son épaule. Je n'avais pas senti mes jambes me lâcher, ce ne fut que lorsqu'il posa les yeux sur moi que je me rendis compte que j'étais sur les genoux. Mes jambes étaient tremblantes, mes mains aussi. Mon corps tout entier. J'étais terrifiée. Je connaissais ça. Je connaissais cette situation. Se retrouver à la place de cette femme… Mais voir Delsin dans le rôle du bourreau c'était une chose effroyable à laquelle je ne voulais absolument pas penser.

La femme arborait toujours son fichu sourire.

— Arrête, Del, lança calmement Zack. Arrête. Elle ne mérite pas que tu perdes ton sang-froid. Elle ne mérite pas que tu ailles en prison.

Delsin le regarda, il avait les yeux rouges. Est-ce qu'il pleurait ? *Seigneur…*

— Elle est…

— Je sais, dit Zack, mais écoute-moi, tu as des choses bien plus importantes ici, d'accord ? Carrément plus importantes qu'elle et ses névroses.

Je ne savais pas bien si Delsin l'écoutait. Son bras était toujours en l'air et son poing toujours aussi serré. Quand il l'abattit brusquement, je retins mon souffle en plaquant mes mains sur ma bouche. À travers mes larmes, je vis qu'il avait abattu son poing contre le mur.

— Levy ?

Zack était agenouillé devant moi à présent.

— Relève-toi ma belle, murmura-t-il tendrement.

Il m'aida à me remettre sur pied et chassa de mon visage mes cheveux mouillés par mes larmes. L'air grave, il se pencha pour me chuchoter à l'oreille :

— Surtout, ne flippe pas.

Je tournai la tête. Nos visages se touchaient presque.

— Pardon ?

— Ne flippe pas, OK ? Les apparences sont trompeuses. Quoi que tu penses avoir vu, ne le juge pas sans comprendre. Il t'expliquera tout ce que tu dois savoir bien assez tôt, ne t'en fais pas.

J'acquiesçai doucement et relevai le visage. Delsin nous dévisageait, Zack et moi. Le couloir était désert désormais, nous n'étions plus que quatre et il régnait un silence de mort qui était loin de me rassurer.

— Bon, ça suffit, lâche-moi, maintenant, Delsin, s'exclama la femme. Tu n'as pas le droit de me traiter de la sorte.

— C'est toi qui n'as pas le droit d'être ici, d'être en liberté et de m'approcher, rétorqua-t-il, mais tu es là et même si ça me brûle la main de te toucher je préfère ça plutôt que tu essaies de faire du mal à quelqu'un d'autre. Maintenant tu la boucles. Je ne veux pas t'entendre.

Zack se redressa, entra dans l'appartement de Delsin et revint avec une chaise.

— Lâche-la, Del. Tu risquerais d'avoir des problèmes si les flics te voient comme ça avec elle.

— Elle est dangereuse.

— Je sais, mais c'est plus raisonnable. On est deux, on ne risque rien.

— OK, capitula Delsin, qui fit asseoir la femme sur la chaise. Ne bouge pas d'ici, toi.

Elle opina sans broncher. Son sourire avait déserté son visage, elle semblait agacée. Après avoir demandé à Zack de la surveiller, Delsin se tourna vers moi et s'avança dans ma direction.

— Levy, rentre avant que les flics n'arrivent et ne t'interrogent. Tu n'as rien à voir avec cette histoire.

J'acquiesçai en reculant. Je n'étais pas en mesure de lui parler ou de le laisser me toucher. Je ne pouvais pas. Je ne voulais pas qu'il m'en veuille. Je ne le jugeais pas. Il devait avoir ses raisons pour agir de la sorte, mais mon corps réagissait de lui-même. Trop de douleurs me revenaient en mémoire. J'avais besoin de souffler, de m'éloigner.

— Levy, je…

Il avança encore.

— Arrête, suppliai-je d'une petite voix.

Il fronça les sourcils, mais ne chercha pas à me suivre quand je tournai les talons pour trouver refuge chez moi. De toute manière, il n'aurait pas pu, car la police arriverait d'un instant à l'autre. Il ne vint pas non plus plus tard dans la nuit, ce qui me soulagea. Je ne dormis pas, pourtant. Je n'arrêtais pas de penser à toute cette scène et à Delsin… Je repensais à son comportement colérique toute la semaine, à la scène effroyable qui s'était jouée entre cette femme et lui, puis à la manière dont il s'était occupé de moi depuis mon arrivée dans cette ville. De manière si tendre, si attentionnée, c'était tellement paradoxal que j'avais du mal à croire qu'il s'agissait de la même personne.

∞

Le lendemain, la vie reprit son cours mais comme c'était le week-end, la résidence était plutôt calme. Rob avait fini par apprendre ce qu'il s'était passé et on passa l'après-midi ensemble à regarder des séries que je n'avais jamais vues et à parler de tout et de rien. Étonnamment, aucune photo de ce moment n'avait filtré sur Facebook. Ce qui me rassurait. Ce n'étaient pas des choses à voir ni à partager. Delsin n'avait pas besoin de ça.

Je passai la semaine qui suivit en compagnie de Rob. Il était comme à son habitude, absolument génial. Il me changeait les idées et prenait soin de moi, je me sentais vraiment chanceuse d'avoir rencontré quelqu'un comme lui. Il me rassurait aussi énormément sur les événements passés, sur Delsin…

Delsin, lui, n'était pas là.

Il n'était pas revenu depuis le week-end.

Sa voiture n'était plus là.

Il m'avait prévenue qu'il avait prévu de partir ce week-end-là depuis longtemps. Je me demandais si la venue de cette femme avait un rapport avec son absence prolongée.

Et je passai de longues insomnies toute seule.

∞

Il faisait nuit noire, le dimanche suivant, lorsque je relevai les yeux et découvris Rob en caleçon devant moi. Il brandissait ses bras en l'air et semblait me brailler quelque chose. Je lâchai mon stylo et retirai mes écouteurs. S'il avait frappé à ma porte, je n'avais pas entendu, mais ça n'expliquait pas tellement sa tenue.

— 'Tain, mais tu es sourde ou quoi ?

— Mais qu'est-ce que tu fous ici ? demandai-je. Et en caleçon en plus…

— Je n'ai pas changé de bord, ma puce. Mais putain, Levy, tu n'entends vraiment rien ?

Je le regardai sans comprendre.

— Dehors, la fenêtre, si tu n'y es pas dans deux secondes, je te bute ! s'exclama-t-il. Ce mec est en train d'ameuter tout le monde.

— Mais…

Il m'arracha les écouteurs des mains, m'attrapa brusquement et en moins de deux secondes il avait tiré les rideaux, ouvert la fenêtre et…

Oh, mon Dieu !

— Delsin ?

— Bon sang ce mec est…

Rob ne termina pas sa phrase. J'avais le cœur qui battait à tout rompre. Lorsque Delsin m'aperçut, son visage s'éclaira.

— Les types qui chantent la sérénade, je n'ai pas oublié ! cria-t-il.

Sur ces mots, il se mit à gratter sur la guitare qu'il tenait entre ses mains et se mit à chanter.

Oh, Levy, je veux te gaver de chocolat chaud toutes les nuits,
Je n'avais jamais pensé rencontrer une fille comme toi,
Et depuis j'aime tellement que tu me rendes dingue,
Oh, Levy, je veux te gaver de tarte toutes les nuits,
Je n'avais jamais pensé rencontrer une fille comme toi,
Et depuis j'aime tellement attendre que le jour passe,
Oh, Levy, je veux que tu sois la fille de toutes mes nuits,
Je n'avais jamais pensé rencontrer une fille comme toi,
Et depuis j'aime tellement nos infinies insomnies,
Oh, ma Levy, tu es la fille de toutes mes nuits,
Je n'avais jamais rencontré de fille comme toi,
Et depuis, tu es juste celle dont j'ai besoin,
Oh, Levy, Levy…

— Bon sang, ce type est en train de te chanter la sérénade, souffla Rob.

Beaucoup de monde s'était amassé aux fenêtres de la résidence pour assister au spectacle. Tous avaient leur téléphone à la main. Moi, j'avais les yeux écarquillés et malgré tout ce qui s'était passé ces dernières semaines, mon idiot de cœur faisait des cabrioles. Les paroles étaient ridicules mais ça n'avait pas d'importance à mes yeux. C'était incroyable. J'avais sorti ça comme ça une fois et il… *Merde.* Quel genre de type faisait ça ? C'était cliché, ringard, mais tellement sexy.

— Je suis désolée pour tout, trésor, cria-t-il à la fin de sa chanson. Je peux venir te parler ? S'il te plaît…

Rob me fixait comme un dément, me défiant de lui dire répondre « non », et les spectateurs aux fenêtres me dévisageaient, attendant ma réponse. Je déglutis.

— OK.

Un sourire étincelant s'afficha sur son visage.

— J'arrive !

Rob avait un sourire de trois kilomètres de long quand je fermai ma fenêtre.

— Je…

— Bah voilà, la puce. J'en connais une qui va se réconcilier ce soir.

— Je ne sais pas, répondis-je.

Quelques coups à la porte nous annoncèrent que Delsin était déjà là.

— Allez vite ! Ne le fais pas attendre !

— Il m'a bien fait attendre, lui, répliquai-je.

Rob éclata de rire.

— Oui, mais là, il est venu s'expliquer, alors ouvre.

Une part de moi avait vraiment envie de le laisser poireauter derrière ma porte, mais Rob avait raison. Je voulais entendre ce que Delsin avait à dire.

J'allai ouvrir la porte. Il était là, sa guitare appuyée contre le mur, le regard vif et profond.

— Je vais vous laisser, lança Rob.

— Merci, lui répondit Delsin.

Rob m'enlaça avant de filer. Mon attention se reporta alors sur Delsin. Il me lança un regard étrange avant de me scruter de la tête aux pieds. Des pantoufles licornes, un short et son tee-shirt, rien de bien sexy, pourtant sa bouche s'étira en un petit sourire.

— Adorable, murmura-t-il.

— Merci…, répondis-je avec froideur.

— Je te dérange ? Est-ce que tu dormais ?

Je souris malgré le fossé qui nous avait séparés ces derniers temps. Si je dormais ? J'étais insomniaque.

— Non, je ne dormais pas.

— Tu as un peu de temps ? demanda-t-il.

— Ça dépend…

— Je voudrais te parler, t'expliquer.

— Ah, tu as enfin envie de me parler, maintenant ? demandai-je ironiquement. Pourquoi ce serait si facile ?

— Levy…

Il eut l'air penaud tout à coup.

— Tu m'as embrassée, Delsin. Et puis tu m'as ignorée. Tu as fait comme si je n'existais pas et quand j'ai essayé de comprendre tu m'as traitée comme de la merde. Tu n'avais pas l'air bien, je voulais t'aider, te parler, mais…

— Je sais et j'en suis désolé, mais j'ai mes raisons et ce truc auquel tu as assisté en fait partie.

Sa voix tremblait, j'en avais des frissons. Je n'arrivais pas à rester rancunière. Pas quand il semblait si vulnérable.

— Je devais revenir demain mais, quand j'ai fini tout ce que j'avais à faire, j'ai conduit jusqu'ici pour être avec toi ce soir, poursuivit-il. J'avais envie d'être avec toi et comme tu aimes les types qui chantent la sérénade, je me suis dit que… En fait, tu m'as manqué, trésor. Énormément.

J'aurais pu l'envoyer balader, lui dire que ça ne suffisait pas, que son comportement était inexcusable, lui claquer la porte au nez. Mais j'en étais incapable. J'étais heureuse de le voir. Il avait un bras contre le mur, son visage était fatigué et dans son regard la haine et la colère avaient disparu. Je remarquai qu'il tenait également un sac en papier du *diner*… Il était tellement paradoxal. La bête qui sommeillait en lui pouvait montrer les crocs à tout moment, mais à l'instant, il ressemblait à mon Delsin, à celui avec qui je partageais mes nuits, pas celui qui pouvait exploser de rage. Je n'avais pas non plus oublié les paroles de Zack qui me hantaient depuis.

Je fis alors ce que mon imbécile de cœur me dictait : je me lovai contre lui.

— Tu m'as manqué aussi.

Il souffla et referma ses bras sur moi. Je sentis son visage dans mon cou et je me redressai sur la pointe des pieds afin de l'attirer davantage contre moi. Ça me faisait du bien d'être enfin à nouveau dans ses bras. J'inspirai profondément son odeur comme pour me donner du courage, puis je lui posai la question qui m'avait tant brûlé les lèvres ces derniers jours.

— C'était qui cette femme, Delsin ?

— Ma mère. Et cette sale garce a tué ma famille.

Chapitre 18

J'étais encore sonnée quand je me laissai tomber sur mon lit. Delsin posa le sac en papier sur mon bureau avant de reporter son attention sur moi. Il se pencha et replaça mes longs cheveux noirs derrière mon oreille.

— « Tué » ? bafouillai-je. Vraiment ?

Il acquiesça. Il était sérieux. Je fermai les yeux et je sentis ses doigts descendre sur mon visage.

— Oui, trésor.

Il caressa mes joues puis mes oreilles et embrassa mon front, ce qui me fit ouvrir les yeux. Je savais pertinemment que lorsqu'il disait « tué » il ne parlait pas d'un malheureux accident de voiture. Je commençais à entrevoir l'horreur de ce que Delsin avait vécu.

— C'est une longue histoire que très peu de personnes connaissent. Axel et Zack le savent. Les autres savent que c'est juste une période difficile dont je ne parle pas. Est-ce que tu as un peu de temps à m'accorder pour que je te raconte ?

— Tu veux m'en parler ? demandai-je, étonnée.

— Oui, il le faut. Tu veux bien, trésor ?

J'acquiesçai. Il embrassa mon front encore une fois et se redressa. Je le suivis du regard. Il semblait un peu stressé.

— Je sais bien que la semaine dernière je me suis comporté comme un sale connard, et rien ne pourrait excuser la façon dont je t'ai parlé, mais cette période de l'année est toujours difficile pour moi. J'ai déjà du mal à contenir ma colère en temps normal, alors quand ce moment approche c'est pire. Ma rage explose et elle devient incontrôlable. Ce que tu as vu l'autre soir dans le couloir, tu n'aurais jamais dû le voir, elle, moi dans cet état…

Il se gratta la tête.

— Je t'écoute, Delsin, explique-moi, dis-je d'une voix douce pour l'encourager à poursuivre.

Il inspira et se lança :

— Je viens de Sacramento. Je vivais avec mon père, ma petite sœur et ma mère. Mon père était souvent absent, car c'était un grand homme d'affaires dans le milieu de l'industrie immobilière. Il bossait énormément la semaine et la plupart du temps il partait au bureau le matin quand nous dormions encore et rentrait tard le soir.

Il caressa mon bureau du bout des doigts et joua paresseusement avec mon écharpe qui reposait sur le dossier de ma chaise.

— Ma mère ne travaillait pas, poursuivit-il. Malgré sa présence à la maison, elle ne s'occupait pas de nous. On avait une nourrice. Ma mère sortait beaucoup et partageait son temps entre le shopping et ses amies. Quand elle était à la maison elle s'enfermait dans son jardin botanique pour s'occuper de ses putains de plantes. Je n'ai pas vraiment de souvenirs heureux avec elle. Elle ne faisait rien avec nous.

Il fit une pause. J'avais l'estomac noué. J'avais déjà peur de ce que j'allais entendre.

— Je me demande s'ils se sont vraiment aimés un jour. Parfois je pense que mon père est resté seulement parce qu'elle a trouvé le moyen de tomber enceinte. En revanche, lui nous consacrait absolument tous ses week-ends, c'était notre héros. Dès que le vendredi soir arrivait, il mettait tout sur pause pour passer du temps avec Ellie et moi.

Delsin, qui faisait les cent pas, s'arrêta brusquement. Mon cœur manqua un battement. Il releva la tête et me scruta.

— Les années ont filé comme ça. Mon père et moi étions très proches, on parlait beaucoup. J'avais douze ans la première fois qu'il m'a parlé de divorce et j'avais espéré qu'on partirait avec lui, loin de cette femme qui passait son temps à nous ignorer, mais un événement est venu repousser ce projet.

— Quoi donc ? soufflai-je.

— Ellie est tombée malade. Elle avait trois ans de moins que moi. C'est arrivé subitement un dimanche soir. Nous l'avons emmenée à l'hôpital où elle est restée plusieurs jours, mais les médecins ne trouvaient rien. Ils ont fait des tonnes et des tonnes d'examens, de tests et tout un tas d'autres trucs pour comprendre d'où venait son mal mais, ils n'ont rien trouvé. Elle vomissait et se tordait de douleur, elle devenait de plus en plus faible. Elle avait à peine la force d'attraper un verre d'eau. Ils ont fini par lui mettre un tube respiratoire, car le simple fait de respirer lui coûtait trop d'énergie.

Je déglutis. Je repensai à cette photo de famille que j'avais vue chez lui. Au jeune Delsin qui souriait et à cette petite fille qui riait aux éclats.

— Elle perdait du poids à vue d'œil et rapidement elle n'a plus eu que la peau sur les os. Son estomac rejetait tout ce qu'on lui donnait à manger. Mon père était fou de rage et a fini par changer d'hôpital pour consulter d'autres avis.

Delsin se remit à faire les cent pas.

— Ma mère était au chevet d'Ellie, mais elle se plaignait sans arrêt de devoir aller à l'hôpital et rester enfermée dans cette chambre… Je voyais bien que mon père ne la supportait plus, et la tension était étouffante. Entre Ellie que je perdais un peu plus chaque jour et mes parents qui se déchiraient, j'étais à bout. Je voulais que mon père demande le divorce. Si j'avais su..., gémit-il. Si seulement on avait été plus malins...

Je sentais combien ces souvenirs étaient douloureux pour lui. Je serrai mes bras autour de mes genoux. J'aurais voulu le prendre dans mes bras pour le réconforter, mais je n'osai pas l'interrompre.

—La vie s'est vite résumée à un quotidien difficile à supporter, reprit-il. Visite, collège, visite, retour à la maison, embrouilles... C'était comme ça tous les jours puisque mon père travaillait moins. Puis, un jour, mon père est tombé amoureux du nouveau médecin d'Ellie. C'était une pédiatre très réputée. Il fallait bien avouer que par rapport à ma mère, elle était amusante, aimante et souriante. Elle parlait avec Ellie et prenait soin d'elle. Grâce à elle, Ellie a repris du poids et elle a pu sortir de nombreuses fois de l'hôpital.

Delsin s'interrompit, s'avança vers moi et se laissa tomber sur le lit. Il avait les poings serrés. Je déglutis.

—Je n'en voulais pas à mon père d'être tombé amoureux ni à Sophia, la pédiatre, d'éprouver la même chose pour lui. Il s'est enfin décidé à demander le divorce... et il ne l'a pas obtenu dans la joie.

Je soufflai. Delsin tendit le bras et caressa mes cheveux pour y replacer une mèche. La douceur de cette caresse contrastait tellement avec ses mots qu'elle me fit trembler. Était-ce le dénouement ?

—Ma mère est devenue hystérique à table quand il lui a dit qu'il voulait divorcer. Je me souviens qu'elle s'est levée en riant et qu'elle est partie dans la cuisine. Elle a ramené une bouteille de vin et trois verres. Je ne savais pas quoi dire, même mon père ne comprenait pas ce qu'elle faisait. Puis elle est retournée à la cuisine, prétextant avoir oublié le tire-bouchon... Elle est revenue avec un couteau à viande et a poignardé mon père.

J'étouffai une exclamation effarée.

—Mais elle a mal évalué le point de chute et il s'en est tiré, poursuivit-il, le regard perdu dans ses souvenirs. Pas sans mal, mais ses jours n'étaient pas comptés. Je me souviens qu'après l'avoir poignardé elle avait brandi le couteau en braillant qu'il n'était qu'une merde, que Sophia n'était qu'une pute qui n'en voulait qu'à son argent, que nous étions des petits bâtards, que c'était pour lui qu'elle était tombée enceinte et qu'elle ne nous avait jamais voulus. Elle hurlait comme une folle, mon père était au sol. J'essayai alors de la calmer pour pouvoir appeler une ambulance. Elle m'empêcha de l'approcher en brandissant son couteau dans tous les sens, et me toucha à l'arcade sourcilière, puis elle hurla qu'elle ferait croire à tout le monde que nous avions tenté de la tuer et elle se planta le ventre.

Je retins ma respiration, j'avais les larmes aux yeux.

—Elle a fini en hôpital psychiatrique et mon père a obtenu le divorce et notre garde exclusive à Ellie et à moi. Il n'a pas voulu porter plainte, mais le juge a instauré une injonction d'éloignement. Cela interdisait à ma mère de nous approcher et même de nous contacter. Nous avons passé une période difficile avec mon père et il nous a fallu pas mal de temps avant qu'on puisse fermer l'œil sans revoir la scène qu'avait faite cette pauvre tarée. Mon père a même mis un frein à sa relation avec Sophia, pendant un moment. Mais après quelques semaines, il s'est mis à la fréquenter réellement. Il s'est passé plus de quatre ans et demi avant que l'autre folle ne réapparaisse dans nos vies. Mon père était remarié avec Sophia, qui était enceinte, Ellie allait bien mieux malgré sa fatigue constante et, moi, j'étais un ado comme les autres.

—Qu'est-ce qui s'est passé? demandai-je péniblement.

— Pour t'épargner plus de détails, elle a fini par sortir de l'hôpital. Elle nous a invités à manger, mon père a refusé, mais Sophia nous a convaincus que malgré ce qui s'était passé, un repas pour apaiser les tensions n'allait pas nous tuer.

— Mon Dieu…, gémis-je.

— Ma mère nous a montré sa nouvelle petite vie, elle nous a fait un repas, et nous a tous empoisonnés. Littéralement. Je me suis simplement senti partir puis plus rien.

Je retins mon souffle, mais pas mes larmes. Delsin caressa mes joues et les chassa.

— Je me suis réveillé bien plus tard dans un sale état. J'avais mal partout, j'étais faible, j'avais de violentes douleurs abdominales, je respirais grâce à un tuyau. Des médecins étaient tout le temps à mon chevet. J'avais l'impression qu'ils me considéraient comme un miraculé.

— Tu… ?

— J'ignorais encore qu'ils étaient…

Je retins ma respiration.

— Ils étaient morts ?

— Ouais, approuva-t-il. Les médecins ne voulaient pas risquer que la nouvelle mette ma guérison en danger, alors ils avaient décidé de ne pas me le dire de suite. Ils étaient morts. Tous, Ellie, mon père, Sophia et son bébé. Quand je l'ai su, je…

Sa gorge était nouée. Mon cœur était brisé.

— J'étais sous le choc. J'ai repensé à tout ce qui s'était passé depuis des années. La mystérieuse maladie de ma sœur, le fait que plus la situation était tendue entre mes parents plus elle était malade… Et j'ai compris que pendant des années cette folle l'avait empoisonnée avec ses putains de plantes. Elle s'y connaissait tellement dans toutes ces merdes… Cette salope avait empoisonné sa propre fille pour… Je ne sais même pas pourquoi !

Il se tut, sans doute pour éviter que sa colère ne refasse surface. J'avais envie de le prendre dans mes bras, de lui ôter toute cette peine.

—J'ai confié mes soupçons aux flics et l'hôpital a fait des tests. Seigneur, tu ne mérites pas d'entendre toutes ces merdes…

—Je peux bien les entendre si tu en as besoin, lui assurai-je.

Il secoua la tête et caressa ma joue puis mon oreille en soupirant.

—Non, ce n'est pas bon de ressasser les souvenirs de cette malade. Bref, comme tu l'as deviné, elle avait prémédité tout ça. Et les flics ont mis un avis de recherche sur sa tête. Ce jour-là, nous avions tous plutôt bien mangé et il y avait une trop grande quantité de poison dans nos organismes. Le corps d'Ellie ne l'a pas supporté et j'ai su plus tard que mon père et Sophia étaient morts après plusieurs heures d'agonie.

—Mon Dieu…

—Je suis le seul qui ait survécu.

—C'est horrible, je suis tellement désolée.

Il sourit puis porta son regard au loin.

—Et encore, ce n'est pas fini.

—Quoi ? soufflai-je.

—Cette salope est venue me voir à l'hôpital. J'étais en train de dormir et quand je me suis réveillé elle était là avec son sourire merdique, en train de me caresser les cheveux.

—Mon Dieu ! lançai-je dans un sanglot.

—J'ai bondi. Toute la colère et la tristesse que j'avais contenues, tout ça a explosé. Je l'ai frappée et attrapée par le cou, et crois-moi, j'ai vraiment voulu la tuer, plus je serrais mes mains autour de son cou et plus je me sentais bien. J'en avais rien à foutre d'écoper de quoi que ce soit…

—Delsin…

Sa voix tremblait, la mienne aussi.

—Axel et Zack sont arrivés au même moment et ils m'ont calmé. Heureusement sans doute. Les policiers ont arrêté ma mère et, au procès, sa défense a plaidé la folie. C'est tellement facile, putain de merde! Moi par contre, j'ai eu quelques heures de garde à vue et de travail d'intérêt général pour l'avoir frappée.

Il se redressa. Ses poings étaient blancs tellement ils étaient serrés.

—Elle est dans un hôpital, elle a l'interdiction de m'approcher, mais comme tu as vu, elle a réussi à s'échapper l'autre jour. Ils l'ont ramenée et elle est enfermée à nouveau. Je ne l'avais pas revue depuis le procès. Je n'étais déjà pas bien parce que c'était à cette période de l'année que le repas avait eu lieu, et quand je l'ai vue, j'ai explosé. Je me demande souvent si je serais allé jusqu'au bout dans cette chambre d'hôpital si Axel et Zack n'étaient pas arrivés…

—Admirable, soufflai-je.

—Pardon? demanda-t-il en se figeant.

—Admirable, répétai-je les yeux baissés. Tu es admirable.

Et c'était ce que je pensais. Comment aurais-je pu le qualifier autrement? Une brute? Un malade? Absolument pas. Je me demandais même comment il avait réussi à garder la raison après avoir vécu cela. Comment arrivait-il à faire confiance aux gens? Comment arrivait-il à se nourrir sans avoir peur? Comment avait-il réussi à ne pas la tuer la semaine précédente?

Seigneur… Ce qu'il avait fait à cette femme, j'aurais voulu le faire un million de fois à Mick. Delsin avait vécu l'enfer, il avait touché le fond et il était devenu un homme… incroyable. Parce que pour moi il était admirable. Quelques éclats de colère n'effaçaient pas le fait qu'il avait pris soin de moi avec délicatesse depuis notre rencontre.

— Levy, j'ai frappé et…

Je frissonnai. Je savais ce que ça faisait d'être frappée par un homme, je savais aussi ce que ça faisait d'être blessée moralement et physiquement, ce que ça faisait d'être à la merci d'un bourreau et de n'être qu'une proie. Je connaissais les regards cruels et dépourvus du moindre remords, et Delsin n'avait rien de tout ça dans les yeux. Il était profondément triste. Il n'était pas une brute. Je me levai, me plaçai devant lui puis, d'un geste maladroit, j'attirai son visage à moi et plaquai mon front contre le sien.

— Tu n'es pas allé jusqu'au bout parce que tu n'es pas comme elle. Tu ne l'as pas fait parce que tu te devais de vivre. Et tu as survécu et ça, c'est beau. Je trouve ça admirable. Tu es un battant. La violence ne résout pas tout et c'est ta vie à toi qui aurait été détruite, pas la sienne. Certes, la frapper n'était pas vraiment une solution, mais après tout…

— Levy…

— Je suis désolée, si j'ai pu te donner l'impression d'avoir eu peur de toi, Delsin. Tu vas croire que je t'ai jugé, mais ce n'est absolument pas le cas. Je voulais simplement te comprendre et t'aider, murmurai-je en approchant mes lèvres des siennes.

Delsin desserra les poings et ses bras s'enroulèrent autour de ma taille, nous rapprochant davantage l'un de l'autre. Je sentis ses mains chaudes à travers mon tee-shirt.

— Je suis désolé de t'avoir paru brusque, je ne suis pas méchant, j'ai juste quelques mauvais jours et un regain de colère que je ne contrôle pas toujours.

— Je sais.

— Je suis désolé, je ne voulais pas que tu associes l'homme qui t'a donné ton premier baiser à celui qui a pété un plomb et encastré cette femme dans le mur.

— Aucun risque, répondis-je.

Il m'attira tout contre lui. Je lâchai son visage et le pris dans mes bras. J'aurais voulu lui dire quelque chose. Mais rien ne me semblait assez bien pour lui.

— Merci, trésor.

Je rougis, mais je secouai la tête. Je n'avais rien fait. Delsin m'attira davantage à lui et me fit asseoir sur ses genoux. Il releva alors mon visage pour plonger son regard dans le mien. Il avait glissé une main sur ma nuque et l'autre me caressait la joue. Ses yeux étaient sombres, je soufflai doucement. J'étais tellement triste et accablée pour lui, mais paradoxalement d'autres sensations étaient en train de bouillonner dans mon bas-ventre. Apprendre tout ça n'avait absolument pas atténué le désir qu'il m'inspirait. Les joues rouges, je détournai le regard. Il grogna. Il interprétait certainement mal les choses.

— À quoi tu penses, là tout de suite ? demanda-t-il.

— À toi, répondis-je sans détour.

— Tu penses à quoi exactement ? demanda-t-il à nouveau, les sourcils froncés.

— À ta bouche, dis-je en effleurant ses lèvres avec les miennes.

Ses yeux s'écarquillèrent. Sans doute s'était-il attendu à une autre réponse comme : « je suis désolée pour tout ce que tu as vécu » ou « merci de m'avoir parlé, maintenant tu peux dégager ». Je ne voulais rien de tout ça. Je voulais mon Delsin. Celui qui partageait mes insomnies, celui qui me faisait rire, vibrer. Passant mes mains dans ses cheveux, je sentis leur douceur ondoyer au passage de mes doigts. Il restait silencieux. Immobile.

— Trésor, souffla-t-il d'une voix rauque.

Ses lèvres s'entrouvrirent sous les miennes et son corps vibra tandis qu'il semblait lutter pour rester maître de lui-même. Lorsque je glissai ma langue contre la sienne pour la caresser comme il me l'avait montré, je sentis ses bras m'emprisonner et notre baiser se fit plus audacieux. L'intensité de ma réaction m'effraya. Mes mains se perdirent dans ses cheveux et je m'abandonnai totalement à lui. Une chaleur incroyable m'envahit, prête à me consumer.

Je m'écartai doucement pour reprendre mon souffle.

— Ça m'a manqué, murmura-t-il d'une voix rauque.

Je me penchai vers lui.

— À moi aussi.

Il sourit contre mes lèvres et je me perdis dans toutes les merveilleuses sensations qu'il m'offrait. Quel bonheur de le retrouver.

— Je suis désolé de t'avoir repoussée, Levy. Axel et Zack sont plus ou moins rodés et me supportent malgré tout depuis tout ce temps, mais toi… Je n'ai pas l'habitude de gérer ça.

Le regard qu'il me lança me coupa le souffle. Sa main qui me caressa la joue me liquéfia.

— La première fois qu'on s'est vus, c'était juste une nuit d'insomnie comme les autres. Il n'y avait rien, Levy. Juste de la colère. Et soudain, à travers elle, toi. Toi, bon sang ! Tu étais là, avec ton fichu sens de la justice, tes joues rouges et tout cet arsenal dans ton sac. J'avais la gueule cassée, j'étais en colère, et toi qui n'avais rien à foutre là, tu m'as aidé. Tu m'as perturbé. C'est une putain de sensation quand tu n'en as pas l'habitude… Je recommencerais toutes ces nuits si je pouvais les passer avec toi.

Sa déclaration me laissa sans voix, j'étais touchée en plein cœur. Jamais je n'avais entendu de si belles paroles. Mes sentiments pour lui étaient tellement forts que ça me faisait peur. J'avais une envie folle de lui. Je sursautai lorsqu'il me caressa les joues.

— Levy ?

— Je suis désolée, soufflai-je. J'ai eu peur…

Il fronça les sourcils.

— À quoi tu penses, là tout de suite ?

— À toi.

— Et plus exactement ?

— Est-ce que tu… est-ce que tu me désires ?

Son regard tomba lourdement sur moi. Une vague de chaleur se logea dans mon bas-ventre.

— Si je te désire ?

Il ferma les yeux et inspira profondément. Je me tortillai, ne sachant quoi faire. Lorsqu'il rouvrit les paupières, il ne semblait pas plus calme.

— Si je te désire ? répéta-t-il. Il n'y a pas une seule chose chez toi que je ne désire pas, Levy. Tu n'imagines pas à quel point j'ai envie de toi.

Je m'efforçai de contenir la nouvelle vague de palpitation dans mon bas-ventre.

— Vraiment ?

Il souffla et attrapa mon visage en coupe dans ses grandes mains.

— J'ai envie de te toucher, de…

— De quoi ? demandai-je.

— De tout. De te découvrir, de te faire frémir et jouir. Putain ! Comment tu peux me demander si je te désire ?

Ses pouces caressaient mes lèvres comme s'il essayait de se calmer.

— Merde, Levy, tu…

Sa bouche s'abattit sur la mienne avec une avidité sans pareille. Ses mains quittèrent mon visage ; l'une se logea dans ma nuque tandis que l'autre caressa mon échine. Mes mains glissèrent sur son torse et mes doigts se crispèrent sur sa chemise. Je ne sentis pas ma force ni la puissance de mon désir. Un bouton sauta et Delsin grogna.

— Si tu ne me freines pas…

— Je ne veux pas que tu t'arrêtes.

— Levy…

— Encore un peu…

Il frissonna et m'embrassa à nouveau. Sans un mot, il m'entraîna avec lui et m'allongea sur mon lit. Je rougis quand il se pencha au-dessus de moi et qu'il m'embrassa langoureusement. Je n'avais jamais connu la volupté ni le désir charnel et je ne regrettais pas de les connaître avec lui.

— J'ai tellement envie de te toucher, dit-il d'une voix grave. Mais je ne ferais rien sans ta permission.

Je hochai la tête.

— Levy, ce que je faisais avec les autres filles, je ne le fais pas avec toi. Parce que tu mérites tout, pas juste de te faire sauter. C'était ton premier baiser, alors j'en déduis que tu n'as jamais rien fait d'autre.

Oh, mon Dieu, j'avais tellement honte tout à coup.

— Et ça te dérange ? demandai-je d'une petite voix.

— Absolument pas, cela dit, je ne pense pas mériter d'être ce type-là.

— Ça, c'est à moi seule d'en juger. Et j'en ai envie Delsin, tellement envie…

— Je sais, trésor, murmura-t-il alors en souriant. Et tu n'imagines pas combien j'en ai envie moi aussi, je voulais juste l'entendre.

— Connard.

Il caressa ma bouche de la sienne avant de m'embrasser plus profondément. Mon corps s'embrasa, j'étais excitée et aussi un peu apeurée. Je n'eus pourtant pas le temps de bien y réfléchir, car Delsin effleura la courbe de mes seins puis mon flanc droit jusqu'à ma hanche. Sa bouche était encore et toujours rivée à la mienne. D'un coup d'un seul, notre position changea. Il était assis et je me retrouvais à califourchon sur lui.

— Lève les bras, susurra-t-il.

Je m'exécutai sans un mot et ses doigts chauds effleurèrent ma peau avant d'agripper mon tee-shirt et de le faire passer par-dessus ma tête. Il me scruta, les yeux voilés de désir. Il me dévorait du regard…

— Ta cicatrice, comment tu l'as eue ? demanda-t-il.

Son pouce glissait à présent sur la rugosité de ma peau à cet endroit précis de mon ventre. Je frissonnai et pas seulement de désir, de peur aussi. Je l'avais oubliée… Je ne pouvais m'empêcher de penser que la première chose qu'il avait commentée en me déshabillant, c'était cette cicatrice. Il ne m'avait pas dit que j'étais jolie, il avait…

— Ça ne ressemble pas vraiment à une cicatrice d'appendicite.

Merde. Que lui dire ? Je ne voulais pas gâcher ce moment en pensant à Mick. Je ne voulais que nous.

— Accident de voiture. J'ai douillé.

— J'imagine.

— Je sais que c'est moche, mais…

— Moi, j'adore les petites imperfections. J'en ai plein moi aussi et cette toute petite chose ne te rend pas moins sexy à mes yeux.

— « Sexy » ?

— Oui, très, très sexy, dit-il avec un sourire.

— C'est déroutant de passer de la fille invisible à la fille sexy.

Surtout pour un gars comme lui.

— « Invisible » ? Putain, ils avaient de la merde dans les yeux par chez toi, ou quoi ?

— Peut-être que c'est toi qui en as, dis-je en souriant.

Il secoua la tête sans sourire et posa son merveilleux visage entre le creux de mes seins, m'arrachant un souffle rauque.

— Absolument pas. Je suis clairvoyant, je vois divinement bien et ce que je vois est absolument parfait. Tu es magnifique.

Je sentis ses mains se crisper sur mon corps tandis que je passais les miennes dans ses cheveux pour le serrer un peu plus contre moi.

— Merde, Levy… tu vas me rendre complètement fou.

Je me tortillai sur lui et sa bouche captura la mienne de manière autoritaire et sauvage.

— Tu es absolument magnifique.

Je souris et lentement ses doigts caressèrent la dentelle de mon soutif et son pouce effleura la pointe de mon sein. Je gémis tout en me cambrant. Je n'avais pas franchement honte de me retrouver devant lui en soutien-gorge et en short. Je ne pensais plus qu'à ce qu'il allait faire…

Delsin se redressa un peu et posa sa bouche sur l'un de mes seins, en aspirant la pointe. Je gémis plus fort tandis qu'il me regardait de ses yeux sombres.

— Je peux te l'enlever ? demanda-t-il.

J'acquiesçai en silence, me délectant de la manière dont il me regardait.

— Levy ?

— Mmh ?

— Je peux ?

— Oui.

Un magnifique sourire s'étira sur son visage et lentement je sentis ses mains quitter ma taille pour venir caresser mon échine, puis elles se posèrent sur le fermoir de mon soutien-gorge. Son visage vint se loger dans mon cou et je sentis ses lèvres se poser contre ma peau, sur mon oreille, puis sa bouche traça un chemin de baisers en sens inverse avant de me mordiller l'oreille.

— Je peux ? demanda-t-il à nouveau.

— Mais oui, me plaignis-je comme une enfant.

Le chemin tracé de ses baisers rendait ma peau brûlante, elle était comme marquée au fer rouge. On m'avait déjà marquée et la cicatrice sur mon ventre en était une preuve, mais jamais on ne l'avait fait avec tant de douceur et de sensualité. Delsin ouvrit mon soutien-gorge, dégagea les bretelles et m'en libéra totalement. Il se figea en me contemplant.

— Tu es tellement belle.

Je me demandai si cette phrase avait pour but de me déstabiliser ou de me faire penser à autre chose, dans tous les cas à présent, les lèvres de Delsin allaient et venaient sur ma peau sans jamais se poser sur les miennes, puis lorsqu'il sembla décidé à les embrasser à nouveau, il caressa ma poitrine du bout de ses doigts, faisant jaillir de ma bouche un gémissement de plaisir. Il se trouva bientôt haletant, au moins autant que moi. Il effleura alors du bout de ses lèvres le galbe arrondi de mon sein et se fit de plus en plus pressant à mesure que je me cambrais. Il sourit contre ma peau avant d'attraper entre ses lèvres expertes la pointe durcie de mon sein.

— Delsin…

— Est-ce que tu aimes ? murmura-t-il.

— Oui.

— Tu es tellement belle, Levy.

Je secouai la tête, dubitative.

— Moi, je te le dis.

Je fermai les yeux.

— Je viens de me découvrir une nouvelle passion, lança-t-il.

— Ah ?

Il sourit, remonta vers mon visage et aspira ma lèvre inférieure de plus en plus fort, jusqu'à ce que je gémisse.

— Toi. Tu as une peau tellement douce, je pourrais te caresser pendant des heures tellement j'adore ça.

— Ça me va, gémis-je.

— Les passions en commun, ça rapproche…

Je posai alors mes paumes contre sa poitrine et je m'attaquai à chaque bouton jusqu'à lui ôter sa chemise. Ses muscles se raidirent d'un coup quand mes lèvres l'effleurèrent en accompagnant mes doigts maladroits. Toucher son corps était quelque chose de grisant et avoir l'audace de le faire avec mes lèvres était encore plus incroyable. Je laissai descendre ma bouche sur les pectoraux qui s'offraient à moi.

Ses mains relevèrent mon visage et je fis face à son regard assombri par le désir.

— Levy, dis-moi ce que tu veux.

Je voulais tout, mais j'avais peur. Je n'avais aucune honte à l'avouer, c'était ma première fois et j'étais terrifiée de passer ce cap d'intimité.

— Je ne sais pas… tout.

— Très vague, tout ça, murmura-t-il.

— Désolée…

Delsin sourit et sa bouche gourmande trouva de nouveau la pointe de mon sein, qu'il mordilla, cette fois-ci. Je me cambrai au-dessus de lui, à bout de souffle.

— Je suis avec toi, je suis tout à toi, souffla-t-il. Alors tu peux avoir tout ce que tu veux.

Ses doigts agacèrent mon sein nu qui n'avait pas l'attention de sa bouche. Son pouce décrivit un cercle constant et d'une lenteur agaçante autour de mon mamelon. Je le désirais tellement. Mon corps en ébullition et en fusion en était la preuve. Je ne voulais pas faillir, pas à ce stade.

— Je veux que tu me touches, soupirai-je.

Un gémissement torride remonta de sa gorge quand il s'écarta de ma peau.

— C'est ce que je fais, trésor. Pour être même plus sincère, je te goûte aussi.

Je ris nerveusement et je sentis son corps frémir contre le mien.

— Non, je veux…

Je ne savais pas comment le formuler. Tout était nouveau pour moi, tout était à la fois étrange et bon. J'avais peur, pourtant j'avais pleine confiance en lui et je le désirais ardemment. Perdue, mais grisée, je pressai ma poitrine contre lui et je me mis à dévorer son cou de baisers. Il grogna quand j'aspirai sa peau sous mes lèvres et quand mes seins menus se frottèrent contre ses pectoraux. Quand enfin je lâchai sa peau, il était haletant. Je me pressai un peu plus contre lui avant de descendre ma bouche sur ses pectoraux tandis que mes mains s'aventuraient plus bas, s'arrêtant au bouton de son jean.

— Levy…

Je me redressai alors qu'il me regardait, perdu. Ça avait quelque chose de grisant de le voir tout autant perturbé que moi par ce que nous faisions. En souriant, je me redressai de sorte à retirer mon short et lorsqu'il comprit ce que j'étais en train de faire, il m'attira à lui. Ses mains se posèrent sur mes cuisses alors que les miennes s'aventuraient de nouveau sur son ventre. Rapidement, je défis les boutons de son jean.

— Que fais-tu ? demanda-t-il.

— Comme toi, je veux te toucher.

— Il ne me semble pas t'avoir touchée à cet endroit, trésor.

— Ah ? C'était dans mes fantasmes, alors.

— Levy ?

Il gémit alors que j'écartais son jean et que je découvrais sous son boxer son excitation. Le souffle court, je me lançai :

— J'ai beaucoup pensé à toi, comme ça.

— Merde.

Sa bouche s'écrasa sur la mienne et ses doigts remontèrent sur ma cuisse, se posèrent sur l'élastique de ma culotte et vinrent caresser mon intimité à travers le tissu. Animée par la même envie, je n'hésitai pas à libérer son sexe de sa prison.

— Attends…, souffla-t-il.

Il se redressa alors tout en me gardant contre lui et il fit descendre son jean jusqu'à ses chevilles.

— Je n'ai… jamais fait ça, dis-je d'une voix mal assurée.

— Tu fais ça très bien, m'assura-t-il contre ma bouche. Continue comme ça, d'accord ? J'ai tout mon temps, je suis à toi.

J'acquiesçai et je repris son sexe dans mes mains. C'était excitant de faire cela et ça le fut encore plus quand il s'arc-bouta. J'étais émoustillée, je me laissais aller au rythme de sa chair qui s'activait sur ma paume, qui montait et redescendait à une cadence haletante. Le désir et l'envie de lui faire du bien obscurcissaient à présent toutes mes pensées.

— Delsin ?

— Mmh ?

Je souris et lui aussi. Je voulais qu'il me fasse la même chose, je voulais qu'il apaise la faim qui me tiraillait les entrailles.

— Caresse-moi en même temps.

Il mordilla ma lèvre et ses mains qui semblaient être partout caressèrent mon corps, mes seins, ma taille, mes hanches, puis remontèrent malicieusement. Sans m'en rendre compte, je grognais d'impatience.

— Ne me demande pas de te supplier, connard.

— C'est pourtant ce que tu viens de faire.

Mauvaise joueuse, je lui infligeai une longue et lente caresse. Il jura contre ma bouche et cette fois-ci, sa main glissa sous ma culotte. Il caressa mon point sensible et, avec une lenteur insoutenable, il inséra un doigt en moi. Je hoquetai de surprise, puis de désir.

— Tu es si serrée. Tellement étroite, soupira-t-il d'une voix cassée.

Je n'étais pas certaine d'avoir bien compris et je m'en fichais. Plus rien ne comptait que nos corps lovés l'un contre l'autre et ce lien qui rendait ce moment plus parfait encore. Delsin m'attrapa par la nuque, me fit incliner le visage et il m'embrassa profondément. Nous étions liés de toutes parts, peut-être pas totalement certes, mais nos bouches étaient jointes et soudées, nos langues étaient emmêlées. Je me plaquais contre sa main alors que lui bougeait dans la mienne. Tout était parfait. Tout n'était que fusion. Une fusion parfaite qui n'allait pas tarder à exploser, d'ailleurs. Je gémis contre sa bouche. Son corps se contracta et je sentis son sexe enfler dans ma paume. Savoir qu'il était au bord de la jouissance fit enfler mon propre désir et ma propre envie de délivrance. Ce qui arriva. Vite. Sans que je contrôle quoi que ce soit. Le tiraillement dans mon ventre gonfla avant d'exploser. Mon corps contracté et douloureux s'arc-bouta et se secoua de spasmes dans une puissante délivrance, puis Delsin me suivit et plaqua sa bouche contre la mienne avant que son corps n'imite le mien.

Il se passa certainement de longues minutes avant que l'un de nous ne daigne bouger. Ses bras étaient solidement attachés autour de ma taille et ma tête reposait contre son torse. Du bout de ses doigts, Delsin caressa mon échine.

— À quoi tu penses, là tout de suite ?

— À recommencer, répondis-je.

Il se figea, puis embrassa mes cheveux.

— Alors tout va bien ? demanda-t-il d'un ton ravi.

Je relevai mon visage et embrassai sa bouche.

— Très bien.

Chapitre 19

J'ouvris lentement les yeux et la pièce prit forme autour de moi. La lumière du soleil filtrait à travers les rideaux mal fermés de ma chambre. Je m'étirai doucement et appréciai la chaleur délicate qui m'enveloppait. Je tournai la tête et aperçus une silhouette. *Oh, mon Dieu !* J'étais nichée contre le torse de Delsin et ses bras m'enveloppaient. Le souvenir de la nuit précédente me revint en mémoire.

Et je me rendis compte que, pour la première fois depuis toujours sans doute, je n'avais que des pensées heureuses. Nous avions progressé, la veille, il s'était confié à moi et nous avions partagé un moment de tendresse des plus parfaits.

— Salut, toi, lança-t-il d'une voix douce.

Seigneur...

— Bonjour, répondis-je avec calme.

Je levai la tête de son torse. *Oh, là là !* Comme il était beau avec ses cheveux en bataille... Je comprenais enfin ce qu'avait voulu dire Rob en disant que voir un beau mec comme lui au réveil, ça mettait de très bonne humeur dès le matin.

— Il est quelle heure ? demandai-je.

— Un peu plus de 11 heures.

Ah, ça me laissait le temps de... Minute.

— Quoi ? hurlai-je en me redressant.

Merde, j'avais cours ce matin. J'avais dû recevoir des appels de Rob. Je me levai à la hâte. Delsin éclata de rire et tira sur mon tee-shirt, me faisant basculer, puis tomber sur le lit. Je rebondis une fois dans un couinement gênant. Je finis par éclater de rire à mon tour.

— Reste donc ici, trésor.

— Mais…

— Vu l'heure, autant que tu y ailles pour les cours de l'après-midi, tu ne crois pas ?

— Mais pourquoi ne m'as-tu pas réveillée ? l'accusai-je avec moins de colère que je ne l'aurais voulu.

— Parce que tu étais épuisée et que tu dormais si bien qu'il aurait été hautement cruel de te réveiller.

J'ouvris la bouche, puis je souris sans répondre.

— T'ai-je cloué le bec ?

— Dans tes rêves, Delsin. Dans tes rêves.

— C'est cela, oui. Moi, puisque tu te poses la question, j'ai super bien dormi. Des mois que je n'avais pas roupillé d'une traite comme ça. C'est grâce à toi.

Il sourit.

— Super, j'ai toujours eu envie d'avoir un effet soporifique.

Il ricana et m'attira à lui tandis qu'il se mettait sur son côté. Il était impressionnant. Tellement beau et désirable.

— C'est bien aussi de dormir. J'étais bien avec toi dans mes bras. Et puis, soporifique n'est pas le mot que j'aurais employé pour te définir, trésor. Tu m'as apaisé et j'aime assez ce don.

Je gloussai en secouant la tête.

— Que de conneries si tôt le matin, lançai-je. Tu en as d'autres, des bêtises de ce genre ?

Seigneur, j'étais écarlate. Carrément cramoisie. J'essayais de faire en sorte que ses mots ne m'atteignent pas, mais c'était impossible, mes joues me trahissaient complètement. Il se pencha vers moi, saisit délicatement mon visage et me força à le regarder. Sa bouche s'étira en un sourire puis elle couvrit tendrement la mienne.

— Je ne dis ni ne fais jamais de conneries. Tout est toujours parfaitement consenti et mûrement réfléchi, trésor.

Son haleine mentholée chatouilla mes narines alors qu'il soufflait ses mots à même ma peau. Il sentait divinement bon. S'était-il lavé les dents et douché aussi ? Seigneur, j'espérais ne pas sentir le chacal. Pas le temps d'y penser. Sa bouche joua avec la mienne doucement, puis de façon plus prononcée, ce qui m'arracha un gémissement. « Parfaitement consenti », hein ?

Le salaud, il s'était même changé. Il portait un tee-shirt et son bas de jogging. Il pressa un peu plus ses lèvres sur les miennes avant de me libérer, haletante et en sueur.

— Ça aussi, c'était mûrement réfléchi ? demandai-je, le souffle court.

— Parfaitement, approuva-t-il. Depuis que je suis réveillé, j'y ai pensé de mille façons différentes, mais j'ai l'impression que laisser les choses se faire, c'est encore mieux.

— Je trouve aussi.

∞

— Alors ? aboya Rob quand il me vit arriver. Il serait dans ton intérêt de me répondre. Alors ? Alors ? Alors ? Alors ? Alors ?

— Alors rien, répondis-je.

Il éclata d'un rire sans joie avant de me lancer un regard assassin. Je battis des cils, tout à fait innocemment.

— Tu crois que tu vas t'en sortir avec ça ?

— Mais je n'ai rien à dire. Il ne s'est rien passé. Il est rentré, il est venu me voir et…

— Et il a passé la nuit avec toi, m'interrompit Rob sur un ton hystérique. Je suis venu te chercher ce matin et… qui m'a ouvert la porte, torse nu, les cheveux en bataille, pour me dire que tu étais crevée et que tu avais besoin de te reposer ? J'ai failli avoir un arrêt cardiaque. Je crois que j'ai même eu une…

J'ouvris la bouche, avant de pincer les lèvres pour ne pas rire.

— Mon Dieu ! se reprit-il. Ce que j'essaie de te dire avec plus ou moins de délicatesse, c'est que je veux tous les détails. Absolument tous les détails.

Je haussai les épaules.

— Il n'y en a aucun. Nous avons parlé beaucoup de ces derniers jours, et puis…

— C'est bien, m'encouragea-t-il. Et… ?

Je secouai la tête. Bon sang, il était taré.

— On s'est embrassés, lâchai-je.

— C'est tout ? s'exclama-t-il, déçu.

— Non.

— Non ? s'écria-t-il.

— On s'est fait du bien mutuellement, répondis-je en bafouillant. On n'a pas…

Je regardai mes pieds, un peu mal à l'aise.

— Mais c'est super ! lança-t-il en attrapant mes épaules. C'est vraiment génial. C'est… C'était ton premier orgasme ?

J'avais oublié à quel point Rob pouvait être direct, comme Delsin d'ailleurs. Il allait falloir que j'arrête de rougir aussi facilement.

— N'aie pas honte, dit-il avec un sourire. Il n'y a pas de mal à ça, au contraire.

J'acquiesçai.

— T'es contente ?

— Oui, soufflai-je. Oui, c'était vraiment parfait.

Son sourire s'élargit.

— Est-ce que vous sortez ensemble, du coup ?

— Je ne sais pas, je ne pense pas, non. On est…

À vrai dire, j'ignorais ce qu'on était. Je ne m'étais pas posé la question. Rob fit la grimace.

— Tu vas vite le savoir, va ! La prochaine fois que tu le verras.

— Tu crois ?

Il hocha la tête.

— Bien sûr, dit-il d'un air confiant. La prochaine fois que vous vous verrez, ce sera déterminant.

Il me semblait tellement sérieux et sûr de lui que je n'ajoutai rien. Tranquillement, nous nous mîmes en route pour rejoindre notre première heure de cours de l'après-midi. Rob parlait des fêtes de fin d'année. Moi, je ne m'y intéressais pas. Je n'avais jamais fêté Noël ni le nouvel an, chaque fois *il* rentrait à la maison ivre mort.

Ce serait bientôt les vacances de fin d'année et le campus serait complètement désert. Moi, je resterais ici, je n'avais nulle part où aller et je préférais être seule ici que retourner là-bas. Cette année, au moins, je serais en sécurité. Noël ne me faisait pas rêver et j'avais compris avant même d'en avoir des étoiles dans les yeux que le Père Noël n'était qu'une vaste fumisterie. Norah avait bien tenté de faire vivre cette magie, mais je n'y avais jamais cru.

Rob et moi nous installâmes l'un à côté de l'autre dans l'amphithéâtre. Je n'avais pas tellement la tête à étudier aujourd'hui…

— C'est Delsin ! lança Rob tout à coup en fixant la porte.

— Hein ?

— C'est lui en bas.

Je relevai la tête de mon bloc-notes et laissai tomber mon stylo sur le pupitre. Effectivement, c'était bel et bien Delsin qui venait d'apparaître à l'entrée de l'amphi. Il scrutait la salle et nous repéra, Rob et moi. Qu'est-ce qu'il foutait là ?

— On peut savoir ce que vous faites, monsieur White ? demanda le professeur. Il ne me semble pas que vous soyez dans mon cours.

— Désolé, monsieur, j'ai un truc hyper important à faire. J'vous jure, c'est capital. J'ai peur que dans sa tête, elle soit paumée, alors…

— Je ne comprends rien à ce que vous racontez, l'interrompit le professeur.

— Je sais bien, mais c'est vraiment important. Et puis, vous les ferez sortir cinq minutes plus tard, ils ne m'en voudront pas, j'en suis sûr.

— Parce que vous avez besoin de cinq minutes ? Est-ce que vous vous fichez de moi ?

— Je vous jure que non. S'il vous plaît !

Rob, à mes côtés, trépignait sur place. L'intégralité de l'amphithéâtre avait les yeux rivés sur Delsin, qui ne semblait absolument pas mal à l'aise. Je ne savais pas ce qu'il préparait ni si cela avait un rapport avec moi, mais j'étais déjà rouge écarlate.

— Faites donc, White. Faites donc. J'ai ouï dire que lorsque vous avez une idée en tête vous ne lâchez rien. Puis comme tout ça à l'air d'être hautement plus important que les droits juridiques de la famille, je vous en prie.

Delsin éclata de rire et serra la main du professeur, avant de gravir les marches de l'amphi. Mon cœur battait de plus en plus vite à chacun de ses pas. Alors qu'il marchait le long de notre allée, je ne respirais plus. En asphyxie la plus complète, je le vis avancer d'un pas décidé vers nous. Lorsqu'il s'arrêta devant moi, il avait un sourire sur les lèvres, mais ses yeux dégageaient une intensité à couper le souffle.

— Oh putain, siffla Rob.

— Toi, lança-t-il doucement en me tendant sa main.

Il me fallut au moins cinq longues secondes avant que l'information parvienne à mon cerveau. Quand ce fut le cas, je glissai ma main dans la sienne et il me fit me lever.

— Je voulais que ça soit clair, parce que la logique avec toi, c'est… En fait, avec toi il n'y a pas de logique. C'est ce qui rend les choses amusantes…

Je n'entendais plus rien tellement mon cœur battait fort. Ce mec était un grand malade. Après le coup de la sérénade, il me faisait une scène devant un amphi entier. Tout le monde nous regardait à présent. Je ne voyais que lui. Il n'y avait que ses yeux bleu nuit qui éclipsaient tout le reste. Sa bouche s'étira en un sourire ravageur, conquis et conquérant.

— Qu'est-ce que tu racontes ? bafouillai-je.

— Tu te souviens de notre petite conversation sur le fait que tout ce que je fais est toujours absolument réfléchi ?

Je hochai la tête.

— Bien, alors dis-toi que ce n'est absolument pas le cas là. Ce n'est pas du tout réfléchi parce que j'ai cours, et il faut aussi que j'aille voir le coach et je suis grave à la bourre.

— Nous aussi, lança le professeur. Il ne vous reste plus que trois minutes, White. Si vous pouviez abréger je vous en serais fort reconnaissant.

— Promis, lança Delsin en s'inclinant vers le professeur.

Quand il reporta son attention sur moi, les gens tournèrent de nouveau leurs têtes vers nous. Je déglutis. Bon sang, j'étais certaine que sa sérénade était déjà sur Internet et que ce nouveau numéro allait s'y retrouver aussi…

— Delsin ? soufflai-je, estomaquée. Qu'est-ce que tu… ?

Il ne me laissa pas le temps de finir. Il m'attira dans le creux de ses bras et sa main agrippa ma nuque avant que sa bouche ne se plaque sur la mienne dans un baiser sensuel et sauvage à la fois. Surprise, soumise et enivrée, j'entourai son cou de mes bras, ce qui lui permit de m'attirer plus près de lui encore. Autour de nous, j'entendis des chuchotements que je ne compris pas, puis des cris et des soupirs. Notre étreinte était en train de créer la stupeur dans la salle. Je poussai un soupir. Bon sang, difficile de redevenir invisible après ça.

— Je voulais que ce soit clair avant que les cours ne commencent, dit-il doucement contre mes lèvres. Parce que je crois avoir oublié de préciser avant que tu partes que je voulais que tu sois ma petite amie.

— Quoi ?

J'ignorais si c'était moi ou Rob, ou nos deux voix à l'unisson, mais j'étais estomaquée. Le monde s'arrêta autour de moi. Je devais avoir l'air d'une parfaite abrutie, figée comme ça. Il sourit tandis que la salle entière semblait retenir son souffle.

— Je veux que tu sois ma petite amie, Levy. Pas moyen qu'il en soit autrement. Après cette soirée, je ne suis pas certain d'être capable de m'en lasser ni de laisser qui que ce soit d'autre en profiter. Je crois même que je péterais la gueule de tous ceux qui voudraient essayer. Je veux nos insomnies et tes journées aussi.

— Delsin…

— Répondez-lui, mademoiselle MacGrass. « Oui », « non », « merde », ce que vous voulez, mais répondez-lui vite, qu'on puisse passer à autre chose et se concentrer sur mon cours. Plus qu'une minute trente, White.

Tout le monde éclata de rire. Delsin aussi. Moi, j'étais écarlate, mais je finis par pouffer à mon tour.

— Alors, tu es d'accord ? Tu veux bien ? Franchement, je suis un type extra, tu sais. Tu ne peux pas me dire « non » devant tout ce public.

— Ne me tente pas, c'est très tentant, rien que pour réduire ton énorme ego à néant, répliquai-je à voix basse.

— Une minute, après je vous fous dehors à coups de pied aux fesses, White !

Les mains de Delsin attrapèrent mon visage en coupe et il posa délicatement son front contre le mien.

— Alors, trésor ? Tu veux bien ?

J'étais incapable de lui dire « non », alors comme pour mon premier baiser, je répondis la chose la plus intelligente du monde :

— Oui.

— Génial ! murmura-t-il pour nous deux. Vraiment génial !

Je souris.

— Ma patience a atteint ses limites, lança le professeur. Je ne voudrais pas qu'à cause de vous mes élèves pensent que je suis quelqu'un de gentil.

— Mais vous l'êtes, monsieur, lança un élève.

— Rupert, ce n'est pas comme ça que vous gagnerez des points. White, dehors !

— On se voit ce soir ? souffla Delsin.

J'acquiesçai. Il posa un baiser sur mon front et recula en moonwalk. Un moonwalk pitoyable, mais rien que pour sa déclaration et son audace, je lui mettais un dix.

— Alors monsieur White ? Vous avez dérangé mon cours, peut-on connaître la réponse ?

— Elle a dit « oui » ! hurla Delsin. Elle a dit « oui » !

Tandis que les gens explosaient de joie de manière complètement disproportionnée, je regardais Delsin descendre les escaliers comme un prince. Il s'arrêta deux ou trois fois pour serrer la main de plusieurs mecs et avant de partir, il serra de nouveau la main du professeur qui, malgré son faciès sévère, avait une légère fossette sur la joue.

— Merci, monsieur. Vous savez ce que c'est que d'être jeune.

— Dehors !

Delsin s'inclina en souriant et s'éclipsa.

— Bon, nous pouvons commencer ou vous avez besoin de quelques minutes pour retrouver vos esprits, mademoiselle MacGrass ?

— Non, non, c'est bon, répondis-je, morte de honte.

Je n'avais jamais été aussi heureuse. J'espérais que cette émotion nouvelle ne me quitterait plus.

Chapitre 20

Le problème avec l'école, c'est qu'à un moment donné, ça s'arrête. Les grandes vacances arrivent la semaine prochaine. Je les redoute tellement que j'en tremble. Malheureusement, je ne peux rien y faire. Et il me faut toute la meilleure volonté du monde pour l'accepter et me faire à l'idée que je vais devoir le supporter encore plus que le reste de l'année. Je sais que je ne survivrai pas à deux mois avec lui alors j'ai trouvé un petit boulot dans un cinéma. L'uniforme réglementaire est assez couvrant pour qu'on ne voie pas mes traces de coups.

Il ne travaille plus, il boit sans arrêt et sa haine est de plus en plus brutale. Lorsque la porte claque, annonçant qu'il est rentré, il y a toujours cette pointe dans ma poitrine qui fait s'affoler mon cœur, et ma peur résiduelle, cette vieille amie, revient me laper la peau. Parfois il rentre avec une femme et dans ces cas-là, il m'oublie. Je constate que c'est le cas aujourd'hui et j'en suis soulagée. Je souffre tellement de ses derniers coups qu'un peu de répit me permettra de mieux guérir.

Je monte dans ma chambre et, en passant devant celle de Norah, une myriade de sentiments aussi tristes que dévastateurs me prend aux tripes. Elle m'a abandonnée. Elle m'a chassée de sa vie. Elle m'a laissée ici seule… et depuis, ce que je croyais être l'enfer est devenu pire encore. Une part de moi espère toujours qu'elle viendra, mais je ne suis plus cette petite fille crédule qui courait dans les bras de sa sœur pour y trouver du réconfort. Maintenant, je suis…

Je ne suis rien. Juste Levy, la fille indigne qui a tué sa mère. Je suis celle qui n'expiera jamais sa faute. Et quand je me regarde, je ne vois qu'une carcasse vide qui ne connaît rien à la vie. Je prends la photo de ma mère sous mon oreiller et je la regarde. Elle est si belle avec ses longs cheveux noirs et ce sourire parfait. Je voudrais lui ressembler. J'aurais tellement aimé la connaître, entendre le son de sa voix, sentir son odeur, voir son vrai sourire. J'ai envie qu'elle me borde, me fasse à manger, me dise qu'elle m'aime, qu'elle me coiffe et me dise que je suis jolie… je voudrais qu'elle le fasse dans mes rêves, mais je n'arrive plus à dormir alors je passe par la fenêtre de ma chambre et m'assieds sur le rebord. Je ferme les yeux et je l'imagine. Les yeux fermés, je peux croire que tout va bien…

∞

Entendre l'histoire de Delsin m'avait convaincue de plusieurs choses. Il avait été tellement honnête avec moi qu'il faudrait sans doute que je le sois avec lui moi aussi. Mais comment aborder le sujet de mon passé dans une conversation ? Expliquer à mon petit ami que j'avais été battue par mon père pendant des années, c'était délicat. Je savais que j'aurais dû le lui dire bien avant, que je n'avais pas joué franc jeu et que de nombreuses fois, quand mes réactions avaient laissé à désirer, j'aurais pu lui expliquer.

Je n'en avais pas le courage et les réactions colériques de Delsin m'inquiétaient. Je n'avais pas envie que ça le rende fou de rage ni qu'il change de comportement envers moi. Il s'était mis dans tous ses états les deux fois où l'on m'avait un peu brusquée. Comment réagirait-il à mon histoire ?

J'avais aussi compris que les personnes qui comptaient pour nous ne méritaient pas que l'on s'attarde sur une rancœur. Delsin avait perdu sa famille tragiquement il y avait quelques années maintenant et ça pesait en lui. J'avais bien senti que ses insomnies avaient une sombre raison, mais jamais, avant qu'il ne me raconte, je n'aurais imaginé qu'un tel homme puisse porter sur ses épaules le poids d'une histoire aussi tragique. Bien sûr, il avait auprès de lui deux amis incroyables, mais quand même. Delsin avait beau jouer au foot comme un dieu, collectionner les conquêtes, être un étudiant populaire, il n'en demeurait pas moins un homme qui avait mal.

Et tout cela m'avait fait prendre conscience de ce que j'avais malheureusement perdu. Norah m'avait protégée maintes et maintes fois. Peut-être étais-je égoïste de lui en vouloir d'avoir fui. J'aurais peut-être fait la même chose à sa place. Elle était la seule personne au monde que je pouvais encore considérer comme ma famille.

Assise en tailleur sur mon lit, je scrutai mon téléphone. Delsin n'allait pas tarder à passer. J'avais hâte qu'il arrive. Je ne savais pas encore ce que nous allions faire ce soir, ce qui m'importait c'était de passer mes nuits avec lui.

En attendant, Norah hantait mon esprit. Les choses auraient sans doute été très différentes si elle m'avait emmenée, mais alors je n'aurais pas connu Delsin ni Rob. Je déverrouillai l'écran de mon téléphone puis, sans plus réfléchir, je sélectionnai le numéro de ma sœur avant d'appuyer.

La tonalité rendit mes mains moites, mon cœur battait fort et quand elle répondit ce fut comme si je venais de me prendre un direct dans l'estomac.

— Levy ? Levy, est-ce que c'est bien toi ? demanda-t-elle en décrochant.

Ma main se crispa sur mon téléphone. Sa voix n'avait pas changé même si à l'instant elle était empreinte de sanglots et de tristesse. Je fermai les yeux et je refoulai les larmes qui montaient déjà.

— Levy, je t'en prie ne raccroche pas.

J'avais envie de le faire. Je ne savais pas pourquoi, mais ça me démangeait. Peut-être était-ce simplement mon subconscient qui essayait de me protéger de la tristesse. Je pris une profonde inspiration.

— Levy…

— D'accord, répondis-je finalement.

Je l'entendis souffler dans le combiné. Je me recroquevillai un peu plus sur mon lit, serrant un bras autour de mes jambes pour les empêcher de trembler.

— Oh, merde, alors ! Merci Levy…

Je me sentais tellement étrange. J'ignorais si j'avais bien fait de l'appeler. Je ne savais pas quoi dire.

— Est-ce que tu vas bien ? demanda Norah.

— Oui, répondis-je.

— Tu en es certaine ?

— Oui, absolument. Je vais bien. Je suis bien…

— Levy…

Cette voix suppliante me donnait des frissons.

— Et toi ? demandai-je à mon tour.

Prise au dépourvu, elle bafouilla. C'était plus difficile que ce que j'avais pensé. J'avais la nausée.

— Je… euh… ça va. J'étais horriblement inquiète pour toi.

— Je vais bien, tu n'as pas à t'inquiéter, je ne suis plus une enfant. Et puis, l'éducation de Mick force à s'adapter à tout.

— Ma chérie…

J'entendais dans sa voix tout le désespoir d'une personne n'ayant aucun mot pour guérir une plaie malheureusement inguérissable. Norah ignorait tout de ce qui s'était passé après son départ. À l'époque où elle était là, il n'était pas aussi violent qu'il l'avait été avec moi par la suite. D'une violence uniquement morale, il en était venu aux coups.

— Je sais, lâcha-t-elle finalement dans un soupir. Je sais. Ce type est un putain d'enfoiré. Un profond connard que je m'efforce d'oublier et qui mérite de crever en taule seul comme un rat.

— Quand je pense à lui, mes insultes vont un peu plus loin que ça, avouai-je, mais ça fait du bien de t'entendre dire ce genre de choses après ce silence radio.

— « Silence radio » ? répéta Norah, sans comprendre apparemment.

J'avais envie de crier, mais je n'en avais pas la force. Le mal était fait, le mal était passé.

— Ouais, tu as disparu sans laisser de trace. Et tu m'as oubliée. J'aurais simplement aimé avoir des nouvelles, voir que tu te souciais encore de moi. Je ne voulais pas que tu lui donnes raison.

— Non, non… je me suis toujours souciée de toi. Je t'ai envoyé des lettres. Des tonnes de lettres !

Quoi ? Ma gorge se noua.

— Non…

— Si, bien sûr que si ! Toutes les semaines ! Tous les mercredis, pour être tout à fait exacte, c'était même une amie que j'ai connue à mon boulot qui s'en chargeait. Elle est chauffeuse routière et chaque fois elle envoyait le colis ou la lettre d'une ville différente pour qu'il ne me retrouve pas. Je t'ai envoyé des lettres, des colis avec de l'argent et des cadeaux à Noël, aux anniversaires… Je savais que tout ça n'allait pas te réconforter tant que ça, mais… je te savais maligne et je savais que tu pourrais utiliser tout ça à bon escient pour toi. Oh, putain de merde… quel connard, gémit-elle.

Je l'entendis pleurer au téléphone, si bien que mon corps se mit à trembler. Puis elle cria. Un cri de rage. Je ne me souciais plus de retenir mes larmes, elles coulaient abondamment sur mes joues. Je ne savais pas quoi penser. Ni quoi dire d'ailleurs. Je ne pensais qu'à ses lettres que j'avais envie de lire, des lettres qui m'auraient permis de mieux supporter mon cauchemar, de ne pas lui en vouloir autant. Ce salopard avait fait de ma vie un enfer. Il m'avait bousillée, avait aspiré la moindre étincelle de joie, le moindre espoir.

— Je n'ai jamais rien reçu, bafouillai-je. Jamais.

Je sentais qu'elle était profondément troublée, choquée et triste. Ça me faisait mal à moi aussi. Nous n'avions été épargnées ni l'une ni l'autre. Je comprenais les raisons de sa fuite.

— Je suis désolée, reprit-elle. J'aurais dû être plus maligne, les envoyer à quelqu'un et demander qu'on te les donne en main propre. Je suis désolée, Levy. Pour tout. Je suis désolée d'avoir été faible. Parce que c'est ce que j'ai été. Putain de merde, j'aurais dû appeler les flics, j'aurais dû envoyer les services de protection de l'enfance, j'aurais dû... être là pour tous tes anniversaires, être là pour toi... et je n'ai pensé à rien. Absolument à rien. J'étais faible et apeurée. Je me hais depuis ce jour-là, gémit-elle. J'aurais dû t'emmener. Je me suis maudit comme jamais et j'ai voulu faire demi-tour, mais je ne pouvais pas, je n'en avais pas la force.

Je déglutis. Après des années sans entendre le son de sa voix, après des années à nourrir une rancœur tenace... c'était difficile d'entendre tout ça. Pourtant, elle semblait sincère.

— Je comprends, dis-je finalement.

Et c'était vrai, je comprenais. Je ne savais pas comment ni pourquoi, mais une part de moi comprenait. Cette part de moi qui s'était rebellée il n'y avait pas si longtemps, celle qui avait lutté et qui m'avait permis de prendre mon envol. Je posai ma main sous mon tee-shirt pour atteindre ma cicatrice, comme un réflexe. Norah n'y pouvait rien. Le mal était fait et le mal n'était pas elle. Elle m'avait protégée jusqu'à ce qu'elle n'en puisse plus. C'était ça que je devais retenir, pas le reste. Elle avait sacrifié une partie de sa vie pour moi et c'était une chose sacrée que je ne devais pas oublier. Delsin, lui, avait perdu toute sa famille, je ne devais pas faire l'erreur de rejeter ma sœur.

— Et je suis désolée que tu aies eu une vie de merde par ma faute, ajoutai-je.

— Non, ne dis pas ça. Ce n'est pas à cause de toi. Ne dis plus jamais ça.

— C'est normal après tout, tu as passé onze ans de ta vie à t'occuper de moi. Je ne t'en veux pas de t'être enfuie. Je ne t'en veux plus… Je suis désolée d'avoir filtré tes appels et tes messages. Je ne savais pas pour tes courriers… Je voulais que tu voies un peu ce que ça faisait de ne pas avoir de nouvelles quand on en attend.

— Tu m'en as voulu ? demanda-t-elle.

— Oui. Énormément.

Elle réprima un sanglot.

— Tu as raison…

— Je t'en ai voulu, car je n'avais que quatorze ans et que je n'étais pas préparée. Ça m'est tombé dessus sans prévenir. Ton départ m'a brisée et il n'a rien fait pour que j'aille mieux. Il disait que c'était bien fait pour moi, que c'était ma faute, que tout le monde me quitterait…

— Mon Dieu, Levy… je suis désolée. Tellement.

— Quand tu étais là, il feignait l'indifférence. À l'époque, ça me pesait beaucoup, mais je me suis vite rendu compte que c'était bien mieux que les attaques morales et physiques.

— Levy, est-ce qu'il t'a fait du mal ? demanda-t-elle, horrifiée.

— Un peu, avouai-je en frissonnant.

— C'est quoi « un peu » ?

« Un peu » ça voulait dire « beaucoup ». Je ne voulais simplement pas en parler. C'était encore bien trop pesant, bien trop douloureux dans ma tête.

— De temps en temps, quand ma présence était trop difficile à supporter, répondis-je, évasive.

En sachant que c'était tous les jours que ma présence lui était trop difficile à supporter.

— Levy, ma toute petite Levy, chuchota-t-elle comme elle le faisait quand j'étais enfant.

— À cette époque-là, je t'en voulais beaucoup de ne plus être là pour me protéger, de ne pas m'avoir prise avec toi. Je n'avais aucune nouvelle et je l'ai cru quand il disait que tu avais fui parce que tu me détestais. J'ai fini par croire à tout ce qu'il disait d'ailleurs, du coup quand tu m'as envoyé ces messages, j'avais l'impression que tu reprenais contact uniquement parce que tu sentais que ton petit monde était menacé.

— Non, je voulais m'assurer que tu allais bien, que tu étais en pleine forme. Je voulais savoir où tu étais. Je pensais que tu avais eu toutes mes lettres. J'ai pu récupérer ton numéro de téléphone grâce à ton lycée. Je n'ai jamais cessé de penser à toi une seule seconde, ma petite fleur des champs.

Je déglutis. Tout ça, était très difficile à dire et à entendre. J'avais vraiment cru pendant des années que Norah avait tiré un trait sur moi.

— Levy, j'aimerais qu'on se voie… Pourquoi pas le week-end prochain, je pourrais venir ? J'aimerais beaucoup qu'on rattrape le temps perdu.

— Je ne sais pas trop. Plus tard peut-être…

Elle accusa le coup. Je n'étais pas totalement prête. J'avais besoin de temps. Je voulais conquérir cette nouvelle vie, en profiter. Je voulais parler avec Delsin, découvrir plein de choses avec lui, poursuivre cette liste que nous avions laissée en suspens ces derniers temps.

Nous parlâmes encore un peu jusqu'à ce que quelques coups à la porte m'annoncent l'arrivée de Delsin. *Merde!* J'aurais voulu me débarbouiller, être un peu plus présentable. Je n'avais pas prévu que cela durerait aussi longtemps.

—Je vais devoir te laisser, Norah. J'ai de la visite.

—On se rappelle, hein? Tu décrocheras? Tu promets?

—Oui, quand tu veux. Je décrocherai, promis.

—Je t'aime, lança-t-elle tendrement.

Je raccrochai sans lui répondre et criai un «j'arrive». Je passais en vitesse dans la salle de bains. J'avais une gueule à faire peur. Mes yeux étaient rouges et bouffis. *Merde, merde et merde.* Je n'avais pas de crème miracle. Tant pis, je me dirigeai vers la porte et ouvris.

—Hey! lança-t-il.

—Salut, toi, répondis-je, tout sourires.

C'était déroutant de se dire que d'une seconde à l'autre il glisserait ses mains sur ma taille et qu'ensuite...

—Est-ce que tout va bien? s'inquiéta-t-il soudain en voyant mes yeux.

J'acquiesçai, mais il ne semblait pas satisfait de ma réponse. Alors, il m'attira à lui et attrapa mon visage de sorte que je ne puisse pas me dérober.

—Merde, tu as pleuré? lança-t-il, les sourcils froncés.

Je ne répondis pas de suite.

—Levy, qu'est-ce qui se passe?

Je le regardai tandis qu'il glissait doucement ses mains sur ma nuque et dans mes cheveux.

—J'ai appelé ma grande sœur à l'instant, avouai-je. Je suis juste contente.

—Tu es certaine que ça va?

Je hochai la tête en souriant. Oui, c'était la vérité, j'avais bien parlé à Norah.

— Que veux-tu, je reste une fille et les filles, ça pleure. Je suis contente de lui avoir parlé après des années sans nouvelles.

Il sourit à son tour, enroula un bras autour de ma taille et entra chez moi. Il ferma la porte d'un mouvement du pied sans me lâcher.

— Je suis heureux pour toi si tu es contente. Quant à moi, je suis un garçon…

— … qui sait tirer parti des situations délicieuses, lançai-je. Oui, oui, je sais. Une fille qui a pleuré, c'est délicieux ? Je ne ressemble à rien.

— Bien sûr que c'est délicieux, surtout si je dois la réconforter.

— T'es…

— Un mec trop génial et tellement sexy ?

Entre autres, pensai-je sans répondre. Lui avouer tout cela aurait fait enfler son ego comme un ballon de baudruche.

— Ton silence est éloquent, dit-il avec un large sourire. C'est adorable. Pour ce qui est de la fille qui ne ressemble à rien, je ne sais pas où elle est parce que devant moi se trouve tout ce qu'il y a de plus délicieux. À part une zone un peu rouge ici. (Il se pencha pour embrasser mes yeux l'un après l'autre, puis il descendit vers ma bouche.) On peut noter une charmante zone ici, aussi appelée « doigt de l'ange », qui mène à une bouche encore plus délicieuse, sans parler de cette zone libre, continua-t-il en glissant sa bouche dans mon cou. Dois-je parler de cette adorable zone libre qui me donne envie de l'envahir ?

Je frissonnai.

— Tu pourrais l'envahir au lieu d'en parler, soufflai-je.

Chapitre 21

Seule dans la buanderie de la résidence, j'attendais la fin du cycle de séchage de mon linge. Je n'aimais pas tellement cet endroit. Ça me rappelait la cave de la maison qui faisait office de buanderie. Un soir, alors que je faisais le ménage, *il* m'avait attrapée par les cheveux, il m'avait giflée en m'ordonnant d'aller faire la lessive et il m'avait poussée dans l'escalier, j'avais dégringolé la tête la première. J'avais eu tellement mal et tellement peur que j'étais restée à la cave toute la nuit.

Je secouai la tête. Ça ne servait à rien de ressasser ce genre de souvenirs. C'était loin de moi maintenant.

Mon portable vibra dans la poche de mon jean.

Salut trésor ! Tu fais quoi ?

Je suis à la buanderie, je sèche mon linge.

Moi, l'entraînement a duré plus longtemps que prévu ce soir. T'as une insomnie de prévue ?

Je souris tout en réglant la minuterie du sèche-linge. Pour lui je me serais inventée insomniaque s'il l'avait fallu. Mais c'était notre point commun à nous et ce qui nous avait rapprochés.

Elle est prévue, intéressé ?

Et comment ! Je rentre pour me doucher et je suis à toi !

Rien n'était comme avant et tout était à faire, mais je me sentais assez forte pour y arriver. C'est alors que, penchée sur la machine, sentant ses vibrations, un frisson d'excitation me parcourut. Je devais être complètement barge pour penser à ça. Plutôt crever que de m'envoyer en l'air dans ce sous-sol sur les machines à laver communes. Mais quand même, ça avait quelque chose d'érotique. Je secouai la tête et, brusquement, je me retrouvai dans le noir. Ce fut plus fort que moi, je paniquai. Mon cœur battait fort contre ma poitrine. Je m'appuyai sur la machine à laver, sentant mes jambes devenir du coton. Je me sentais mal, j'avais la nausée. Les battements affolés de mon cœur me donnaient le vertige, et la sueur était déjà en train de noyer mon front. J'inspirai profondément et expirai, je ne me souvenais pas d'une minuterie pour la lumière, mais qu'importe, je devais à tout prix aller rallumer. C'était trop dur, le noir me rappelait ce monstre. Le noir, c'était un néant sans protection. C'était une sensation désagréablement familière qui me rappelait trop de souvenirs. Je sentis les larmes me monter aux yeux, il fallait que je me ressaisisse, que j'aille de l'avant.

—Je pourrais te manger toute crue.

Je me sentis blêmir.

La voix avait soufflé dans mon oreille. Je poussai un hurlement de terreur et me débattis de toutes mes forces. Je ne voulais pas revivre ça. J'avais peur. Mon esprit était enraciné dans mon passé. J'avais *son* image devant les yeux. De toute ma vie, je ne pourrais jamais le voir autrement. Il était grand, fort, musclé. Il avait le visage dénué de sentiments, les yeux vides et plissés et des poings blancs puis rouges… je poussai un autre cri.

— Putain de merde, souffla la voix saccadée. C'est moi, Levy. C'est moi, trésor.

Je le repoussai violemment et je l'entendis s'affairer puis, quelques secondes plus tard, la lumière revint. Je vis Delsin s'accroupir à mon côté et je me rendis compte qu'au final mes jambes m'avaient lâchée.

— Merde, Levy…

Je repoussai sa main et reculai de quelques centimètres, essayant de mettre entre nous une distance protectrice.

— T'es malade ou quoi ? grognai-je, haletante.

Delsin affichait une expression que je ne lui connaissais pas.

— Levy…

Il tenta de me toucher encore une fois, mais je me reculai à nouveau.

— Ne me touche pas, lançai-je.

Il fronça les sourcils. Mon ton était horriblement dur. J'étais à bout de souffle et, bien qu'elles aient cessé, je savais que mes larmes avaient rougi mes yeux.

— Ne refais plus jamais ça, pestai-je. Putain de merde, je peux savoir ce qui t'est passé par la tête ?

— Je suis désolé, je ne pensais pas que tu réagirais comme ça…

Ma phobie s'était muée en véritable colère. Je savais bien que je la dirigeais maladroitement sur Delsin, mais un voile noir obscurcissait mes yeux et mes pensées. J'aurais voulu être différente. J'aurais aimé être une fille normale avec pour seuls problèmes la couleur de mon vernis ou alors le prochain film que j'irais voir au cinéma. Cet incident était une atroce piqûre de rappel. Ça sonnait comme un tocsin, pour me rappeler que j'étais encore loin d'être normale et que je ne le serais peut-être jamais.

— Tu croyais que j'allais réagir comment ? En gloussant comme une cruche, comme l'auraient fait tes nombreuses conquêtes ?

— *Anciennes* nombreuses conquêtes, rectifia-t-il. Eh oui, c'était un peu ça l'idée.

— Je ne suis pas comme ça ! Putain de merde ! Tu éteins la lumière et tu me bondis dessus, tu croyais quoi, Delsin ?

Il tendit à nouveau le bras, mais en voyant mon sursaut, il se résigna et stoppa son geste. À travers mes yeux voilés, je vis la colère et la frustration baigner son visage. Voilà que la réalité de mon passé était en train de m'éloigner de lui. Elle était en train de saboter tout ce que j'avais créé ici.

— Je t'ai déjà dit que j'étais désolé, Levy. Je voulais te faire une surprise, j'étais simplement content de te retrouver. Je voulais juste t'embrasser avant d'aller me doucher, j'ai cru que tu allais te laisser prendre au jeu.

— Je…

— Tu ?

— Laisse tomber.

Il secoua la tête.

— Non. Explique-moi, parce que je suis perdu là.

— Tu n'avais pas à faire ça.

— Ce n'est pas comme si j'allais te violer, Levy ! cracha-t-il.

Je sursautai à cause de la dureté de ses mots. Ma colère était en train de se muer en chagrin et en culpabilité. Je savais qu'il ne me ferait pas de mal, mais comment lui expliquer ?

— Je sais, admis-je finalement.

— Non, apparemment, tu ne le sais pas. Enfin, merde, j'ai des défauts, je suis un connard impulsif, mais je ne te ferai jamais mal, Levy.

C'était une chose que je savais, mais le noir m'avait fait perdre le sens des réalités et il était trop tard pour revenir en arrière. Trop tard pour que cette phobie disparaisse. Et trop tard pour m'excuser…

— Je sais que tu ne me feras jamais de mal. C'est juste que j'ai eu peur dans le noir. C'est tout…

— « C'est tout » ? répéta-t-il en se relevant. Non, ce n'est pas tout. Enfin, merde, j'ai cru que j'étais un violeur, Levy. Tu me regardais comme si…

Sa voix était saccadée et rauque. Il était en colère. Moi, je ne savais plus trop ce que j'étais. Triste, ça j'en étais certaine.

— C'est le noir, répétai-je.

— Le noir ?

— J'ai toujours eu peur du noir, ça me fait perdre mes moyens, comme la fois où j'étais malade.

Delsin se mit à faire les cent pas.

— OK.

Il n'avait pas l'air de me croire et pour cause, mon explication était bien trop légère. J'aurais pu à l'instant tout lui expliquer et lui dévoiler les parts sombres de mon passé, mais aucun son ne sortit de ma bouche. Je le lui devais pourtant après un tel comportement.

— C'est vrai, lança-t-il finalement, je n'aurais pas dû, je le savais. Je pensais que c'était la fièvre qui t'avait fait paniquer, mais je vois bien que non. Je suis désolé…

Il s'arrêta brusquement, puis il se fit les poches, sortit un paquet de clopes et s'en mit une à la bouche. C'était chez lui un signe de nervosité. Signe qu'il avait besoin de se calmer.

— On ne peut pas fumer ici, lançai-je comme une grosse abrutie.

Il ricana.

— Je sais, trésor. C'est pour ça que je m'en vais.

Mon cœur se brisa tandis qu'il rejoignait la sortie.

— On se voit demain.

Merde.

∞

Je ne dormis pas de la nuit et, le lendemain, je n'arrivais à me concentrer ni sur mes cours ni sur ce que Rob me disait. Ce qui s'était passé la veille restait dans ma tête, je n'arrivais pas à penser à autre chose. Je me sentais ridiculement honteuse de m'être comportée de la sorte avec Delsin. Il fallait que je m'excuse, que j'aille le voir pour lui expliquer convenablement mon comportement. J'ignorais où il avait cours ce matin et s'il allait nous rejoindre pour manger. J'ignorais même ce que j'allais lui dire, ce que j'avais envie de lui dire et comment j'allais le formuler. Après mon avant-dernier cours, que je ne partageai pas avec Rob, je rangeai mes affaires dans mon sac et me dirigeai vers la sortie avec la motivation d'une vache allant à l'abattoir. Il faisait froid, le temps était humide et le vent glacial. Je m'emmitouflai dans mon écharpe avant de me figer.

Il était là, dehors, adossé à un mur. Certaines filles le dévoraient des yeux et parfois les regards se faisaient plus curieux. Delsin était toujours aussi populaire. Il s'appuya en arrière quand il m'aperçut avant de s'élancer. Il était vraiment beau. Avec ou sans bleus sur le visage – surtout sans – il me rendait fébrile. Il s'avança rapidement et, avant que je puisse réfléchir à quoi que ce soit, il était devant moi. Plusieurs personnes râlèrent tandis que nous étions immobiles en plein milieu du passage.

— On peut parler ? demanda-t-il.

Mon pouls s'affola. C'était mauvais signe. En général les « il faut qu'on cause » n'auguraient rien de bon. J'acquiesçai néanmoins en silence et déglutis quand il attrapa ma main pour me guider je ne savais où. Puis brusquement, dans un mouvement souple, je me retrouvai contre le mur, ses lèvres douces épousant les miennes…

Son baiser était… tendre. Ses mains étaient nouées aux miennes. Je sentis alors qu'il les remontait vers son cou et, comprenant où il voulait en venir, je les joignis sur sa nuque. Alors il enlaça ma taille et son baiser devint plus profond, sauvage, impatient.

— Delsin…, soufflai-je lorsqu'il libéra mes lèvres.

— Salut, lança-t-il, les yeux assombris par le désir.

— Euh… Salut.

Il sourit et embrassa mon front. L'organe fragile qui me permettait de vivre était en émoi.

— Tu vas bien ce matin ? demanda-t-il.

Non, pas du tout… Mais s'il continuait à m'embrasser de cette manière, ça allait certainement s'arranger.

— Oui… et toi ?

— Bien. Mieux…

Il se gratta la tête et ébouriffa ses cheveux.

— Je suis désolé pour hier, trésor.

Mon cœur battait la chamade alors que ma culpabilité, elle, enflait comme un ballon de baudruche.

— C'est bientôt Noël, il ne reste qu'une semaine avant les vacances et c'est… c'est la fête de tous les pardons, pas vrai ? Et je crois qu'on a tous les deux besoin de se pardonner pour hier…

Il avait le visage grave, mais doux aussi.

— Del…

Il embrassa mon nez et nous lova un peu plus l'un contre l'autre. J'aurais pu rester comme ça des heures. Ainsi contre lui, abritée du froid de l'hiver qui s'était lourdement installé, je me sentais mieux que bien. La veille nous nous étions disputés pour la première fois, et ça m'avait pourri ma nuit et le début de ma journée, mais tout semblait pouvoir s'arranger. Il avait l'air d'en avoir envie, en tout cas. Il était là. Il m'avait attendue, venait de m'embrasser tendrement et ne semblait pas mettre fin à tout ça.

— Tu sais, Levy, je n'aurais pas dû faire ça et j'ai mal réagi, surtout en te laissant seule. Tout comme tu n'aurais pas dû réagir aussi violemment. Tu dois me faire confiance. Je ne te ferai jamais de mal… Enfin si, je ne peux pas te promettre que je ne te blesserai jamais.

Mon souffle se coupa.

— Pas physiquement, je veux dire, ça jamais de la vie. Mais je suis un être humain et on est maladroit la plupart du temps. Alors si un jour je te fais du mal, ce ne sera pas volontaire, et surtout jamais physiquement, Levy.

Il avait le visage grave. Je savais qu'il était sincère. Je resserrai un peu plus mes bras autour de son cou et me rapprochai de lui autant qu'il m'était possible de le faire. J'avais eu tellement peur qu'il décide de me quitter.

— Je… suis désolée, soufflai-je. J'ai eu peur et je me suis fait des idées. Tu as raison, je n'aurais pas dû réagir comme ça, c'est juste que…

— Tu as l'imagination trop fertile, murmura-t-il en embrassant la commissure de mes lèvres. Mais je te pardonne, trésor. J'aime trop les insomnies et les parts de tarte pour bouder à cause de ça. Et tes lèvres aussi, j'adore tes lèvres. Surtout quand elles ont le goût de tarte aux pommes. Je ne me lasse pas de t'embrasser.

J'aurais pu tout lui dire à ce moment-là s'il ne m'avait pas interrompue, mais ses lèvres m'en empêchèrent, et ses mots aussi d'ailleurs. Si j'avais été moins lâche, j'aurais pu lui dire que mon père m'avait brisée, mais je ne voulais pas gâcher ce moment.

— Tout pareil, dis-je contre sa bouche.

Il sourit et m'embrassa, comme pour me récompenser d'avoir donné une bonne réponse. Je ronronnai et frissonnai.

— Je t'amène en cours ? proposa-t-il.

— Tu es galant, toi ?

— Toujours ! s'exclama-t-il. Mais c'est surtout pour montrer à tous ces types que tu es à moi, trésor.

Je souris tandis qu'il s'éloignait du mur, m'attirant à lui pour se mettre en route. Je le suivis en silence, à la fois comblée et perplexe. Je m'en voulais d'être toujours aussi lâche alors que lui venait d'être… parfait. Il n'avait pas hésité à me parler de sa mère et de son passé. J'allais devoir être plus courageuse que ça si je ne voulais pas le perdre.

∞

Depuis que nous étions en couple, du moins depuis que c'était officiel, nous avions passé nos insomnies dans l'appartement de l'un ou de l'autre, alors quand, après le repas du midi, Delsin m'avait dit qu'on sortirait ce soir, j'avais bondi de joie intérieurement. Je ne savais pas s'il avait prévu quelque chose de particulier, mais dans tous les cas, je le suivais bien volontiers. En attendant qu'il vienne me chercher, je me penchai sur ma liste, que j'avais affichée sur le frigo. La plupart des choses que j'avais initialement notées étaient barrées et d'autres avaient été ajoutées puis barrées à leur tour, car tout ce que Delsin m'emmenait faire se révélait généralement être une nouveauté pour moi. J'avais bien conscience que je passais pour la paumée de service, mais je n'en avais rien à faire. Devant Delsin je n'avais pas honte de ne pas connaître grand-chose.

Des coups à la porte m'annoncèrent son arrivée et lorsque je me rendis compte que j'avais traversé ma chambre en un quart de seconde et que j'étais déjà devant la porte, je rougis.

Oh, là, là, là... J'étais complètement accro. Je comptai cinq secondes dans ma tête avant de lui ouvrir.

— Ça va ? demanda-t-il en embrassant mon front.

J'acquiesçai et me levai sur la pointe des pieds pour atteindre sa bouche. Quand je repensais au fait que quelques mois auparavant le simple fait d'imaginer avoir un copain et l'embrasser me mettait mal à l'aise...

— Laisse-moi prendre mon sac et mon manteau et je suis prête.

Je passai ma veste, ma grosse écharpe et mon bonnet. Il esquissa un sourire quand je me tournai vers lui après avoir retiré mes clés de la serrure.

— Un problème ? demandai-je.

— Non, non...

— On dirait pourtant que tu te moques. Je suis encore devant la porte, je peux décider de bouder et te poser un lapin.

— Et tu le sortirais d'où ? De ton bonnet ?

— Connard.

Il éclata de rire.

— C'est juste que tu ressembles à un petit lutin.

— Un lutin, vraiment ?

Je fis la moue. *Un lutin ?* Pff... super, le compliment. Pas une actrice connue ou un mannequin, non, un lutin.

— Oui, acquiesça-t-il, ce qui va parfaitement avec tes petites oreilles d'elfe.

— Quoi ?

— Tes oreilles sont pointues. Comme celles des elfes. Je trouve ça adorable...

— Ah ? Je... euh... t'es sûr ?

Delsin éclata de rire.

— Ouais, je suis sûr.

— Euh... merci.

— Merci à toi d'avoir des oreilles aussi charmantes.

J'éclatai de rire et je le suivis dans le couloir.

— On va où ? demandai-je.

— Au drive-in, répondit-il.

Oh... Super!! Comme toujours Delsin avait des idées parfaites. Encore une fois, il m'étonnait. J'avais de la chance. Énormément de chance. Tellement, même, que je savais que je ne le méritais pas du tout.

— Hier soir, j'ai fait un tour en voiture et j'ai vu que dans la ville d'à côté il ne restait que deux jours pour le drive-in. Je me suis dit que tu aimerais, que ce serait une autre première.

Un sourire s'étira sur mon visage. Je me mordis la lèvre avant de me lover contre lui. Il enroula son bras autour de mes épaules.

— Ça te plaît ? demanda-t-il.

— Carrément.

— Il repasse *Fantôme contre fantôme* avec Michael J. Fox. Ce film est génial, et avec un peu de chance à la fin tu te cacheras dans mes bras.

Je souris de plus belle.

— Faut juste passer au *diner* avant, ajouta-t-il.

J'acquiesçai en silence. Il me subjuguait. Il avait vécu un drame atroce et il affrontait la vie la tête haute malgré ce poids sur ses épaules. Delsin était fort, mais aussi protecteur. J'avais le sentiment qu'il savait que je cachais quelque chose et qu'il faisait tout pour me rendre heureuse. Il avait l'air de sentir que moi aussi j'avais connu quelque chose de grave et j'avais l'impression que même sans savoir de quoi il s'agissait exactement, il essayait de me préserver. Delsin était parfait et j'étais folle de lui.

∞

— Fatiguée ? demanda-t-il après la fin du film.

— Un peu, oui…

Il sourit. Je n'avais pas dormi la nuit précédente, trop perturbée par notre dispute, mais ce soir, la fatigue finissait par me gagner. Cette soirée avait été géniale. Le drive-in était une chose que je voulais absolument refaire. Autant pour découvrir des films en plein air que pour rire et parler avec Delsin.

— Levy ?

— Oui ?

— Qu'est-ce que tu fais pour Noël ?

Un frisson désagréable me parcourut. Je devais mentir, je le connaissais assez pour savoir qu'il me demanderait de l'accompagner chez Axel s'il savait que je resterais à la résidence. Depuis la mort de ses parents, Delsin fêtait chaque Noël dans la famille d'Axel. Nous en avions parlé plus tôt dans la semaine et je ne voulais certainement pas qu'il se sente obligé de s'occuper de moi. Il avait la chance d'avoir des proches qui prenaient soin de lui et il était hors de question d'être le boulet qui le priverait de ça, surtout après ce qu'il avait vécu.

— Je rentre chez moi, mentis-je.

Il ne répondit pas. Il resta silencieux, ses yeux sombres me scrutant toujours, son expression indéchiffrable. Puis tout à coup, il m'attira d'un mouvement fluide et je me retrouvai à cheval sur ses genoux face à lui. Un bras pressé autour de ma taille comme s'il avait peur que je me dérobe, il caressa ma joue de sa main libre et guida doucement ma tête de sorte que je lui fasse face. Il était si beau, j'en avais le souffle court.

— Levy ?

Il regardait ma bouche et moi la sienne. Mes mains étaient moites et mon ventre se contractait délicieusement.

— Mmh ?

— Tu fais quoi à Noël ? demanda-t-il de nouveau.

Je relevai les yeux et rencontrai son regard pénétrant. Alors c'était ça ? Il avait senti mon mensonge, et il essayait de me faire avouer la vérité. Je soupirai sans le lâcher des yeux. J'étais faible sous la torture de ses caresses et l'intensité de son regard…

— Je reste ici, avouai-je en lovant mon visage dans sa main qui me tenait toujours.

J'avais envie de rajouter que de toute manière je n'avais pas d'autre chez-moi, mais je n'en eus pas la force.

— Pourquoi m'as-tu menti à l'instant ?

— Parce que je n'ai pas envie que tu bouscules tes projets ou que tu me prennes en pitié.

— Je ne te prends pas en pitié, Levy.

Je haussai les épaules et il me rapprocha de lui.

— Pourquoi tu restes ici ? demanda-t-il.

— Bah…

J'hésitais à lui dire la vérité. Peut-être au moins en partie… Je pris une grande inspiration.

— Ma mère n'est plus là, elle est morte. Et…

Je sentis son corps se raidir contre moi et sa main se faire plus douce. Son pouce se mit à faire des petits cercles apaisants sur ma pommette.

— Tu ne me l'avais jamais dit, remarqua Delsin d'un air triste.

— Non, ce n'est jamais venu dans la conversation.

— Quand même…

— Je n'allais pas me présenter et te dire : « Au fait, ma mère est morte. »

— Je sais bien, mais bon…

— Mais quoi ? soupirai-je en posant mes mains sur son torse. Tu n'aurais rien pu faire, et puis, je ne voulais pas que tu changes de comportement en l'apprenant. C'est triste, mais c'est comme ça.

— C'est vrai, je suis désolé, trésor. Et ton père ?

Mon père ? Je n'étais pas prête à en parler…

— Il est en voyage. Il n'y aura personne à la maison.

Bon OK, c'était un pieux mensonge. Le prétendu voyage de mon père était un séjour luxueux en prison.

— Tu ne vas pas rester toute seule, quand même ?

— Si, déclarai-je en embrassant son nez.

— Levy…

— Delsin ?

— Passe Noël avec moi.

Je secouai la tête. Il fronça les sourcils.

— Non, pas question que je vienne avec vous. Je ne connais pas Axel ni ses parents. Je ne m'incrusterai pas pour une fête familiale comme Noël.

— Bien sûr que tu le connais.

— Non, lançai-je en secouant la tête. Je ne le connais pas. Je ne pourrais même pas te dire son nom de famille ni sa couleur préférée ni rien de ce qui le concerne mis à part qu'il est ton ami et qu'il a une sœur qui est malade. C'est un type extra, je le sais, mais je dis juste que je ne le connais pas vraiment.

Il ouvrit la bouche, mais ne trouva rien à dire. Mon regard scintilla et un sourire taquin étira mes lèvres.

— Est-ce que je t'ai cloué le bec ?

Il esquissa un sourire.

— Tu marques peut-être un point, mais…

Je ne sais pas ce qui l'empêcha de continuer. Peut-être ma façon de dévorer sa bouche des yeux. Peut-être mon tout léger mouvement du bassin qui venait de frotter son excitation à travers nos vêtements. Peut-être l'association des deux. Je déglutis et il captura ma bouche sans la moindre douceur ni patience. Il était excité. Sa langue attrapa la mienne et il redoubla l'intensité de notre étreinte.

— Je venais juste d'avoir le permis la première fois que j'ai flirté avec une fille dans une voiture, lança-t-il, le souffle court, tout en gardant nos lèvres jointes.

Il sentait la pomme et le sucre, c'était divin, surtout que cette odeur sucrée se mêlait à celle de sa peau : un mélange d'after-shave et de lui... Je souris tout en tentant de récupérer mon souffle.

— Moi, je viens d'avoir dix-neuf ans, c'est une première fois et j'avais espéré que ça ne serait pas la dernière.

— Une chose de plus à rajouter à ta liste.

— Mmh, on dirait bien...

— Je suis un bon guide, on dirait.

Dans son genre il était plus que parfait, mais le lui dire aurait fait enfler son ego déjà élevé.

— Ouais, t'es pas mal.

— « Pas mal » ? répéta-t-il en fronçant les sourcils.

Je haussai les épaules et son regard s'enflamma. *Mon Dieu...*

— Tu oses me qualifier de « pas mal » ? Tu vas voir un peu, trésor.

Il m'embrassa encore, mais cette fois-ci, sa main quitta ma hanche pour caresser mon échine avec plus d'entrain et il donna un léger coup de hanches, mettant mon intimité en émoi. Je poussai un soupir qu'il aspira dans sa bouche et j'agrippai son pull, soumise à des sensations grisantes que je côtoyais pour la première fois et que je ne voulais jamais oublier. Taquin et connaisseur, il reproduisit son mouvement de hanches, m'arrachant un tremblement incontrôlé. Le frottement de la bosse qui renflait généreusement son pantalon contre mon legging et mon intimité suscitait des sensations incroyables. Ça m'excitait. Follement.

— Trésor…

Il avait susurré mon surnom contre mes lèvres comme si ça le rendait fou lui aussi. Je serrai son pull entre mes doigts ainsi que mes cuisses sur les siennes pour le sentir plus encore. Il grogna dans mon cou.

— Pour en revenir à Noël, commença-t-il. Je comprends que tu ne veuilles pas venir mais tu dormiras dans ma chambre.

— Quoi ?

— Elle est plus grande, plus confortable.

— Mais…

— Tu auras la télé, des films, des livres, une cuisine plus grande, un lit plus grand, et tu seras mieux que chez toi. J'aurai fait les courses, changé les draps. C'est ça ou tu viens avec moi, c'est non négociable.

Je soupirai.

— D'accord, comme tu veux.

Je sentis son sourire contre ma peau. Je desserrai mes doigts de son pull et posai mes mains à plat contre ses pectoraux. Ils étaient fermes. Bon sang, comment ce beau gosse pouvait-il être là avec Devil MacGrass ?

Il caressa l'arrondi de mon visage avec une extrême concentration puis nous nous embrassâmes à nouveau, bougeant doucement et en rythme. La buée avait à présent envahi l'habitacle de la voiture, recouvrant toutes les vitres. Lorsque Delsin libéra ma bouche, je poussai un gémissement plaintif.

— Merde, Levy…

Il m'étudiait à présent. Ses yeux sombres légèrement plissés essayaient de déchiffrer mes émotions, mon état et mes sentiments. Ce câlin n'était pas… n'était plus anodin. Une envie sourde titillait mon ventre et le creux de mon intimité. C'était dérangeant, j'avais envie de me soulager pour connaître la délivrance des chaînes qui nouaient ces parties de mon corps. J'avais envie de nous.

— Putain de merde, t'es si belle.

— Je…

— Tu es d'une telle beauté… Tu me troubles, tu sais. Putain, c'est dingue, t'as même pas idée d'à quel point tu es belle. Et ça te rend encore plus divine. Et tes yeux…

— Mes yeux ?

Je les avais toujours détestés.

— Je n'avais jamais vu une couleur pareille. Ils sont magnifiques, tout comme toi. Quand tu les as glissés dans les miens, c'était comme si leur lumière chassait l'obscurité des miens.

Waouh… Ses mots me percutèrent de plein fouet. Pour la première fois je me voyais autrement. Pour la première fois, j'avais envie d'aimer mon regard. Je fermai les yeux et je collai ma bouche contre la sienne, pressant ma poitrine contre son torse.

— Levy…

Je ne l'écoutai pas, son murmure se perdit sur mes lèvres et je continuai de l'embrasser encore et encore.

— Arrête, trésor, geignit-il.

— Pourquoi ?

— Pas ici, trésor. Pas dans une voiture. Pas avec ce putain de Facebook à la con. Je ne veux pas qu'on te voie comme ça. Je ne veux pas faire quoi que ce soit avec toi dans une voiture.

— Je…

— Ce que je faisais avec les filles, c'était ça. Enfin non, ça, t'avoir contre moi comme ça, je ne l'ai jamais fait. En revanche, je faisais passer les filles sur la banquette arrière et on baisait. Et ce que je faisais avec elles, je ne le ferai pas avec toi. Parce que tu n'es pas comme ces filles-là.

Mon souffle était court et mes joues roses. Ses pouces caressaient mes pommettes tandis qu'il parlait et qu'il m'expliquait. Et alors que je comprenais plus ou moins qu'il m'expliquait que j'étais différente des autres, un bâillement traître défigura les traits de mon visage.

Il sourit.

— Je crois qu'il est temps pour toi d'aller te coucher, trésor.

— Mais non, je…

— Au lit et pas de discussion.

Chapitre 22

La neige se faisait désirer. Les vacances étaient arrivées et il n'y avait plus grand monde sur le campus, la plupart des étudiants étaient retournés chez eux pour fêter Noël en famille. Rob, Delsin et sa bande étaient partis eux aussi. J'avais sérieusement cru qu'il allait rester ou se transformer en kidnappeur acariâtre pour me forcer à monter dans la voiture tant il était devenu insistant à l'approche de son départ.

J'étais donc dans sa chambre, comme convenu. J'avais déménagé quelques affaires de chez moi pour y passer plusieurs jours. Il avait raison, sa chambre était plus spacieuse et plus agréable. Pendant ces quelques jours, j'aurais le temps de lire, regarder la télé, me gaver de cochonneries, rattraper mes cours et… passer mes insomnies, seule.

Je frissonnai malgré moi.

J'en avais passé un nombre incalculable sans Delsin avant de le connaître, mais depuis mon arrivée à Friendship, je les avais quasiment toutes passées avec lui. Elles étaient vraiment plus belles à ses côtés.

Je tournais déjà en rond alors qu'ils étaient partis ce matin. Ils avaient dû arriver depuis un bon moment maintenant. Sacramento était à environ une heure trente d'ici. Axel avait insisté lui aussi pour que je vienne avec eux, mais j'avais tenu bon. Comme je l'avais dit à Delsin, je n'avais rien à faire chez lui. Pas pour une fête comme Noël. Il fallait juste que je trouve de quoi m'occuper un peu.

Lorsque mon téléphone sonna, je me jetai dessus. C'était un message de Delsin.

Je te manque ?

J'éclatai de rire.

Je ne crois pas, non…

Il répondit aussitôt :

Dit la fille qui répond illico à mon texto. Avoue que tu attendais de mes nouvelles, trésor.

Je souris encore, chose qui revenait à avouer qu'effectivement, il avait raison. Bien sûr qu'il me manquait, ce bel imbécile, mais plutôt crever que de le lui avouer.

Un nouveau message fit sonner mon téléphone :

Je t'ai cloué le bec ? Ne cherche pas de réponses philosophiques. Je comprends, je me manquerais aussi à ta place…

Mon Dieu ! T'as bouffé quoi ? Un bouquin sur le développement personnel spécialisé en confiance en soi ?

J'appuyai sur « envoyer ». Évidemment qu'il me manquait à mort, Rob et les autres aussi d'ailleurs, mais lui beaucoup plus que tout le reste. Quelques minutes plus tard, mon téléphone sonna de nouveau :

Si tu veux te mentir à toi-même, c'est comme tu veux. Et sache que le bouquin sur la confiance en soi est beaucoup plus digeste que celui sur la médisance ou sur le refoulement.

J'éclatai de rire.

Touchée…

Tu fais quoi ?
Tu portes quoi ?

Rien.

J'appuyai sur « envoyer » avant de me rendre compte de son dernier message et du fait que, techniquement, ma réponse pouvait correspondre aux deux questions. Le connaissant, il allait…

Dis-moi que le rien, c'est pour les vêtements…

Voilà, j'en étais certaine.

Si tu veux et après ? Tu vas débarquer ici ?

Jamais réponse n'avait été si rapide :

Après ? Oh, Levy, mon trésor, j'en suis parfaitement capable.

Puisque c'est les vacances et que personne n'est là, j'ai décidé de passer mon temps toute nue.

Il répondit dans la foulée :

J'adore ta nouvelle passion. On peut la vivre à deux aussi…

Mes joues étaient écarlates et mes mains étaient moites. J'en avais envie moi aussi et la prochaine fois que nous nous retrouverions ensemble, je comptais bien le lui montrer.

Et toi, tu fais quoi ?

C'est une effusion d'amour ici, tellement d'ailleurs que je me suis enfermé dans ma chambre pour « ranger » mes affaires.

Oh pauvre chou, ça doit être dur pour toi qui n'as pas de cœur…

Pourquoi tant de cruauté ?! Franchement, pourquoi avoir un cœur quand on sait que tu m'adores sans…

Je souris, il voulait toujours avoir le dernier mot. Mais ce n'était pas bon pour lui de laisser son ego enfler de la sorte.

∞

La première nuit fut longue.

La journée du lendemain le fut encore plus.

Et aujourd'hui, c'était le vingt-quatre décembre et je m'ennuyais.

J'avais tourné en rond toute la journée. Comme à chaque Noël j'étais seule. À l'époque je ne ressentais pas cet ennui, parce que j'étais constamment sur mes gardes, j'avais peur de lui et il obscurcissait toutes mes pensées. Mick allait toujours au dîner organisé par la ville, il bouffait et buvait pour rentrer torché comme pas possible.

Aujourd'hui, j'étais seule, mais son ombre ne menaçait pas de me tuer. Là, en sécurité, Delsin me manquait. À croire que je ne savais plus quoi faire sans lui. J'avais dévoré cinq livres en deux jours. J'avais revu tous mes cours et mis mes notes au propre, j'avais fait des courses et il n'y avait absolument rien à la télé.

J'avais déjà regardé trois téléfilms de Noël à la suite, le quatrième n'allait pas tarder à commencer. Je parlais un peu avec Rob par message.

Le soir arrivant, j'avais décidé de regarder *Le Seigneur des anneaux*, Rob m'avait convaincue qu'Aragorn et Legolas étaient un délicieux remède contre l'ennui. Pour le moment, je m'apprêtais à aller au *diner* pour m'acheter une part de tarte et un chocolat chaud. J'enfilai mes bottes par-dessus mon jean, et j'attrapais mon sac quand quelques coups à la porte me firent sursauter.

Méfiante, j'hésitai un peu. Je me demandai qui ça pouvait bien être. Une conquête de Delsin ? Un de ses potes, peut-être ? Je secouai la tête, je n'avais absolument aucune raison de craindre quoi que ce soit. J'ouvris la porte et là, mon cœur manqua un battement.

— Mais…

— Surprise, trésor !

J'étais ébahie, il était vraiment là avec ses grands yeux bleu nuit qui me scrutaient, sa posture décidée et ses bras rassurants. Il était là pour moi, avec moi, et j'en avais presque les larmes aux yeux. Avait-il une idée des émotions qui déferlaient en moi ? Je ne savais absolument pas quoi dire. Le rouge aux joues, je me jetai dans ses bras. Nous étions chargés tous les deux et nos sacs tombèrent lourdement au sol. Il attrapa mon visage en coupe et je glissai mes mains sur son torse.

— Salut, toi, souffla-t-il tendrement.

— Salut aussi, répondis-je sur le même ton. Delsin, qu'est-ce que… ?

Il se pencha et sa bouche gourmande trouva la mienne. Dès lors, une avalanche de frissons dévala mon échine, des papillons dansèrent sous ma peau et très vite, une chaleur diffuse se logea au creux de mon intimité. Je m'agrippai à son pull, me sentant fébrile.

— Delsin, qu'est-ce que tu fais là ? demandai-je dans un souffle.

— Je m'improvise cadeau de Noël. Depuis le début, il était absolument hors de question que tu passes Noël toute seule, répondit-il, l'air grave et la voix rauque.

— Mais…

— Absolument hors de question, trésor. Je ne te laisse pas toute seule à Noël. Sauf si tu ne veux pas de moi et je sais déjà que c'est impossible.

— Mais… Axel et ses parents et…

— Axel a compris, ses parents aussi. Il m'a prêté sa voiture et il reviendra avec Zack après les fêtes.

— Mais…

Il sourit et sa bouche se posa de nouveau sur la mienne. Il aspira ma lèvre et me fit frissonner.

— Noël n'est pas fait pour être fêté seul. C'est un moment qu'il faut partager et j'avais envie d'être avec toi. Tu es à moi, je suis à toi ; comment je pourrais te laisser seule ? J'ai pensé à ma justicière à moi, et je me suis dit : « Imagine, elle sort, elle rencontre un autre type pas fréquentable avec la gueule en travaux… tu peux pas laisser ça arriver, Del ! »

Je gloussai. Rencontrer un autre type avec une gueule cassée, comparable à Delsin ? Impossible.

— Alors il était absolument hors de question que je te laisse seule. Tu as compris ou je dois encore me répéter pour que tu comprennes ?

— Tu… tu n'étais vraiment pas obligé, murmurai-je.

En réalité, j'étais heureuse. Mon cœur était sur le point d'exploser. Je ne savais pas quoi dire tellement je me sentais reconnaissante et ravie. Il m'offrait le plus beau des cadeaux… À croire que moi aussi j'allais avoir un Noël magique comme dans les films.

— Bon, honnêtement, je suis surtout venu parce que tu as dit que tu étais à poil… Du coup, je suis un peu déçu, mais bon, j'aime aussi l'idée de te déshabiller…

J'éclatai de rire et je me lovai davantage contre lui.

— T'es con…

Il rit à son tour et caressa ma joue de ses lèvres.

— Peut-être, mais ça fait partie de mon charme.

De voir qu'il était là devant moi, pour moi, avec moi, c'était sans doute la plus belle chose que l'on m'avait faite.

— Pas de sarcasmes ? demanda-t-il en souriant.

— Tu m'as manqué, avouai-je sans me soucier d'être ridicule.

Ses bras se resserrèrent autour de ma taille.

— Ça, c'est l'effet Delsin, ronronna-t-il.

Je gloussai. Il prit mon visage en coupe.

— Tu m'as manqué aussi.

Je souris.

— Tu allais faire quoi ? demanda-t-il. Ne me dis pas que tu as un amant.

— Puisque tu es là, je vais être obligée d'annuler notre rendez-vous…

— Pas obligée, tu sais. On peut toujours aller le voir ensemble, histoire que je me présente entre deux coups de poing.

— Tu n'oserais pas, quand même ! m'offusquai-je en riant.

— Oh que si. Je ferais bien pire que ça d'ailleurs. Il ne pourra plus bander et c'est avec une paille qu'il bouffera ses prochains repas.

— Quelle cruauté…

Je secouai la tête, le sourire aux lèvres. Imaginer Delsin jaloux, ça avait quelque chose de grisant.

— Et sinon, sérieusement, tu allais faire quoi ? demanda-t-il de nouveau.

— Tu es jaloux ? murmurai-je en contournant la question.

— Carrément, répondit Delsin en embrassant la peau sous mon oreille. Je ne suis absolument pas prêteur. Tu es à moi.

J'ignorais dans quel monde parallèle je venais de basculer, mais j'adorais.

— Je voulais aller au *diner* pour avoir de quoi grignoter devant la télé.

— Pas la peine, j'y suis passé en arrivant. J'ai tout ce qu'il faut pour nous ce soir.

— Delsin…

— Je suis content d'être là avec toi, m'interrompit-il.

Il embrassa mon front. Nous étions encore à la porte. Mon sac et les affaires de Delsin, au sol. Je me rendis alors compte du nombre impressionnant d'affaires qu'il avait avec lui.

— Je n'en reviens pas que tu sois là…, soufflai-je.

— Tu es contente ?

— Oh oui !

Tout sourires, il me lâcha pour ramasser ses affaires et rentrer. Je l'aidai avec ses nombreux sacs plastique.

— C'est quoi tout ça ? Tu as dévalisé les magasins ?

— Ça, tu vois, c'est le minimum pour fêter Noël comme il se doit.

— Ah…

Je devais bien reconnaître que je manquais d'expérience en la matière, mais j'étais absolument ravie d'apprendre. Je fermai la porte derrière nous.

— Laisse-moi faire, je m'occupe d'absolument tout, lança Delsin en se dirigeant vers la cuisine avec quatre sacs pleins à craquer.

— Tu es sûr ? demandai-je en le suivant.

Il éclata de rire.

— Certain. Va te changer.

— Mais…

Il me regarda par-dessus son épaule et plissa les yeux.

— Pas de discussion, tu files te changer ! Je prends la suite en main. La mission : « passer un Noël génial avec Levy » a commencé. Et pour tout te dire, la première étape a été validée avec succès.

Je souris.

— Maintenant, j'ai besoin de ta coopération, trésor.

— Ah oui ?

Il éclata de rire et se retourna. Bon sang, ce qu'il était sexy !

— Soit tu agis sagement et tu files te préparer, soit tu me laisses faire, mais je ne serai pas sage du tout.

Je frissonnai.

— File te préparer, maintenant.

Il posa un baiser sur mon front puis frappa mes fesses quand je fis volte-face.

— Je vais chez moi, je n'en ai pas pour longtemps.

Il ricana.

— Un problème ?

— Non, c'est juste que tu es une femme, que tu dois te préparer et que tu me dis que ce sera rapide comme si c'était vraiment possible… Je trouve ça hilarant.

— Fais gaffe, je pourrais ne pas revenir.

— Tu en mourras d'envie.

— Connard.

— Pour te servir, trésor.

Après une douche rapide chez moi, je me préparai. J'essorai et séchai mes cheveux et, pour la première fois, je contemplai leur longueur. Ils m'arrivaient dans le bas du dos et ils n'étaient pas si repoussants que ça, finalement. Je les relevai façon queue-de-cheval et me rendis compte alors que je ne les avais jamais plus attachés depuis mon enfance. Ils avaient toujours servi à dissimuler mes yeux et mon visage pour me protéger du monde extérieur, et surtout de *lui*. À présent, je n'avais pas envie de me cacher, j'avais envie de les attacher. Je les nouai sur le sommet de mon crâne en un chignon lâche et je me maquillai légèrement en suivant les conseils de Rob, puis enfin j'enfilai ma robe noire et, en voyant mon reflet dans le miroir, je me troublai. Je me trouvais jolie. Moi, la fille fantôme… Moi, Devil MacGrass, je me sentais belle. J'en avais les jambes tremblantes. C'était tellement étrange et salvateur de penser ce genre de choses, de penser comme une jeune femme normale… Je souris à mon reflet et, une fois prête à le rejoindre, je me rendis compte qu'il avait raison : je m'étais absentée un bon moment.

Je frappai à sa porte deux minutes plus tard. Elle s'ouvrit sur lui vêtu d'une chemise bleu nuit et d'un jean noir. Il était à tomber.

— Ça valait le coup d'attendre un peu ? demandai-je en rougissant tandis que ses yeux vagabondaient sur moi.

— Et comment, grogna-t-il en posant ses mains sur mes hanches pour m'attirer contre lui. Tu es… merveilleuse.

Et mon cœur, cet idiot, s'affola.

— C'est la première fois que je te vois avec les cheveux attachés.

Je souris, un peu mal à l'aise mais aussi touchée qu'il l'ait remarqué. Il attrapa mon visage en coupe et j'eus l'impression qu'il me découvrait pour la première fois, et la couleur d'un ciel de nuit dans ses yeux avait ce soir quelque chose de pétillant.

— Peut-être, oui…

— C'est un peu étrange de ne pas voir cette mèche qui te cache éternellement le visage et que j'ai toujours envie de glisser derrière ton oreille, dit-il en caressant mon oreille comme il le faisait d'habitude.

Son regard restait intense au possible. Il avait l'air aussi troublé que je l'avais été devant mon miroir. Je me sentais plus belle et plus en confiance.

— Tu es divine, Levy.

J'étais un peu perturbée qu'un homme tel que lui puisse dire des choses comme ça, pire, les ressentir.

— Dire que tu es à moi, souffla-t-il.

Je souris, il caressa la ligne de ma mâchoire. « *Tu es à moi* » Je me demandais comment quatre petits mots pouvaient faire battre mon cœur à ce point. Il se pencha, m'embrassa la joue et je le suivis à l'intérieur.

Je marquai soudain un temps d'arrêt, émerveillée. La pièce était décorée, il avait disposé des bougies un peu partout, et des guirlandes lumineuses ornaient le dessus de son lit, son canapé et sa bibliothèque. La table était dressée et, cerise sur le gâteau : un petit sapin de Noël trônait près de la fenêtre.

J'en avais la gorge nouée. Je n'avais jamais rien vu d'aussi beau de toute ma vie. J'allais fêter mon premier Noël et, même dans mes rêves, je n'aurais pu imaginer une telle perfection.

— Delsin, c'est… c'est magnifique ! Je ne sais pas quoi te dire.

— Dis-moi simplement que tu acceptes de passer Noël avec moi.

Je me jetai dans ses bras sans aucune retenue. Du bout de ses doigts, Delsin caressa l'arrondi de mon visage et sourit :

— Je dois prendre ça pour un « oui » ?

— Oui.

∞

Après la fin du film, Delsin se leva.

— Tu veux qu'on se mette le deuxième ?

Je ne me sentais pas fatiguée.

— Pourquoi pas ? L'insomnie ne prend pas de pause, même pendant les fêtes.

Il sourit et se dirigea vers la cuisine, avant de revenir quelques minutes plus tard avec deux parts de tarte et deux chocolats chauds sur un plateau. Il déposa le tout devant nous et se rassit à côté de moi sur le canapé.

— Mais avant ça, lança-t-il, il est plus de minuit alors…

Il se pencha et ses lèvres rencontrèrent les miennes avec tendresse.

— Joyeux Noël, Levy.

— Joyeux Noël, dis-je en rougissant malgré moi.

— Tiens, dit-il en me présentant une petite boîte noire.

— Qu'est-ce que c'est ? demandai-je. C'est pour moi ?

— Non, belle idiote. C'est pour la fille derrière toi !

— Mais…

— Ouvre, m'intima-t-il.

— Je pensais que c'était toi le cadeau.

Il éclata de rire.

— Je me suis dit que ça ne comptait pas, puisque j'étais déjà à toi avant Noël.

Je déglutis sans bouger.

— Ouvre, trésor !

J'obéis. J'ouvris la boîte et je découvris un magnifique médaillon.

— Mon Dieu… c'est…

J'attrapai la chaîne en argent et le fis danser devant moi. Le médaillon représentait la nuit, il y avait une lune et des étoiles et au verso était gravé le mot « insomnia ». Perturbée, je le fis tomber sur mes cuisses. Mon cœur battait si fort dans ma poitrine qu'il me faisait mal. Delsin récupéra le bijou.

— Hé… tout va bien ? demanda-t-il.

Je ne savais pas quoi dire et mes pensées devenaient de plus en plus incohérentes. C'était tellement beau, bien trop pour moi. Je n'avais jamais possédé une chose aussi belle. Et il n'avait aucune idée de ce que ça signifiait à mes yeux.

— Levy ?

— Excuse-moi, je suis maladroite. Il est magnifique, Delsin, il est absolument parfait.

— Il est fait pour toi. Tu l'aimes ?

— Plus que ça, soufflai-je.

— Tourne-toi, je vais te le mettre.

Je m'exécutai et il l'attacha. Je soufflai en le voyant pendre à mon cou et je me retournai vers lui.

— Définitivement à sa place, dit-il en me scrutant de ses beaux yeux sombres. Et tu verras, les étoiles et la lune sont phosphorescentes. Pas de quoi te guérir de ta peur du noir, mais peut-être que ça pourra t'aider un peu.

Mon petit cœur déjà rudement sollicité était désormais au bord de l'implosion.

— Tu n'aurais pas dû…

— Ah non ? Et rater ça ?

— Merci, Delsin, mais moi, je n'ai rien pour toi.

— Bien sûr que si. C'est toi mon cadeau. Je n'ai envie de rien d'autre que toi.

Je compris la puissance de ses mots lorsque Delsin m'allongea sur le canapé et qu'il se pencha au-dessus de moi, le sourire aux lèvres et les yeux brillant de malice et de désir. Je rougis et l'accueillis dans mes bras.

— Pourquoi vouloir guérir les insomnies quand elles sont aussi belles ? souffla-t-il en embrassant le médaillon. Il était fait pour toi, celui-là. Et je n'ai besoin de rien, parce que tout ça, c'est plus que parfait, trésor.

Mon cœur cogna vigoureusement contre ma cage thoracique. Sa bouche embrassa ma gorge avant de remonter lentement vers mon oreille. Ma peau s'embrasait déjà sous son contact.

— Delsin ?

— Mmh ?

Il laissa courir sa bouche sur mon cou, explorant chaque parcelle de peau, comme s'il quadrillait chaque centimètre carré un peu à la manière des archéologues. La caresse de ses lèvres était divine. Un léger gémissement monta de ma gorge quand il se plaqua davantage contre moi.

— Embrasse-moi, soupirai-je.

Un grognement, suivi d'une phrase que je ne compris pas, sortit de sa bouche avant qu'il ne la plaque sur la mienne. Je nouai mes bras autour de son cou. D'un mouvement doux et assuré, il me fit légèrement glisser et nous nous retrouvâmes plus intimement lovés l'un contre l'autre. Notre baiser redoubla d'ardeur et d'intensité. J'avais envie de tellement plus que ce que nous avions déjà fait. J'avais envie de lui, je voulais tout de lui. C'était le seul avec qui je voulais expérimenter toutes mes premières fois. Lentement, il s'écarta en s'appuyant sur ses bras tendus, ses biceps se contractèrent quand il descendit sur ses coudes pour attraper mon visage. Il caressa mes joues avec une infinie douceur.

— Mon Dieu, soupirai-je. Je n'ai plus de souffle.

— Voilà le genre de « Mon Dieu » que j'aime entendre.

— Tu es trop prétentieux…

— Mais c'est toi qui le dis, trésor.

Je souris et je le vis soudain porter le regard au-dessus de moi. Un sourire presque enfantin étira ses lèvres.

— Putain, c'est magique, il neige…

Chapitre 23

Il m'entraîna près de la fenêtre. Je ris de le voir excité comme un gamin. La neige tombait à gros flocons et elle avait déposé sur le campus une magnifique couche de blanc brillant. Elle scintillait sous la lumière des lampadaires. Les arbres, le sol, tout était recouvert, ce qui voulait dire qu'il neigeait depuis un moment.

— C'est trop beau…, soufflai-je.

C'était comme si tout s'était accordé pour que je passe le plus beau Noël de toute ma vie. Je n'arrivais pas à détourner mon regard. Toutes les journées ou nuits que j'avais passées avec Delsin avaient été parfaites, mais cette soirée-ci, cet instant, je savais que je ne l'oublierais jamais. Quoi qu'il se passe, ça resterait à jamais gravé dans mon cœur. Cela surpassait tout ce que j'avais connu. Je lui serais éternellement reconnaissante de m'avoir fait connaître la joie, le bonheur, la sécurité et ce sentiment plus profond encore. Lorsque j'arrachai enfin mon regard du paysage, je remarquai que Delsin me scrutait d'une drôle de manière.

— Oui ? Un problème ?

— Non, rien, trésor.

Je souris, j'étais troublée par la force de ce moment, par la manière qu'il avait de me regarder. Jamais personne ne m'avait regardée comme le faisait Delsin. J'avais l'impression d'être belle, mais pas seulement, je devinais quelque chose de plus profond. Un sourire plus grand encore s'étira sur mes lèvres. Je me redressai sur la pointe des pieds et l'embrassai prestement sur la bouche avant de fuir ses bras. Il grommela quelque chose que je ne compris pas, j'attrapai mon manteau, sortis à la hâte de chez lui et courus à toutes jambes dans le couloir.

Une fois dehors, le froid cinglant sembla vouloir me ronger les os. Mes pieds s'enfoncèrent dans la neige qui craquait sous mon poids et les gros flocons dansèrent autour de moi, se déposant sur ma veste et mes cheveux. Ce cadre magique n'était pas sans me rappeler une certaine tempête de sucre dans laquelle j'avais eu mon premier baiser. Ce souvenir fut encore plus vivace quand j'aperçus Delsin qui approchait. Il avançait à pas lents comme cette fois-là d'ailleurs. Il avait l'air redoutable et irréel sous cette tempête de neige nocturne.

Je réalisai alors à quel point sa présence comptait dans ma vie, dans ma tête… Il était comme un tourbillon infernal auprès duquel il était impossible de rester indemne. Et je me rendis compte qu'il n'avait pas seulement bouleversé ma vie, mais aussi mon cœur. Ses battements étaient forts, comme souvent lorsque j'étais auprès de Delsin, mais cette fois-ci, j'en compris la raison profonde. Enivrée, je me penchai et attrapai un peu de neige fraîche dans mes mains.

— Si tu fais ça, tu vas le regretter, trésor.

C'était bien trop tentant…

— Ça me démange, lançai-je.

— C'est à tes risques et périls.

— Les batailles de boules de neige, c'est comme les batailles de bouffe ?

— Exactement, celui qui rend les armes en premier a perdu.

Je fermai les yeux, laissant l'instant m'emporter, et mon cœur cogna délibérément. J'ouvris les paupières, rivai mon regard au sien et lançai ma boule. Il l'esquiva avec souplesse avant de se pencher à son tour. Je me retournai pour fuir et poussai un cri strident quand une boule glacée atterrit dans mon cou.

— Tu ne m'échapperas pas, trésor !

J'éclatai de rire et me cachai derrière un arbre. Je fis trois boules de neige en attendant qu'il me trouve. Il était tout près, j'entendais ses pas faire craquer la neige à mesure qu'il approchait. Droite ou gauche ? Je tendis l'oreille. Il arrivait par la gauche. Il n'était pas loin. Je penchai la tête sans sortir de ma cachette et je le vis. Rapidement, je balançai ma boule, qui atterrit en plein sur sa joue. Je me retins d'éclater de rire quand il ricana et je disparus à nouveau derrière l'arbre avant qu'il ne me voie. Il reprit sa progression et je lui lançai une deuxième boule qui s'écrasa sur son épaule. Cette fois-ci, il me vit et ses yeux se plissèrent alors qu'un sourire carnassier étirait ses lèvres.

— Oh, toi, tu vas voir…

— Pour l'instant, je vois juste un type qui parle beaucoup et qui s'en prend plein la tronche, répliquai-je en lançant ma dernière boule, qui s'écrasa dans sa main.

Il éclata de rire et s'élança. Je poussai un cri strident avant de me mettre à courir le plus vite possible. Je perdis mon souffle quand il nous plaqua au sol et me retint prisonnière de ses bras. La neige était gelée, elle avait traversé mes collants et ma robe, mais je n'avais absolument pas froid.

— Que vais-je bien pouvoir faire de toi ? s'interrogea-t-il.

J'avais bien une petite idée…

Nos regards se croisèrent. Mes joues étaient en feu et mon corps aussi. Je ne sentais pas du tout le froid de l'hiver, mais la chaleur de l'amour. Il n'y avait plus que Delsin. Il n'y avait que lui qui comptait. Il remonta une main et retira les quelques mèches mouillées de mes joues. Puis il caressa ma lèvre de son pouce quand un flocon tomba dessus. Il sembla comme hypnotisé un instant. Puis il se pencha et sa bouche chaude captura la mienne dans une explosion de passion et de désir. Un désir puissant auquel je répondais avidement. Je ne savais pas si c'était réellement de l'amour que je ressentais, mais c'était une forme de chaleur si intense et si salvatrice que je m'y accrochais avec force. Je resserrai mes doigts sur sa chemise en gémissant son prénom. Il grogna et m'embrassa plus profondément. Je lui rendis son étreinte. J'avais chaud, mon front était moite, mon corps était en émoi. Je ne voulais plus jamais être séparée de lui, je ne voulais plus jamais connaître la solitude, le froid et l'angoisse. Je voulais cette chaleur, je voulais qu'elle me consume. Je voulais Delsin.

— Je…

Il se redressa, confus. Ses yeux brillaient avec une intensité incroyable.

— Bon sang, tu es trempée. Je ferais mieux de te ramener au chaud avant que tu ne chopes la mort.

En réalité, j'avais l'impression que si nous restions ici, à continuer comme ça, c'est la neige qui aurait fini par fondre. Je ne dis rien alors il se releva et m'entraîna avec lui. Puis, comme lors de mon anniversaire, il me fit passer par-dessus son épaule.

— En route, vilaine fille.

∞

Lorsque Delsin me déposa sur le paillasson de son entrée, je fus saisie d'un frisson. Nous étions trempés tous les deux. Je levai les yeux, ceux de Delsin étaient en train de me scruter d'une façon redoutable. Son visage était fiévreux. Il avait l'air d'avoir chaud, ses cheveux étaient humides et quelques gouttes perlaient sur ses tempes.

— Va falloir que tu te changes, trésor. Tu vas être malade, sinon.

— D'accord.

Il me conduisit à la salle de bains et me tendit une serviette, avant de me laisser me sécher. Enfermée dans la salle de bains, je me déshabillai. C'était étonnant de voir comme certains événements pouvaient se ressembler et comme j'avais envie de les faire évoluer et d'aller plus loin. En sous-vêtements face au miroir, je me regardai, je touchai le médaillon qu'il venait de m'offrir. La peur était en train de crisper mes muscles, pourtant la joie gonflait mon cœur. J'étais tendue au possible, car je savais ce qui allait se passer et ce dont j'avais envie. Je retirai mes sous-vêtements et je détachai mes cheveux, qui tombèrent en cascade sur mes épaules et dans mon dos. Je pris une grande inspiration, puis, sans réfléchir, je sortis de la pièce tant que le courage était encore là. Delsin, assis sur le canapé son téléphone à la main, se figea. Je déglutis. Il n'y avait plus rien pour me cacher. J'étais à lui.

— Putain de merde ! s'époumona-t-il en suffoquant d'un coup. Tu… Oh, putain de bordel de merde, trésor… Tu…

Delsin qui perdait ses mots et semblait confus, c'était déroutant et très sexy.

— Ça te plaît ?

— Si ça me plaît ? Putain, Levy…

J'avançai vers lui à pas lents pour prendre le temps d'étudier son visage. C'était une sorte de première. Je voulais capter sa surprise, voir ses prunelles d'un bleu magnétique s'émerveiller.

— T'as conscience, j'espère, que maintenant, dans l'intimité tu ne pourras plus porter que cette tenue ?

— Rien, tu veux dire ?

— J'adore le rien. Dans ton cas, ça te va à merveille.

Je gloussai et fis un pas de plus. Il s'était changé, il portait son bas de jogging noir, que j'adorais sans comprendre pourquoi, et un tee-shirt.

— Putain, Levy… Merde, je suis désolé de ne dire que « putain », mais putain, tu es…

Lorsque j'arrivai à lui, il leva les mains, mais elles restèrent en suspens sans me toucher.

— Joyeux Noël, Delsin.

L'expression qu'il arborait était merveilleuse.

— Très joyeux, ouais… Parfait, c'était ce que je voulais le plus. Tu es si belle…

Je souris, mon cœur battait fort. J'étais tellement heureuse d'avoir pris cette initiative.

— C'est vrai ?

— Vrai, tu étais tout en haut de ma liste.

Il sourit.

— Tu sais que ce n'est pas humain d'être aussi belle que toi. Tu vas me rendre fou.

Impatiente, je me pressai plus contre lui et notre baiser se fit plus brutal.

— Levy ?

— Mmh ?

— À quoi tu penses là tout de suite ?

— Aux infinies possibilités qui s'offrent à nous et à ton bas de jogging…

— « Mon bas de jogging » ? répéta-t-il, étonné.

— Mmh, oui, je l'aime beaucoup.

Un doux grognement lui échappa et je l'embrassai encore.

— Et les infinies possibilités auxquelles tu penses, incluent-elles mon bas de jogging ?

Je m'écartai doucement, j'étais haletante, lui aussi. Ses mains caressaient toujours mon dos avec son éternelle tendresse.

— Non…

Il rit.

— Je veux… toi.

— Toi vouloir moi ?

— Oui. Je te veux toi.

— Tout ce que tu veux, Levy. Je suis ton homme.

Je glissai ma main dans l'encolure de son jogging pour lui faire comprendre que je voulais qu'il me suive. Hypnotisé, il suivit le mouvement jusqu'à son lit. Je m'assis au bord et fis glisser son jogging jusqu'à ses chevilles. Il ne portait rien en dessous, pas de boxer, ce qui m'étonna et m'excita follement. Lorsqu'il voulut me rejoindre, je fis « non » de la tête tout en posant mes paumes à plat sur son torse pour lui faire comprendre que je voulais qu'il reste debout. Il murmura mon prénom à la seconde où le goût salé de sa peau entra en contact avec ma langue.

Un frisson le parcourut.

Il respirait fort. Pendant quelques secondes, je ralentis et laissai ma langue le câliner, me délectant d'absolument tout. De lui, de son corps contre le mien… Puis, délicatement, je remontai à la base.

— Bon sang, j'ai bien fait de ne pas écouter les bons conseils, tu me rends fou… merde, tu…

Je ronronnai et bougeai lentement la tête tandis que ma main accompagnait mes mouvements pour tenter de le rendre plus fou encore. Je le pris plus profondément en moi. J'étais émerveillée, excitée de savoir qu'il aimait ça, que j'étais capable de lui donner du plaisir.

— Levy…

Ma langue et sa tige de chair semblaient s'entendre à merveille. Il était tendu et dans mon bas-ventre les palpitations éclataient vigoureusement. Il haletait.

J'accélérai la cadence. Il jura et sa main se crispa légèrement contre mon cou. Je sursautai, mais je pris sur moi pour ne pas lui dire que ça me dérangeait un peu, car je savais qu'il ne se maîtrisait pas.

— Levy, si tu continues comme ça…

Il remua contre moi et trembla, sa main dans mes cheveux les agrippa plus fort. Je n'avais pas l'intention de m'arrêter, pour ça comme pour le reste. Je voulais le marquer au fer rouge. Galvanisée et euphorique, je fis un dernier va-et-vient le long de son sexe avant qu'il ne convulse en grognant mon prénom. Je déposai un baiser sur son ventre avant de relever mon visage pour le regarder. Il avait les cheveux en bataille, ses yeux étaient sombres et pétillants et son jogging était encore sur ses chevilles. Seul son torse qui se soulevait au rythme effréné de sa respiration m'indiquait qu'il était encore en vie. Dieu qu'il était sexy.

— Tu viens ? dis-je en le tirant à moi.

Il sourit et s'avança. Je m'étendis sur le lit à mesure qu'il approchait de moi. Ses yeux étaient perçants et quand il s'allongea au-dessus de moi, je déglutis. Il inclina son visage et tendrement sa bouche couvrit la mienne tandis que l'une de ses mains partait en quête d'exploration le long de mes courbes. Je gémis quand il la glissa dans le creux humide de mon intimité. Il aspira mon gémissement dans sa bouche et m'embrassa plus profondément, sa langue me titillant lentement. Tendrement, il introduisit un doigt puis deux en moi, m'arrachant un soupir.

— Delsin…

— Tu es magnifique, tu sais.

Je me tortillai, mon corps était en feu. Il se redressa alors et son regard malicieux me fit fondre. Doucement, il m'écarta les jambes et je pris feu, littéralement.

— Merde, tu es tellement belle. Je pourrais te regarder pendant des heures…

Il se baissa et embrassa mon intimité. Je hoquetai de surprise, mon cœur battait si fort que j'avais l'impression qu'il allait exploser.

Sa bouche me recouvrait, chaude, affamée, redoutable, experte. Sa langue me caressait inlassablement, se faisant tour à tour taquine, légère, profonde. Je rejetai la tête en arrière, submergée par un plaisir vertigineux. En haletant, je roulai des hanches, m'enfonçant dans le matelas, soumise à cette implacable sensation vertigineuse qu'il me procurait tandis que rapidement des sensations sauvages m'envahissaient. Mon corps était ravagé par un ouragan. Je ne me contrôlais plus.

— Delsin…

Le dos cambré, je le sentis s'enfoncer plus profondément. Puis plus encore jusqu'à ce qu'il glisse ses mains sous mes fesses et qu'il me dévore comme un affamé. Les gémissements qui voulaient s'échapper restèrent bloqués dans ma gorge tant le désir était puissant. La délivrance était proche, si proche que je pouvais la toucher, si proche qu'il…

Sa langue me taquina une dernière fois et mon corps se déchira, soumis au plaisir qui se propagea dans tout mon être. Mes doigts se crispèrent sur les draps et je retrouvai ma voix en criant son nom. Mon orgasme lancinant crispa mes muscles et mon corps se convulsa, Delsin me retint tandis que mon bas-ventre palpitait. Je fermai les yeux, alanguie par le plaisir mais, lorsqu'il tenta de se mettre sur le côté, j'entourai sa taille de mes jambes.

— Levy, qu'est-ce que tu veux ? demanda-t-il en glissant sa bouche sur la mienne.

— Toi.

— Comment ?

— Je te veux en moi, avouai-je sans détour en l'embrassant. Je veux que tu me fasses l'amour.

Lorsqu'il se laissa tomber sur moi, je me rendis compte que j'en avais une envie irrépressible. Ce n'était pas simplement du désir, c'était la continuité des choses. Je voulais que nous fassions l'amour. Il me scrutait, ses yeux cherchaient à lire en moi. Bien sûr, il y avait encore des zones d'ombre, des choses qui devaient être dites et expliquées. Je savais que Delsin en était conscient, mais ce n'était pas le moment d'en parler.

— Levy…

— Oui ?

— Tu n'es pas comme les autres, je peux…

— J'en ai envie, Delsin. Je ne te le demanderais pas sinon.

— Et moi, gémit-il d'une voix grave. Tu n'imagines pas combien j'ai envie de toi, trésor.

Je souris et passai mes mains dans ses cheveux légèrement humides. Bon sang, qu'il était sexy. Il tourna la tête et embrassa le creux de ma main.

— Tu es certaine ? demanda-t-il.

— Bien sûr, murmurai-je.

Delsin me scruta et embrassa mon front avant de tendre son bras vers sa commode, de laquelle il sortit un petit paquet brillant. Je soufflai, j'étais plus que prête.

Sa bouche couvrit la mienne. Ses mains avides, mais douces, se mirent à caresser mon corps, remontant de mes hanches à ma poitrine. Je poussai un soupir et ses lèvres quittèrent les miennes pour se poser sur mes seins. Je grognai lorsque sa langue titilla mon téton.

— Regarde-moi, trésor.

Je rouvris les paupières et mes yeux captèrent les siens. Delsin me regardait comme si j'étais la plus belle chose au monde. Il embrassa ma bouche et poussa son membre dur et érigé vers la partie la plus douce et fragile de mon corps.

Lorsqu'il entra en moi d'une poussée, je suffoquai tandis que mon corps, lui, se raidissait. Il me donna un premier coup de reins et une douleur aiguë me fit monter les larmes aux yeux.

— Ça va ? murmura-t-il contre mon front.

— Oui, répondis-je d'une voix tremblante.

Il embrassa mes yeux et mes larmes disparurent sous ses lèvres. J'inspirai profondément puis je captai son regard ardent dans lequel je me perdis. Delsin était parfait, je ne pouvais pas rêver mieux pour ma première fois. Il ne bougeait plus, il restait immobile, niché au plus profond de moi. C'était légèrement douloureux, mais tellement intense. Il se mit alors à bouger doucement, et me serra contre lui et contre son cœur qui battait à tout rompre.

— Bon sang, tu es tellement tout, trésor.

Ma poitrine se gonfla et quelque chose se brisa en moi pour laisser se répandre une douce et intense chaleur dans tout mon corps. Je gémis et me détendis dans ses bras tout en pressant mon corps contre le sien. Je bougeai alors légèrement mon bassin. Une douleur m'arracha une grimace, mais je fis abstraction de ce pincement et je recommençai. Puis encore et encore et je me rendis compte qu'il gémissait de plaisir et que la douleur se dissipait.

— Levy…

Je donnai un autre mouvement de hanches pour l'encourager et cette fois-ci ça m'arracha un cri haché de plaisir. Ses yeux se mirent alors à pétiller, il me saisit doucement par les fesses et poussa un coup. Je rejetai ma tête en arrière, le saisis par les épaules et enroulai les jambes autour de sa taille, l'invitant plus profondément. Je ressentais toujours une légère brûlure mais les merveilleuses sensations que j'éprouvais à l'instant éclipsaient absolument tout. Il trouva son rythme, qui s'intensifia petit à petit jusqu'à devenir plus brut, effréné, quasiment incontrôlé. Il s'activa encore, et je le sentais partout, notamment sur mes seins, où sa bouche me dévorait avidement. Sans cesser son va-et-vient, Delsin captura profondément ma bouche et je n'y tins plus. Je rejetai la tête en arrière, tremblant de tous mes membres. Une sensation incroyable m'envahit. Les convulsions me parcouraient le corps en autant d'ondes rapprochées et sensuelles.

— Levy.

Il grogna mon nom en enfouissant sa tête dans mon cou. Deux ultimes coups de reins le firent jouir alors que les derniers frissons me parcouraient encore. Nos cœurs battaient à l'unisson, nos peaux moites collées l'une à l'autre. Plusieurs minutes s'écoulèrent, peut-être des heures. Je l'ignorais. Quand il se retira lentement, il m'embrassa avec une délicatesse qui me fit fondre.

— Tout va bien ? demanda-t-il en revenant après s'être débarrassé du préservatif.

Je tournai la tête, alanguie :

— Oui.

Il se coucha à côté de moi et m'attira à lui. Je me serrai contre son torse, tout en mêlant mes jambes aux siennes. Je voulais disparaître dans sa poitrine, contre son cœur, je voulais me fondre dans ses bras car pour la première fois de ma vie je savais ce que voulaient dire les mots « sécurité » et « bonheur ». Je me sentais légère et épanouie.

— C'est le Noël le plus parfait de toute ma vie.

— Pour moi aussi, trésor.

Il me caressa les cheveux et je fermai les yeux.

Pour la première fois, je m'endormis tout de suite.

Chapitre 24

Emmitouflée dans mon écharpe et mon manteau, je profitais de passer un peu de temps avec Rob. J'avais l'impression que ça faisait une éternité que nous ne nous étions pas retrouvés seuls tous les deux. Nous profitions du fait que nous n'avions pas cours le vendredi après-midi, pour nous promener en ville. La neige persistait et les décorations de Noël étaient encore là, ce qui rendait la balade encore plus charmante.

— Putain, c'est tellement sexy ce qu'il a fait ! s'extasia Rob alors que je lui expliquais que Delsin m'avait fait la surprise de revenir et que nous avions passé Noël ensemble.

Et les jours qui avaient suivi aussi. Je me découvrais avec lui et je vivais enfin cette vie dont j'avais été privée.

— Tout était si parfait, Rob.

Mon meilleur ami me sourit et pour la première fois, je n'eus pas honte de moi.

— On va se prendre un café ? proposa-t-il.

J'acquiesçai et nous traversâmes la grande rue piétonne avant de pénétrer dans un café-librairie. Nous nous installâmes à une petite table en bois à côté de laquelle il y avait une bibliothèque remplie de livres.

— Bon sang, il fait meilleur ici, soupira Rob.

J'enlevai ma veste et mon écharpe avant de m'installer tranquillement. J'étais tout de même assez étonnée du silence de Rob. Lui qui était si bavard et indiscret d'ordinaire ne me posait aucune question.

— On peut savoir pourquoi tu n'es pas plus curieux ? demandai-je.

— Je ne le suis jamais.

— Tu parles ! Dans le royaume de l'indiscrétion, tu dois être l'empereur. Pourquoi es-tu si silencieux ?

— Parce que tu es heureuse, ma puce. Et que j'ai envie que tu me racontes de toi-même. Je vais commander, tu veux quoi ?

— Un mocha blanc, s'il te plaît.

Il partit en souriant et revint quelques minutes plus tard, les mains chargées. Il posa une tasse devant moi et le fumet m'arracha un gargouillement de plaisir.

— C'est tellement cliché, mais c'était le Noël le plus parfait de toute ma vie. Parfait du début à la fin. J'avais peur, c'est moi qui l'ai provoqué, mais c'était…

— Parfait ? se moqua-t-il.

Je hochai vivement la tête.

— Trop.

— Et vous avez passé la semaine ensemble aussi ?

— Oui.

Et ça avait été purement magique. Et je n'en revenais toujours pas d'avoir vécu ça.

— Dis donc, petite Levy, tu sembles te dévergonder.

— Pas du tout, je profite.

— C'est que tu y prends goût.

Le lendemain en me réveillant, je m'étais demandé comment me comporter après une telle nuit et un tel moment. Et tout s'était fait le plus naturellement du monde. On avait pris le petit déjeuner, on avait chahuté et remis ça dans la douche et ainsi de suite. J'ignorais jusqu'alors que ça pouvait être ça, la vie à deux : partager son quotidien et ne plus avoir peur de vivre.

— Avec lui, oui.

— Vous vous êtes trouvés tous les deux, lança Rob en sirotant son café.

— Comment ça ?

— Lui est impulsif et sanguin, et toi, tu es la douceur et l'innocence incarnées. Vous êtes radicalement opposés et pourtant vous êtes canon ensemble.

— Ah…

— Mais tellement ! On dirait que vous avez besoin l'un de l'autre. Moi, ça m'a toujours énervé, ces idées préconçues sur l'amour comme quoi « qui se ressemble s'assemble ». L'amour, ça te tombe dessus comme ça, sans que tu aies rien demandé. Peu importent les différences. Toi et Delsin, peu importe combien vous êtes différents, vous vous plaisez et c'est le principal. Tu es amoureuse ?

— Oui.

Le dire était comme une sorte de délivrance. Oui, je l'aimais. Je m'en étais rendu compte à Noël quand nous étions dans la neige et peut-être même un peu avant. J'étais amoureuse de lui. Follement.

C'était la première fois que j'éprouvais quelque chose d'aussi fort et salvateur. Je n'avais jamais ressenti ça de toute ma vie. Et c'était tellement bon d'avoir des sentiments positifs en soi plutôt que mes tourments habituels. J'ignorais toutefois si c'était réciproque.

— Waouh, tu ne le nies même pas.

— Non, mais…

Tout à coup je me rendis compte de toutes ces choses que je n'avais pas dites, que je lui cachais encore… Mon père violent, et cette torture que j'avais subie avant que je ne le rencontre. Je devais lui dire mais ça ne voulait pas sortir. J'avais trop peur de sa réaction.

Je bus une gorgée de mocha. Mon visage avait dû trahir mon angoisse car Rob s'inquiéta.

— Tout va bien ? demanda-t-il.

— Oui.

— Tu peux tout me dire, tu sais. Je peux juste écouter si tu as besoin de parler. Personne ne te juge, surtout pas moi.

— Je sais, mais… pas ici.

Ce ne fut qu'une fois dans ma chambre que je me libérai de tout ce poids et de toute cette peine. J'avais mal mais ce fut comme si mon esprit était contrôlé par une force mystique, car je lui racontai tout de A à Z. De ma naissance à mon arrivée ici. Rob écouta silencieusement tout du long, sans jamais m'interrompre. Il était là pour moi, il m'écoutait et, à voir son visage, il compatissait. Quand je terminai, je me rendis compte qu'il avait les yeux rouges. J'en eus le souffle coupé. Il me serra contre lui.

— Levy, je suis tellement désolé…

— Ce n'est rien. Je ne t'ai pas expliqué cela pour que tu aies pitié de moi. Je voulais juste…

— Soulager ta peine ?

J'acquiesçai en silence.

— Mon Dieu, Levy… Tu as subi tellement et pourtant tu es si forte. Bon sang, je suis épaté par ta force.

— Je… ne suis pas certaine que ça soit de la force.

— Putain si, tu as fait ce qu'il fallait et tu es là, debout, la tête haute. Et cette liste est le symbole même de ta renaissance. C'est le symbole de ta prise en main. J'ai bien vu que tu n'étais pas comme les autres, mais je n'aurais jamais imaginé que tu avais vécu quelque chose d'aussi horrible.

Cette fois-ci j'avais bel et bien les larmes aux yeux. Rob me câlina contre lui et je me laissai aller. Je me sentais soulagée, libérée, mais pas totalement délivrée, car la personne la plus importante à mes yeux n'était pas encore au courant. Et la peur me paralysait. Je connaissais sa rage et j'avais peur qu'elle le rende aveugle et incontrôlable s'il savait.

— Du coup, est-ce que Del est au courant ?

— Non, répondis-je en secouant la tête.

— Merde ! jura-t-il. Il ne sait pas… Mais pourquoi ?

— Je n'ai jamais trouvé le courage de lui avouer. J'ai peur…

— De quoi ?

— Je ne sais pas. Peur qu'il me regarde autrement, qu'il me rejette… Je ne le supporterais pas, surtout si c'est à cause de ça. Je n'ai jamais été confrontée à ça. Tu… es la seule personne au courant. Depuis mon témoignage à la police, je n'en ai plus parlé, je n'ai jamais eu à me confier et j'ai peur qu'il… Tu sais comment il est, toi aussi tu sais qu'il peut être sanguin et incontrôlable. J'ai peur en imaginant ce qu'il ferait s'il savait.

Rob caressa mon visage pour chasser mes cheveux collés par mes larmes.

— Il te regardera forcément différemment en l'apprenant, il ne restera pas insensible à ce que tu as vécu, en bien ou en mal il sera forcément atteint. Mais je peux t'assurer que jamais il ne te laissera tomber. C'est évident.

— Tu crois ?

— Bien sûr, idiote. Bien sûr, qu'il restera fidèle à lui-même, sans compter les sentiments qu'il ressent pour toi. Je ne peux pas te garantir qu'il n'aura pas envie de te venger. Tous les hommes sont des brutes s'ils le veulent, regarde la façon dont il a réagi en boîte quand ce type t'a embêtée. Delsin ne serait pas Delsin s'il t'abandonnait comme ça. Il est bien trop accro à toi.

Je fermai les yeux, j'avais le cœur gros, mais galvanisé et plein d'espoir. Parler à Rob n'avait pas été si douloureux, ça m'avait même ôté un poids dans la poitrine. Sa réaction me donnait de l'espoir.

∞

— Salut beauté brune, lança Delsin.

Je lui souris tandis qu'il m'attirait à lui. Le cœur battant, je fondis dans ses bras. Une insomnie de plus à passer avec lui. Il avait raison, pourquoi vouloir les guérir quand elles étaient aussi belles que les nôtres. Je me redressai sur la pointe des pieds pour l'embrasser. Il se pencha vers moi et ses lèvres chaudes couvrirent les miennes.

L'endroit le plus sécurisant du monde, c'était là, dans ses bras.

Je m'étonnais encore de vivre cela et je continuerais de m'en étonner chaque jour. C'était déroutant et l'homme avec qui je partageais mes journées et mes insomnies l'était encore plus. Je me demandais encore ce qui l'avait poussé à me remarquer. Notre première rencontre avait été si étrange et bizarre. Qu'est-ce qui m'avait poussée à me préoccuper de lui ? Pourquoi avais-je sorti ma trousse de soin pour un sombre inconnu ? Pourquoi m'avait-il vue alors que j'avais toujours été invisible ?

— Qu'est-ce qu'on fait ici ? demandai-je alors que nous approchions du stade.

— Regarde le ciel.

Je m'exécutai et remarquai alors qu'il était tapissé d'étoiles scintillantes. On aurait dit une guirlande lumineuse infinie qui connectait le monde.

— Waouh…

— C'est un de ces soirs où elles sont le plus visibles.

Je souris au fait qu'il ait eu l'idée si romantique de m'emmener regarder les étoiles et je remarquai qu'il avait une sorte de plaid sur l'épaule. De plus en plus romantique…

— Et pourquoi ici ?

— Assis dans les gradins, on aura le spectacle pour nous.

— Tu ne vas pas me forcer à faire un stade ? demandai-je, horrifiée.

— Non, pas un stade. J'étais plutôt dans l'ambiance tripotage.

Je souris. Le tripotage, j'étais pour. Nous étions devant le terrain de football de l'université. J'étais étonnée qu'il soit accessible la nuit, mais j'aurais suivi Delsin n'importe où de toute manière. Regarder les étoiles dans les gradins d'un stade de football avec lui, c'était encore une chose à ajouter sur ma liste.

— En route ? dit-il avec un grand sourire.

— En route !

Je glissai ma main dans la sienne et je le suivis à travers les gradins, jusqu'à ce qu'il s'arrête. Nous nous assîmes côte à côte et il nous enroula dans le plaid. Je posai ma tête contre son épaule. Je regardai le ciel et je m'émerveillai de sa clarté et de ces milliers de petits points lumineux qui le parsemaient.

— Quand j'étais gamin, j'aimais bien regarder les étoiles.

— Tu y emmenais déjà tes petites amies ?

— Non, juste Ellie. Elle aimait que je lui raconte des histoires, et pour elle, j'en avais toujours en stock. Et elle adorait les étoiles, je crois que j'ai dû inventer tout un système solaire rien que pour elle. J'inventais des constellations et, en ce temps-là, je n'étais pas en colère comme maintenant.

— Del…

— Mais depuis quelque temps, ça va mieux. Je me sens moins prisonnier de tout ça. Je suis plus calme. J'ai le sentiment qu'elle s'estompe, cette colère, et c'est grâce à toi, Levy.

— Grâce à moi ? répétai-je, étonnée.

— Oui, toi. Depuis cette nuit-là, elle n'a fait que diminuer. Je ne dis pas que c'est parti, mais ce n'est plus le sentiment le plus fort que je ressens.

Sa voix était sombre et intense. Il se tourna vers moi et je déglutis tandis qu'il me regardait à présent avec plus d'éclat dans les yeux que toutes les étoiles au-dessus de nos têtes.

— En ce moment, je ressens une extrême possessivité, du genre tu es à moi, Levy. Exclusivement et rien qu'à moi. Du désir aussi, chaque fois que tes putains d'yeux me regardent. Et de l'envie, j'ai envie de nous jour et nuit. C'est la première fois que je ressens toutes ces choses en même temps et surtout qu'elles éclipsent cette colère constante en moi.

Je levai une main et caressai délicatement sa joue.

— C'est vrai que ton visage est tout à fait normal depuis quelque temps.

— Ça te manque, les bleus ? demanda-t-il, amusé.

— Non, et toi ? Je peux toujours te mettre une gifle de temps en temps, si tu veux un peu d'adrénaline.

— Dis pas ça, ça m'excite !

Je ris.

— Alors c'est pour ça ! Tu n'es pas vraiment en colère, tu aimes juste te faire frapper.

— Démasqué.

Il se pencha et m'attira contre lui. Ses lèvres rencontrèrent les miennes, à la fois douces et impatientes. Ses mots étaient tellement importants pour moi. J'avais envie de lui dire combien c'était réciproque, mais ils résonnaient encore à mes oreilles et j'écoutai égoïstement leur mélodie.

— Et cette liste, on en est où ? demanda-t-il contre mes lèvres.

— Elle ne ressemble plus vraiment à une liste, il y a des ratures partout.

Il me lança un sourire éclatant.

— On progresse, alors.

— Mieux que bien.

— Rien d'anormal, je suis un guide exceptionnel.

Je souris tandis qu'il descendait dans mon cou.

— Je pense qu'il va falloir que je rajoute de nouvelles choses à faire.

— Tout ce que tu veux, opina-t-il en embrassant mon cou. Rajoutes-en une centaine, même plus, quoi qu'il arrive, je suis ton homme.

— J'ai aussi pensé à une liste… plus coquine, soufflai-je.

Il fallut un petit moment pour que mes mots atteignent son cerveau, puis il releva la tête brusquement.

— Répète un peu ça.

— Une liste coquine. Tu t'occupes aussi de celle-ci ?

— Je m'occupe d'absolument toutes les listes qui te concernent, grogna-t-il en me mordillant la peau. Et je suis très consciencieux dans mon travail.

Sa bouche me dévorait, il était comme affamé.

— Del…

— J'ai envie de toi et c'est entièrement ta faute.

Je soufflai alors qu'il m'attirait sur ses genoux.

— J'ai envie de rentrer, dit-il contre mon oreille. Et voir ce qu'on peut rajouter, rayer, essayer et faire.

— Mais, j'ai envie de regarder les étoiles et de t'entendre inventer des constellations, moi aussi…

— Putain Levy ! Tu ne peux pas me sortir ça et…

— Désolée, haletai-je contre ses lèvres.

Nos regards se verrouillèrent. Je frémis dans ses bras. Je ne me reconnaissais pas et pourtant j'aimais cette fille que je devenais. Celle qui avait moins peur, celle qui disait ce qu'elle aimait, celle que j'étais avec lui. J'avais tellement envie de lui moi aussi. Mais ici…

— Tu ne peux pas dire que tu es désolée, alors que tu en as envie, trésor.

Je hochai la tête. Il siffla. Ses yeux étaient voilés, sa mâchoire crispée.

— Merde, Levy ! Tu as marqué « jouir dans un lieu public sur ta liste » ? Parce que là, il faut que je te touche. J'en ai besoin…

— Non, oui, mais…

— Pas de « mais ». Tu es à moi.

Sur ces mots, il glissa sa main dans ma culotte et commença à me caresser. Je soufflai sous son regard et me cambrai sous le plaisir. *Seigneur !* C'était tellement bon, inattendu et indécent que je me sentais déjà sur le point d'exploser.

— Je vais prendre un malin plaisir à m'occuper de cette nouvelle liste, grogna-t-il. Tu n'es pas près de te débarrasser de moi.

Il se contorsionna et me pénétra de ses doigts tandis que sa paume comblait la partie la plus nerveuse de mon intimité. De plus en plus instable, je me frottai contre lui, ce qui sembla lui plaire.

— C'est ça, m'encouragea-t-il.

Sa bouche couvrit la mienne et je me laissai aller.

— Mais toi ? Tu n'as pas l'air plus calme…

— Effectivement, mais il s'agit de toi. Maintenant, les étoiles…

Je me penchai dans son cou et remontai jusqu'à son oreille.

— Tu pourrais me les montrer dans ton lit, susurrai-je, ou dans le mien. Celles-ci seront encore là demain, je pense, nos insomnies aussi…

Il se redressa tellement vite que je tombai presque à la renverse. Je riais aux éclats quand il se mit à courir en me traînant comme un gros boulet derrière lui.

— Bon sang, t'es dingue ! m'exclamai-je.

— T'as pas idée, dit-il en s'arrêtant soudain.

Il m'attrapa et, comme lors de mon anniversaire, me fit passer par-dessus son épaule. Je couinai et il reprit sa course à une allure impressionnante, ignorant complètement mes supplications.

Chapitre 25

La sueur coule le long de ma nuque et sur mon front. Je l'éponge.

Il fait chaud cet été. C'est quasiment insupportable. Deux semaines que nous battons des records de température. Heureusement, dans le cinéma où je travaille, il y a l'air conditionné. Mais, je ne travaille pas aujourd'hui.

Je ne supporte plus cette chaleur alors je descends à la cave pour tenter de trouver une tenue plus légère. Dans les vieux cartons, je trouve une jolie robe à fleurs. Elle semble être vieille, je n'ai pas le souvenir d'avoir vu Norah la porter, mais je la trouve jolie. Peut-être qu'elle appartenait à ma mère. Je caresse le tissu. Je la prends avec moi, et je me glisse sous la douche. L'eau fraîche me fait du bien. J'essaie de me détendre.

Il a disparu depuis deux jours, j'espère que ça va durer. Je sors de la cabine, passe ma main sur le miroir pour retirer la buée et je découvre mon corps. Fragile, fatigué, meurtri et coloré…

Je ne m'attarde pas davantage sur cette vision et j'enfile des sous-vêtements et la robe, avant de me sécher les cheveux avec ma serviette et de me coiffer. Lorsque je vois mon reflet, je me sens troublante dans cette jolie robe. Je n'ai pas l'impression que ce soit moi… Pour la première fois de ma vie, je prends conscience de ces formes qui font de moi une femme et que je cache tellement que je ne les voyais pas vraiment moi-même. Pour la première fois de ma vie, je ne me trouve pas moche. Et même si ce n'est que pour un court instant, je profite de cette troublante sensation.

Je suis descendue à la cuisine et je me fais un sandwich lorsque j'entends la porte d'entrée claquer. Mon pauvre cœur s'embourbe et tressaute, il ne sait plus comment fonctionner. Malgré la chaleur, la chair de poule recouvre ma peau et je tremble un peu. Je regrette d'être dans cette robe, je sens déjà ses insultes et la douleur de ses coups que le tissu léger n'atténuera en rien. Son pas est lourd et lent. Lorsqu'il s'arrête dans la cuisine, je sens le poids de son regard qui me transperce le dos. Je ne suis malheureusement jamais assez invisible…

— Hope, souffle-t-il.

Mon cœur est saisi. Je ne comprends pas. Les frissons sur ma peau redoublent d'ardeur. J'ai tellement peur.

— Hope…

C'est le prénom de ma mère. Il ne l'a jamais prononcé. Qu'est-ce qui lui prend ? J'ai trop peur de me retourner… Je l'entends s'avancer et je sens sa main dans mes cheveux. Il… Il les caresse. D'habitude, il les attrape brutalement, les arrache, tire dessus. L'inconnu me terrifie.

— Hope, je suis désolé…

Mes yeux me piquent, je sens les larmes monter. Je veux disparaître.

Lorsqu'il me tourne face à lui, je cesse de respirer. Il lève la main et me caresse la joue en dégageant mes cheveux.

— Une copie conforme, tu lui ressembles tellement…

Je déglutis.

— Hope…, susurre-t-il tandis que sa main descend dans mon cou.

Je secoue la tête, alors que les larmes coulent sur mes joues sans que j'arrive à les contrôler. Son visage se voile tout à coup, ses doigts se crispent contre ma gorge. Et la peur m'ensevelit de nouveau.

— Espèce de sale petite pute, siffle-t-il.

Il se penche vers moi et une de ses mains s'aventure sous ma robe et sur ma culotte. Il tire dessus, essaie de passer ses doigts dessous... Les yeux écarquillés, je suffoque. Je serre les jambes de toutes mes forces pour l'empêcher et je lutte pour ne pas vomir. Je veux qu'il s'écarte, qu'il me laisse. Je veux qu'il me frappe, je préfère ses coups...

— Tu me dégoûtes, éructe-t-il. Tu me dégoûtes tellement, traînée.

Il retire sa main et tremble, pourtant il parvient à empoigner la robe et à l'arracher. Les lambeaux de tissu tombent à mes pieds et je me retrouve à moitié nue devant lui. La poitrine à l'air, je n'ai qu'une culotte.

— C'était à celle que tu as tuée..., gronde-t-il.

Il me toise d'une façon si malsaine, si perverse. Je ne pensais pas qu'un jour il pourrait faire pire que ses coups... Il m'attrape la poitrine et la serre dans ses mains. J'essaie de me débattre mais il me gifle et la malaxe avec force.

— Arrête, l'imploré-je.

Mais non, il ne le fera pas. Jamais.

— Arrête, je t'en supplie...

Je ne l'ai jamais supplié. Jamais.

— Ferme ta putain de gueule !

Ses mains me touchent, me meurtrissent encore plus fort, me détruisent plus fort que d'habitude. Il me retourne face au plan de travail et je sens son bassin contre le mien et mes pleurs redoublent d'intensité.

— Arrête...

Il s'affaire en me maintenant en place pour ne pas que je bouge. Bientôt, il me force à ployer, attrape mon sein, et je sens ses doigts attraper ma culotte.

Non ! Non ! Non !

Jamais !

Je peux accuser la haine d'un homme qui me tient responsable de la mort de ma mère, je peux subir des coups et des insultes, mais pas ça… Et mon chagrin se transforme. Il se mue en une colère sourde et une rage indomptable. À travers le voile rouge que j'ai devant les yeux, je trouve les couteaux de cuisine, j'en attrape un alors que je sens le tissu de ma culotte craquer lui aussi, je l'enfonce n'importe où.

Il hurle de douleur, la lame s'est plantée dans sa jambe. Il retire le couteau en criant de nouveau, me retourne, et la seconde d'après une douleur cuisante me tord les boyaux. La lame s'est enfoncée dans mon ventre. Je lève la tête, je croise son regard haineux. Il respire fort et s'apprête à me frapper. Je souffle, je sais que je vais avoir mal, mais c'est ma chance. Il me cogne à plusieurs reprises, mais je retire la lame et je l'enfonce dans son ventre de toutes mes forces. Il recule en titubant et s'écroule à terre. Je me précipite sur le téléphone.

La police arrive cinq minutes plus tard accompagnée d'une ambulance. Je n'ai jamais rien dit, j'ai toujours tu mon enfer et, lorsque la policière me couvre d'une couverture, je n'ai pas besoin de parler. Elle comprend.

— C'est fini, me dit-elle.

∞

Rob n'était pas là pour assister à l'entraînement des garçons. Sa mère avait appelé plus tôt dans la journée pour lui annoncer que son père avait fait une crise cardiaque. Je n'avais pas eu de nouvelles depuis qu'il était parti et je m'inquiétais pour lui et pour son père.

L'entraînement se passait bien, et je dévorais Delsin des yeux en repensant au fait que la nuit précédente, j'avais eu un orgasme ici même. C'était dingue, mais pour la première fois de ma vie j'étais heureuse.

— Salut, Levy !

Je levai les yeux vers Anna et lui souris.

— Je peux m'asseoir ?

J'acquiesçai, elle m'enlaça et s'installa à côté de moi.

— Tu vas bien ? demanda-t-elle.

— Oui, et toi ?

Elle hocha la tête et souffla dans ses mains. Il faisait plutôt froid ce soir.

— On ne s'est jamais vraiment retrouvées toutes seules pour papoter.

Elle n'avait pas tort, Rob était toujours là, et puis, je n'avais jamais vraiment appris à copiner alors même si j'avais des amis ici, j'avais peut-être encore un peu de mal à parler avec les gens. On ne changeait pas son passé, on pouvait juste améliorer son présent, mais c'était vrai aussi qu'il était difficile de se débarrasser de certaines habitudes. Anna était très joviale, mais j'avais l'impression que notre relation était plus courtoise qu'autre chose. Elle sortait avec un joueur de football, moi aussi, et ça s'arrêtait là. Je n'avais pas le même feeling avec elle qu'avec Rob.

— Comment ça se passe avec Delsin ? Tu es la première nana fixe qu'il a depuis que je le connais, et avec qui il s'affiche, surtout.

— Tout va bien.

— Ça fait tellement bizarre. C'est genre super sérieux entre vous ?

Je me demandais ce qu'elle sous-entendait par là.

— Oui.

— En même temps, il t'a quand même fait la cour en plein milieu d'un amphi et il a chanté la sérénade sous ta fenêtre, alors il doit être sérieux. Il a toujours été excessif et impulsif, j'imagine qu'il est pareil quand il est en couple.

Je souris, ç'avait de très bons côtés d'être excessif parfois, surtout quand il faisait ce genre de choses. Hier soir c'était très impulsif et ça m'avait ravie. Je me sentais bien dans ma tête, dans ma peau, dans mon corps, tout était vraiment stupéfiant.

Je regardai Delsin sur le terrain alors qu'il changeait de direction pour profiter de la brèche laissée par ses adversaires. Il était vraiment doué. Quand il canalisait son énergie pour la focaliser sur du sport comme maintenant, rien ne semblait l'arrêter. Je me demandai tout à coup s'il avait toujours pratiqué ce sport, s'il voulait en faire sa carrière ou s'il avait déjà un métier en tête. Et si ce soir il m'emmènerait à nouveau voir les étoiles et si on les regarderait vraiment, cette fois-ci.

Mon téléphone vibra dans ma poche au moment où Delsin marqua un *touchdown*. Je le sortis, mais grimaçai face au numéro masqué. Je n'aimais pas tellement ça, je préférais quand les gens s'annonçaient. Ça évitait les mauvaises surprises. C'était peut-être Rob qui essayait de m'appeler de l'hôpital ? À part lui ou Norah, je ne voyais pas qui pouvait m'appeler. Je décrochai :

— Allô ?

— Mademoiselle MacGrass ? Levy MacGrass ?

Je déglutis, ma gorge me semblait sèche tout à coup.

— Allô ? dit la voix masculine au téléphone. Vous êtes là ?

Je forçai sur ma voix :

— Oui, je suis là.

— Vous êtes bien Levy MacGrass ?

— Oui.

— Je suis l'officier Bennett, se présenta-t-il.

« Officier » ? Je sentis mon sang se glacer. Je jetai un coup d'œil à Anna, qui était heureusement obnubilée par le match, et je me levai.

— Tout va bien ? demanda-t-elle.

— Je reviens, dis-je en souriant.

J'espérai avoir assez bien masqué mon inquiétude. Je m'éloignai pour m'isoler, le téléphone à l'oreille.

— Que se passe-t-il ? Pourquoi... ?

— Vous êtes bien la fille de Mick MacGrass ?

— O-oui...

— Votre père a profité d'un transfert pour s'évader.

Je défaillis et me retins à la rambarde devant moi pour ne pas tomber tandis que mon cœur battait comme un malade dans ma poitrine.

— Comment ça ? Je...

— Il a échappé à notre surveillance et se trouve actuellement en fuite.

Mon cœur était tellement compressé, tout à coup, que j'en avais la nausée. Je mis ma main devant ma bouche, prête à vomir à tout moment. Je secouai la tête, effarée, écœurée, paniquée.

— Vous êtes toujours là, mademoiselle ?

Ma main tremblante se crispa sur le téléphone.

— Oui, répondis-je d'une voix chevrotante.

Je me rendis compte alors que des larmes coulaient le long de mes joues.

— Nous faisons notre maximum pour le retrouver. Tous nos services sont mobilisés. Vous n'avez pas à vous inquiéter, des hommes sont postés à votre ancien domicile, aux entrées et sorties de la ville. Il n'a pas de véhicule et il n'y a aucune raison qu'il sache où vous habitez désormais. Nous seuls avons cette information.

À travers mes yeux brouillés, je le revoyais, ce monstre, mon bourreau, celui qui, toute ma vie, m'avait détestée, détruite.

— Nous faisons tout ce qui est en notre pouvoir pour le retrouver dans les plus brefs délais, mais vous n'avez rien à craindre de lui là où vous êtes.

Je n'écoutais pas, je n'écoutais plus. Seuls mes halètements faisaient office de réponse.

— Nous vous rappellerons dès que nous aurons du nouveau.

Je raccrochai et la peur fut plus forte que tout. Elle me happa vers le bas, dans les recoins les plus sombres et les plus sordides de mon passé. Tremblante, je lâchai la barrière mais je tombai maladroitement. Mon corps était paralysé, pétrifié, comme s'il refusait de m'obéir. Je me relevai tant bien que mal et je me mis à courir. Loin.

Chapitre 26

Je me laissai tomber le long de la porte de ma chambre, me demandant par quel miracle j'avais réussi à pousser mes jambes jusqu'ici. Je me sentais lourde, nauséeuse, au fond du gouffre. J'avais le sentiment que je pouvais défaillir à n'importe quel moment. Une foule de souvenirs me revinrent en mémoire. Ses insultes récurrentes, ses bruits de pas dans le couloir et mon souffle qui se bloquait tandis que je priais pour qu'il n'entre pas dans ma chambre, ce couteau qui m'avait causé cette cicatrice, l'odeur de l'alcool dans son haleine, ou encore la puissance de ses poings… Mes lèvres tremblèrent, les larmes inondèrent mes yeux et une boule se logea dans ma gorge.

Ce n'était pas possible ! Ça ne pouvait pas être vrai ! Ça ne devait pas se passer comme ça ! Tout allait si bien, je commençais enfin à croire au bonheur.

Comment avaient-ils pu le laisser s'échapper ? Comment avait-il réussi ?…

Pourquoi ?

C'était moi qu'il voulait. Je le savais, je le pressentais. Je n'arrivais pas à penser autrement et cette sensation oppressante me rongeait comme une goutte d'acide qui s'écoulerait sur ma tempe à intervalles réguliers. Chaque goutte devenait plus douloureuse que la précédente, plus étouffante.

Il revenait pour moi.

La police ne le connaissait pas comme je le connaissais. Personne n'avait vécu aussi longtemps que moi avec lui, personne n'avait idée de ce dont il était capable. Sa haine envers moi était sans limites. Et le chagrin qui m'assaillait, puissant et assassin, se mua en autre chose tout à coup. Une peur irrationnelle et insensée me prit aux tripes. Je me relevai à la hâte et me précipitai aux toilettes juste à temps pour vomir.

Je ne voyais qu'une seule solution. Celle qu'avait prise ma sœur, celle que j'avais peut-être aussi choisie en venant étudier ici… La fuite.

Je devais fuir le plus loin possible, le plus vite possible. Je ne pouvais pas rester là alors qu'il était dans la nature. Tant que la police ne mettrait pas la main sur mon père, je serais en danger. Je ne pouvais pas rester ici et attendre. Je ne pouvais pas faire comme si de rien n'était alors qu'il…

Mon téléphone vibra dans ma poche, c'était un message. Je redoutais de regarder. Je le sortis :

> Hé ! J'ai voulu te rejoindre à l'entraînement, mais tu n'étais pas là… Anna a dit que tu avais reçu un appel et que tu n'étais pas revenue. Tout va bien, ma puce ?

Mon cœur se serra et je vomis à nouveau, perdue dans un flot incalculable de pensées morbides.

— Pourquoi ? murmurai-je dans un sanglot.

Je n'avais jamais laissé échapper la moindre colère ni la moindre douleur. C'était en train d'arriver. J'étais en train de lâcher prise. Je me redressai, tirai la chasse d'eau et me plantai devant le lavabo. Je me rafraîchis et, en voyant mon reflet dans le miroir, j'eus l'impression de revenir quelques mois en arrière. Mes cheveux me barraient la figure et mon visage était terne. J'avais le sentiment d'être redevenue Devil MacGrass.

Mon portable vibra sur le rebord du lavabo en céramique. Rob essayait de m'appeler. Il était 19 heures passées, l'entraînement de Delsin serait bientôt fini. Je devais me dépêcher. Pour éviter de le voir et pour éviter de laisser le temps à Mick de m'atteindre.

— Pourquoi ? répétai-je en criant. Pourquoi tu fais ça, hein ?

J'enfonçai mon poing dans le miroir, dégoûtée de ce reflet et de cette fille que je voyais. Il se fissura en plusieurs fragments. Je retirai ma main et la passai sous l'eau en grimaçant. Ce n'était pas suffisant. Ça n'égalait en rien ce que j'avais sur le cœur.

— Tu n'avais pas le droit de me voler tout ça…

Il allait encore me voler ce que j'avais trouvé ici. Une vie, des amis, Delsin…

Mon portable vibra encore. Rob toujours. Je glissai mon téléphone dans ma poche sans répondre. Parfois la vie ne nous laissait pas le choix, parfois une seule solution s'appliquait. Dans mon cas, je n'en voyais qu'une. Je ne pouvais rien faire d'autre. Je ne voulais pas qu'il me trouve, je ne pouvais pas le laisser faire. Il m'avait fait bien trop de mal.

Des idées noires plein la tête, je sortis de la salle de bains. Dans mon placard je trouvai l'un de mes sacs. Je devais prendre deux ou trois choses, pas plus. Je ne pouvais pas m'encombrer avec n'importe quoi. Je partirais juste le temps que la police le retrouve, après je reviendrais ici et… j'essaierais alors, peut-être, de recoller les morceaux, d'expliquer pourquoi je m'étais enfuie. Je savais que rien ne serait plus jamais comme avant. Je le savais et c'était ce qui me perturbait le plus. Je ne pourrais jamais avoir une vie normale, il ne me laisserait jamais en paix. Delsin ne me laisserait jamais partir, il ne comprendrait pas. Personne ne pourrait comprendre. Il m'en voudrait à mort. Cela dit, j'aurais toujours en tête tout ce que j'avais connu ici.

Mon portable vibra à nouveau. Je l'ignorai.

Le souffle court, je basculai la tête en arrière et ravalai un sanglot tout en scrutant cette petite chambre d'étudiant qui m'avait apporté tellement de joie. Mes poings se crispèrent et je fourrai quelques habits dans le sac.

Lorsque mon téléphone vibra encore, je me retins de crier. Je l'attrapai et frissonnai en voyant « Norah » s'afficher sur l'écran. Norah… était-elle ? Je décrochai en tremblant.

— Norah ?

— Oh, Levy ! Levy ma douce, j'ai eu si peur… La… Est-ce que tu vas bien ?

J'éclatai en sanglots en bafouillant un « oui » mêlé à un « non ».

— Oh, non, ne pleure pas, ma douce. La police m'a prévenue.

— Norah…

J'avais peur, j'étais paralysée. Comment guérissait-on d'une peur qu'on avait laissée mûrir pendant autant d'années ?

La fille apeurée voulait fuir, l'autre se battre. Mais c'était celle qui avait vécu en moi pendant des années qui était plus forte et qui avait pris possession de mon corps. Je voulais me fondre dans les bras de Norah comme quand j'étais petite et qu'elle me protégeait, me rassurait.

— Levy, tu dois partir, tu dois te protéger, c'est un malade, un dingue…

Sa voix était étranglée, je déglutis. Mon cœur était affolé.

— Je…

— Je suis en route, je me suis dit que tu serais anéantie, que tu aurais besoin de quelqu'un. Je n'étais plus là pour toi ces dernières années, laisse-moi t'aider comme j'aurais dû le faire avant…

— Tu es en route ? bafouillai-je.

— Oui, dès que la police m'a prévenue, je me suis mise en route pour te rejoindre… Levy ?

— J'ai peur, Norah, soufflai-je.

Elle soupira dans le combiné et un silence s'installa, j'entendis alors le bruit d'une voiture. Mon cœur se comprima à l'idée qu'elle avait pris la route pour moi, pour m'aider. Elle était là pour moi, elle venait pour moi. Après tout, Norah avait disparu pendant des années sans qu'il la trouve, je devais fuir cet endroit au moins le temps que la police le capture. Je serais en sécurité avec elle.

— Levy ?

— D'accord… D'accord…

— Dis-moi où tu veux qu'on se retrouve ?

— Devant le *Coffee Pie*, c'est le seul *diner* de la ville.

— D'accord, attends-moi, je serai là dans moins d'une heure et on s'en ira toutes les deux. Je ne te laisserai pas toute seule.

Je raccrochai et fourrai mon téléphone dans la poche arrière de mon jean.

C'était la meilleure solution… C'était la seule solution.

∞

Lorsque j'arrivai au *diner*, je regardai mon portable. Quatre appels en absence. Un de Rob et trois de Delsin. Il avait fini l'entraînement. Je voulais éteindre mon téléphone, parce que c'était trop dur de ne pas répondre et de les laisser s'inquiéter, mais je ne pouvais pas, Norah risquait de m'appeler. Je repensai à la première fois que j'avais revu Delsin après notre étrange première rencontre. Assis au comptoir, une casquette vissée sur la tête, la tronche en travaux et rasé. Je m'étais étonnée qu'un type comme lui puisse trouver le moindre intérêt à une fille comme moi. Cet endroit était particulier, il signifiait tant pour moi. C'était ici que mes insomnies étaient devenues autre chose que de la peur.

— Tu as quelques heures d'avance aujourd'hui, Levy, me lança joyeusement Maddie la serveuse.

Il y avait plus de monde que d'habitude. Presque toutes les tables étaient occupées. J'essayai de sourire et de me détendre, en vain.

— Tu veux quelque chose ?

— Un chocolat chaud.

— Je n'ai plus de tarte aux pommes, dit-elle. L'*apple pie* de Granny a eu du succès aujourd'hui.

Je souris en secouant la tête, pourtant, dans mon cœur, j'y voyais comme un signe de mauvais augure.

— À emporter ! précisai-je.

Je préférai attendre devant la porte plutôt qu'à l'intérieur. J'y avais bien trop de souvenirs et, tout à coup, je regrettai d'avoir choisi cet endroit. Maddie acquiesça et s'occupa de ma commande.

— Tu vas quelque part ? demanda-t-elle en pointant mon sac du doigt.

— Juste un aller et retour…

Elle sourit.

— Rapide, j'espère, sinon j'en connais un qui va revenir passer ses nuits tout seul ici avec une gueule à faire peur.

Je n'aurais jamais dû donner rendez-vous à Norah ici.

— Voilà pour toi.

— Maddie, la table huit attend sa commande, lança une voix depuis l'arrière-salle.

— J'y vais ! répondit la serveuse.

Je payai, récupérai mon gobelet et sortis. Je m'adossai au mur, face au parking. Norah ne devrait plus tarder maintenant. Je laissai tomber mon sac à mes pieds et je bus une gorgée de chocolat. Bizarrement, il n'avait pas la même saveur. J'avalai difficilement ma gorgée.

— Levy !

Oh, non...

Il avait les cheveux en bataille, l'air fatigué, les manches de son pull étaient remontées sur ses coudes. Pourquoi avais-je choisi ce point de rendez-vous ? Pourquoi était-il là ? Pourquoi les choses ne se déroulaient-elles jamais comme on l'espérait ? Là, c'était pire que tout.

La colère et l'incompréhension se lisaient sur le visage de Delsin.

— Putain, qu'est-ce que tu fous là ?! grommela-t-il en se jetant sur moi.

Il m'attrapa fermement par l'épaule.

Je déglutis. Je devais le protéger. Les seules choses de bien que j'avais connues dans ma vie, c'était d'avoir rencontré cette gueule cassée, c'était qu'il m'ait remarquée.

— Alors ? Je te parle !

Delsin me plaqua contre le mur et m'arracha un gémissement. Il attrapa mon poignet d'une main et chopa mon menton de l'autre pour que je le regarde. Mon gobelet tomba et se déversa au sol. Les yeux de Delsin étaient plus sombres que d'habitude. Il était bien plus qu'en colère. Furieux. Il y avait tant d'émotions qui passaient actuellement sur son visage. La colère, l'inquiétude, l'incompréhension, la tristesse... S'il savait, il péterait un câble. Et Mick lui ferait du mal, comme il m'en avait fait.

— Levy ?

Ma gorge était nouée. C'était la première fois que sa colère était dirigée contre moi. Mais je comprenais tout à fait.

— Putain, tu vas répondre, oui ! Qu'est-ce que tu fous ici ? Et pourquoi tu ne réponds pas au téléphone ?

— Je prends juste l'air, soufflai-je alors.

— Tu prends... C'est tout ce que tu as à dire ? Tu prends l'air ?

Je hochai la tête. J'avais les yeux brouillés de larmes.

— Putain, explique-moi, Levy !

— T'expliquer quoi ?

Il arqua un sourcil.

— M'expliquer pourquoi ma copine avait disparu quand j'ai fini l'entraînement, et qu'elle était injoignable, et que je la trouve ici sans explications, et... Anna m'a dit qu'on t'avait appelée, que tu avais répondu et que tu n'étais pas revenue. Rob a essayé de te joindre, tu n'as pas répondu, et quand j'ai essayé...

Il baissa les yeux et il vit le sac à mes pieds. J'eus alors tout le loisir de voir la détresse dans ses yeux avant qu'elle ne se change en colère.

— Putain de merde, c'est quoi ça ? Tu te casses ? Tu...

Il prit une pause pour se calmer tant sa colère lui coupait le souffle.

— Dis-moi que t'es pas en train de te barrer comme...

Plus il parlait et plus le ton de sa voix était dur. Plus il parlait et plus il serrait mon menton et mon poignet dans ses mains. Je poussai un gémissement de douleur.

— Tu me fais mal, piaillai-je.

— Je m'en branle ! Ne change pas de sujet alors que tu es de train de te barrer !

— Je suis désolée..., dis-je en sentant les larmes monter.

— Ça ne suffit pas, Levy ! cria-t-il. Merde ! Qu'est-ce qui se passe ? Dis-moi !

— Lâche-moi, tu me fais mal !

— Non, pas tant que tu ne m'auras pas dit où tu étais ni ce qui se passe.

Je remontai ma main libre sur sa poitrine pour le pousser. Je ne supportais pas le fait de sentir ses mains à lui me faire du mal. C'était plus douloureux que toutes ces choses que j'avais subies avec mon père même si je savais qu'il réagissait ainsi parce qu'il avait peur et qu'il s'inquiétait.

— Arrête, le priai-je. Tu n'as pas le droit de me faire du mal. T'as dit que tu ne m'en ferais jamais…

— Tu n'as pas le droit de te servir de ça pour fuir la conversation. T'as pas le droit de me faire ça, Levy. Pas maintenant, putain. On est… Putain, jamais je te ferais du mal. Et tu le sais.

Il serra les dents.

— Putain, j'en ai marre. Je me donne du mal pour te faire sourire, te faire oublier tes putains de problèmes alors que je ne les connais même pas, pour réaliser cette liste parce qu'on t'a privée de vivre. Je suis patient, je ne t'ai jamais forcée à m'expliquer ce qui a pu te rendre si triste. Jamais !

— Je sais…

— Tu sais ? railla-t-il d'une voix sévère. Ça n'en a pas l'air.

Il ne semblait pas vouloir lâcher l'affaire. Les larmes me brouillaient la vue.

— Je ne sais pas quoi faire ni quoi dire pour te faire comprendre que tu peux me faire confiance. Toi, tu sais tout de moi. Je t'ai expliqué les zones d'ombre les plus sombres de ma vie parce que je t'estimais plus importante que n'importe qui à mes yeux. Tu sais tout, tu as même vu mes faiblesses. Moi, je ne sais rien hormis ce que tu m'autorises à savoir de temps en temps. Tu crois qu'en balançant un bout d'information sur toi tu me fais oublier que je t'ai ramassée complètement détruite ?

— « Ramassée » ?

Il grogna, me relâcha et passa sa main dans ses cheveux.

— La nature de tes blessures, je l'ai devinée, et pourtant… Je voulais t'aider, te protéger, te rendre heureuse. Mais on ne peut pas aider quelqu'un qui ne veut pas l'être. Ce que j'essaie de te faire comprendre, c'est qu'une relation, ça doit aller dans les deux sens. Tu sais ce que j'ai vécu, tu sais que je peux tout entendre, tout comprendre. Tu n'as pas à te cacher, pas avec moi. Je ne te jugerai jamais, je ne me moquerai jamais de toi. Tu peux être celle que tu veux avec moi, y compris cette fille qui a des insomnies et qui a peur du noir. T'as pas besoin de faire semblant.

Ses mots étaient comme un baume, ils me réchauffaient le cœur et l'âme. Je les gravai dans ma mémoire. J'avais envie de me fondre en lui, de l'écouter à l'infini, de guérir grâce à lui.

— Mais, ça ne peut pas marcher si tu ne me dis pas ce qui t'a bousillée à ce point, poursuivit-il. Je t'ai dans la peau, Levy. Tellement que j'arrive à dompter le flot de colère que j'ai en moi, tellement qu'il me faudrait moitié moins d'une seconde pour enrager si je me trouvais face à la cause de tes problèmes. Mets-toi à ma place pendant deux putains de secondes et dis-moi comment toi tu réagirais si je te cachais des choses ainsi, si je décidais de fuir.

Je hoquetai. J'étais en larmes. J'avais peur. J'avais mal. J'étais une vraie loque.

Je n'avais pourtant qu'à ouvrir la bouche et lui expliquer. Mais les mots restaient coincés dans ma gorge. Je ne pouvais pas. C'était mon combat, c'était mon fardeau, ma peine et mon passé. C'était à moi de gérer ce problème.

Je secouai la tête.

— Tu ne peux pas partir comme ça… Pas sans m'expliquer ! Pas sans me dire qui… Merde ! gémit-il. Putain de merde, je me sens comme le roi des cons ! Je ne suis vraiment rien pour toi, alors ? Juste un connard que tu utilises parce que c'est plus drôle pour passer ses nuits ? C'est ça ?

S'il avait su ce qu'il représentait pour moi… Combien j'étais amoureuse de lui et combien je lui étais reconnaissante pour tout ce qu'il m'avait apporté. Il était le premier homme dans ma vie à m'avoir respectée, à m'avoir appris que tous les hommes n'étaient pas mauvais. Delsin était tout pour moi, et il le serait à jamais. Aussi, j'avais une boule dans la gorge lorsque je répliquai :

— Je ne t'ai rien demandé, Delsin. Rien demandé du tout. Ni avant, ni maintenant, ni jamais. Je ne t'ai pas demandé de faire cette liste avec moi ni tout le reste, d'ailleurs. J'ai le droit de prendre l'air. Comme toi quand ton putain de passé t'a rendu fou.

La déception se reflétait dans ses yeux et sa mâchoire était crispée par la colère.

— Tu as raison, tu n'as rien demandé, tu ne m'as pas demandé non plus d'être inquiet pour toi. Alors va te faire foutre, Levy. Reste avec ton passé merdique et tes putains de secrets. T'as raison, c'est mieux. Quand j'ai pété un plomb, nous n'étions pas comme maintenant. Je ne sais pas pourquoi tu as décidé de te casser comme une voleuse. Je ne comprends pas, quoi qu'il se passe ce n'est pas en fuyant que ça va s'arranger.

— Je n'ai pas le choix, soufflai-je. Tu ne sais rien !

— On a toujours le choix. Toi, tu choisis juste le plus facile parce que t'en as rien à foutre de moi, de nous tous… Si tu t'en vas, j'en déduis que c'est fini entre nous.

— C'est…

— Une menace, un ultimatum, une supplication désespérée, choisis ce que tu veux, j'en ai rien à foutre. En fuyant, c'est toi qui décides de rompre avec moi, de m'abandonner. J'en ai ma claque de tout ça. Marre de faire semblant que je m'en branle, parce que c'est pas vrai. Parce que j'ai envie de savoir ce qui t'a détruite, parce que j'ai envie de ton âme à nue, parce que je… (Il s'interrompit et passa une main nerveuse dans ses cheveux.) Laisse tomber.

— Je… dois partir. Tu n'aurais pas dû le voir.

Il eut un sourire glacial.

— D'accord.

Ce que je ressentais était tellement paradoxal que j'en tremblais. Je me sentais perdue, j'avais besoin qu'on m'aide, qu'on comprenne ma douleur dans mon silence.

— Delsin…

— Prends soin de toi, Levy.

Puis il tourna les talons et s'éloigna. Si j'avais été en état, je lui aurais couru après et je lui aurais tout déballé. Mais j'en étais incapable, les minutes s'égrainèrent et je ne parvenais pas à m'en remettre.

Quelque chose venait de se briser en moi et ça me détruisait.

— Levy…

Le cœur battant, je levai les yeux pour regarder mon interlocuteur, espérant que c'était Delsin, et là… mon monde s'écroula. La lumière disparut et je me retrouvai plongée dans des ténèbres tellement épaisses qu'elles m'étouffèrent. Mon corps me fit mal et mon esprit hurla. Mes jambes tremblèrent.

C'était lui. Ma bête noire. Cet homme qui m'avait tant fait souffrir.

Je secouai la tête. Le souffle court, j'étais dans l'incapacité de respirer. Je déglutis, et fis deux pas en arrière pour le fuir, mais il m'attrapa fermement le poignet.

Je sombrai à nouveau.

Chapitre 27

— Agis naturellement, m'ordonna-t-il en se penchant vers moi.

Je n'arrivais plus à retrouver mon souffle, je suffoquais. Mon cœur battait à tout rompre. Il cognait tellement fort dans ma poitrine que j'avais l'impression d'être sur le point de faire un arrêt cardiaque. C'était horriblement douloureux.

Il m'avait retrouvée. Il était bien là pour moi.

Norah n'était pas arrivée à temps…

Je n'aimais pas les enfers, je préférais la lumière de Delsin.

Je n'aimais pas cette petite fille apeurée, je préférais cette jeune femme qui se découvrait.

Tout ce que j'étais devenue, tout ce qui m'avait rendue heureuse, était terni. Mon petit cocon venait d'exploser.

Pourquoi était-il là ? Comment avait-il su où me trouver ? C'était impossible.

Mes mains étaient moites et tremblantes et mes jambes refusaient de bouger. J'étais paralysée. J'étais à nouveau dans l'ombre de cet homme. Je le serais toujours.

— Je t'ai enfin retrouvée, petite garce.

Son ton acerbe me rendait nerveuse, impuissante. Je détestais ce pouvoir qu'il avait sur moi, cette emprise qui me réduisait à néant. J'avais été stupide de croire que je pourrais changer en quelques mois ce qu'il avait mis dix-huit ans à détruire. Mon passé redevenait mon présent. J'étais de nouveau cette petite fille apeurée.

— Tu vas payer pour ce que tu m'as fait, cracha-t-il. Maintenant, tu vas venir avec moi.

— Jamais, soufflai-je dans un élan de courage. Jamais.

Je pensais que le mettre en prison suffirait, qu'il ne reviendrait plus dans ma vie. Il avait écopé de dix ans. Il ne pouvait pas être ici. C'était impossible qu'il soit là. Comment la police avait-elle pu être aussi négligente ?

Son visage était défiguré par cette haine que je ne connaissais que trop bien. Il serra mon poignet dans sa main et la douleur fit accélérer la course des battements de mon cœur.

— Putain, t'as eu des couilles, mais tu aurais dû mieux surveiller tes arrières. Maintenant que je t'ai retrouvée, je vais me faire un plaisir de faire payer pour ce que t'as fait.

J'étais encore cette petite fille trop petite et trop naïve pour se défendre et réfléchir correctement. Il me faisait peur, il me terrifiait, il m'avait tellement frappée, tellement fait mal, tellement traumatisée qu'il avait une emprise totale sur ma raison et ma lucidité. Il savait exactement comment façonner ma peur et la faire grandir.

— N'essaie pas de crier ou de fuir, il n'y a personne pour t'aider de toute manière.

Il avait raison, il n'y avait personne pour m'aider. Delsin m'avait abandonnée et Norah n'était pas là.

Il serra mon poignet à nouveau en m'attirant contre lui. Je trébuchai et me pris les pieds dans mon sac.

— Tu allais quelque part ? ricana-t-il en jetant un coup de pied dedans.

Il s'ouvrit au sol. Mick me tordit le poignet et me tira derrière lui.

— Pendant que je croupissais en prison, j'ai pensé à toi. De tellement de façons. J'avais envie de t'entendre gémir de douleur. Je n'ai pas arrêté de penser au moment où je te donnerai ce que tu mérites et bien plus encore. Tu m'as permis de rester lucide et tu as nourri ma soif.

Je déglutis, j'en avais la nausée. Il s'arrêta dans une ruelle adjacente au *diner*, elle était mal éclairée, sordide, et ma peur de l'obscurité refit surface. Il me jeta contre un mur et m'asséna un violent crochet à la mâchoire. Je tombai sur le sol humide et glacé. Seigneur, ce que ça pouvait être douloureux. Je tentais de me relever quand il me donna un violent coup de pied dans le ventre. Je gémis de douleur, me rappelant cette morsure familière qui ne m'avait pas manqué.

— Voilà, c'est ça ! grogna-t-il. C'est ce petit cri d'agonie. C'est mon hymne et tu m'en as privé, espèce de sale petite pute. Tu vas me le payer.

Il me frappa encore et j'accusai coup après coup sans rien dire, refusant de lui faire ce plaisir.

— J'ai été coffré pour maltraitance et tentative de viol par ta faute ! Et toi, la meurtrière, toi, tu tues ta mère et tu t'en tires ! Il fallait bien qu'on te foute des coups dans la gueule puisque la justice n'a rien fait.

— Je ne l'ai pas tuée, soufflai-je.

C'était la première fois de ma vie que je lui répondais à ce sujet. Je n'avais rien fait, je n'avais pas demandé à vivre, et si j'avais su ce qui m'attendait… J'en avais marre de payer pour une chose dont je n'étais pas responsable, je ressentais assez de culpabilité à ce propos ; je n'avais pas à subir plus. Toute ma vie, le jour de mon anniversaire serait associé à la mort de ma mère. Je ne l'avais pas tuée, je n'avais jamais voulu lui faire le moindre mal. J'aurais tant voulu la connaître. Je n'avais jamais eu droit à l'amour paternel, ni à l'amour maternel, ces choses qu'on disait innées et indestructibles. Il me frappa à nouveau dans le ventre et j'en eus la nausée.

— Ce que tu n'as pas encore compris, c'est que tu m'as volé ta mère, tu l'as tuée, alors tu es à moi. Et je dispose de toi, comme j'en ai envie. Et plus tu grandis, plus tu lui ressembles. Si tu savais le soulagement que te frapper me procure. Ça me rend tellement puissant. Regarde-moi ! cria-t-il.

— Va te faire voir !

Il eut un rictus et se pencha pour m'attraper la gorge. Je le griffai et me débattis, donnant des coups de pied dans le vent pour essayer de l'atteindre. Quitte à crever, autant se défendre et essayer de rendre coup pour coup.

— Je préfère quand tu fermes ta putain de gueule et que tu encaisses les coups.

Et il me frappa au visage à plusieurs reprises.

La douleur était mordante. Il me cognait avec une nouvelle ardeur. Ses poings étaient percutants. J'avais perdu l'habitude et il frappait avec une telle rage que je me sentais sur le point de basculer à chaque nouveau coup… Il avait une telle haine. Il pouvait prendre tout son temps, personne ne savait qu'il était là et j'avais repoussé Delsin. Je mourrais probablement dans cette ruelle. Il était là pour en finir.

J'étais à lui, j'étais sa chose, et il ne me donnerait jamais ma liberté.

Et tandis qu'il s'acharnait sur moi, je repensais à ce passé, à ma sœur, et à l'enfer qui ne s'arrêterait jamais…

Je fermai les yeux et j'attrapai le médaillon de Delsin dans ma main, le serrant aussi fort que possible. J'avais quand même de beaux souvenirs. J'avais découvert la vie. Pendant mon séjour ici, j'avais quitté la peau de Devil MacGrass pour celle de Levy, cette fille qui m'attendait depuis toujours. J'étais tombée amoureuse, j'avais été heureuse et c'étaient les plus beaux sentiments du monde. J'avais au moins connu ça.

— Qu'est-ce que c'est, ça ? grogna-t-il en m'arrachant le médaillon des mains.

Je secouai la tête, prêtre à me battre, mais il tira sur la chaîne. Comme elle ne se brisa pas, il tira encore plus fort et elle céda en me brûlant la peau. Il se redressa avec le bijou, je tentai de le reprendre, mais il m'envoya un revers qui me fit voir les étoiles. Ma vue se brouilla, tout était trouble autour de moi. Dépourvue de force, je n'arrivais plus à bouger, mon corps était engourdi, paralysé, gelé. Même ça, je n'arrivais pas à le protéger.

— Rends-le-moi ! soufflai-je.

De rage, il jeta le collier contre le mur d'en face. Il se brisa en même temps que mon cœur et je me rendis compte, quand il me regarda en riant comme un dément, que je pleurais. J'avais la haine, j'avais la rage et cette fois-ci, c'était plus puissant que la peur qu'il m'inspirait. Malgré la douleur dans mes muscles et dans mes os, malgré mon corps en miettes, malgré mes chances réduites à zéro, je rugis et je lui sautai dessus. Il tituba, surpris, et j'en profitai pour le griffer dans le cou et le frapper. Pendant deux brèves secondes, je ressentis un profond bien-être, une sorte de soulagement. J'aurais voulu avoir la force de frapper encore, de lui rendre autant qu'il m'avait donné, mais mon corps ne tenait plus. J'avais mal partout. Mick serra ses deux mains autour de ma gorge et me comprima la trachée. Je ployai, soumise, et il s'avança pour me coincer contre le mur.

— Je vais te buter, siffla-t-il.

Au moins après ça, ce serait fini. Plus de douleurs physiques ni morales, plus de problèmes… Je vis ma vie défiler devant mes yeux sur des secondes qui paraissaient des minutes. Il y avait comme un vide en moi, comme un trou qui m'aspirait. Le temps était comme suspendu tandis qu'il serrait ses mains autour de mon cou et que je suffoquais. À quoi ressemblait la vie après ? À qui je manquerais ? J'étais trop jeune, ce n'était pas mon heure, c'était injuste ! J'avais peur…

Levy !

C'était agréable d'entendre sa voix, même si c'était le manque d'oxygène qui me faisait délirer. Après tout, mes plus belles pensées lui étaient toutes consacrées.

Delsin...

—Levy!

J'ouvris les yeux. La lumière se fraya un chemin à travers les limbes sombres qui me retenaient prisonnière. L'espoir. J'étais sur le point de perdre conscience, mais je ressentis un peu de soulagement. Les larmes coulaient déjà à flots sur mes joues. Delsin croisa mon regard une brève seconde et bondit sur Mick comme une bête enragée. Mon bourreau me lâcha et je tombai au sol, les mains en avant. En dépit de mes poumons en feu, j'inhalai laborieusement l'air par réflexe.

Je me recroquevillai dans mon coin, Delsin projeta Mick contre le mur et sa tête heurta le béton. Il n'y avait plus rien d'humain sur le visage de Delsin.

—Putain, siffla-t-il d'une voix que je ne lui connaissais pas. Je vais te massacrer.

Mick parvint à le frapper au visage et se jeta sur lui, mais Delsin fut plus rapide. Et ils tombèrent au sol, Delsin au-dessus de lui. Mon monstre était grand, mais mon protecteur l'était plus encore. Il était aveuglé par une rage indescriptible, par une haine encore plus manifeste que celle de mon père.

—Si tu savais depuis quand j'ai envie de t'éclater la gueule, lança Delsin d'une voix blanche. Putain, elle...

Mick ricana et la rage de Delsin enfla.

—Tu as... C'est lui qui t'a fait du mal? demanda-t-il en tournant sa tête vers moi. Dis-moi, Levy. J'ai besoin de savoir.

—O-o-o...

Je n'arrivais plus à parler, ma gorge était trop douloureuse. Alors je hochai la tête pour lui faire comprendre que oui.

—Alors regarde, trésor!

Et il frappa et frappa encore. Et malgré mon dégoût pour la violence, malgré mes yeux brouillés de larmes, je ne détournai pas le regard. Je fixai Mick qui me regardait tandis que les poings de Delsin pleuvaient sur lui sans jamais s'arrêter. Le bruit des coups, les gémissements de douleur de Mick, le voir se prendre tout ce qu'il m'avait un jour donné par l'homme que j'aimais était salvateur. Pour la première fois de ma vie, on me faisait justice.

— Putain, arrête de la regarder ! éructa Delsin en s'arrachant la voix. C'est moi que tu regardes, sombre merde. Moi, tu piges ?!

Mick tourna la tête vers Delsin en souriant derrière le sang qui coulait sur son visage.

— Ça m'excite de la regarder pendant que tu cognes, j'imagine tout ce que je vais lui faire la prochaine fois.

— Il n'y aura pas de prochaine fois ! Je vais te buter !

La rage l'emporta sur la raison et Delsin se déchaîna comme un sauvage, comme s'il n'y avait plus aucune once d'humanité en lui.

— Tu es comme moi, souffla Mick. Tu es plein de colère, plein de haine… Un jour, c'est elle que tu vas cogner.

— Ta gueule ! Ferme ta putain de gueule ! J'suis pas comme toi !

J'avais mal pour lui, à cause de moi, ce n'était plus Delsin, c'était sa colère qui le contrôlait.

— Arrête, soufflai-je. Delsin…

Il m'ignora, j'essayai de me redresser pour l'empêcher de taper. Je ne voulais pas qu'il cède à ses pulsions, qu'il perde face à elles, qu'il se laisse happer dans les méandres de la folie furieuse. Je rampai jusqu'à lui et, malgré mes muscles lourds et endoloris, je tentai de l'enlacer.

— Arrête… Delsin, arrête.

Il bougea la tête, de sorte que je voie ses yeux dépourvus de sentiments et habités par la rage. S'il continuait comme ça, il allait le tuer.

— Éloigne-toi, Levy, lança-t-il à bout de souffle.

— Non…

— Si tu ne veux pas regarder, va-t'en ! Tu es à moi, il t'a fait du mal, c'est à moi de…

Je ne pus m'empêcher d'associer les mots de mon père à Delsin et à mes tout premiers jours ici… Non, Delsin n'était pas comme lui, il ne le serait jamais.

— Tu n'es pas comme lui, murmurai-je. Arrête…

— J'en ai besoin, t'as pas compris… J'ai besoin de…

— Del…

— Laisse-moi, Levy.

Delsin recommença à frapper et, à bout de souffle, je sentis mes muscles me lâcher, je n'arrivais plus à le tenir et tandis que je m'effondrais de fatigue, la police arriva en trombe. Ils nous visaient avec des armes et des lampes torches. Je vis alors le médaillon de Delsin, que je ramassai.

— Arrêtez ! Les mains en l'air ! Ne bougez plus !

Ils plaquèrent Delsin contre Mick pour lui mettre des menottes, mais il se débattit pour tenter de le frapper encore.

— Arrête, gamin, ne me force pas à te taser ! s'exclama l'un des policiers.

Il le fit se redresser.

— J'en ai rien à foutre, hurla Delsin. C'est lui que je veux. Je vais le tuer !

Le policier le visa avec son pistolet à impulsion électrique et Delsin se convulsa de douleur. Je le regardai souffrir à cause de moi et j'en eus le cœur brisé. Il s'effondra dos au mur, nous fixant à tour de rôle, Mick et moi. Un autre policier menotta Mick, qui ne broncha pas, et une femme vint à côté de moi et m'aida à me redresser.

— Appelle une ambulance, lança-t-elle à son collègue. Comment vous sentez-vous, mademoiselle ? me demanda-t-elle.

Comme ce jour-là quand j'avais appelé la police, on m'enroula dans une couverture. Je me sentais mal, souillée. Je ne parvenais pas à décrire ce que je ressentais. Je n'étais pas soulagée. L'homme qui m'avait toujours torturée m'avait retrouvée pour se venger, et l'homme que j'aimais avait perdu la raison en me voyant brisée. Ça n'irait plus jamais. Il me verrait toujours comme ça… Delsin ne serait plus jamais le même.

Je me rendis compte que je pleurais à chaudes larmes.

Je n'aimais pas voir Delsin menotté et traité comme un criminel alors que la seule enflure ici, c'était mon père.

— C'est fini, me rassura-t-elle. C'est fini.

Elle m'aida à me redresser, mais quelque chose n'allait pas avec mon corps, il ne suivait pas, et d'un seul coup, ce fut tout noir.

Chapitre 28

Je me souvins de tout à l'instant où je m'éveillai. Mon corps avait beau être épuisé, mon esprit, lui, était lucide.

Je me rappelais les coups et la douleur, et je les ressentais en écho à leur souvenir.

Ce qui m'importait c'était l'homme qui m'avait défendue, l'homme qui m'avait dit les plus belles choses au monde, et qui m'avait dit de vivre.

Delsin !

Quand j'émergeai de ma léthargie, je me sentis engourdie. Mon corps était lourd et douloureux. Je plissai les yeux et la pièce prit forme devant moi. J'étais allongée dans un lit d'hôpital et ce n'était pas très confortable.

— Hé ! Salut toi !

Rob m'accueillit avec un grand sourire. J'essayai de le lui rendre, mais ma lèvre et ma mâchoire me faisaient mal.

— Hé ! (Il me câlina contre lui.) Tout va bien ? Ne te fais pas mal.

— Ça va, le rassurai-je. Ça va… et ton père ?

— Il va s'en sortir, il est hors de danger. Merci de t'inquiéter pour lui.

J'étais soulagée. Je me recouchai et il me caressa les cheveux. Mon meilleur ami était vraiment quelqu'un de remarquable.

— Putain, Levy, tu m'as fait la peur de ma vie. Ta disparition et ça… Merde ! J'ai flippé, un truc de dingue. Je me serais cru dans une série. Plus jamais ça, hein !

— Plus jamais, répétai-je. Je suis désolée…

— Tu as raison, excuse-toi ! Bon sang, ma puce. Pourquoi tu n'as rien dit ? Je t'aurais aidée, Delsin aussi, tu…

Je secouai la tête.

— Quand la police m'a appelée pour me dire qu'il s'était échappé, j'ai paniqué.

Je repensai alors à tout ce qui s'était passé et je fondis en larmes.

— Je me suis dit que la fuite serait la seule solution, poursuivis-je en hoquetant. Il m'a fait peur toute ma vie, le savoir libre a fait ressurgir en moi cette gamine qui se prenait des coups et… Ma sœur m'a appelée, elle m'a dit qu'elle était en route et…

Où était Norah ? Elle aurait dû être là, elle devrait être ici, elle m'avait peut-être appelée…

— Est-ce qu'elle est là ? demandai-je.

— Non, personne ne s'est présenté comme membre de ta famille, souffla Rob.

— Elle a sans doute appelé ?

— Non plus, ton téléphone est là et il n'a pas sonné.

La déception et l'incompréhension se mêlèrent. Je me sentais perdue.

— Je suis désolé, Levy, pour ce qu'il t'a fait. Mais c'est fini, tu ne crains plus rien. Et je suis tellement soulagé que tu n'aies rien. Je suis là pour toi. Putain, tu sais avant dans ma vie rien ne comptait vraiment, tu es la seule véritable amie que j'aie jamais eue et même si je te taquine, c'est bon d'être ami avec quelqu'un de vrai. Je t'adore, tu sais.

Je souris.

— Moi aussi, je t'adore.

— Ça va aller, dit-il en m'embrassant le front.

— Et Delsin ? demandai-je.

Il soupira.

— Il est en garde à vue.

— Quoi ? Mais… Pourquoi ? Il…

Il n'avait rien fait, il m'avait juste sauvée. Je devais y aller pour leur expliquer.

— Attends, reste calme, ne t'énerve pas, s'exclama Rob. Tu as des bleus partout, alors reste tranquille. Tu étais tellement fatiguée que tu as dormi toute une journée. Delsin sera en garde à vue pendant quarante-huit heures encore. Il a insulté les flics, il était ingérable. D'après Zack et Axel, il a fallu trois flics et deux décharges électriques pour qu'ils arrivent à le contenir. Il paraît qu'il a pété les plombs quand il t'a vue t'évanouir. Ils ont jugé qu'il valait mieux l'isoler pour lui permettre de reprendre ses esprits.

— C'est ma faute, gémis-je.

— Non, lança Axel en entrant dans la chambre.

J'avais l'impression que ça faisait une éternité que je ne l'avais pas vu. Il me sourit et se pencha vers moi pour me caresser les cheveux avant de s'asseoir au bord du lit. Pour une fois, ses cheveux longs n'étaient pas attachés, ils lui tombaient sur les épaules.

— Content de te voir éveillée, ma jolie. Et, non, ce n'est pas ta faute, c'est la sienne et celle de ton père.

Tout le monde était donc au courant. Au point où j'en étais, je m'en fichais. Maintenant plus rien ne comptait plus que cette vie que j'avais. Mon passé n'était qu'immondice. Il n'y avait rien de beau, pas d'espoir. Tout était différent à présent, tout était fini pour de bon.

— Mais ne t'en fais pas, ils l'ont gardé pour son bien, me rassura Axel. Et mon père s'occupe de lui.

— Ton père ?

— Oui, il est avocat. Il va aider Delsin à se sortir de là. Il faut dire qu'il était enragé et répétait sans cesse qu'il voulait tuer ton père. Mais ça va aller, on va le tirer d'affaire. Pense à te reposer, c'est le principal.

Je hochai la tête, mais je ne devenais pas plus sereine pour autant. J'avais tellement envie de le voir malgré la honte que j'éprouvais, et mes remords.

— Alors on est réveillée ? nous interrompit une autre voix.

— Tout juste, lança Rob.

Un médecin accompagné d'une policière entra dans la chambre.

— Veuillez sortir, messieurs, s'il vous plaît, intima-t-elle à mes amis.

Ils quittèrent la chambre sans discuter. Le médecin m'ausculta quelques secondes.

— Bien, hormis les nombreuses contusions, vous n'avez rien de grave, mademoiselle MacGrass, me dit-il finalement. Votre tension est redevenue normale et vous n'avez pas de fièvre. Vous n'avez rien de cassé, mais je vous conseille un repos total pour les jours qui viennent. Vous êtes fragile et fatiguée. Comment vous sentez-vous ce matin ?

— Comme après un passage à tabac, répondis-je. Engourdie et courbaturée.

— Je vous ai prescrit des antidouleurs pour la semaine à venir. Vous pourrez sortir dans l'après-midi. Je vous reverrai avant votre sortie.

J'acquiesçai et il quitta la chambre. La policière s'avança.

— Bonjour, dit-elle en s'asseyant sur une chaise près de moi. Votre père n'est pas mort, j'ai pensé que vous seriez soulagée de l'apprendre.

— Et pourquoi ? raillai-je.

— Parce que malgré tout le mal qu'il vous a fait, si votre ami l'avait tué, ce qu'il était à deux doigts de faire, il aurait pu écoper d'une bonne dizaine d'années de prison.

Oh, Delsin…

— Ça me soulage d'un côté et d'un autre non…

— Je comprends tout à fait, mais, croyez-moi, c'est mieux ainsi. Votre père était recherché depuis sa fuite, personne n'avait imaginé qu'il parviendrait à vous atteindre si rapidement alors qu'il n'avait aucune idée de l'endroit où vous étiez.

— Mais alors, comment… ?

Elle pinça les lèvres.

— Nos confrères ont interpellé une certaine Norah Jackson avec qui il aurait échangé des appels téléphoniques. Vous étiez au courant ?

Je me sentis défaillir.

— Comment ça ? bredouillai-je.

— Votre sœur était en contact avec votre père lorsqu'il était en prison et également après son évasion. D'après nos informations, elle lui aurait fourni un véhicule et vos coordonnées afin qu'il vous trouve.

— Non, c'est impossible… Elle était en route pour m'aider, elle…

— Elle a avoué, je suis désolée, mademoiselle. C'est elle qui a indiqué à votre père votre lieu de rendez-vous.

Non, ça ne pouvait pas être vrai, elle ne pouvait pas… J'avais… Pendant des années, elle avait été ma protectrice, elle…

— Non… Vous mentez ! Vous…

— Je comprends votre déception…

Je savais au fond de moi que la policière disait la vérité. Elle n'avait aucune raison de mentir. Mais mon âme et mon cœur, eux, refusaient d'y croire. Quelque part, je ne pouvais pas accepter que ma sœur ne valait pas mieux que mon père.

Je repensai à cette fois où je l'avais appelée et où elle m'avait parlé de lettres. Elle s'était excusée de ne pas être venue me chercher. Tout ça n'était que des mensonges… Et alors que je paniquais à m'en rendre malade, alors que j'avais eu peur pour ma vie et que j'avais essayé de fuir, elle s'était jouée de moi, elle m'avait vendue à mon père et m'avait menée droit à la mort.

La brutalité soudaine de cette réalité me coupa le souffle. La douleur que je ressentais dans mon cœur et dans mon corps était mille fois plus douloureuse que celle des coups de mon monstre de père. Une souffrance comparable à celle que j'avais ressentie lorsque Delsin m'avait quittée, à celle que j'avais ressentie à quatorze ans quand j'avais compris que désormais je serais seule avec mon bourreau. Ce sentiment, c'était le pire de tous. L'abandon, la solitude… J'étais déchirée de l'intérieur, je me sentais trahie, abandonnée, seule.

Mon cœur se comprima si fort que le bip du moniteur cardiaque redoubla d'intensité. La policière se redressa.

— Calmez-vous, mademoiselle. Je sais que…

Je fondis en larmes. Mon chagrin me submergeait, la chute était trop rude. Je m'enfonçais un peu plus dans mes ténèbres. Ça ne servait à rien de chercher des excuses, de croire que Norah n'avait pas fait ça, elle l'avait fait. Elle m'avait trahie une seconde fois.

Je me sentais à l'agonie, j'avais tellement mal que j'avais l'impression qu'une paire de mains venait de plonger dans ma poitrine pour m'écraser le cœur. Il n'y avait rien, plus rien de beau, plus aucun espoir, tout était noir. Tout ce en quoi j'avais cru, tout ce à quoi je m'étais rattachée n'était que mensonges.

— Je suis désolée, dit la policière en tentant de me calmer. Ils ne vous nuiront plus. Ni votre père ni votre sœur. Je sais que la révélation est rude et qu'on ne s'attend pas à être trahie de la sorte, je sais que c'est dur à encaisser, mais vous devez être plus forte qu'eux. Vous êtes en vie, c'est le principal.

J'étais en vie, oui. Mais à quel prix ? Je ne voyais pas bien ce qu'il y avait de positif là-dedans. Mon corps et mon âme n'étaient plus qu'un réseau de nerfs douloureux. J'étais trahie et déçue par la vie. Je venais de perdre le peu de choses que je croyais belles de mon enfance. Ma propre sœur m'avait vendue à mon père.

— Quoi qu'il en soit, reprit la policière, ce que votre père a fait est un grave délit et il ne sortira pas de sitôt. La justice n'aime pas qu'on se joue d'elle et en s'évadant votre père a rallongé sa peine. Si vous portez plainte contre lui à nouveau, alors sa peine initiale sera certainement doublée. Croyez-moi, il ne s'évadera pas deux fois. Je suis désolée que vous ayez eu affaire à ce monstre une nouvelle fois. Quant à votre sœur, elle s'est rendue coupable de complicité dans l'évasion de votre père et sa tentative de meurtre. Pour elle aussi, la peine sera longue. Vous pouvez également porter plainte contre elle.

Je secouai la tête.

— Je veux juste oublier et arrêter d'avoir mal.

— Je compatis, mademoiselle. Je vais être franche avec vous, j'ai connu un père violent moi aussi et c'est ce qui m'a donné envie de faire ce métier. Je comprends votre colère.

Je secouai la tête à nouveau en esquissant un petit sourire.

— Si vous voulez porter plainte contre votre père et votre sœur, poursuivit-elle, je peux prendre votre déposition maintenant et l'enregistrer. Je vais aussi être obligée de vous demander de faire quelque chose de désagréable. Il me faudrait prendre des photos de votre corps meurtri… pour le procès de votre père.

Je déglutis et je hochai la tête. Je me souvenais d'avoir fait ça la première fois aussi.

— Je viendrai au poste pour porter plainte, je… Et Delsin comment va-t-il ? Est-ce qu'il… ?

— Votre ami est un esprit indomptable. Nous avons réussi à le contenir, mais il a insulté mes collègues et a même donné un coup de tête à l'un d'eux alors qu'il l'interrogeait. Compte tenu de votre état, de votre passé avec votre père, et des circonstances, il ne sera pas puni pour ça. Il a d'ailleurs un très bon avocat qui s'occupe de lui. Toujours est-il qu'il est mieux de le garder encore un peu pour qu'il retrouve ses esprits. Votre père a été transféré dans un autre hôpital pour qu'on lui administre les premiers soins, et deux policiers sont postés dans sa chambre en permanence. Si tout va bien, il sera de retour en prison dès demain. Le verdict tombera vite. Celui de votre sœur aussi.

— Est-ce que je pourrais aller voir Delsin ? demandai-je.

— Vous n'auriez le droit qu'à quelques minutes, mais je pense que oui.

— Je veux le voir. Je porterai plainte contre Mick et Norah en même temps.

— Très bien, je vous attendrai au poste de police.

Elle se leva pour partir, mais une dernière question restait sans réponse.

— Comment… ?

— Pardon ?

— Comment avez-vous su qu'il était là ?

— Nous avons reçu un appel de l'une des serveuses du *diner*.

Je hochai la tête.

∞

Rob m'accompagna au poste. J'y retrouvai la policière que j'avais vue à l'hôpital, elle prit ma déposition et ma plainte contre mon père, et je vécus une nouvelle fois cet enfer avec lui, racontant chaque détail de mon calvaire dans cette ruelle. J'avais également entendu les aveux de Norah enregistrés par la police et ça ne m'avait pas aidée à me sentir mieux. Au contraire, ça m'avait encore un peu plus détruite. Elle n'avait montré aucun remords, et je comprenais désormais à quel point je n'avais jamais compté pour elle. J'avais donc porté plainte contre elle aussi. J'espérais ne plus jamais entendre parler d'eux.

Une fois fini, je pus enfin rendre visite à Delsin. J'avais tellement envie de le voir, de me serrer contre lui, de lui dire combien j'étais désolée, à quel point je l'aimais. J'avais besoin de lui, plus que jamais.

On me fit rentrer dans une salle d'interrogatoire avec un miroir sans tain. J'y vis mon reflet. Le résultat de l'œuvre de mon père était fracassant. C'était la première fois qu'il me frappait autant au visage, avant il préservait les apparences. Je m'assis sur une chaise en ignorant mon reflet.

Quelques minutes plus tard, la porte s'ouvrit. C'était la policière. Elle était seule.

— Je suis désolée, mademoiselle. Il ne viendra pas.

— Comment ça ? Vous aviez dit que…

— Je sais, oui, c'est lui qui ne veut pas venir.

Ce fut la douche froide.

— Il ne veut pas vous voir. J'ai insisté, mais il ne veut pas.

Une profonde douleur s'éleva dans ma poitrine et me compressa le cœur et les poumons. Cette douleur-là était bien plus mordante que tout le reste. J'avais besoin de lui, plus que jamais. Je ne m'étais jamais sentie aussi seule de toute ma vie, la trahison de Norah me brisait le cœur et j'avais besoin de la seule personne au monde qui m'avait sauvée de mon père.

Il m'en voulait encore. Il était toujours en colère contre moi, il n'avait pas pardonné mes silences… J'avais été bête de croire que parce qu'il avait tabassé mon père, ç'avait changé les choses entre nous. Il ne voulait probablement pas voir mon visage tuméfié. Il était en prison à cause de moi, je lui gâchais la vie, il avait toutes les raisons du monde d'être en colère contre moi.

— D'accord, je… Est-ce qu'il va bien ?

— Mieux. Ne vous en faites pas. Allez vous reposer, votre santé est plus importante.

Il n'y avait rien de pire que se sentir seule, je le savais. Ce sentiment était dévastateur et personne ne pouvait comprendre sans l'avoir déjà ressenti soi-même. Ça nous rendait vide, ça nous rongeait de l'intérieur, et ça nous brisait. Je l'avais ressenti pendant tant d'années, puis ça s'était estompé dans cette petite ville paumée et voilà que cette vieille amie qui ne m'avait pas manqué m'enfermait de nouveau dans son étreinte étouffante.

Chapitre 29

Mick était parti.

La police m'avait avertie qu'un agent fédéral l'avait emmené par avion pour l'incarcérer à nouveau. On m'avait dit que sa vie était hors de danger. Delsin ne risquait donc plus rien.

Rob prenait soin de moi. J'avais l'habitude d'être seule après avoir subi la colère de mon père, alors c'était déroutant d'avoir quelqu'un qui me dorlotait. Je dormais dans une nouvelle chambre. On m'avait donné une des chambres réservées aux étudiants de deuxième année. Comme celle de Delsin. Elles étaient plus spacieuses et mieux insonorisées. C'était plus confortable étant donné que j'avais besoin d'énormément de repos. Mon meilleur ami était venu dormir avec moi. La douleur et les cachets me rendaient groggy, et m'épargnaient mes insomnies. Je n'étais pas une compagnie très intéressante et je somnolais sans arrêt.

Bien sûr, la nouvelle avait vite fait le tour du campus et la presse locale avait même publié un article sur mon histoire. Je n'avais pas encore mis le pied dehors, mais je savais que je n'étais plus du tout invisible. Je n'étais plus simplement la fille qui sortait avec Delsin, j'étais la fille qui s'était fait tabasser par son père et dont Delsin avait tabassé le père à son tour.

Je me fichais pas mal de mon image. J'avais été tellement de choses dans ma vie que je n'étais plus à ça près.

Axel et Zack étaient venus me voir et ils avaient mangé avec nous la veille au soir. Moi, tout ce que je voulais, c'était voir Delsin, lui parler, essayer de retrouver ce que nous avions eu tous les deux. Il devait sortir de garde à vue aujourd'hui, mais j'ignorais s'il avait envie de me voir et après son refus pendant sa garde à vue, je ne me sentais pas la force de faire le premier pas. Je devais me faire à l'idée que c'était fini entre nous.

— Ne stresse pas, lança Rob en posant des œufs brouillés devant moi. Ça va aller pour lui, et pour vous deux.

— Il n'a pas voulu me voir, lui rappelai-je.

— Ma puce, un mec n'en tabasse pas un autre à ce point s'il en a rien à foutre. Il a failli tuer pour toi, et tu penses que vous n'allez plus vous voir ? C'est ridicule. Même s'il est en colère parce que tu ne lui as pas dit que tu étais en danger, vous êtes dans la même université, vous vous croiserez forcément.

— Je ne suis pas ridicule.

— Non, mais ce que tu dis, oui. Et mange tant que c'est chaud, tu as besoin de reprendre des forces.

Je pris la fourchette et je commençai à manger. Je mâchai doucement, ma mâchoire était encore douloureuse. Je n'étais pas aussi confiante que lui, mais je puisais dans son éternel optimisme pour me donner du courage.

Heureusement qu'il était là. Rob était ma protection pour m'empêcher de tomber dans le vide, il était ma rambarde au-dessus du précipice. Sans lui je me serais sentie plus seule que jamais et même si j'avais le cœur brisé, sa présence était réconfortante.

— Je vais aller me laver, dis-je à Rob après avoir terminé mon petit déjeuner.

Je ne m'étais pas lavée depuis mon retour de l'hôpital et il était sans doute temps que j'y remédie.

— Tu as besoin d'aide ? me demanda-t-il.

Rob m'avait vue quasiment nue puisqu'il m'avait aidée à me mettre en pyjama en revenant du poste de police. Tous les gestes du quotidien me prenaient un temps fou à cause des bleus et hématomes qui recouvraient mon corps. J'avais hâte qu'ils s'estompent pour reprendre une vie et une apparence normales.

— Non, ça va aller. Il faut que je me bouge et puis, j'ai déjà connu ça.

Il sourit avec tendresse.

— Si tu as besoin, tu m'appelles.

— Tu devrais aller en cours, Rob. Je peux m'en sortir seule, tu sais avant, j'étais…

— Plus maintenant, m'interrompit-il. Maintenant, tu as des amis et des gens pour qui tu comptes et tu n'es plus toute seule.

— Je sais, dis-je en souriant. Mais ça va aller, Rob. Je t'assure. Je vais me reposer, ça fait deux jours que tu t'occupes de moi…

Il pinça les lèvres.

— Tu es certaine ?

— Oui. Je vais dormir, récupérer un peu, ne t'en fais pas.

— OK, je repasse tout à l'heure de toute façon, je te ramène des trucs à manger et le reste de tes affaires.

— Tu es le meilleur ami du monde.

— Je sais.

Quelques secondes plus tard, il m'enlaçait et s'éclipsait.

Je m'enfermai dans la salle de bains et mon reflet me fit grimacer. J'étais bien arrangée. J'avais des bleus un peu partout sur le ventre, dans le dos, sur les cuisses. J'avais un bleu à la lèvre, un autre sur la joue droite et mon œil droit était gonflé. C'était aussi douloureux que moche. Je me détournai de mon reflet et j'entrai dans la cabine de douche.

L'eau tiède me brûla la peau un moment avant de l'engourdir. Je me lavai à la vitesse d'un escargot. J'avais oublié combien ça faisait mal les jours d'après… Mais c'était la dernière fois. Il ne m'atteindrait plus jamais.

∞

Il devait être tard lorsque je me réveillai car le ciel était foncé à travers la fenêtre. Je sentis comme une odeur de nourriture. Rob devait être revenu et faisait à manger. Je rejetai le plaid et m'assis avant de me lever pour le rejoindre à la cuisine. Je tombai alors sur un spécimen très différent de Rob.

Il était là. Il était bien là. Mon cœur se mit à battre à tout rompre dans ma poitrine.

— Delsin ?

Il se retourna. C'était bien lui. Il n'y avait plus de haine sur son visage, elle avait disparu, pourtant quand il vit mon visage, la colère sembla légèrement assombrir ses yeux. Non, je ne voulais pas qu'il ressente ça chaque fois qu'il me voyait. Ce n'était pas l'image que je voulais qu'il ait de moi et c'était pour ça que j'avais tu mon passé jusque-là, parce que je refusais qu'il me voie comme une chose fragile.

— Lui-même, répondit-il en souriant.

Ignorant mes courbatures, je me jetai dans ses bras. Il m'accueillit avec douceur et ses bras se refermèrent autour de moi avec précaution. C'était tellement bon de sentir son odeur, de sentir ses bras, de me serrer contre lui.

— Hé, doucement trésor, ne te fais pas mal.

— Tu es là… Tu es là…

Il arrêta le gaz et éloigna une casserole dans laquelle il y avait de la soupe. Puis, il glissa une main sur ma nuque, je relevai doucement la tête pour ne pas qu'elle tourne trop.

Nos regards curieux se trouvèrent. C'était un peu comme la première fois. En silence, on se découvrait pour nous convaincre que nous étions réels tous les deux. Il se pencha un peu, fit glisser une mèche de mes cheveux derrière mon oreille et la douceur qui naquit dans ses beaux yeux sombres m'ébranla.

— Putain, Levy…, siffla-t-il en me serrant dans ses bras. Putain !

Je compris en sentant ses biceps trembler qu'il se contrôlait pour ne pas me serrer trop fort contre lui et qu'il n'était pas en colère du tout, mais plutôt soulagé.

— Tu es là…, soufflai-je à nouveau sans y croire.

— Putain, mais où veux-tu que je sois ? Bien sûr que je suis là.

— Mais tu n'as pas voulu me voir au poste alors j'ai cru…

— Je ne voulais pas que tu me voies là-bas, m'interrompit-il, avec des menottes, avec un pull couvert de sang, sale et… Je ne voulais pas que tu me voies comme ça, Levy. Je ne voulais pas qu'on se voie enfermés dans une salle d'interrogatoire. Ce n'était pas un lieu pour toi. Et puis, je savais que si je te voyais triste, couverte de bleus, je n'arriverais pas à me calmer. Il me fallait prendre un peu de recul.

— Tu as l'air encore en colère, tu…

— C'est vrai, je le suis. Ça bouillonne en moi et je vais avoir besoin de toi et de temps pour me calmer. Mais je ne suis pas en colère contre toi. Je le suis contre moi de t'avoir laissée seule avec cette enflure, de lui avoir laissé le temps de te faire du mal à nouveau, de ne pas avoir compris et de t'avoir abandonnée.

Je secouai la tête. C'était ma faute. Tout était entièrement ma faute. Pas la sienne. Pourtant, c'était lui qui s'excusait.

— Non…

— Je voulais le tuer, avoua-t-il d'une voix blanche. J'ai encore envie de le tuer.

Je ne cessais de le fixer, comme ce soir-là en boîte quand j'essayais de déceler la moindre once de malveillance en lui, mais encore une fois, il n'y avait rien. Il avait l'air d'avoir peur de mes réactions.

— Je sais, soufflai-je en frissonnant. Je sais.

— Il te regardait avec ce putain d'air malsain pendant que je le frappais, j'avais envie de le massacrer… Il n'y avait plus rien d'humain en moi, je ne ressentais plus rien, Levy. C'était le néant, je frappais simplement parce que j'avais envie de tuer. La dernière fois que j'ai ressenti quelque chose comme ça, c'était quand j'ai revu ma mère après ce qu'elle nous avait fait, mais cette fois-là n'était rien en comparaison. C'était la première fois que je perdais pied à ce point.

— Tu ne l'as pas fait.

— Levy, tu te rends compte que si les flics avaient mis plus de temps, j'aurais fait de la prison pour meurtre.

— Je sais, je suis tellement désolée, Delsin…

— Non, gémit-il en posant son front contre le mien. Non, arrête. Pourquoi tu t'excuses ?

— Sans moi…

Il secoua la tête.

— Mais sans toi je ne serais pas aussi vivant que je le suis actuellement. Sans toi je serais toujours ce gars impulsif qui s'ennuie de tout et qui ne ressent rien. Tu m'as ramené à la vie, Levy. Tu m'as sorti de ma colère, de ma léthargie. Grâce à toi, j'ai pu recommencer à ressentir des sentiments positifs.

— Mais…

— Dès le premier soir dans le taxi, j'ai su que tu étais faite pour moi. J'ai voulu connaître l'origine de tes tourments et t'en protéger. Je ne te connaissais pas et pourtant, j'avais déjà envie de te venger.

J'étais émue par ses mots. Je ne voulais pas qu'il culpabilise de la manière dont il m'avait sauvée.

—Ça m'a fait du bien de te voir le frapper au début, soufflai-je. Puis, j'ai détesté cette colère qui prenait possession de toi. Tu n'es pas comme lui, Delsin.

Je soufflai et je levai une main pour lui caresser la joue. Il pressa son visage contre ma paume. Il était sans doute temps que je parle, même si c'était trop tard.

—Qu'est-ce que tu veux savoir de cette période de ma vie ? lui demandai-je sans le quitter des yeux.

—Tout.

—Tu sais tout maintenant.

—Non, dit-il avec tendresse. Non, je ne sais pas, parce que je ne l'ai jamais entendu de ta bouche.

—Tu veux que je te dise que mon père ne m'a jamais aimée ?

—Par exemple.

—Qu'il m'a toujours reproché la mort de ma mère ? continuai-je.

—Oui.

—Qu'il a commencé à me frapper peu de temps après que ma sœur m'a trahie en m'abandonnant seule avec lui ? Et qu'elle m'a trahie une seconde fois en me tendant un piège pour qu'il me retrouve ?

—Continue.

Et là, c'était comme si un sortilège venait de me délier la langue.

—Il m'a frappée pendant des années et il m'a insultée toute ma vie. J'espérais que ma sœur reviendrait me chercher. J'ai subi pendant des années en silence. Je suis devenue fantomatique. Puis, un jour d'été, il faisait très chaud, j'ai trouvé une jolie robe à la maison, je l'ai essayée et, comme ça faisait des jours qu'il était absent, je l'ai gardée. Quand il est rentré et qu'il m'a vue dans la cuisine… Il m'a appelée par le prénom de ma mère et il m'a caressée. J'étais paralysée par la peur. Quand je lui ai dit d'arrêter, il est devenu fou, il m'a…

Me remémorer ce souvenir était douloureux, mais je pouvais le faire pour lui et pour nous.

— Ne t'arrête pas. Je peux tout entendre, même le plus moche.

Je ne voulais pas qu'il soit de nouveau en colère, pourtant, maintenant que j'en étais à déballer mon sac, j'avais envie de finir.

— Il a arraché ma robe et m'a touchée, repris-je. Pour la première fois, je l'ai supplié d'arrêter. Je préférais me faire frapper que de subir ça. J'ai fini par attraper un couteau de cuisine et je l'ai planté dans sa cuisse, mais il l'a retiré et m'a poignardée dans le ventre.

Delsin grogna.

— Alors c'est ça, cette cicatrice…

— Oui, avouai-je. J'ai réussi à retirer le couteau pour le lui planter à nouveau et il s'est effondré. Alors j'ai appelé les flics et j'ai tout déballé. Tout ce qu'il me faisait subir depuis des années. Quelque temps après, je débarquais dans une ville paumée et j'aidais un type à la gueule cassée.

— Cette fameuse fille avec sa trousse de secours. Un fantasme devenu réalité.

— « Un fantasme » ?

— Dire que tu n'as pas conscience de combien tu m'as perturbé ce soir-là. C'est dingue. Tu m'as retourné la tête.

Je secouai la tête, il sourit tendrement et embrassa ma paume, qui n'avait pas quitté son visage.

— Et pourquoi tu ne m'as pas dit qu'il était revenu ? demanda-t-il.

— Je ne savais pas. La police m'a appelée pendant ton entraînement pour me dire qu'il s'était enfui. Selon eux je n'étais pas en danger, mais j'ai paniqué. C'était plus fort que moi, j'étais perdue, je voulais fuir. Il a toujours eu cette emprise sur moi. Je suis redevenue la petite fille apeurée...

— Bon sang, Levy ! Je t'aurais protégée, je... (Il s'interrompit en soupirant.) Ce n'est plus important, c'est fini.

— Je suis désolée. Je sais que ce n'est pas beau. Rien n'est beau dans mon histoire. Je ne veux pas que tu me voies comme ça, je ne voulais pas que tu me perçoives de cette façon.

— Non, c'est vrai, ce n'est pas beau. C'est ce qu'il y a après qui est beau. J'ai tout de suite vu combien tu avais été bousillée par la vie, trésor. J'ai su tout de suite que tu avais des démons aussi lourds que les miens.

— Comment ça ?

Son pouce vint caresser délicatement la minuscule cicatrice en dessous de mon oreille et un éclat particulier passa dans ses yeux sombres.

— Il y avait tes réactions, comme ta façon de te reculer le premier soir, comme si tu avais peur que je te frappe. Et puis, celle que tu as eue quand j'étais bourré et ta façon de penser que j'étais violent avec Rynne. Je ne connaissais pas ton histoire, mais j'avais une petite idée de la nature de tes blessures.

Je me sentais stupide et honteuse, mais aussi heureuse qu'il m'ait vue telle que j'étais et que ça ne l'ait pas repoussé.

— Alors...

— Alors, j'ai compris pourquoi tu n'étais pas comme les autres, et que c'était pour ça que j'étais autant perturbé le premier soir. Tu étais comme moi, toi aussi tu connaissais la douleur. Et j'ai senti le besoin irrépressible de te protéger.

Ses révélations me rendaient bizarre, ses mots avaient un drôle d'effet sur mon cœur.

— Delsin...

— Je te l'ai dit l'autre soir, tu peux tout me dire, tu n'as pas à te cacher devant moi. J'ai vécu assez de choses dans ma vie pour comprendre qu'on ait peur ou qu'on puisse avoir des réactions excessives.

Je hochai la tête.

— Ce qui m'importe maintenant, c'est nous, poursuivit-il. Je devais savoir, entendre ton histoire au moins une fois, parce qu'elle fait partie de toi et que ça ne changera jamais rien à mes sentiments. Ni même ces bleus sur ton visage. Rien ni personne ne changera ça.

— Tes « sentiments » ? répétai-je, hébétée.

— C'est évident, non ? répondit-il en souriant.

Je le regardais, déroutée, et il s'en amusa.

— Tu n'as donc pas encore compris que je t'aime ?

Je déglutis.

— Tu ne l'as jamais dit, soufflai-je.

— C'est vrai, je ne l'ai jamais dit.

Il se pencha plus encore et posa ses lèvres doucement sur les miennes. Mon cœur s'éveilla et, pour la première fois depuis des jours, je ressentis autre chose que de la douleur. Je ne le quittais pas des yeux. Je me pressai contre lui, tout à coup avide de mots.

— Je t'aime, murmura-t-il. Je t'aime comme j'aime nos nuits avec passion, comme j'aime ta tristesse, ta solitude, chaque recoin de ton âme et de ton esprit. J'aime la façon dont tu me regardes, dont tu me touches, dont tu m'embrasses. J'aime cette mèche de cheveux qui tombe toujours devant tes yeux et qui cache ton visage, j'aime la remettre en place et découvrir chaque fois combien tu es belle. Je t'aime autant que le goût des tartes aux pommes, autant que le jour qui devient nuit, autant que chaque étoile qui scintille. J'aime penser que tu es à moi et croire que tu es aussi possessive que moi. J'aime tes sourires parce que je sais qu'à travers chacun d'eux se cache un monde entier de possibilités. Et ce monde infini, je veux le mettre à tes pieds parce que l'amour que je ressens pour toi m'a appris à aimer vivre.

Mon cœur était ravagé. Je n'avais jamais rien entendu d'aussi beau ni de si merveilleux. J'en avais les larmes aux yeux. Ses mots effaçaient tous les maux qui m'oppressaient la poitrine. Je me sentais tout à coup tellement légère, comme si le poids de mon passé venait subitement de disparaître. J'avais l'impression de respirer pour la première fois.

Je fermai les yeux et Delsin se pencha vers moi :

— Être impulsif, ça a quand même de bons côtés, surtout quand il s'agit de t'aimer, glissa-t-il à mon oreille. Alors, j'espère que tu es prête, ma Levy, parce que je vais t'aimer sans la moindre retenue. De toute façon, tu sais bien que je ne sais pas faire autrement.

Je frémis de bonheur et frissonnai quand il posa une pluie de baisers sous mon oreille. Les yeux toujours clos, je laissai l'amour s'infiltrer par tous les pores de mon corps, cette sensation était merveilleuse et dévastatrice.

J'étais aimée. Moi, pour la première fois de ma vie, j'étais aimée. L'homme qui m'avait appris à vivre, l'homme qui avait chamboulé mon arrivée dans cette petite ville, l'homme qui m'avait poussée à faire une liste, cet homme merveilleux dont j'étais amoureuse m'aimait aussi.

J'étais si heureuse, si comblée. Jusqu'à maintenant j'ignorais ce que ça faisait, mais je ne comptais plus m'en priver. Plus jamais.

J'ouvris les yeux, je me sentais différente, prête pour le reste.

— Hé, salut toi, dit-il.

Je fondis.

— Hé !

— À quoi tu penses, là tout de suite ? Tu as peur ? demanda-t-il.

Je secouai la tête et le découvris, un peu comme la première fois. Delsin souriait si largement qu'il ne m'avait jamais paru si beau, et il me scrutait sans colère, il y avait une douceur infinie dans son regard, et je compris qu'il m'avait toujours regardée de la même manière.

Depuis tout ce temps… Depuis ce premier soir.

Depuis cette fameuse nuit, nous étions destinés l'un à l'autre. C'était évident, maintenant, je le savais. Une fille lasse d'être battue qui soignait les bleus d'un gars impulsif. La rencontre de deux insomniaques que la vie n'avait pas épargnés.

— Delsin… Si tu savais combien je t'aime moi aussi.

Il se figea un instant et cilla.

— Putain, redis-moi, ça ! m'intima-t-il d'une voix rauque.

— Tu n'avais pas encore compris ?

Il rit doucement, et entendre ce son mélodieux me galvanisa. Il était tellement beau quand il souriait. Je souris à mon tour, amusée de reprendre ses mots pour le taquiner.

— Tu ne l'as jamais dit.

— C'est vrai, dis-je amoureusement. Je ne sais pas quand j'ai commencé à t'aimer, je m'en suis à peine rendu compte, je n'ai pas réfléchi, j'ai juste senti que peu à peu je voulais absorber ta colère en trop, que j'aimais chaque mot que tes lèvres prononçaient, chacune de tes parfaites imperfections. Je te voulais, toi, aucun autre que toi. Tu n'as pas la moindre idée de la puissance de tes actes et de tes mots ni de leur répercussion sur mon cœur et mon âme. Et pourtant, de jour en jour, de nuit en nuit, je me suis sentie renaître grâce à toi, tu m'as rendu la vie, Delsin. Tu as transformé mes insomnies en rendez-vous nocturnes, tu as effacé la peur qui leur était associée. Tu m'as fait faire une liste et tu m'as fait découvrir les choses de la vie, parfois aussi simples qu'un bout de tarte aux pommes et d'autres fois aussi intenses qu'un premier baiser. Tu es toutes mes premières fois et je ne veux pas que ça s'arrête…

Ses yeux étaient éclatants et brillants. Il résidait dans ses pupilles aussi sombres qu'un ciel nocturne la promesse d'un toujours. J'étais tellement heureuse. Et légère. Il avait raison, certains mots douloureux devaient être prononcés et on se sentait mieux après les avoir dits malgré toutes les horreurs qu'ils racontaient. Mon passé ferait toujours partie de moi et le retour de mon père pour se venger aussi, mais ça ne ferait plus partie intégrante de ma vie. Je savais désormais que je ne céderais plus jamais aux enfers de mon passé, c'était fini. Ce qui comptait maintenant, c'était l'avenir.

Mon cœur débordait d'amour comme jamais.

Delsin semblait ébahi et je m'étonnais d'être capable de faire naître ces sentiments chez lui, mais puisque j'en étais capable et puisque je l'aimais, j'étais bien décidée à continuer de le rendre fou. Il m'avait vue et aimée alors même que j'étais invisible et détruite. Tout comme j'étais tombée sous le charme d'un type impulsif à la gueule cassée qui avait juste besoin d'oublier sa colère. Ensemble, au fil de nos nuits, nous avions appris combien les choses pouvaient être belles.

— Voilà qui s'annonce très prometteur, murmura-t-il.

— Je crois aussi.

Il se pencha à nouveau et ses lèvres se posèrent sur les miennes. Elles remuèrent doucement. Trop doucement. C'était délicieux de le retrouver, mais j'avais envie de beaucoup plus. Je me serrai tout contre lui, ses mains glissèrent dans mes cheveux et, avec une profonde douceur, le long de mon échine. J'étais bien là, la vie reprenait tout son sens. Cependant, quand je grimaçai à cause de ma lèvre, il s'éloigna.

— Merde, je m'étais promis d'être patient et de ne pas…, soupira-t-il.

— Je vais bien, assurai-je en pressant ma bouche contre la sienne. Je vais bien…

— D'accord, on va se concentrer sur ça, grommela-t-il. Putain, arrête de faire ça. Tu sais que je ne peux pas y résister.

— Quand je fais quoi ?

— Ta guérison avant tout, grogna-t-il sans me répondre. Surtout après ce que tu as vécu. Tu m'as tellement manqué, mais j'ai flippé comme jamais quand tu t'es évanouie.

C'était aussi pour ça que je l'aimais, parce qu'il me respectait et qu'il me protégerait jusqu'au bout. J'abdiquai en faisant la moue. Je n'avais pas si mal et ses mains à lui me réparaient, me protégeaient, c'était tout ce que je voulais.

— À quoi tu penses, là de suite ? demanda-t-il en rivant son regard au mien.

J'adorais ces petits rituels entre nous. Cette manie qu'il avait de me demander à quoi je pouvais bien penser.

— À tes bras dans lesquels j'adore me blottir et à combien j'ai envie de toi, répondis-je.

Je me demandai tout à coup s'il me désirait encore ou si la scène qu'il avait vue avait suffi à le dégoûter de moi.

— Levy ? s'inquiéta-t-il.

Mes doutes avaient dû se voir sur mon visage.

— Tu me désires toujours, n'est-ce pas ? demandai-je d'une toute petite voix.

Il se mit à rire, un rire moqueur qui me fit rougir.

— Aucun homme ne te désirera jamais plus que moi. Je t'ai dit que rien n'affecterait mes sentiments et ça vaut aussi pour mon désir. Je t'aime et te désire tellement fort, mais tu es blessée et je veux que tu guérisses. Tu es fatiguée, affaiblie et…

— Tes mains ne m'ont jamais fait mal, elles m'ont révélée, elles m'ont fait découvrir la douceur et le plaisir, elles m'ont protégée. Je ne veux pas que tu craignes de me casser, Delsin. Je sais que ça doit être dur pour toi de me voir comme ça, mais…

— Ne crois pas que ce sont ces quelques bleus qui changeront mon désir pour toi, trésor. Tu n'as qu'à baisser les yeux pour voir combien je suis à toi et comme j'ai envie de toi.

— C'est comme ça que je veux oublier, il n'y a que toi qui puisses me réparer. J'ai trop subi avant pour me focaliser sur le passé. C'est le présent, que je veux vivre.

— Bon sang, mais quelle… Tu sais pourtant que… Merde !

Je souris. Il m'enlaça de plus belle et m'entraîna vers le lit. Il retira ses chaussures, ses chaussettes et même son tee-shirt et je le rejoignis, absolument fascinée par mon amoureux parfait.

— Doucement, trésor.

Je me plaçai de sorte à ne pas avoir mal tout en étant contre lui et ses doigts glissèrent dans mes cheveux.

— Laisse-moi faire. Je m'occupe de tout.

Je fermai les yeux en souriant et je le laissai faire.

∞

Mes hématomes avaient dégonflé en une semaine. Delsin me taquinait, la couleur de ma peau changeait chaque jour et il disait qu'il sortait avec une femme arc-en-ciel. Selon lui, mon pouvoir de régénération était plus puissant que le sien et il m'avait même proposé de se faire frapper pour qu'on soit assortis. Les marques sur mon visage s'estompaient, j'avais hâte que tout disparaisse. C'était grâce à Maddie, la serveuse du *diner*, que Delsin avait pu me sauver ce soir-là. En prenant une pause pour fumer une cigarette, elle avait vu mon sac et mes affaires à terre. Pensant qu'il m'était peut-être arrivé quelque chose, elle avait appelé Delsin, puis la police.

Assise à une table au fond de la salle, blottie contre Delsin, je terminais ma part de tarte aux pommes.

— Au fait, j'ai quelque chose pour toi, dit-il.

Je levai paresseusement les yeux. Il esquissa un sourire.

— Donne-moi ta main.

Je la lui tendis et il déposa un médaillon dans ma paume.

— C'est…

— Ce n'est pas le même, mais lui aussi brille dans le noir, et représente la nuit et nos insomnies, lança-t-il en tournant le pendentif pour me montrer la gravure. Je trouve ça important que tu portes la nuit à ton cou, ça ne peut pas être autrement.

Nos nuits étaient uniques, elles le seraient toujours.

— Del…

— Mais je crois savoir ce que représentait l'autre pour toi, alors…

Il sortit de la poche intérieure de sa veste un petit carnet en cuir relié et le posa sur la table. Au milieu de la couverture était incrusté le médaillon ébréché qu'il m'avait offert à Noël. Mon cœur palpita.

— C'est… Comment ?

— Granny connaît un artisan bijoutier, il a une boutique en ville. Il fabrique des choses sur mesure et répare les bijoux cassés. Quand je lui ai apporté le médaillon qu'il avait lui-même fabriqué, il m'a dit qu'il ne pouvait pas le réparer, mais que si j'avais une idée, il pourrait lui donner une seconde vie. Alors, j'ai pensé à ta liste, au fait qu'elle grandira de jour en jour, et voilà…

— C'est magnifique Delsin. C'est…

— Ça te plaît ? demanda-t-il tendrement.

— C'est parfait.

Je me redressai et l'embrassai amoureusement. Comme je n'étais pas tout à fait guérie, il prenait soin de ne pas être trop brusque.

— J'adore quand tu as des idées romantiques, murmurai-je.

— J'adore quand tu m'inspires.

Il me caressa la joue et, comme je savais si bien le faire, je brisai la magie du moment en bâillant.

— Je crois que je vais encore gagner au jeu des insomniaques, s'amusa-t-il en posant un baiser sur ma tempe.

Il attrapa une mèche de cheveux et l'enroula autour de son doigt.

— C'est pas juste, les antidouleurs me font dormir.

— Et pour les autres nuits, c'était quoi ?

Je souris.

— Un point pour toi.

— Allez, on rentre.

Chapitre 30

Six mois plus tard

Parfois, quand on rêve très fort à quelque chose, ce dont on désire finit par se réaliser. Comme rêver d'une nouvelle vie ou de la mort d'une personne qui vous a fait du mal.

J'avais obtenu les deux.

Je vivais à présent ma vie d'étudiante sans me retourner, sans avoir peur. Mon avenir me semblait radieux et je profitais de chaque jour, aussi fort que je le pouvais. J'avais terminé ma première année à l'université et Delsin sa deuxième. J'étais de plus en plus intéressée par l'idée de devenir infirmière. J'avais envie d'aider les gens, de prendre soin d'eux, de les soigner, comme j'avais une fois soigné un type à la gueule cassée. J'avais subi, beaucoup trop, et je voulais aider les gens dans le même cas que moi. Il y avait toujours cette liste de toutes ces choses que je n'avais jamais faites et que j'avais envie de faire et qui maintenant était inscrite sur un petit carnet noir. Delsin s'en donnait à cœur joie et faisait tout pour qu'elle se réalise.

Et puis, j'avais appris la mort de mon père. Il s'était suicidé dans sa cellule après le verdict de son nouveau procès. Il n'avait pas supporté les restrictions de son nouvel enfermement, ni d'écoper de dix ans de plus. Je n'éprouvais pour sa mort que… En réalité, je ne ressentais rien de particulier. Juste un profond soulagement. Qu'il se soit suicidé, désespéré de ne plus pouvoir se venger, je m'en fichais éperdument.

Il était parti pour de bon, j'étais définitivement libre et j'avais appris à ne plus m'en vouloir. Ce n'était pas ma faute si ma mère était morte en couches, je n'avais rien fait, maintenant je le savais.

Ce qui comptait à présent, c'était mon avenir.

Lorsque j'ouvris les yeux, je découvris une pièce baignée de lumière et surtout le plus sexy des insomniaques que je savais nu sous les draps. Mon insomniaque à moi. Nous ne nous étions plus quittés après son retour de garde à vue. Plus jamais. Et la vie avait repris son cours, nos insomnies aussi, et le reste également.

Delsin me regardait avec un regard taquin et un sourire particulier. Je me demandai depuis quand il était réveillé. Il se redressa et m'embrassa avec passion. Ses lèvres et sa langue prirent possession de ma bouche dans une suave sensualité. Il devait être réveillé depuis un moment. Mon corps s'éveilla brutalement et mes sens aussi.

— Salut toi !

— Hé !

Je soupirai tandis qu'il m'attirait à lui et je me retrouvai au-dessus de lui. Je le contemplai, tout à fait réveillée à présent. Ses abdos délicieux, son sourire à croquer et son érection m'accueillirent comme si j'étais la chose la plus désirée au monde.

— Quelle vue splendide ! soupira-t-il, comme ébahi. C'est magnifique.

— La mienne n'est pas mal non plus.

Je me penchai pour l'embrasser à mon tour puis je guidai son sexe en moi. D'une poussée plus qu'impatiente, il me fit sienne. Je me cambrai en l'accueillant dans toute sa longueur et m'affaissai en posant mes mains sur ses pectoraux. Faire l'amour dans l'un des plus beaux hôtels de Disney World avait quelque chose de totalement féerique. Je me sentais comme une princesse, une princesse dévergondée, certes, mais une princesse tout de même. Nous avions passé la journée dans le parc la veille, tous les deux. Rob et les autres nous rejoignaient aujourd'hui. J'avais hâte.

Un sourire éblouissant se dessina sur le visage de mon insomniaque tandis que je le chevauchais. Du bout de ses doigts, il replaça une mèche derrière mon oreille et m'embrassa doucement, puis profondément.

— Tellement belle. Je t'aime.

Je ne me lassais pas d'entendre ça et quand il me faisait l'amour, c'était encore pire. Depuis six mois, je profitais d'être aimée et j'étais complètement accro. Nos corps bougeaient à l'unisson, nous ne faisions qu'un et dans l'harmonie de nos gémissements le plaisir nous transcenda.

— Je n'en reviens pas d'être là, dis-je quelques instants plus tard en me blottissant contre lui. J'ai l'impression de rêver. Il y a un an, je me libérais de l'emprise de mon père, je n'en reviens pas de tout ce que j'ai fait, de tout ce que tu as fait pour moi depuis.

Nous avions pris l'avion et nous avions passé une semaine en Floride avant de venir ici pour terminer nos magnifiques vacances. Il me caressa l'échine d'une main et me fit relever la tête de l'autre. Je croisai son regard amoureux.

— Cette liste de choses, c'était vraiment une idée brillante, ajoutai-je en souriant.

— Je t'ai dit que toutes mes idées étaient brillantes.

— Je veux la finir.

— Elle ne sera jamais finie, Levy. Impossible. Je mettrai un point d'honneur à y rajouter des nouvelles choses. Je veux que ta vie soit belle, je ne peux pas me lasser de te voir t'émerveiller. Et quand on sera vieux et qu'on nous demandera ce qu'on a fait dans nos vies, on pourra expliquer à nos petits-enfants cette énorme liste et combien on s'est aimés.

Je ronronnai.

— Elle est belle, tu sais, ma vie. Merveilleusement belle, depuis que tu as débarqué complètement débraillé dans ce taxi.

— Dès que je t'ai vue, tu étais foutue, trésor.

— Tu m'as traitée de psychopathe, si je me souviens bien…

— J'ai dit que tu étais une jolie psychopathe, ce n'est pas pareil, corrigea-t-il.

— T'as raison, dis-je en souriant. Après tout, quel genre de femme se balade avec une trousse de secours dans son sac ?

Je me mordis la lèvre, lentement il bascula vers moi, me forçant à me coucher sur le dos. Il s'allongea au-dessus de moi et m'embrassa avec une passion dévorante et sans le moindre effort voilà que nous étions de nouveau un.

— Unique en son genre. La mienne.

C'était comme ça que j'avais commencé à vivre. Il n'avait suffi que de peu de choses pour me rendre heureuse, mais ces choses étaient inestimables. Une liste accrochée sur un frigo, un crayon pour rayer les lignes et un guide pour m'aider à l'accomplir, et aussi et surtout d'infinies insomnies…

Épilogue

Delsin

Cinq ans plus tard

~~Me faire tatouer l'insomnie sur le poignet~~
~~Plonger depuis une falaise dans l'océan~~
~~Bronzer au soleil sur la plage en écoutant les vagues se briser sur le rivage~~
~~Fêter mes 20 ans~~
~~Me baigner sous la pluie~~
~~Partir en road trip~~
~~Me baigner nue dans l'océan~~
~~Fêter mes vingt et un ans~~
~~Faire la fête à New York~~
~~Faire un petit footing à Central Park~~
~~Aller à un concert avec Rob~~
~~Profiter d'une nuit loin de la ville sous un ciel étoilé~~
~~Fumer un cigare à Cuba avec Rob~~
~~Fêter mes vingt-deux ans~~
~~Terminer ma troisième année d'université~~
~~Avoir mon diplôme~~
~~Devenir infirmière~~
~~Trouver un travail~~

~~*Avoir notre premier chez-nous*~~
~~*Faire l'amour dans chacune des pièces de notre chez-nous*~~
~~*Fêter mes vingt-trois ans*~~
~~*Voir Delsin devenir éducateur*~~
~~*Retourner manger les tartes aux pommes de Granny*~~
~~*Allez en Alaska et assister à une aurore boréale*~~
~~*Faire du rafting*~~
~~*Apprendre le japonais*~~
~~*Fêter mes vingt-quatre ans*~~
~~*Être demandée en mariage*~~
~~*Demander à Rob de me conduire à l'autel*~~
~~*Nous marier*~~
~~*Partir en lune de miel dans les Caraïbes*~~
~~*Tomber enceinte*~~
~~*Devenir maman*~~

J'avais un jour promis à la femme qui m'avait soigné dans la rue et dont j'étais tombé fou amoureux que je ferais absolument tout pour que sa liste perdure. Ça durait depuis plus de cinq ans maintenant et la liste de Levy, *notre liste*, n'en finissait pas de s'agrandir. Nous en avions fait, des choses, en cinq ans, et il y en avait tellement d'autres à venir.

Quand la vie décide de vous foutre des coups dans la gueule, il arrive un moment où on ne croit plus avoir le droit au bonheur, où l'on ne croit même plus à son existence. Et parfois, la vie met une personne sur votre chemin et vous savez que quoi qu'il se passe elle vous est destinée. C'était comme ça qu'était venue ma rédemption. Si je regardais six ans en arrière, jamais je n'aurais cru un jour me défaire de ma colère, et pourtant… La colère ne faisait plus partie de ma vie à présent. Ça faisait longtemps que je n'en avais pas ressenti les effets. La dernière fois que la rage s'était emparée de moi, plus fort que jamais, c'était le jour où j'avais failli tuer le père de Levy et parfois je ressens encore cette envie malgré le fait que ce sombre lâche se soit suicidé.

Les jours suivants, la colère s'était estompée jusqu'à ce que je me rende compte un jour qu'elle était partie. Totalement. Levy était ma rédemption, ma guérison. C'était elle qui m'avait soigné et libéré de son emprise. C'était elle que j'avais attendue pendant tout ce temps où j'étais perdu dans les limbes, et un soir de septembre elle était tombée du ciel.

Je l'avais demandée en mariage un an après sa dernière année d'université et elle avait dit « oui ». Je crois que ce jour-là, je ne m'étais jamais senti aussi heureux de toute ma vie. Il n'y avait en moi que du bonheur. Aucune tristesse, aucune colère, j'étais bien. Puis nous nous étions mariés avec tous nos amis qui formaient, pour nous deux orphelins, une famille plus que formidable. J'étais comblé. Cette vision de Levy ce jour-là était gravée dans ma mémoire, comme la première fois que je l'avais vue. Et même si elle n'était plus cette fille-là, elle était toujours aussi belle à m'en rendre dingue.

Maintenant, je regardais la petite chose que je tenais dans mes bras. Toute rose. Toute petite. Toute fragile.

Un petit mec. Mon fils.

Je venais de devenir papa et j'avais les bras qui tremblaient de tenir ce tout petit être contre moi. J'étais heureux au possible le jour où Levy m'avait annoncé sa grossesse, mais aussi complètement flippé. Je me demandais comment un type comme moi pourrait gérer ça, et elle m'avait rassuré en me disant que tout irait bien, que je n'aurais qu'à l'aimer comme je l'aimais elle. Et au fur et à mesure des semaines, son ventre s'était transformé et j'avais ressenti sans même y penser la même possessivité que j'éprouvais pour elle. J'avais simplement eu peur à cause de mon passé, puis je me suis souvenu que mon père était fantastique et que je ferais tout pour être un homme comme lui.

Je tournai mon regard vers Levy qui, bien qu'épuisée après son accouchement, nous souriait amoureusement. Comme si nous voir, lui et moi, calmait sa douleur. Elle était si forte, si belle. *Mienne.*

Je me penchai vers elle et déposai Luan dans ses bras.

Luan, un prénom en rapport avec la nuit, parce que nous n'avions jamais arrêté de vivre la nuit. C'était nous. Et ça le resterait à jamais. Nous l'avions même gravé sur notre peau. Mon pectoral gauche et son poignet étaient tous deux marqués d'un triangle dans lequel des nuances d'ombres représentaient la nuit, le ciel et les étoiles.

Elle embrassa notre fils avant de le blottir contre sa poitrine et tendit une main vers moi.

Je m'assis à côté d'eux. Je me sentais serein, plus heureux que jamais.

Et cinq années n'avaient pas suffi à me satisfaire.

J'en voulais plus. J'en voulais toujours plus.

— À quoi tu penses, là tout de suite ? demandai-je.

— Je ne pense pas, je suis heureuse. (Elle baissa la tête.) Encore une chose rayée sur la liste, murmura-t-elle.

— L'une des plus magnifiques, approuvai-je. Et le plus beau, c'est tout ce temps qu'il nous reste, toutes ces insomnies à vivre et ces choses à faire encore et encore…

Elle hocha la tête et esquissa un sourire merveilleux, ce sourire ouvert sur un monde de possibilités.

Notre avenir serait infini et ce sourire en était la promesse.

Chapitre bonus

Delsin

Il y avait du monde ce soir dans la seule boîte de la ville. Un groupe de rock donnait un concert. Les cours reprenaient le lendemain et je me demandais ce que je foutais encore là alors que mes potes étaient partis depuis un moment maintenant. Ce soir, je n'étais pas fatigué et même quand j'étais crevé, j'avais ces putains d'insomnies qui m'empêchaient de fermer l'œil.

Je préférais errer dehors plutôt que rentrer chez moi. Enfermé entre quatre murs, je devenais dingue, limite claustrophobe. En plus ces connards de l'administration m'avaient foutu dans une des chambres doubles réservées aux nouveaux étudiants et je n'avais pas franchement envie d'avoir un coloc, même si je passais quasiment toutes mes nuits dehors à essayer de combattre mes démons intérieurs.

— Hé ! Salut, toi !

Une jolie blonde s'appuya sur le comptoir et me lança un grand sourire. Elle était si peu vêtue qu'il n'y avait pas de place pour l'imagination. Et son sourire était à lui seul plus bourré de sous-entendus qu'un film porno. Pas vraiment mon style, j'avais un faible pour les brunes, mais dans son genre, elle était plutôt canon.

— Salut, répondis-je.

— Tu passes une bonne soirée, assis tout seul au bar ? demanda-t-elle.

— J'en ai connu des pires.

— Avec un peu de compagnie, c'est toujours plus agréable.

Si elle avait su la colère qui brûlait dans mes veines, et les démons qui peuplaient mon esprit, elle serait partie en courant au lieu d'essayer d'en faire des tonnes juste pour qu'on baise. Je n'avais pourtant pas la tête du type très agréable et je ne faisais rien pour l'être.

— Tu me paies un verre ?

Je n'étais pas ce genre de type, non plus. J'aimais la compagnie des filles uniquement pour la baise, pour le reste je me contentais de survivre dans l'enfer qu'était ma vie sans me faire sauter la cervelle.

Souriant à mon tour, je me penchai vers elle, dans son cou. Elle sentait la vanille. Je frôlai sa peau avant de murmurer en parfait connard :

— Non, mais si tu veux, je te baise.

Face à ce genre de commentaire, il y avait deux types de filles. Celles qui s'offusquaient et celles qui assumaient. Je m'écartai d'elle en rivant mon regard au sien. Elle semblait quelque peu choquée. Dans deux secondes, soit elle me foutrait une baffe, soit elle me laisserait la baiser. La jolie blonde glissa ses mains dans l'encolure de mon jean pour me faire comprendre de la suivre. Alors, je n'aurais pas de baffes ce soir… J'attrapai mon verre et terminai le fond de ma bière pour suivre Blondie dans les toilettes ou je ne sais où.

Je sortis de boîte, après mon coït avec Blondie. C'était encore une nuit d'insomnie. Elles l'étaient toutes. Je me demandais sans arrêt quand ça s'arrêterait et si ça s'arrêterait un jour. Parce qu'à un moment j'allais y laisser la peau, c'était certain. Je n'avais pas passé une véritable nuit de sommeil depuis que ma mère m'avait envoyé pour un aller simple pour l'enfer. Elle avait détruit tout ce que j'avais, elle m'avait volé tous ceux que j'aimais. Elle m'avait rendu aussi dingue qu'elle et, aujourd'hui plus que jamais, j'avais l'impression de ressembler à cette folle. J'étais en colère, constamment. Ce sentiment ne me quittait jamais. J'avais beau essayer de me contrôler, mon impulsivité refaisait toujours surface. Comme une sorte de démon qui aurait pris possession de moi de manière incontrôlable.

L'air était doux ce soir. Je levai la tête vers le ciel, il était noir et tapis d'étoiles. Ellie, ma petite sœur, adorait les étoiles. On en avait passé des nuits à les regarder, et moi à inventer des constellations pour la faire rire.

J'allumai une clope. Il était encore tôt et je ne comptais pas rentrer de suite. Le *diner* était ouvert vingt-quatre heures sur vingt-quatre. J'avançai vers la sortie du parking.

— On l'a séquestrée dans sa putain de cuisine.

— Vous l'avez baisée aussi ?

Je tiquai.

— Mais t'es dingue ! C'était une vieille en plus. On a piqué la caisse et le contenu de son coffre.

Je m'arrêtai brusquement, tirant une longue taffe sur ma clope. Il ne me fallut pas plus d'une seconde pour faire le cheminement entre ce qui était arrivé à Granny et ces trois fils de pute.

— C'était la première fois qu'on allait chez elle. On s'est fait un stock d'amphét avec le fric ! On néglige souvent les vieux. Ils sont pourtant bourrés de fric. La vieille peau était blindée.

Je sentis mon poing se contracter de lui-même, comme guidé par une force invisible qui aurait pris le contrôle de mon corps.

C'était probablement le karma qui avait foutu ces trois-là sur ma route cette nuit. Bien sûr je ne pouvais rien prouver, en plus Granny m'avait dit ne pas vouloir porter plainte, mais je pouvais au moins lui rendre justice et extraire ce trop-plein de colère qui bouillonnait en moi. Je fis volte-face.

— Hé, les connards !

Ils se tournèrent vers moi et me toisèrent. J'avais tellement la rage, elle pulsait dans mes veines. Granny n'avait pas mérité ça.

— C'est à nous que tu causes, là ?

— T'en vois d'autres, des connards ?

— T'as un problème, enfoiré ? siffla le plus grand en jetant sa canette de bière.

Je m'avançai.

— Ouais, j'en vois trois même.

Ils me regardaient comme si j'étais dingue. J'étais vraiment dingue, et mon impulsivité ne faisait rien pour m'aider. Je n'allais tout de même pas poursuivre ma route après ce que j'avais entendu sous prétexte qu'ils étaient trois. Je me rappelai qu'une fois j'avais fait fuir un connard qui emmerdait une fille dans une ruelle. Elle m'avait remercié en me disant que j'étais quelqu'un de bien, j'avais juste fait ce que n'importe qui aurait fait, alors elle m'a dit que trois personnes étaient passées avant moi et que personne ne s'était arrêté.

— Il est bourré, ce glandu, lança l'un des trois connards.

Même pas !

Je n'avais même pas l'excuse de l'alcool.

— Non, et même si c'était le cas, ça ne m'empêcherait pas de vous défoncer la gueule, répliquai-je.

Maintenant, j'avais vraiment leur attention. C'était ce qu'il me fallait pour me calmer les nerfs.

— Tu veux qu'on te dérouille ?

— Ce serait bien qu'on commence, que j'y passe pas la nuit.

Le plus grand se jeta sur moi mais mon poing fermé l'accueillit avec ferveur et s'enfonça dans sa mâchoire. Il tituba et tomba sur les fesses avant de s'écrouler à terre. Les deux autres le regardèrent, avant de foncer sur moi en déblatérant des insultes. J'esquivai le suivant et le frappai dans les côtes à plusieurs reprises, mais le poing du gros me percuta la mâchoire et je lâchai son pote qui crachait déjà ses boyaux. Je grognai en me ruant violemment sur le dernier pour le faire tomber. Une fois à terre, je le frappai à coups de pied mais j'en oubliai le second, qui me frappa au visage à plusieurs reprises. Je lui balançais quelques coups moi aussi quand je fus projeté contre la voiture la plus proche. La tôle m'accueillit dans un bruit sec et je crachai le sang que j'avais dans la bouche. Mais avant d'avoir le temps de riposter pour le second round de leur raclée, le gros m'attrapa par-derrière et me tint fermement contre lui.

— Bouge pas, fils de pute ! Frappe-le, je le tiens.

C'est ça ! Défoule-toi !

— Tu fais moins le malin, hein, tarlouze ?

S'ils pensaient que ça allait m'arrêter... Je me débattis comme un dingue tandis que la poigne du gros était de plus en plus serrée. Son pote me matraqua la gueule mais ses coups étaient de moins en moins puissants et je me sentais comme anesthésié par l'adrénaline causée par mon impulsivité et ma colère. Des coups dans la gueule, j'en avais tellement pris dans ma putain de vie. Qu'ils soient d'ordre moral ou physique. Alors ces types-là, c'était juste une caresse un peu rugueuse, rien de plus. J'avais toujours été un peu bagarreur, un peu comme tous les mecs, j'imagine mais, depuis que ma mère avait gâché ma vie, c'était encore pire. Aujourd'hui, je voyais noir. J'étais enfermé dans des ténèbres denses et aucune lumière ne filtrait à travers elles. Et rien ne venait changer cet état. Ni mes potes, ni les filles que je baisais, ni même ce genre d'exutoire.

Quelle putain de vie merdique !

Et quand l'autre me frappa à l'arcade, le sang me barra la vue.

Axel, mon meilleur pote, disait que je faisais ça dans l'espoir de me faire tuer un jour. Je n'avais jamais su répondre à cette sombre affirmation. Je cherchais juste un moyen, ou quelque chose pour rendre ma vie moins triste.

— T'en as pour ton compte ou t'en veux encore ? siffla le connard devant moi.

— Tu tapes comme une gonzesse ! répondis-je en souriant.

Il me frappa dans le ventre et quand il se redressa, je lui donnai un coup de tête qui le fit reculer et j'enfonçai mon coude dans les côtes du gros, qui finit par lâcher prise. Je l'achevai d'un coup de poing en pleine tête, puis je m'avançai vers l'autre connard et je l'attrapai par le col. Il me regarda d'un air étrange, limite apeuré. Je devais vraiment avoir une gueule de merde. Tant mieux !

— T'es qui, toi, fumier ?

— Un type que t'aurais pas dû croiser. Si jamais tu touches encore à Granny, je te défonce et je te fais bouffer les couilles de tes potes. Et je ne viendrai pas seul cette fois.

Je le frappai et le laissai à terre.

Putain de merde !

Je retirai mon sweat et frottai ma lèvre et mon arcade en grognant.

L'adrénaline de la bagarre passée, ma lèvre me lançait et j'avais la flemme de rentrer à pied. Je sortis du parking et jetai mon sweat couvert de sang dans une poubelle.

∞

Levy. Levy.

Je ne pourrais jamais oublier ce prénom étrange ni même le trésor qui le portait.

J'avais vécu toutes sortes de trucs dans ma putain de vie, mais je ne m'étais jamais fait soigner dans la rue en pleine nuit par un drôle d'ange aux cheveux noirs après m'être fait fracasser la gueule par trois gars.

Je devais rentrer à la résidence universitaire, mais cette rencontre me chamboulait, mon esprit était bien trop vif et mes pensées trop perturbées, et pour la première fois depuis longtemps ce n'était pas à cause de ma mère ni à cause de ma colère.

Putain, je ne me sortais pas cette fille de la tête. Je n'y arrivais pas, mon esprit était obnubilé par cette étrange brune qui ressemblait à un merveilleux mirage.

— Bon sang, Del ! Comment tu t'es retrouvé comme ça ?

Je levai la tête et saluai Maddie en entrant dans le *diner*. Elle avait l'air horrifiée, mais elle avait l'habitude de me voir comme ça. Maddie était sympa, elle ne me jugeait jamais.

— J'ai eu la chance de tomber sur les petites merdes qui ont braqué Granny.

— La chance ?

— À trois contre un, je m'en sors super bien, tu sais. Tu verrais la gueule des autres.

— Si tu le dis, mais j'imagine que tu leur as donné une bonne raclée.

— Et comment !

Elle rigola.

— La même chose que d'habitude ?

J'acquiesçai, elle s'éloigna pour préparer ma commande.

Assis au comptoir, je fermai les yeux quelques secondes et, sous mes paupières closes, je ne vis qu'une chose : des yeux si clairs qu'ils paraissaient quasiment translucides. Des yeux capables de me faire avouer tous mes péchés, même les plus enfouis. Leur clarté contrastait avec les miens, si sombres. Je n'avais jamais vu pareille couleur ni pareille beauté. De ses pommettes rouges et ses lèvres pleines, avec ce petit arc de Cupidon arrondi qui les rendait si parfaites, à la forme ovale de son visage et ses cheveux de jais qui n'en finissaient pas…

Je me frottai le crâne, perturbé.

Merde! Des belles filles, j'en avais déjà vu. Des comme elle, jamais…

Maddie déposa une part de tarte aux pommes et un chocolat chaud devant moi. Je bus une gorgée, ignorant ma lèvre douloureuse.

— Tu as besoin de quelque chose d'autre?

Je secouai la tête.

— Je crois que j'ai vu un fantôme ce soir.

— Ou tu t'es pris un mauvais coup sur la tête, railla-t-elle, amusée.

— Tu crois qu'on peut s'inventer une nana qui nous soigne à cause d'un coup à la tête?

— On t'a soigné?

— Ouais, dans la rue… C'était complètement dingue.

Je la revoyais me soigner, et pendant qu'elle l'avait fait, une perturbation avait ébranlé la densité de mes ténèbres. À travers elles, une brèche s'était formée et avait laissé échapper un faible halo de lumière. *Elle*. Cette fille étrange me perturbait, m'étonnait. Elle, son sens de la justice parfaitement ridicule, cette trousse dans son sac et sa beauté pétrifiante. Elle aurait dû continuer sa putain de route, pourtant elle s'était occupée de ma gueule cassée. Pendant que ses doigts m'inspectaient, je m'étais senti anesthésié de la moindre pensée et du moindre sentiment de colère.

Qu'est-ce qu'elle avait, cette nana?

D'accord, je l'avais trouvée à tomber malgré son sweat informe, mais des jolies filles, j'en avais baisé plein sur la banquette arrière de ma caisse et aucune n'avait jamais eu cette capacité de me calmer. Il me fallait du sexe d'ordinaire pour au moins faire taire le flot de pensées infâmes qui me revenait constamment en mémoire.

J'avais envie qu'elle me touche encore, qu'elle soit près de moi pour qu'elle m'anesthésie de toute pensée.

Putain, c'est n'importe quoi !

Je déraillais sévère, ce soir.

Maddie avait raison, j'avais probablement pris un mauvais coup.

— Tu es tombé sur ta bonne étoile, pour un insomniaque chronique comme toi, moi j'appelle ça le destin.

Une bonne étoile ? *Ma bonne étoile.*

— Sauf que le destin ne m'a donné ni son adresse ni son numéro de portable, ricanai-je.

— J'avoue que là… Quel enfoiré, celui-là !

Je ricanai. Maddie s'éloigna pour s'occuper de deux chauffeurs routiers qui venaient d'arriver.

Je baissai les yeux vers mes mains et je touchai mon majeur avec mon pouce, repensant à cette soirée, et à cette rencontre, cette fille, son contact et les réactions étranges qu'elle avait eues. Comme si… Je compris alors pourquoi elle n'était pas comme les autres, pourquoi elle me perturbait autant… Elle aussi avait des démons qui peuplaient son passé et, à en juger par sa réaction, il ne fallait pas être un génie pour deviner leur nature. Elle était comme moi, bousillée. Je le sentais. J'aurais voulu savoir, tout connaître de ses douleurs et de ses tourments. J'aurais voulu me trouver face à son bourreau et lui faire connaître mille fois pire jusqu'à ce qu'il supplie qu'on lui pardonne ses fautes, mais il n'y avait pas de pardon possible.

Putain qu'est-ce qui m'arrive ? Pourquoi je suis dans un état pareil ?

Et ma colère fulmina dans ma poitrine et sous ma peau d'une manière inédite. Une colère sourde, violente et irrationnelle.

Levy…

Ma rage était tout à coup décuplée par ce bout de femme que je ne connaissais pas, dont il me restait uniquement le prénom et le visage…

Il était très tôt ou très tard quand je retournai à la résidence et, quand je m'allongeai dans mon lit sans prendre le temps de me changer, je pensais toujours à cette drôle de rencontre. Putain, c'était la première fois que ça m'arrivait de rêvasser comme ça. Ce qui me fit sourire. C'était franchement agréable d'être surpris pour une fois.

∞

Le lendemain, il était plus de midi quand je me réveillai. Mon coloc n'avait pas fait de bruit et sans doute avait-il flippé de me réveiller. Il aurait dû. J'envoyai un texto à Axel pour le prévenir que je le rejoindrais pour notre premier cours de l'après-midi. Je me levai et je filai sous la douche. Je me sentais courbaturé, le contrecoup de la veille était douloureux. Mais ça valait foutrement la peine, pour avoir vengé Granny et pour avoir été soigné par une fille qui, je l'espérais, ne sortait pas de mon imagination.

Je me lavai et, une fois face au miroir, j'inspectai ma gueule. J'allais encore avoir la tronche en travaux pendant des jours. Je frottai ma barbe, je la traînais depuis des mois. Je l'avais laissée pousser tout l'été, il était sans doute temps que je la rase. J'ignorais pourquoi j'avais l'envie soudaine de m'en débarrasser, d'habitude je me moquais éperdument de ma tête et de l'avis des gens. Depuis la nuit dernière, je débloquais.

Je n'avais pas fermé l'œil de la nuit. J'avais dû m'endormir sur le matin, fatigué à cause de mes blessures et de mon putain de cerveau incapable de se mettre sur pause. Je pensais à cette fille. *Levy*. Je ne pensais jamais aux filles. Enfin si, mais juste pour baiser, une fois fini, je passais à autre chose, mais elle... Elle me bouleversait, elle n'était pas comme les autres, c'était le genre de fille que personne ne remarquait jamais mais qui m'avait chamboulée, moi. Comme si elle avait atterri ici pour moi. Comme si toute cette soirée avait eu pour seul but de me mener à cette rencontre. *« Quand on rencontre quelqu'un, c'est le signe qu'on devait croiser son chemin, c'est le signe que cette personne nous apportera quelque chose qui nous manque. »* C'était mon père qui m'avait dit ça un jour.

Et le fait qu'elle était partout dans ma tête... *Merde!* Putain de merde, ça virait à l'obsession ridicule. Je ressemblais à quoi, à penser à des trucs comme ça? D'habitude j'étais en colère et là j'étais excité par une fille fantôme. Je ne la reverrais sans doute jamais, et moi, je débloquais. Me forçant à penser à autre chose, je branchai mon rasoir électrique.

— Putain, siffla Axel quand je les rejoignis l'après-midi. T'es moche, mon pote.

— C'est assez curieux, ajouta Zack. Quand on est partis, il avait une barbe et il était plus ou moins normal. Là, on dirait que des gars t'ont rasé avant de te tabasser.

Axel et Zack étaient les seuls à me connaître vraiment, les seuls à connaître mes secrets et aussi les deux seuls capables de me calmer quand ma colère me rendait dingue.

— Soyez pas jaloux, répliquai-je.

Ils éclatèrent de rire.

— Jaloux de ta tronche ? s'exclama Zack. Jamais, en plus t'as l'air de souffrir le martyre.

— Même comme ça je suis le plus sexy des trois, affirmai-je avec un sourire.

— Le plus con surtout, lança Axel. Maintenant raconte-nous ce qui s'est passé.

∞

Le commun des mortels dormait paisiblement à cette heure-ci. Moi, j'avais encore des insomnies. Assis au comptoir du *diner*, je sirotais un chocolat chaud quand la cloche accrochée à la porte d'entrée tinta. Rares étaient les gens qui poussaient la porte du *diner* en pleine nuit, mis à part quelques routiers qui passaient par là parfois.

Maddie salua la personne et l'invita à s'installer. Quand elle répondit un bref « merci », la course des battements de mon cœur se fit légèrement plus soutenue. Je tournai la tête et découvris celle qui empoisonnait mon esprit depuis la nuit précédente. Elle avait l'air fatiguée, triste, mais elle n'en demeurait pas moins belle à en crever.

Elle était donc bien réelle. Et elle s'était posée ici, dans cette ville paumée.

— Sacrée longue nuit, lui lançai-je.

Elle me découvrit, me scruta, étonnée, et la confusion dans son regard associée au rouge sur ses joues me fit sourire. Je ne la laissais pas indifférente. Je n'étais pas le seul à être perturbé par cette alchimie étrange, par cette attraction entre nous. Je la fixai tandis qu'elle s'asseyait à côté de moi. J'avais peur qu'elle s'évapore, peur qu'elle ne soit qu'une illusion créée par mon esprit… Mais Maddie lui avait parlé, alors je n'étais pas si fou.

— Elles le sont toutes, non ? soupira-t-elle. Du moins les miennes…

C'était dingue, mais sa réponse m'excitait.

— Insomniaque ?

Elle acquiesça.

De mieux en mieux.

∞

Le lendemain matin, je m'apprêtais à enfiler un tee-shirt quand on frappa à la porte de la chambre.

— Tu peux ouvrir ? lança mon coloc depuis la salle de bains. C'est pour moi. Dis-lui que j'en ai pour cinq minutes.

J'oubliai mon tee-shirt et j'ouvris la porte pour me retrouver face à une sublime créature brune. Elle releva la tête, comme ébranlée. Étonné et excité, tout à coup, je la dévorai des yeux, parfaitement incapable de défaire mon regard d'elle, et quand elle scruta mon torse, le rouge aux joues, je compris qu'encore une fois nous étions sur la même longueur d'onde. Malgré sa timidité, malgré la longue mèche de cheveux qui la protégeait des regards et les putains de démons qui la fragilisaient, elle était éblouissante. Putain, c'était la première fois qu'une fille avait un tel pouvoir sur moi.

C'était vraiment de mieux en mieux et de plus en plus excitant.

Décidément, Maddie avait raison, cette fille était comme une étoile, tombée du ciel rien que pour moi. *Ma bonne étoile.* La preuve, le destin la mettait encore sur ma route… Et pour qu'elle ébranle chaque fois mon esprit à ce point, il devait y avoir une raison.

Je savais déjà que je la protégerais de tout. D'absolument tout, de moi y compris s'il le fallait. Parce que j'étais loin d'être un type fréquentable. Pourtant, j'étais inexorablement attiré par sa lumière et je me sentais incapable de rester loin d'elle. Je voulais qu'elle soit mienne. Levy, ma bonne étoile… *Mon trésor.*

Remerciements

Merci à tous ceux qui ont sauté de joie en apprenant que *Nos infinies insomnies* allait enfin être édité en poche. Votre soutien, bien qu'il m'étonne encore et m'étonnera toujours, fait de moi l'auteure que je suis. À mes lecteurs encore et toujours présents, de plus en plus nombreux et toujours aussi merveilleux.
Merci à Sophie pour le temps que tu m'accordes, je ne sais pas si un jour j'arriverai à te le rendre mais merci d'être à mes côtés pour me soutenir et vivre ça avec moi.
Frédérique, ma pote, pour ton soutien sans faille, pour m'avoir poussée du nid tellement souvent, merci d'aimer ce livre autant que moi et d'y croire pour moi. Merci de m'avoir aidée avec ce manuscrit si souvent qu'on en a perdu le compte.
Merci, Anne-Laure, pour la délicatesse de tes mots et ta justesse, et de m'avoir aidée à rendre cette histoire plus parfaite. Merci aux éditions Milady pour leur confiance et leur travail.